艺术时间诗学与
巴赫金的赫罗诺托普理论

Poetics of Artistic Time and
Bakhtin's Chronotope

卢小合　著

图书在版编目（CIP）数据

艺术时间诗学与巴赫金的赫罗诺托普理论 / 卢小合著. —— 北京：北京大学出版社，2016.12
ISBN 978-7-301-28042-3

Ⅰ. ①艺⋯ Ⅱ. ①卢⋯ Ⅲ. ①巴赫金(Bakhtin, Mikhail Mikhailovich 1895–1975) – 诗歌理论 – 研究 Ⅳ. ①I512.072

中国版本图书馆CIP数据核字(2017)第024634号

书　　　名	艺术时间诗学与巴赫金的赫罗诺托普理论 YISHU SHIJIAN SHIXUE YU BAHEJIN DE HELUONUOTUOPU LILUN
著作责任者	卢小合　著
责 任 编 辑	李哲
标 准 书 号	ISBN 978-7-301-28042-3
出 版 发 行	北京大学出版社
地　　　址	北京市海淀区成府路205号　100871
网　　　址	http://www.pup.cn　　　新浪微博：@北京大学出版社
电 子 信 箱	pup_russian@163.com
电　　　话	邮购部62752015　发行部62750672　编辑部62759634
印 刷 者	北京大学印刷厂
经 销 者	新华书店
	730毫米×1020毫米　16开本　19.5印张　330千字 2016年12月第1版　2016年12月第1次印刷
定　　　价	52.00元

未经许可，不得以任何方式复制或抄袭本书之部分或全部内容。
版权所有，侵权必究
举报电话：010-62752024　电子信箱：fd@pup.pku.edu.cn
图书如有印装质量问题，请与出版部联系，电话：010-62756370

国家社科基金后期资助项目
出版说明

　　后期资助项目是国家社科基金设立的一类重要项目,旨在鼓励广大社科研究者潜心治学,支持基础研究多出优秀成果。它是经过严格评审,从接近完成的科研成果中遴选立项的。为扩大后期资助项目的影响,更好地推动学术发展,促进成果转化,全国哲学社会科学规划办公室按照"统一设计、统一标识、统一版式、形成系列"的总体要求,组织出版国家社科基金后期资助项目成果。

全国哲学社会科学规划办公室

前　言

　　巴赫金是世界著名的思想家、哲学家、文艺理论家。从20世纪下半叶起，他的思想似一束耀眼的星光，照亮了全球的文化思想界。伴随着我们的改革开放，他的思想进入了我国文化界后，似一股清流荡涤了文艺界的保守污泥，启开一代之新风。这里值得特别一提的是，他在研究陀思妥耶夫斯基小说的过程中发现了作者与主人公关系的对话本质，为我国文论研究者所称道。在20世纪80年代，《外国文学评论》曾掀起一场罕见的大讨论，就是由于对他的对话理论的不同解读引起的。随着对他的学术思想的广泛而深入的研究，他的理论得到了进一步的阐发，于是，他的小说理论中的三大支柱：对话、狂欢化和赫罗诺托普（白俄罗斯的首都明斯克就有一本以此为题出版的定期刊物），成为我们研究巴赫金学术思想的主要论题。而在这三大理论中，对话理论在我国的研究已是成果颇丰。根据2014年11月中旬在南京大学召开的巴赫金学术思想国际研讨会上的发言以及出版的《中国学者论巴赫金》一书所编撰的文章来看，特别在巴赫金刚刚进入我国文化界的初始阶段，研究的注意力几乎都集中在那一方面了。毋庸置疑，我国的巴赫金研究的起点，就是从他的"复调理论"，其实质就是"对话理论"开始的。后来，曾军先生的博士论文出版后改名为《接受的复调》（2004年）一书的基本论述，就是以"对话"为前提的。周启超研究员在2014年的《中国学者论巴赫金》一书中的《巴赫金文论在当代中国的旅行》一文中，对复调理论和对话理论在我国研究的层层深化作了出色的评述。我们从此书中也可以看出，研究对话理论的文章占有很大篇幅。随之就是狂欢化理论也吸引了众多学子的眼球。周启超先生在上面提及的那篇文章中也作了详细的阐释。在我国，北京师范大学的程正民教授和夏忠宪教授在这方面走在前头。目前"狂欢"一语已成为我国大众最津津乐道的话语之一。不过，这里要说明的一点是，在我国的媒体中，"狂欢"一词的普遍应用，虽与巴赫金撇不开干系，但与他的理论似乎联系不大，他的狂欢化绝不是日常所指的人间的娱乐。他的狂欢化，是指小说中人物描写的狂欢化、思想意识的狂欢化以及时空的狂欢化。其中心思想恰类似陀思妥耶夫斯基把他小说中的人物，描写成茫茫宇宙中的生物，相遇在一起，在时间空间上进行"并列""比邻""对照"，通过"加冕与脱冕"（地位上的狂欢化），达到某种"平等"（即切入点）后，再通过对话、交流、相互碰撞，产生出人性、心灵上的火花。他的其他理论以及他的哲学人类学思想，在我国的学者研究中，也作了很好的阐释（鄙人的《巴赫金的哲学思想研究》一书就是研究他的哲学人类学观点的）。然而，我们应该注意到，在他的小说理论中，还有一个最最重要的理论，那就是赫罗诺托普理论，即时空理论，在我国接受者寥寥无几。而这个理论，却是他的学术思想的基根，是他小说理论中最核心的问题，是对话理论、狂欢化理论以及其他理论如哲学人类学的先决条件。没有赫罗诺托普理论，也就失去了对话、狂欢化、道德理论、文化上的涵义理论、哲学人类学以及引申开来的外位性等问题的基根。因为，他的一切理论都以诸主体（自为之我、为我之他人、作者、主人公、读者）的不同时空而构建，也就是说，以外位的赫罗诺托普为基本出发点，来构建自己的理论大厦。因此，在笔者看来，对他的赫罗诺托普理论的研究，是迫在眉睫的事儿，理应受到特殊的重视。

在我国，自改革开放以来，截至目前，虽然召开过4次有关他的学术思想的大型国际研讨会，但他的有关艺术时间以及他的赫罗诺托普方面的研究，如上所述，虽有涉及，但比起对话与狂欢化来，显得大为贫乏。这种情况，在巴赫金学的研究中，国外也不例外。我们在上面已经提及的《巴赫金学与其新世纪的新进展》一文中，对国内外的巴赫金研究作了全面介绍，在"学术成果上的大面积覆盖"一节中对我国的巴赫金研究及出版情况作了同样全面的介绍，同样可以看出，有关他的赫罗诺托普研究的文章，寥寥无几。究其原因，这里存在着主观的以及客观的两个方面。就其主观而言，在我国的研究界，存在着思想上的某种偏见，认为它是一种形式研究。对这种研究，稍不留神，便滑向或势必滑向一种形式主义的研究。这种偏见，已经根深蒂固，一时难以消除。对形式的恐惧，不仅使得不少研究者如履薄冰，有的更是避之不及。此外，也有客观上的因素，这就是研究对象的复杂性和矛盾性，以及它所涉及范围的广阔性。如此一来，自我国接受巴赫金思想几十年来，只有鄙人在他的这一园地中可谓寂寂劳作，默默耕耘。曾军先生于2004年出版的《接受的复调》一书中，把我的研究看作是一种"潜在性需要"，即接受者在接受某一理论过程中发现了其所具有的理论价值，但这一理论对于当前解决现实问题来说并非迫切的、必须的，只有过了一段时间以后，它的价值才体现出来。如对巴赫金的"时空体理论"的接受，只有当巴赫金的小说理论被全面接受之后，其意义才开始显露出来。[①] 如此一来，虽然某些高校中，如，20世

---

① 曾军：《接受的复调——中国巴赫金接受史研究》，广西师范大学出版社，2004年，第14页。

纪90年代后期,北京外国语大学白春仁教授以及新世纪南京师范大学张杰教授,是以时空为研究方向,培养过两个研究生(前者是博士生,后者是硕士生,都要求我予以"点拨"一二),但由于这个课题的复杂性和矛盾性,如果没有深厚的理论基础以及长期的资料积累,要在2-3年的研究生期间,就要有质量地完成这一课题,实在有点勉为其难,故至今未有这方面的一本专著面世。进入21世纪后,我国的巴赫金学术思想研究有了根本性改观,一批著名高校的青年学子加入到这一行列中来,研究覆盖了各个领域。据周启超先生的文章统计,自改革开放以来至2014年底,中国学者的"自选题"专著已有8部,再加上国内各高等院校的博士论文15部(有的未刊出),共23部,而散见在全国各理论刊物上的论文则难以计数,不下500篇[1];而国际性研讨会也陆续在我国大地上召开:除了1998年在北京外国语大学那次外,还有2005年在湘潭大学召开的巴赫金学术思想国际研讨会、2007年在北京师范大学召开的巴赫金学术思想国际研讨会。2014年巴赫金学术思想国际研讨会又在南京大学举办,当时,由南京大学出版社又出版了5本包括中国学者在内的世界各国学者研究巴赫金思想的重要论著。而在这期间,自1998年出版《巴赫金全集》以来,如钱中文先生所说,"在坊间,巴赫金的著作一书难求。"[2]于是,我们又对1998年版作了认真的修订后于2009年再版。如此一来,巴赫金学术思想在我国文艺理论界的研究如雨后春笋般地蓬勃展开,研究热潮汹涌澎湃,前所未有。巴赫金学术思想可谓独步我国文艺理论各界,但可惜的是,涉及巴赫金的赫罗诺托普思想研究依然凤毛麟角,实为罕见。

在巴赫金小说理论中,相对于对话和狂欢化的赫罗诺托普理论,除其特殊性和在我国研究的稀缺性外,更令我青睐的是它在文艺学中的重要地位。我们之所以提出这一问题,是因为它对文学和文艺学的发展起了一种保驾护航的作用。一言以蔽之,提出艺术时间这一术语,是依据列宁反映论的原理:文学艺术是现实生活的一种反映形式,艺术时间也是现实时间的一种反映形式,当然不是镜子般的平面反映,而是一面聚光镜,是一种立体的反映,或者说,某种变形的反映,因为,它掺杂着作者的主观意识,因而是一种观念反映。对这一问题的研究,恰恰能保证文学艺术沿着一条与现实时间密切相关的道路前进。因此,可以说,对艺术时间的研究,除了能深化作品的人学内容外,还能保证文学艺术画面的特殊的恒定关系和它的功能——也就是它的审美意义,保证艺术作品能伴随着社会生

---

[1] 《中国学者论巴赫金》,南京大学出版社,2014年,第4—6页。
[2] 《巴赫金全集》,河北教育出版社,2009年,第七卷,第713页。

活一起而前进。我们在后面的研究中，明白无误地指出，艺术时间是随着社会的进步而齐头并进的。因此，这一研究，这一揭示从根本上说反映着一定社会时间的整体，反映着艺术时间与真实时间的关系，反映着艺术与生活的本质关系。这是十分重要的、十分迫切的、十分必要的课题。而巴赫金的赫罗诺托普理论也正是在社会发展以及文学艺术发展的基础上提出的，是及时地反映了文学艺术发展需要的一种创新性理论。

不仅如此，我们还应该看到，巴赫金的赫罗诺托普理论，如同他的哲学思想一样，是在与诸多学者，其中包括古典学者在内的学术思想展开对话和讨论中形成的。因此，对这个问题的研究，就要涉及对时间的哲学研究、现实的物理的时间研究、人的生理心理时间的机制研究等等，艺术时间的诗学研究与它们的研究有着千丝万缕的联系，也可以说，艺术时间是现实的物理的时间通过人的心理对时间的折射而形成的。而现实的时间是一个庞大的时间范畴，包含着形形色色的多种多样的时间种类：真实的物理时间、宇宙时间、自然时间、量子时间、热力学时间、生理时间、心理时间等，有各个哲学宗教流派、哲学家、物理学家的时间观，有原始人的神话时间观，有名目繁多的宗教时间概念（如圣经时间概念、基督教时间概念、异教时间概念等等），有哲学家物理学家的时间观，如亚里士多德、奥古斯丁、康德、牛顿、爱因斯坦等人的时间观和社会文化历史时间观等等。这些物理学家、哲学家的时间观可以说代表着一个时代对时间也就是对世界画面的把握，他们对艺术时间的发展影响极大。也就是说，这些大学问家、哲学家的时间观必定要反映到艺术理论和艺术作品中来，最为明显的是牛顿和爱因斯坦的时间观对艺术时间的影响。因此，倘若研究艺术时间就要研究上述这些大学问家的时间观。没有对他们的哲学时间观的研究，就不可能对艺术时间有一个全面而深刻的把握和考量。

而在文学艺术学科中，巴赫金的赫罗诺托普仅仅是艺术时间的历史长河、时间隧道中的一个码头和停靠站。因此对他的赫罗诺托普理论的研究，不但要涉及艺术时间这条竹节虫的发展脉络，还要涉及世界文学中的艺术时间，其中包括文学作品中时间的研究情况，方能窥见巴赫金赫罗诺托普的真谛；也就是说，要把巴赫金的赫罗诺托普理论的研究放在这些研究的中间而进行观察、比较，方能见出它的真面目。因为，巴赫金的赫罗诺托普理论，或多或少受到他们的影响。也是因为，巴赫金的赫罗诺托普理论不是脱离开世界哲学、文学汪洋大海中的孤岛，而是与他们有着千丝万缕的联系。因此，对它的研究，同样需要涉及各个科学领域的知识，如力学、物理学、化学、结晶学、生物学、心理学、哲学、社会学等等。在此,本专著仅仅注重巴赫金的赫罗诺托普以及艺术时间诗学问题,而对文化史方面的时间问题,只在第一章加以概述。在艺术时间问题上,苏联文艺学的艺术时间研究,在世界文艺学中是前无古人、后无来者的。截至20世纪90年代初,由于苏联的解体,俄国不但在经济上停滞,而且在文化上也受到重大的挫折,艺术时间的研究也基本上也告一段落。因此,本专著以苏联时期的资料为依据,对其进行研究和评述。而巴赫金则是这一时期研究中的开拓者、卓越的代表、奇葩中的奇葩;因此,需要把巴赫金的赫罗诺托普理论放在这一历史阶段中加以考察,更能见出他的这一理论的重要性与独特地位了。

从这部分的研究中,我们发现巴赫金的赫罗诺托普理论不但开创了小说理论研究的新的领域,而且揭示出艺术时空在艺术画面中的某些发展规律。自德国著名文艺理论家莱辛提出时间艺术和空间艺术的分野以来,一些致力于这一领域思考的理论家们发现,作为时间艺术的小说的时空变化沿着一条时间—空间—时间的发展路线前进,而作为空间艺术的绘画作品则沿着空间—时间—空间的变化路线前进。巴赫金对拉伯雷、陀思妥耶夫斯基、歌德等伟大作家小说中的时空研究,恰恰让我们认识到,巴赫金是世界文论中揭示出这一发展规律性的开创者。他在拉伯雷小说和陀思妥耶夫斯基小说中提出的狂欢化的时空观以及时间的"空间化",便是卓越的例证。巴赫金的这一研究为未来的文艺学以及文学作品的发展指出了某种方向。

笔者认为,本专著对巴赫金的这一理论的研究,不仅会填补我国巴赫金学术思想研究这一方面的欠缺,还将进一步推动巴赫金学术思想研究工作在我国的全面展开和深化,与此同时,对我国文学创作以及文艺学沿着一条贴近社会生活时间的轨道发展和繁荣,也有所裨益。

现在,就本专著《艺术时间诗学与巴赫金的赫罗诺托普理论》一书的书名说几句。"艺术时间"一词是本人迻译于苏联文艺理论中的用语,最早出现于《外国文学评论》1988年第二期《观古今于须臾,抚四海于一瞬——关于艺术时间的思考》一文,而"赫罗诺托普"一词最早出现在1991年第一期的《苏联文学联刊》鄙人所撰的《巴赫金的赫罗诺托普理论》一文。

我国文论界通常把"хронотоп",译为"时空体"(此外还有译为"时空集""时空型""时空簇"等等),无可厚非。但深究一下,本人依然没有采用大家的译法。我认为,巴赫金没有用时间和空间这一术语,而借用了自然科学中的用语 хронотоп（此词为希腊语 chronos<时间>+ topos<空间>的俄语音译，意为"时空"），其用意为的是表明"文学中艺术地把握了的时间和空间关系的重要的相互间联系"以及"时间和空间的不可分割（时间是空间的第四维）"。① 我早在 1991 年就以此名发表过论文，还认为，巴赫金的这一术语在俄罗斯同样具有唯一性，即这是巴赫金应用在文艺学中的唯一性术语。在俄罗斯，只要谈及巴赫金的时空理论的，大都用他的"赫罗诺托普"一词，这成为他的专用术语了。还得说一下，хронотоп 的准确涵义是"艺术地把握了的时间和空间的相互关系"，因而，在我看来，译成"艺术时空"，或"诗学时空"，是比较正确的，而不是别的什么术语；同时，强调"时间和空间的不可分割"，汉语的"时空"两字就能胜任，何必加上一个"体"字？更为重要的是，在《巴赫金全集》中，凡碰到 хронотоп 的，不是都译成"时空体"就能了事的，如"赫罗诺托普化"，就被译成"时空化"，而不是"时空体化"。这种情况可说比比皆是。还举一例，苏联科学院院士、著名生理学家乌赫托姆斯基在评论爱因斯坦的功绩时说："……像'赫罗诺托普（хронотоп）'用来取代过去抽象的'时间'和'空间'所产生的非凡成果……"如果在这里把 хронотоп 译成"时空体"，就不成其为一个像样的句子了。所以，"时空体"一词不能与 хронотоп 相对应。最后，本专著用"赫罗诺托普"，为的是避免重复，巴赫金也是这么做的。在其专著《长篇小说中的时间形式和时空体形式》中，"时空体"一词的原文就是 хронотоп。为了遵循一词一译的原则，我选择了音译。此外，还应看到，此词是巴赫金直接取自爱因斯坦的用语，与乌赫托姆斯基的做法如出一辙（巴赫金曾聆听过乌赫托姆斯基的演讲）。当爱因斯坦提出其理论不久，巴赫金就不失时机地抓住他的这一思想，把它移植到自己的小说理论之中，其敏锐的理论嗅觉这一点也是其他术语所不能体现出来的。不过，需要指出一点，当本专著行文中引入《巴赫金全集》中的这一术语时，还是尊重译者的意愿，没有作出修正。

2015 年，恰逢巴赫金诞辰 120 周年（1895—2015）。值此，本专著谨献给这位身处逆境而奋笔耕耘、绽放出人格魅力和思想光辉的 20 世纪世界著名思想家巴赫金先生。

---

① 《巴赫金全集》，河北教育出版社，2009 年，第三卷，第 269 页。

目 录

上 篇 艺术时间诗学

第一章 作为科学研究对象的时间 003

第二章 艺术时间的特殊性 020

第三章 西方文艺学中的艺术时间研究 029

    第一节 艺术时间在艺术学中的历史观照 029

    第二节 艺术时间在文学学中的历史观照 043

第四章 苏联文艺学中的艺术时间研究 081

    第一节 艺术时间研究的两个阶段 081

    第二节 艺术时间术语的提出 085

    第三节 艺术时间研究方法论问题 087

    第四节 艺术世界的时空关系类型学 091

    第五节 节奏是艺术统一体时空组织的基本形式 099

    第六节 自然科学方法观照下的艺术时间 105

    第七节 艺术形象中的时间 111

    第八节 利哈乔夫的艺术时间诗学 116

第五章 我国文艺学的艺术时间研究 128

    第一节 我国文艺学艺术时间研究概述 128

第二节　艺术时间的组织和描绘功能 135

第三节　作为被描绘的艺术时空结构类型 145

第四节　文学作品中的时间类型 156

第五节　文学作品的能指时间与所指时间 172

下篇　巴赫金的赫罗诺托普理论

第六章　20世纪20年代巴赫金的时空哲学 187

第七章　20世纪30年代巴赫金的赫罗诺托普理论 198

第一节　古希腊小说的三种赫罗诺托普类型 199

第二节　古希腊罗马小说赫罗诺托普之特点 209

第三节　时间的主观游戏——骑士小说之特色 211

第四节　骗子、小丑、傻瓜小说中的赫罗诺托普 213

第五节　小说中田园诗的赫罗诺托普 214

第六节　拉伯雷小说中狂欢化的赫罗诺托普 216

第七节　民间创作是拉伯雷赫罗诺托普的基础 224

第八节　历史时间的顶峰——歌德的赫罗诺托普 226

第八章　20世纪40—70年代巴赫金的赫罗诺托普理论 233

第一节　史诗与长篇小说中的时间 233

第二节　陀思妥耶夫斯基狂欢化了的赫罗诺托普 242

第三节　陀思妥耶夫斯基作品中时间的"空间化" 248

第四节　巴赫金论作者的赫罗诺托普问题 253

第五节　巴赫金对"长远时间"的阐释 262

第六节　巴赫金赫罗诺托普理论之特点 266

第七节　巴赫金赫罗诺托普理论产生之根源 271

第八节　赫罗诺托普在巴赫金小说理论中的地位 282

后　记 **292**

上 篇

艺术时间诗学

第一章 作为科学研究对象的时间

本专著是对艺术时间的研究。我们知道，艺术（包括文学）是对现实生活的反映，因此，要研究艺术时间，首先就得对现实时间进行研究。本章的目的就在于此。

时间的客观性本质。现实社会存在着时间，这是有目共睹的。在自然界，月升日落，鸡鸣鸦啼，冬去春来，花落花开，白云苍狗，沧海桑田；在人类社会中，人的生老病死，日劳夜眠，新屋残垣，经济繁荣与衰退，等等，无不表现出时间的存在。我们可以用一句话来概括：世界上的一切都存在于时间之中，世界上的一切都存在着时间。前者可看作是牛顿的绝对时间观，而后者可看作是爱因斯坦的相对论时间观（时间的多样性）。人类知识是在对时间的孜孜不倦的探索之中形成的。

然而，在绝大多数情况下，正如苏联著名学者 A. E. 费思曼院士曾经说过，"我们往往完全是无意识地在不同科学领域中从事着对时间的研究。"他确认，人在人类文化的全部阶段上，都对它有着永不熄灭的浓厚兴趣。这话一点不假。时间作为地球上活生生机体，乃至整个宇宙中生命组织的存在、形成、发展、进化的最重要因素之一，是不言而喻的。就拿个体的人来说，即从出生的婴儿时起就有了时间的感觉，如居约所说："当孩子饿了时，就哭，把手伸向喂食的人。这就是将来的时间观念。"[1] 从这里也可以看出，时间陪伴着人的一生，左右着人的一生，时间本质上说就是人的生命。不仅仅是人，世上的一切存在，哪一个不在时间的掌控之中，在时间的牢笼里？因此，可以说，在自然界的生物进化史中，时间成为他们的基因和组成部分。在人类文化发展史上，时间成为自然界死抱住的本体论问题之一。

尽管时间的感觉始于婴儿，时间已经成为人的机体的组成部分、成为基因，这种对时间的认识，而把时间作为一种全球性问题来思考，把时间作为社会文化问题来研究，在人类发展史上还是相当晚的。那是因为，只有"人在失去了对时间的直接知觉（在中世纪占统治地位），失去了对存

---

[1] См.Я.Гуревич.Время как проблема истории культуры.Вопросы философии.1969，3，стр.106.

在的对象性和物性的感觉之后,才不得不在理论上对它的思考。"然而对时间这一问题的思考,遇到了难题。正如中世纪神学家奥古斯丁所说,当我们谈起时间或听到别人的谈论时,我们还明白。"当有人问我这件事儿,我丝毫不觉得不明白,但我想给予立即回答,便一筹莫展了。"对于这种现象,"一方面是最简单不过的,但与此同时又是我们所理解不了的,它的本质是百思不得其解的……我们嘴上常常叨着时间,时间……看来,没有什么比它更明白、更普通的东西了;与此同时,在本质上说,又没有什么比它更难弄清,更隐秘以及更能引起思考的东西。"① 在漫长的人类认识史中可以说,时至今日,人们对时间概念及其进化问题,依然没有彻底明白。

人类历史关注着时间的探讨,把时间与人的问题结合起来的文化问题的思考,把时间作为自然界本体论问题来对待:时间的将来、现在、过去的矢向流逝,是不可逆转的,这是时间的存在哲学,而其中最重要的原因是它的生物学意义,也就是它的防卫机制,才是引起人类对时间本质的不懈追求。而这种防卫机制,虽然可以追溯到上古时代或是人类的起源,但在理论上提出这一问题的是 20 世纪德国著名哲学家莱亨巴赫。他明确地指出,时间触动着人的生命,面临死亡的恐惧给哲学家们采取对时间的逻辑分析以巨大的影响。时间的这一生物学意义,把人类对时间的孜孜不倦的关注,道出了真谛,尽管人们意识到还是没有意识到,承认还是不承认,都冥冥地指向这点,指向了对时间本质的思考。

对时间概念的这种思考,在人类的发展中也是在步步深入、日益进化的。古代原始思维的时间观没有时代的连续不断的交替概念。人们对一个接一个的时间片段没有一个均质的知觉。一切都处于混沌之中。人们对时间只有"近身"的感觉,即对周围事物的直接现象,最近的将来,刚刚的过去,以及正在进行的现在感兴趣,而对时间几乎没有调整能力。在这些背后的事件被看成是神秘莫测的,因而往往成为原始神话的源泉。他们对时间没有现在、将来、过去之分,一切都是过去注定了的。所以,有人认为原始人的时间观念散发着一种"死尸"的臭味。

他们只有具体的,物体的感性的时间感,只有一个时间整体。发生在从前的事件和发生在现在的此刻的事件,被他们作为同一层面、同一时刻来知觉。因此,他们的时间意识,在我们现代人看来,是混乱、混沌,是一种"非时间性"。这种"非时间性"竭力摒弃时间的方向性,就其实质

---

① А.Я.Гуревич.Что такое время? Вопросы литературы.1968, № 11, стр.158.

而言，就是一种防卫机制的无意识表现。原始人对时间的崇拜，时间的混沌性、荒诞性，时间在原始人身上的神话本质，那种对时间永恒的追求，那种时间的凝固不动，或是对长生不老的渴望，无不渗透着这种防卫机制。因此，在哲人们看来，原始思维发现了时间流逝的荒诞性，使得物理规律在深刻的对抗中威信扫地（时间逻辑是从将来到现在再到过去，与我们对自然时间的知觉有着原则性区别，时间的物理属性是它的矢向性）。混沌的时间深深地左右着原始人的思维。而我们现代人对时间的孜孜不倦的研究，对它本质的探讨，就是要弄清这种机制的原委以及应对之方法。这是一种有意识的探讨，是原始人不可企及的。（注意，原始人的这种时间观念，比如同时性、混沌、荒诞性等等，与现代人的时间感极为相似，但不在一个层次上。那时他们是无意识的，而我们是有意识的，是为某种目的服务的，如在文学作品中的神话时间。）

　　古代文明对时间的研究，也存在着这种倾向。无论是在我国，还是在古希腊、古埃及、古印度，对时间的本质的探讨，都作出了自己的贡献。然而，这种对它的本质的探讨中，深深潜伏着对时间的恐惧，把时间的哲学思考与科学研究，与原始人的神话想象纠结在一起，是这一时期的显著特点。在科学研究中，我国的子华子、墨子等人，对时间的客观本性，提出了自己的看法。他们有的人对时间进行切割，计算出一年有360天，划分出12个月。这种对时间的科学追求，与普通百姓的时间观念，即农耕时间观念，把时间的流逝看作是无限的，无开始也无结束，是一种循环的周而复始的时间等等，共存、融合在一起。这无疑也是对时间本质的一种科学认知，表明我国古代人的智慧，在时间研究中，与世界其他各国的古代文明，并驾齐驱。然而，所有这些对时间的研究，也深深地打上了生物学上它的防卫机制这一烙印。然而，这种防卫机制往往是对时间矢向的恐惧，往往与死联系在一起，因此，在古代人们意识中，占统治地位的往往是巫术思想的泛滥。祈求长生不老，或死而复生，这一观点，从一些皇权者身上以及普通人们中的思维中，表现得分外明显。因而，神话、巫术、祭天地敬鬼神大行其道，便是一例。国外的不说，就我国而言，从秦始皇寻求长生不老药而死于半道之中，后来的皇权者都称自己是上应天道，来自上苍，是"天子"，是"万万岁"，希望与天地一样共存，一直到明朝朱元璋，死后还要活人陪葬，幻想着在彼世还要过此世的生活。时至今日，一些巫婆神汉，还在装神弄鬼，说自己能来往于天堂地府之间，来糊弄一些无知之徒。还有一些江湖骗子，为迎合一些权贵之嗜好，置科学于不顾，装成能知生死、避灾祸、发大财的"大师"，大捞不义之财。即使在科学如此进步，实现人类遨游太空、探索宇宙起源与时间开始之奥秘的今天，在大江南北的农村里，有的却在大兴神灵的土木工程，迷信巫术大有死灰复燃之势。这些不信自己信泥胎的思维，无不表明了时间的防卫机制的根深蒂固。这种机制本是能激发科学上的进取精神，却反过来被一些人用来宣扬巫术迷信、捞取不义之财，以达一己私利之目的，无不令人汗颜。

然而，时间的这种防卫机制也确实带来了科学的发展和进步。这表现在对时间本身的研究上，如上面提及的对时间的切割，日历的运用，从结绳计时，到沙漏，日晷，机械表，原子钟的创造，计算机的发明应用，其目的是在更加有限的空间和时间里，容纳更大容量的信息。还有其他科学的发展，如哲学的、医学的、生物学的发展，对地球上一切现象的研究，直到对外太空的研究，还有火星的登陆，寻找第二个地球，等等，都离不开对时间的本质的有意识的探讨和力求摆脱时间束缚的那种防卫机制的追求。一言以蔽之，所有科学上的进步都与时间的防卫机制、现实情况紧密相关。所以说，时间结构的观念折射着人们的精神和经验的本质，是不言而喻的了。

在对时间本质的研究上，在西方存在着两种既对立又互为依存的哲学观。这就是传统哲学中所说的唯物论和唯心论。概而言之，一种把时间与天体运动结合在一起的观点，另一种则是着重心灵的感知。然而，这两种不同的观点，无疑对时间本质的探讨，起到互补的作用。

古希腊早期哲学家的时间观基本上都存在着这两种观点。那种把时间与天体联系在一起的观点，是对周围世界的一种物理的客观的认识。但从哲学观点上说，这是一种对时间的外在实体论观点。然而，把时间与人的内心存在、人的精神结合在一起的一种内在实体论观点，也可以说始于古希腊时代。两者是交织在一起的、同步的。

在古希腊早期哲学家中，苏格拉底无疑是较为突出的一位，不但因为他是柏拉图的老师，而且他因坚持自己的主张而献出自己的生命，还在于他开创了主体性认识事物的先河，提出了心灵问题。他提出要研究自己，研究心灵，这对后人把心灵问题与时间问题结合在一起的影响是十分巨大的，给后来的哲学家们把时间与人的内心联系在一起，把时间作为美学上的"整体之人""内在之人"（巴赫金语）的观点关系极大。时间是与精神、心灵联系在一起的，与此同时，这也表现出苏格拉底内心时间的强大，即精神的强大。他认为"灵魂是不死的"，是永恒的，而不惜外在的躯体。这也表明，苏格拉底的对时间的态度：时间是一种永恒的心灵运动。他所表明的这种时间观在我们看来是一种"非时间性"的。

作为苏格拉底的最得意门生的柏拉图，接受了苏格拉底认识自己的格言，认识"内在之人"的主张，也认为灵魂是不死的，时间和宇宙是生成的，时间有一个过程，但他却把时间认为是由神创造的。他说："整个世界究竟是永远存在而没有开始的呢，还是创造出来的而有一个开始呢？我认为它是创造出来的。"稍后一点作出结论说："我们可以宣布这个世界是由于神的天道把它当作一个赋有灵魂和理智的生物而产生出来的。"[①]这样一来，时间就会有开始和结束。就这点来说，如果抛去神的创造一说，他的说法是符合现代物理学对时间的研究，是符合迄今为止科学（物理学）发展的规律的。但是，柏拉图的错误在于他把时间与宇宙的创造归于神了。这样，为以后的基督教理论中的"世界末日论"奠定了基础。与此同时，柏拉图发展了其老师苏格拉底的心灵说，把灵魂看作是一切事物运动变化的源泉：灵魂带动"太阳旋转"，灵魂"安排一切事物"，灵魂"控制着天地和整个世界"。如果我们在这里推而广之，就能得出结论说，时间都是心灵"创造"的、"安排"的。因此可以说，柏拉图是开启对时间的主观主义认识的鼻祖。

古希腊的亚里士多德，被世人认为是对时间研究的集大成者。他研究了时间的本质，时间与运动的关系，研究了时间的过去、现在、将来之间的关系以及"现在"这个时刻的作用等等，对时间客观性本质这一理论的把握起到决定性作用。

时间在亚里士多德看来，它的存在具有特殊性。他认为，作为万物的时间是不存在的。"对所有地球上的物体来说，只要它存在，他的部分就存在过，要么全部存在，要么某些存在；而在作了分割的时间那里，一部分已经过去，另一部分还未到来，什么也不存在。"[②]这种时间观，使得后人把他作为反实体论来阐释，其实他仅仅讲了时间的存在与其他物件的不同而已。

当然，亚里士多德是在综合、批判前辈哲学家的观点后得出自己的结论的。显然，柏拉图把时间与天体运动联系在一起，毕达哥拉斯学派也把时间与宇宙联系在一起，对这些观点他都作了批判；亚里士多德不同意德漠克利特的时间是被创造出来的说法。他认为，时间不是像他们说的那样与天体的运动相联系。他认为，运动和变化有快有慢，而时间不是那样。

---

① 《古希腊罗马哲学》，生活·读书·新知三联书店，1957年，第208、309页。
② Аристотель.Физика.М., 1937, 218a, стр.91—92.ещёсм.: Ю.Б.Молчанов. Проблема времени в философии Аристотеля. Философские науки.1977, № 1, .стр.93, 218.

因为快与慢是由时间决定的。"快"是在较少的时间里走得多，"慢"是在较多的时间里走得少，而时间是不由时间数量也不由时间质量决定的。所以，在他看来，时间不是运动。亚里士多德的这一假设十分重要，它表明对时间的非实体化理解。但他又说："时间若没有变化（运动）就不存在。"这又表明了时间与运动的某种联系，时间不是运动但又脱离不开运动。

接着，他试图阐明"运动中的时间是什么？"的问题。他在分析运动与时间的相互关系时，首先从任何星球的连续性为依据，得出运动是连续性的，因此时间也是连续性的。他区分了空间里的"前面"与"后面"之后，把时间也分成"之前"与"之后"，指出了这两种关系总是相互联系在一起的，处在永恒的运动中。他认为人们对时间的知觉，在许多方面是取决于把运动划分成"前"与"后"的界线，以及他们之间的间隔。这就是区分它们之间的"现在"。当我们意识到现在时，就是把它们相互隔开，这就确定了他们之间的连续性，只有在这时我们才意识到了时间。所以，在亚里士多德的时间哲学中，"现在"这个时间概念起着中心的作用。在这里，亚里士多德得出结论说，时间不是别的，是运动"之前""之后"关系的数。亚里士多德在其著作中多次重复了这一思想。亚里士多德作为古希腊的唯物主义理论大家，被西方历代唯物主义者所推崇。他的这一思想奉为该学派的圭臬。因此，"现在"这一思想也成为唯物主义者区分其他流派的分水岭。

此外，他在阐释运动与时间的关系时，还指明了双向的复杂的关系："我们不仅用时间来度量运动，而且用运动来度量时间，鉴于它们的相互界定，因为时间作为运动的数来界定运动，而运动界定时间。"①

从上面可以看出，一方面，亚里士多德说，时间若没有运动就不存在，就是说他否定了时间没有运动的在场和物体的变化是独立存在的观点。而另一方面他又认为，时间若没有运动也能存在。"因为时间是运动的尺度，那么它也是静止的尺度，因为任何静止也存在于时间中。"对于这种观点，国外有的学者认为，他具有运动的相对性思想。他接着说："不应认为，处在时间中的东西必须是运动的，就像处在运动中的一切那样。因为时间不是运动，而是运动的数。在运动中可能有静止的东西。正是隐藏着不是一切不运动的东西，而是按本性说有能力运动的东西丧失了运动……"②从这里又可以看出，时间是运动的数，是度量运动的，同时也

---

① Ю.Б.Молчанов.Проблема времени в философии Аристотеля. Философские науки.1977，№1，стр.58.
② Дж.Дж.Уитроу.Естественная философия времени.1964.стр.372.

是度量一切物体的尺度；这么看来，时间就具有某种独立存在的形式，不依赖于由它度量的那一东西而存在。我们从中是否可以看出某种模棱两可的东西，不能持之以恒？看来答案是肯定的。这是因为亚里士多德也是把时间与心灵联系在一起。

随后，在中世纪，首先是神学家奥古斯丁接过苏格拉底的衣钵，明确地提出了人的心灵问题，把时间与人结合在一起，与不死的灵魂结合在一起。他认为，只有心灵才能把握时间的将来、现在和过去。这无疑是对时间本质探讨的一种进步，不过，他仅仅把时间归于心灵而否定了客观时间的存在。

作为神学家的奥古斯丁认为，变化着的物体在时间里绵延，而上帝居于一切时间之上，存在于时间之外的永恒之中。奥古斯丁的时间学说，不但与亚里士多德不同，而且也与柏拉图的理解有别。柏拉图认为时间是不会结束的，在这点上与永恒类似，所以时间本身把人引向永恒。而奥古斯丁则相反，他认为被体验的事件的时间与上帝的永恒性界线区别十分明显。柏拉图说，人应该超脱时间走向永恒。但在柏拉图那里时间是实体化，是形而上学的，而对奥古斯丁来说，时间是心理主义和主观主义的。这正表明了是圣奥古斯丁摒弃了传统的循环的宇宙概念，认为时间是历史"直线"运动的不可重复性和不可逆性的人的意识的尺度。

与此同时，奥古斯丁的时间哲学中包含着为人的精神所体验和知觉的世俗时间。他强调了世俗时间的超感觉的永恒性，快速流逝性和不可逆转性，指出了人类历史的哲学画面——大地之城与上天之城。上天之城是基督的不可见的心灵社区，其在人间的体现就是教堂，——是永恒的；大地之城则是国家，是过眼云烟，注定要毁灭的。对天国的幸福向往所产生的积极主义以及对腐朽的世俗生活所产生的消极主义结合在一起，是他的历史观的基础，也是他的时间观的基础。因此在他的历史观中，决定历史进程的自然本性是两种力量：来自先辈（亚当）的恶以及创造者建立的善。

从上面论述中可以看出，奥古斯丁的时间学说中存在着中世纪的全部时间类型：自然时间（乡村时间）、世俗时间、宗教时间、宗族时间、历史时间、圣礼时间（圣经时间）、异教神话时间、以及基督教神话时间，而基督教时间占有统治地位。因为人们除了世俗时间外，在生活中基本上受宗教时间，即教堂时间的控制与安排，如受教堂顶塔上钟楼的钟声控制，而在人们的思想中，则受基督教末日论思想的制约。中世纪的时间是众多时间，人们对时间的知觉是个人时间与圣经时间的结合，这样对自身的认识是在这两个知觉时间的层面上：局部的易逝的生活层面以及共同的历史决定世界命运的事件层面。中世纪的时间是一种由循环时间向矢量时间的混合和过渡。

十分自然，在这里就要谈谈基督教的时间观了。源于奥古斯丁唯心主义的基督教的时间观，把时间看作纯粹的数，作为抽象的尺度来理解，反对亚里士多德的时间是运动的尺度以及时间本身是由天体运动度量的观点，因为基督教时间观同奥古斯丁一样，把时间作为心理事实，人的心灵的内部经验。在任何时候人应该准备去死，去把他的心呈现在它的创造者上帝面前；所以，对时间和永恒有一种特殊的直接的个人关系。时间成为人的精神方面的一个重要部分，成为他的意识不可分割的整体。这种对时间的心理化也与基督教时间观的唯心主义相关，是古希腊多神教看待世界的肉身性质的反动。

中世纪人们的生活过着自然的时间节律，但当基督教切断了多神教，即异教的循环时间性，抛弃了时间、历史的回轮，从旧约中接受了时间的末日论思想。这一思想充满了对伟大事件的发生，要解决历史就意味着救世主的降临。然而，新约在赞同旧约的末日论思想时，对它进行了改造，提出了一个全新的时间概念，对时间的防卫机制的全新解释。

这首先表现在，基督教的时间概念不同于永恒性概念。这种永恒性概念在其他古老的世界观体系中占有统治地位，并把世俗时间控制在自己的脚下。永恒性不是由时段来度量的。永恒性是上帝的象征，上帝是没有过去，没有将来，只有永远存在；而世俗时间是共同创造出来的，有开始和结束，是限制人类历史的尺度，是永恒的影子，世俗时间与永恒性相比较而存在。在一定的决定性时刻，人类历史时间"进入"永恒之中。基督教信徒们力求超脱世俗厄运的时间而进入永恒——上帝的天堂之中。

其次，其历史时间具有了结构，无论是数量还是质量明显地分成两个主要的时代：基督前与基督后。历史的运动是从上帝的创造行为走向末日审判。历史的中心是决定其进程的神圣行为，赋予这行为以新的涵义，并决定它的随后发展——基督的降临和死亡。旧约的历史是基督准备降临的历史，随后的历史就是基督的降临和受难。这个事件是不可逆的，是独一无二的。这种对时间的崭新认识使得人类具有下列三种时刻：人的种族生命的开始、高潮和完成。时间就成为矢量的、直线的、不可逆的。这样就形成了不同于"古希腊只针对于过去"的基督教时间观。不过，在我们注意到基督教时间的矢量（方向）时，应该认识到它并未彻底抛弃循环论。从整体看，基督教的时间观还是认为历史依然是个循环：人和世界要回归到创造者那里，而时间要回归到永恒（非时间）。

我们认为，在基督教神学思想中，最为重要的是确定了时间的矢向本质，然而却把时间的起源归于神，归于上帝。我们在《圣经》中，开头就读到"起初，神创造天地。……神说：'要有光'，就有了光。……神说：'诸水之间要有空气，将水分为上下。'神就造出空气。"然后，神造出世上的一切。在把包括时间在内的一切都归于神，这点与上面提及的苏格拉底、柏拉图和奥古斯丁相似。而基督教神学思想把人类历史看成是从金世纪、银世纪、铜世纪到铁世纪。初始时是美好的，最终要走向毁灭这样一种过程，看不到人类的强大能力，科技的发展，有可能对热寂的某种反拨。这种从宗教意义上的阐释，把时间归于神而不是自然规律，在无神论者看来是荒谬的。它虽不可取，但无疑对时间的矢向本质的理解，以及世俗的人们在如何对待这一矢向时要像基督那样献出肉身，心灵才能得到永恒的观点，不可小觑（这里存在着巴赫金提出的"为他人之我"的思想，与他是虔诚的基督徒大有干系）。自身的价值是在他人身上体现出来的。目前，我国经常倡导"舍己救人""见义勇为"以及提倡"器官捐献"等等，也是一种对时间防卫机制的理解，值得重视。

后来，德国古典自然科学家兼哲学家的康德提出了宇宙在时间中起源问题，他在《纯粹理性批判》一书中坚持"全世界的时间概念"，认为我们的时间观念，并非宇宙本身，而是我们心理器官的组成部分，是为了用来反映和想象世界的。他说："时间并不是什么客观的东西，它既不是实体，也不是偶发，也不是关系；它是因为人类心灵的本性而必然产生的主观条件。"康德的这种时间观是主观的，又带有客观性质。对时间观念如此明确地提出主客观的结合，无疑加深了对时间本质问题的认识。

物理学家的牛顿，他的绝对时空观，对时间的本质阐释，是他那一时代的集大成者。牛顿的时间观是"绝对的时间"观念。他在《自然哲学之数学原理》中说："绝对的、真实的、数学的时间，由于它自身的本性……与任何外界事物无关地、匀称地流逝。"在今天，虽然他的这种观点已经过时，已经被爱因斯坦的相对论时空观所取代，也为现代科学证明有的观点的不准确，但这一观念仍然左右着我们星球中人们的日常社会生活及社会的、个体的意识，给文学艺术的发展过去是、现在是、将来依然是强大的支配力量。传统文学中的时间思想（即作品的结构原则）基本上是受他的绝对时空观念的影响。因为，文学是生活在我们这个星球中的人为之产物。

进入20世纪，对时间的兴趣日益浓厚，可以说是一种狂飙猛进式的发展。各种不同学科对时间进行了不懈的研究。物理学、哲学、生理学、社会学、心理学、逻辑学、都对时间的研究作出了自己的贡献；时间决定了控制论、信息论、生物控制论等等学科的研究方向。在我们看来，时间的这种研究，通常是朝着两个方向进行的：对时间的宏观宇观方面的研究，为追寻时间的起源、证实"大爆炸"理论，是为了把握宇宙的本质，为人类认识宇宙从而更加自觉地去适应宇宙提供依据，开辟人类发展的前景，扩大人类的生存空间，如对火星或更加遥远的星球的探索（明显的受它的防卫机制的驱使）；而另一方面，对时间的微观研究，即时间的生理学研究，深入到细胞内部，生长因子的发现，使得每一生物体都具有了自身的时间，同时发现了控制发育、成长、衰老的因子。目前，我国步入老年社会而大大兴起的养老产业，说明了人的意识在年轻阶段与老年阶段对时间概念（在这里表现为死亡）的不同理解（同样有它的防卫机制存在）。可以说，科学的发展得益于对时间的研究，而科学的发展，进一步认识了时间的本质。特别需要提出的是，在研究时间方面，1966年在纽约成立了研究时间的国际协会，一些著名的科学家，如威特罗、格留巴乌姆等人的参与。他们把对时间的研究称作时间学（chronosophia），确定了时间在哲学上作为元问题来研究，这大大地促进了时间研究的步伐。

20世纪在认识时间本质问题上，首先要提出物理学家爱因斯坦的相对论时空观。他的这一观点否定了牛顿的绝对时间观，改变了真实世界的画面。时空不可分割，而且时空随着物质的运动的变化而变化，时间、空间、和物质的关系都是相对的，不是一成不变的。他提出的"同时性""长度收缩""时间膨胀"即"时慢""时空弯曲"以及"光速不变"等原理，不但阐明了时间的本质，而且给人类进入宇宙创造了条件，开辟了外太空研究的发展前景（十分明显，是时间的防卫机制的延续）。与此同时，它给人类文明的发展，其中包括哲学和文化学、文学艺术的发展开辟了前景，给艺术时间的进化提供了本质的依据。

稍晚一点的是诺贝尔奖获得者、哲学家柏格森对时间的研究，值得我们关注。尽管，他的研究与爱因斯坦迥然不同，但他的时间观对文化界，特别是文学创作的影响，同样不可小觑。他首先把时间作为"心理的绵延"提出了时间的绵延说，认为绵延是真实的时间，是时间的本质。实际上，绵延是指内心深处连续不断地变化着的心理流，换言之，是连续不断的内心生活。显然，他的思想与中世纪的奥古斯丁一脉相承。他是在《时间与自由意志》一书中提出这一观点的。他认为，思想上清晰地存在着的感觉、表象、概念等只是表层的心理，还有深层的内在的心理，那就是绵延。绵延是自我。绵延与表层心理的不同，它不是清晰的、固定的、是没有间断性的连续变化，是一种没有确定流向的不可预测的流动；是一种既无方向也无阶段可分的生成、变化过程。他是真正的自我，也是真正的时间。这样一来，主体的我，成了绵延的主宰者。所以，柏格森完全否定了时间的客观存在。他还认为，时间的将来、现在、过去是浑然一体的不可分割。在哲学观上说，这是典型的主观唯心主义观点。唯物主义者不否认时间的主观因素，但这种主观因素，恰是人长期地与客观世界、客观存在的时间的相互作用后积淀在人的头脑里、意识中的物质因素。

值得我们注意的是柏格森的另一观点。心理时间的提出，这与主体的感觉、知觉、回忆、记忆、想象、情感等心理活动不可分割。这就表现在他在认识时间和空间的关系上，认为它们是能相互转化的。他提出时间的"空间化"这一命题，这无疑给以后的文艺学创作以及文艺理论的发展提供了契机。我们认为，巴赫金在上个世纪20—30年代提出的"复调小说"以及小说的对话性以及狂欢化理论，其实质，是小说"时间的空间化"的异说，这无疑与柏格森的理论有某种关系。而有的研究家认为，普鲁斯特的《追忆似水年华》就是在柏格森的理论影响下创作出来的。这话不假。因为，如普鲁斯特本人所说，此书已经把故事的时间叙述变成一种教堂式的空间描写。

心理时间与艺术时间在发生学上是同源的。这是因为认识、知觉艺术时间的过程，首先是一个心理过程。研究艺术时间的功能化，若没有驾驭知觉时间的过程的心理机制，是不可思议的。国外以及国内的实验心理学研究成果，对这一时间问题作了最有效的解答。可以毫不夸张地说，时间问题已成为20世纪心理学的中心议题了。早在19世纪，著名心理学家克莱伊（E.R.Clay），以及后来的詹姆斯，还有20世纪的时间学研究者，如威特罗等人都赞同这样的观点，即把对"时间的经验关系"区分为"真正现在"与"恰似（specious）现在"，给认识艺术时间的产生渊源提供了契机。"真正现在"，不具时间长度，只是把过去与将来相隔开来的瞬间间隔。这是一种数学的时间，是数学的理想化时间，类似于几何学中没有大小的点；而"恰似现在"，是一种直接的经验，因为神经系统的每一个刺激物具有某种封闭的积极性，这种积极性只能慢慢地消失，我们在每一时刻都能体验到这种大脑叠加过程，由此而形成了长度的感觉。如此一来，这种"恰似现在"比"心理现在"这样的一个中性术语，更为许多学者所接受。这种对时间本质的探讨，从深层次上说，这种"恰似现在"对瞬时的延长，在生物学意义上说，也是它的防卫机制的体现。

对"恰似现在"这种认识，在我看来，是把时间经验与行为（即上面所说的体验）紧密地联系在一起。而对它的分析，时间学者并非一致，居约在分析"恰似现在"观念时，只强调了时间与行为之间的联系，而柏格森不但认为有行为，而且还要有对行为的认识，即应认清一定的努力，而捷涅特（P.Janet）则认为，还应把话语与事业结合在一起的智力行为，也就是把回忆、叙述也包括在"现在"之中。这样，之前是直接感觉的简单基质的心理现在，应该被看作有复杂结构的产品。它内在地与我们的过去相联系，因为它取决于我们的直接的记忆，但它也决定着直接的将来。无可置疑，对"恰似现在"的这一认识，使得"现在"这一概念有了长度，有了丰富性和充实性，使得时间的本质更加鲜明地呈现在我们眼前。

记忆是心理的过去时间。根据罗素的说法，虽然对现在的认识是最基本的时间经验，对过去的关系是模糊的，是一种虚假的熟悉的感觉；但这种过去的虚假感觉是与不存在的感觉联系在一起的。在过去中所发生的一切被作为熟悉的东西来看待。熟悉与过去在语义上的相关性，清楚地表明了记忆在我们再造已过去的东西的决定性作用。因此心理的过去是与记忆、回忆、想象、忘却等等心理活动联系在一起的。但记忆与想象不同，回忆过程是借助于智力形象，罗素认为，记忆形象有不同于智力其他形象是在于其熟悉感，而这种熟悉感决定着"过去性"的感觉。这样，罗素就提出了我们是否在记忆中直接与过去认识这样一个问题，他的回答是否定的。他认为，我们不能直接解释过去事件的过去性，是因为这些事件是过去存在的，现在不存在了。因为我们不能同时占据两个不同的地方，所以在记忆中我们只能想象事件。这就是记忆与想象的同时现象。但想象告知我们的时间语境不多，我们必须有意识地思考精神层面上的事件的连续性。开始的范围很小，后来慢慢扩大至全方位。这就是现在时间连续性概念与作为回忆的过去概念在同一个情景下的同时出现的现象（见他的《人类的知识》的有关章节）。如果我们读一下《追忆逝水年华》，普鲁斯特在小说中表现得正是这种现象：现在的时间与过去的联想根本难以区分。普鲁斯特描写的就是这样一种把记忆、叙述包括在内的"恰似现在"。这样一来，可以说，"恰似现在"成为文学创作的主要组织、叙述元素（意识流小说就是例证）。

20世纪的最大成果之一，是逻辑学对时间本质的研究所作出的重大贡献。这一时间观对艺术时间的影响，在这里不得不多费些口舌。

20世纪初英国哲学家马克塔伽特（J.M.E.McTaggart）在论述时间逻辑的哲学层面时所提出的时间的A-序列和B-序列之分野，对我们分析文学作品的时间层面时，对时间的组织和描绘功能的认识大有启发。

马克塔伽特把时间区分为两个层面，其中一个称作 A-序列，另一个只是 B-序列。A-序列是过去、现在、将来的序列，就是说，具有极强的时间连续性，连续不断的变化的矢向性；而 B-序列是事件在时间序列中的联系：一个比另一个早些或晚些，时间点的交替。事件的 A-特征，即是指事件的将来、现在和过去，是动态的、变化的：此刻是现在的事件，曾经是将来的，将会变成过去的。这样，A-序列"时间中的状态"是这样的：它"从遥远的将来经过临近的将来走向现在，然后从现在经过临近的过去走向遥远的过去"。而 B-序列则相反，它是事件在"早些——晚些"层面上的相互关系，是恒定的、不变的。如果 X 的出现比 Y 早些，那么，X 总是比 Y 早些。如此看来，B-序列"时间中的状态"是这样的：它"从较早些走向较晚些"。我们认为，马克塔伽特对时间的本质这一界定是正确的，也是十分有意义的，特别是对我们分析文学作品中的时间层面从而深化文学作品中的人学内容来说，更是如此。

　　我们现在来看看马克塔伽特对这两个时间层面所作的进一步的阐释。他认为，事件的 A-特征是时间和变化的本质特征：时间"运动"的事实是，越来越近的日期进入现在，或者这一事实用另一种表达法，具有存在于现在的质转化到越来越近的日期。如果我们选择第一种方法，我们就有一个顺着确定的 A-序列运动的 B-序列，如果我们选择第二种方法，那么，我们就有顺着确定的 B-序列运动的 A-序列。如果时间只有 B-序列构成，那么，变化就不会发生（在这里，我想起了古希腊的芝诺有关"兔子追不上乌龟"的说法），为了反映变化，必须注意到 A-序列的特征。他说，"我们拿任何事件来说，例如，王后安娜之死来研究一下，在这一事件的特征中有会发生什么样的变化。这是一次死亡事件；这是王后安娜的死亡事件；这个事件中是有原因的；这个事件是有结果的，——类似事件的任何特征都是这样，是不会变化的，就像星星相互对视一样，被研究的事件是安娜王后之死。在最后时刻，那么它就是王后之死。除此之外的任何方面都没有变化。但只有这一方面变化着。曾几何时它是遥远的将来的事件，随着每一时刻它变化为越来越近的将来的事件。最后，它成为现在。然后它成为过去，将永远成为过去，虽然它随着每一时刻它变得越来越遥远的过去。"① 他认为，虽然过去、现在、将来不能并存，但任何事件都有这些过程。我们认为，马克塔伽特的这一观点，虽然道出了时间的本质特征，但对于文学创作来说，情况恐怕恰恰相反。根据巴赫金的艺术时间思想，

---

① В.Ч.Чередниченко.Типология отношении времини в лириках.Тибилиси.мецниереба.1986.стр.6.

小说中的情节时间是通过时间的"狂欢化"手法，把它们并列、毗邻在一起来达到作家的创作目的。

接着，他把事件的时间先后分成 6 类：1. 表现强、弱以及其他先后的描述；2. 不变时刻和可变时刻的描述；3. 具有同一时刻的描述总和，以及不同时刻描述组成的总和；4. 清晰时刻和模糊时刻的描述；5. 拓扑学描述和度量描述；6. 瞬时和长时时间的描述。①这些描述都是在语言句子的基础上来分析时间类型，完全可以把它们应用到文学作品语言的分类中；特别是第一类，苏联学者切列特尼琴科对抒情诗结构类型的分析，在我们看来，就是以此为基础的。

与此同时，他还认为，"过去总是在变化着……如果 A- 序列是真实的，那是因为，在每一该时刻，过去的事件处在与它相比更加遥远的过去。"马克塔伽特对"过去是变化"的观点，是十分深刻的。尽管哲学上提出许许多多的时间概念，这些概念，对于艺术创作来说，都具有重要意义。因为，艺术创作以及对它的研究，不可能与逻辑学分家。无论是时间上的哪一种结构类型，强时序还是弱时序，时间的矢向，还是回流、停顿、瞬间，都是作家描写的对象，也是我们理解艺术作品的画面，以及作家的创作思想、意志的不可或缺因素，其意义也是不言自明的。

因此，在 20 世纪，时间（当然与空间紧密结合在一起）被人们作为元问题的提出时，表明了人类面临一系列本质问题："既由单独个人，或由某个团体制定出来的时空结构中，折射着他们的精神观念的整个体系，他们全部精神经验的总和。时空观念的变化，首先说明了对时代、世界的感受、体验的变化和飞跃，证明了文化中发生的变化和飞跃。所以时空能够既作为界定整体的文化类型，也能够作为界定整体的艺术的类型。"②上面简单地概述了哲学、心理学、逻辑学等等的时间概念，都是紧紧围绕着与艺术时间有直接和间接的关系而为之。

至此，我们可以明白一点，时间的本质是矢向的。这一本质问题，决定了对时间的这一机制的防卫或反拨，出现了时间的另一种倾向，竭力克服时间的矢向性，于是时间就呈现出两种本质形态：A- 序列与 B- 序列。马克思主义的时间观，则强调时间的客观本质，同时把时间区分为"质"与"量"，时间的"质"是指"过去—现在—将来"，时间的量是指时间的"前—后"（苏联哲学家 Я.Ф. 阿斯金在《时间问题，它的哲学阐释》中赞同莱亨巴赫的这种分析）。如果我们从这一观点上说，A- 序列表明的是时

---

① Пространство и время.Киев.1984，стр.277-278.
② Ю.В.Пухначев.Число и мысль.М.，1981，вып.4.стр.7.

间的质，而 B- 序列则表明时间的量。这种量的关系，是由质派生出来的。但这两种都是时间的本质形态（这里可以看出，逻辑学的时间观与马克思的时间观有类似之处）。时间逻辑学对时间本质的这种揭示，表明了世界的一切科学发展（特别是文学艺术），无疑都围绕着这两个本质问题而展开。

在论述人文科学对时间的研究时，在把时间作为研究对象时，不涉及作家、文艺家对时间的研究，是不可想象的，因为，时间的本质在作家、文艺家的笔下表现得更加淋漓尽致。在这里，时间逻辑学上的 B- 序列在文学家的观点和行动中表现得更加突出，更加本质。时间深深地把人文科学家与自然科学家紧紧地捆绑在一起。艺术家对时间的研究，提出了艺术时间问题。诚然，他们对这一问题的兴趣，有着自身的原因，但从哲学生物学意义上说，也是与消除时间的矢向，与时间的防卫机制相关联。因为这里的时间，艺术家更能随心所欲，时间的倒流，时间的静止不动，时间的前后跳跃等等的花样繁多的时间形态，成为人们免受时间矢向的恐惧（因为，时间的矢向性，实质上是指向世界末日）的主要因素，深深地印入作家（特别在西方的作家）的头脑中，融化在他们的血液中，成为他们生活、创作的不可或缺的思考对象。这种研究，使得时间的本质特征，更加明显清晰，更加为人们所把握。然而，我们必须强调一点，作家、文艺学家在时间问题上的探讨，其实质是一种作品的结构研究，是属于叙事作品的叙述学研究范畴，与哲学家、物理学家、生物学家、心理学家等等的对时间研究，不可混为一谈，但也应该看到他们之间在哲学上的关联。自然哲学的时间观仅仅是影响作家创作以及文艺学家研究作品结构的一个因素而已。当前以及 20 世纪那一阶段，世界各国的文化领域，特别是文学艺术对时间问题提出的多种观念，使得时间的非时间化以及非时间的时间化，成为众所追求的目标，就是明显的例证。而另一方面，这种思想，无疑要表现在作家艺术家的作品中，因此，文学艺术作品中的时间，作为作品的结构组织原则，成为作家创新自己作品画面的手段和追求的目标，也无可置疑的了。他们为作品中的时间画面，可谓费尽心机。当然，这种情况由于时代的不同而有所区别。在作家那里，对时间的自然本质的深入了解，已经成为深化作品内容的有力手段，深化作品中人物的内涵的有力手段。时间已成为作家艺术家在其创作的人物身上体现自身创作的精神灵魂。因此，可以说，无论是精密的自然科学，还是人文科学，其发展与进步、繁荣，都与时间紧密相关，脱离开对时间的研究，便一事无成。

作为人文科学中的一个重要领域——文艺学，是研究文学艺术作品的。文学艺术作品画面的变化，它们的时间结构，无疑成为文艺理论家研究的对象，成为文艺理论的重要组成部分，时间成为文艺学研究的对象是本专著所要研究的主旨。这里仅仅是对它的概说。

文艺学家对时间的研究，早在古希腊时期，就已经展开。亚里士多德对作品的时间便有了专门的明确的独到论述。后来的布瓦洛等人提出古典戏剧的"三整一律"原则，就是对作品中时空统一体的规定和限制。稍后，德国文艺理论家莱辛的《拉奥孔》，可以说是一本专门研究艺术时空的第一部著作。他提出时间艺术和空间艺术的分野，受到后来各国文艺学家和美学家的注目，至今仍不失去其意义。再后来，黑格尔的美学研究，把时间作为主要对象，形成了自身的艺术体系。到了20年代，在新的历史时代条件下，新的文学艺术作品画面下，巴赫金的艺术时空观在承续莱辛和黑格尔的艺术时间的本质思想下，又把爱因斯坦的相对论时空观移植到文艺学研究中，再结合现代艺术作品的现实，认为时间和空间的不可分割性，提出了颇具特色的理论——赫罗诺托普（即为时空）理论，把"时间的空间化"、时间的"狂欢化"作为小说发展的新方向。这就构成了他的小说理论的三大支柱，即"对话、狂欢化、赫罗诺托普"。而在这理论的三大支柱中，赫罗诺托普虽然排在末尾，但在我们看来，三者的基本始源是赫罗诺托普。对话理论也好，狂欢化理论也好，都是建立在赫罗诺托普理论之上的，都是以赫罗诺托普为依据为出发点的。艺术时间是巴赫金小说理论的核心议题。

小结

时间是客观存在的。它作为科学、哲学、心理学、逻辑学乃至文艺学研究的对象，其目的在于探明时间的本质特征。这一本质特征就是与现实紧密联系在一起的时间的防卫机制。世界万物存在于时间之中，而时间也同样存在于世界万物之中。时间不仅仅表现为"过去——现在——将来"这样一条动态时间流，而且还表现为"早—晚"或"前—后"这样的时间段，为马克思主义者及时间逻辑家等所肯定。时间的本质特征以及这两大形态，是人类随着社会的进步而对它渐渐认识的。在原始社会，人们的时间概念是混沌，不分时间和空间，是一种"近身"的观念，古希腊时代的亚里士多德，把时间与天体运动结合在一起，时间是矢向的；稍后的奥古斯丁把"心灵"这一概念引入时间之中，再稍后是柏格森，把时间看作是意识的流动，提出了心理时间问题。时间是可以"空间化"的，表明了时间的多样性；特别是物理学领域中的牛顿，爱因斯坦等人对时间的研究，进一步阐明了时间的客观性本质,丰富了时间的客观形态,同时打开了向宇宙空间探索、研究时间起源的实际可能。现代科学的时间研究,更加证实了时间的既有矢向性,又有多样性。在日常生活中,它不是以人的意志为转移的滚滚向前,同时又表现为循环,回流、异向性(特别在文学作品中)。时间的这种客观本质特征和形态为时间的文艺学研究和巴赫金的赫罗诺托普理论所证实。

第二章 艺术时间的特殊性

上面提到，艺术时间的诗学研究，与上述的对时间的科学、哲学、生物学、心理学、逻辑学等研究是一种平行研究。但是，艺术时间，不同于其他时间的本质一点，它是人类头脑的产物——艺术作品中的时间。因此，对时间的诗学研究，是对时间研究之研究，是一种反映研究。因此，我们说，艺术时间研究，也与上述各种学科的研究一样，是对时间本质的一种探讨，也受时间的生物学机制，即防卫机制的影响。但是，艺术时间是艺术作品的画面，因此，它属于作品结构范畴，是作品的一种结构研究。但它与作品的其他结构不同，作品中的一切因素，如故事情节、人物、话语、章节，可以说，连同作品本身都处在时间中。因此，它具有更大的概括性，它更能反映真实世界，受真实世界的制约，也更能反映真实世界中人的成长。

这里，首先需要说明的是，虽然在真实的世界中，若从爱因斯坦的相对论出发，时间与空间是不可分割的。但是，在人们的日常生活中，或当人们对它进行理论思考时，又是可以分割的。特别在文学世界中，赫罗诺托普中的主导因素是时间。这点首先为莱辛所提出，随后为黑格尔所确认。他们认为，诗，即文学作品，是时间艺术。而巴赫金继承了他们的思想，认为，时间是主导因素，并再次做了深入探讨，提出了新的问题。本文在研究这一问题时，就是把时间作为艺术作品世界中的主要构成因素来对待的，这就是很少涉及空间因素之缘由。

恩格斯说过，时间和空间范畴是物质存在的形式。现实世界的一切都存在于时间和空间之中。艺术作品，作为一种真实的物的存在，借用康德的话，是一种"物自在"，或"自在之物"，与其他物体一样，是存在于真实的时间和空间中。这是问题的一个方面。然而，我们应该看到，它的存在，与其他物品的存在不一样，它不是一种自行存在，不是为自身而存在。它是为他人而存在，为某种目的而存在，也就是说为审美而存在。然而，这种存在，首先是在读者的参与下，在读者与之交流对话的情况下，因此也可以说是一种"为他之在"。当然，这完全因为艺术作品是艺术家创造的。他的创造是具有某种目的的：首先是审美之目的，其次是社会目的，是一种社会订制。这么一来，可以这么说，艺术作品的存在，与其他物品不是在同一水平、同一层次上的存在。

艺术作品的这一存在方式，决定了艺术时间（当然，也包括空间在内）的存在性质。艺术时间是艺术作品中的存在物，是作品中存在的形式，亦是艺术世界的存在形式，是艺术形象存在的形式。因为艺术作品是客观世界的艺术反映的形式，所以艺术作品中的艺术时间也是客观世界中的真实时间的一种反映形式，当然这种反映不是照相式的反映，而是一种艺术的反映，即审美反映。

艺术作品是艺术家创造的。因此这种作品带有艺术家的政治思想、立场和美学观点，与艺术家的构思、面临的任务有关。这样，艺术作品的世界不是对现实世界的一种消极知觉，不是消极的"反映"，而是对现实的一种积极的态度，一种构成，当然，其积极性程度是形形色色、千差万别的。

就时间而言，也是这样。艺术时间不是真实世界的时间，但它又逃脱不了现实世界时间的束缚。我们之所以提出这一术语，就是为了表明正如列宁在《哲学笔记》中所说的"艺术并不要求把它的作品当作现实"[①]这一言之凿凿的真理，就是为了表明它们之间的这种相互关系的本质。因此可以说，艺术时间概念是一种复合体，是作家对真实的客观的时间的把握后的一种再创造。它既带有艺术家的主观性质，有艺术家的"我"的成分，又带有客观世界的性质。所以，不能把艺术时间与客观的时间视为同一，又不能与它们完全割裂，它们之间有着千丝万缕的联系。正如我们在文学作品的世界中所看到的那样，艺术作品中的空间可大可小，大到可囊括整个国家，几个国家，甚至超出地球界线而进入宇宙，例如在浪漫主义艺术作品中以及科幻小说中，而小到只有几平米的小室；而作品中的时间则可长可短，长到几个世纪，短到几天、几个小时，同时，时间流可快可慢，可断断续续，可连续不断，可跳跃，可平稳流逝，可停顿，可回流，可前后倒置。一言以蔽之，现实的客观的时间所不具有的品质，在艺术作品中无所不见其极。而艺术时间具有的内容和审美意义，更是真实时间所不具备的。艺术家本人的意识形态、美学观点都要反映在他的作品中，反映在他所创造的艺术时间之中，使得艺术时间具有了尖锐的社会思想倾向性和审美的特殊性。

在这方面我们可以举出许多例子来印证这点。在南非联邦首府比勒陀

[①]《列宁论文学与艺术》，人民文学出版社，1962年，第41页。

利亚不远的高地上耸立着一块巨大的四方形灰色大理石纪念碑。一年一次的12月16日中午，阳光从上面椭圆形洞孔照射下来，照亮了大理石祭坛，而祭坛上刻着几个南非荷兰语的金色大字："我们为你而战斗，南非！"以此来纪念"佛尔特勒克尔人"于1838年12月16日战胜非洲祖鲁人。从那一天起，在纪念碑前举行群众集会，其目的是显示"优等白种人"对非洲人、亚洲人以及"有色人种"的统治坚不可摧。这个例子说明了，建筑师在完成南方种族主义者的社会订单时，发现了那一艺术诉求，这里真实的天文学时间在建筑结构上履行反动的社会艺术内容，完成了符号学和价值学功能。再举一个审美上的例子，用的也是天文学时间。在我国山西省珏山风景区里，陡峭的山道上的一个凉亭里，东面的墙壁上嵌有一块石碑，上面刻有"双峰捧月"四个大字，但"峰"字少了一横，而对过西面高墙上有一条透光的缝隙，当太阳西下时的某一钟点，透过缝隙的阳光恰好照在这个"峰"字上，填上了缺少的一横。导游的讲说或许是真的，或许是后人对这个缺了一横的"峰"字的猜测与传说，但在这里，不管其真实性如何，我们依然看到天文学时间在为艺术服务，艺术家为天文学时间增添了审美的内容和情趣。

不同的艺术门类，由于使用的材料不同，使得艺术时空的形成也形形色色。例如，造型艺术，用的是石头，绘画是颜料，而文学是话语，它们所形成的艺术时空是各不相同的。但当我们指出材料的特殊性时，不应把它变成主导因素。因为我们利用材料来创造艺术形象，不是材料决定艺术形象，而是材料的选择取决于形象的思想艺术内容（这点我们在巴赫金对材料美学的批评中已经熟悉，否则会成为受巴赫金批判的材料美学的那一形式主义变种而张目）。这就是为什么我们在不同的艺术门类中看到同一形象的处置。

在如何对待艺术形象与材料的关系这一问题上，有的学者持这么一种观点，说艺术作品的时空特征，是由于他们利用的材料的特殊性，是"缩短"的、半拉子。"在电影里，形象的展开是在真实的空间里，银幕的二度空间里和真实的时间里。在诗歌中，形象的创造是在想象的空间里和想象的时间里。绘画中的形象存在于真实的二度画布的空间里和想象的时间里。音乐形象存在于想象的空间里和真实的时间里。"① 这种说法貌似正确，其实大有商榷之处。

我们认为，任何艺术作品都存在于真实的三度空间里和真实的时间

---

① Б.В.Асафьев.Музыкальная форма как процесс.стр.186-188.

里，简言之，是四维空间里。上述说法欠妥当，是因为说影片只存在于真实的二度空间里，要知道，电影放映不仅存在于银幕的平面上（二度空间），但它还在胶卷里，在照射到银幕上的灯光中，在真实的四维空间里。绘画的真实空间是三度空间，不是二度的（如上面所说的，明显地混淆了画布与画像的关系），因为画像不是二维，包括不仅是画布的平面，而且还有反映到它表面上的光线上（艺术家对此一清二楚，画面的光照具有重大意义，绘画中的透视直接表现出三度空间来）。长篇小说的真实时间是它要把读者的阅读过程包括在内，若没有读者的参与，便是一种"自在之物"。音乐也不仅存在于严格地由音符和休止符的长度确定的真实时间里，而且还存在于真实的三度空间——"声音的空间中"。[①] 这一切让我们相信，艺术作品存在于真实的时空——四维空间中。

诚然，在这里，艺术形象又是另一种情况。如音乐形象也好，文学形象也好，它存在于特殊的观念的时空中，这种时空的属性不同于真实的时空属性。观念时间是不同于真实的时间，它是主观的、不连续的、可逆的、假定的；观念空间也是主观的、虚构的、假定的、离散的。艺术中的艺术时间和空间不仅是对真实的时间和空间的艺术反映，而且是艺术再现形形色色的社会关系的手段。

艺术形象是反映了现实的时间（空间）的那种观念的时间的载体。

艺术形象的观念时间又可以称作主观时间（这里当然不能否定它的客观成分）。虽然这种称谓带有十足的哲学味道：主观的与客观的；但它是作品主人公的时间。毫无疑问，这一主观时间是属于艺术时间的，是艺术时间的主要组成部分，因而进而也属于真实的时间。

主观时间是被主人公所体验的、所充实的时间。在作品中具有绝对的重要意义。主观时间充满主人公的激情、感受，是艺术作品必不可少的条件。然而，主观时间是在真实的时间中行动的，是在现实中运动的，所以，主观时间不能摆脱真实世界的控制、真实生活环境的控制。尽管这一时间是假定的。19世纪批判现实主义的作品对现实生活的弊端进行严肃的批评与揭露，表明了主观时间的积极性，也表明了主观时间的相对独立性。这点不但为文学理论也为文学本身所熟悉。这里，如上所述，主观时间的流动的强烈程度，快速与迟延是各不相同的，或者它是不受真实时间的制约，强烈程度，失去目的，丧失方向性，变得没有多大意义；或者与真实时间融合在一起，赋予主观时间以崇高的内容和深刻的涵义，都是受

---

① Ж.Гюйо.Происхождение идеи времени.Спб., 1899, стр.24.

作者的艺术思想、审美目的和原则所制约。

这是艺术时间的一个方面。我们还应该看到，文艺作品是为了他人而存在。所以，在形成艺术时间过程中，除了作者之外，读者、观众、听众对艺术作品的知觉过程扮演着重要的角色。这个过程不是简单的、线性的，而是活生生的一个再创造、再思考艺术家所创造的艺术形象的过程。这里需要强调两种相互联系的，但具有不同的质的艺术知觉层面。观众在知觉艺术作品时，把它作为存在于真实的物理时间和三度空间中的物质客体，同时又把它作为存在于观念的艺术时间中的一种观念的艺术形象。正是第二种知觉序列以第一种为背景（基础）的，才能把观念的艺术时间作为审美的因素来再创造。

读者对艺术时间的知觉，上面已经谈到，是一个心理过程。因而，可以说，艺术时间，是一种心理时间。心理时间是一种感觉时间、理解时间、想象时间。而艺术时间也是这样的时间，但具有审美意义的时间。这与心理时间根本不同的地方。这是其一。其二，艺术时间是可感觉、理解、想象的事件时间，它不是唯一的诉诸主体的思维活动，虽然，在知觉时离不开主体的思维；其三，在艺术时间范围内，只有有审美意义的事件才能得到实现，审美事件是直接以感性形式作用于人的感官的。因此，艺术时间是与心理时间不同的，虽然它们都是人的经验时间。

由于艺术时间是一种人为的想象时间，因此，它具有与现实时间不同的本质。上面提及的艺术时间的多种形态，是现实时间所不可见的，因为它是艺术家创造的想象时间，是读者在阅读作家的作品时也参与的想象时间。但随着爱因斯坦相对论的创立，时空的多样性，时间的倒流，空间的弯曲等等的一系列在作家的作品中所见的时空形象，都得到了理论上的阐释和实践上的印证。这也从另一方面说明了艺术时间的客观本质。艺术时间是现实时间的一种艺术反映。

艺术时间和艺术空间相互联系而不可分割，巴赫金把它叫做"赫罗诺托普"，即"时空"（国内译名颇多，有译为"时空簇""时空体""时空型""时空集"都是一个意思）那么在艺术中是什么把时间与空间联系在一起的？

艺术时间和空间是可以转化的。艺术作品中的时间和空间都存在着这种转化。读者在知觉时，总是把时间形式想象成空间形式。居约曾经说过："我们想象一下时间是什么样子的？您只有用想象空间来理解它。您将不得不把连续不断的现象排成一条直线，把一个现象安置在这条直线的一个点上，把另一个现象安置在另一个点上。一言以蔽之，为了想象时间，我们要转换一系列空间形象。"①如果表现在语言上，就十分明显的是一种空间关系："过去"表明已经过去而不在此地的东西，"现在"表明我此刻在这里。马雅可夫斯基论作诗的艺术手段时也谈到用空间的移动来表示时间的变化。艺术形象的本质是一种用特殊的艺术空间和时间来描绘的艺术运动（动作）。艺术运动是艺术形象的变化，艺术家的思想和情感的运动，不过是用不同的艺术手段表现出来罢了。

谈起艺术运动，首先得指出，这种运动是一种矛盾体，是两种对立的因素：变与不变、动与静的不可分割的统一体。古罗马时期的艺术家就指出，静与不动是两码事儿，动可以借助于不动的静止的形式表现出来。观众在知觉雕塑时得到的是动的错觉，这里存在着三种情况：雕像实际上的不动是一个快速的动作（运动）被另一个相反的动作所取代（米隆的《掷铁饼者》）；当两个相对的运动达到平衡时（米隆的《马尔西亚》）；当运动是断续时，因而自然地分成几个连续的时刻（阿伊根山墙的《伤员》）。米隆的同时代人指出，静止的印象，不是死一般的不动，它只是在顺利地解决运动的问题后获得的：观众看到静止时，他应该觉得这是停止了运动所致，即雕像本身应该包括对刚才运动着的东西的明显暗示。我们常常听到这种说法，建筑是流动的音乐，说的就是这个意思。

艺术的运动具有外在的（作为物质客体的艺术作品的运动）和内在的（观念的艺术形象的运动）分野。它们互为联系，内在运动是建筑在外在的基础上，但不能归于它。苏联著名的电影理论家巴拉什说："在电影中，任何外在的运动都可变成内在的表现。骑马时的跑步、跳跃以及飞驰可以表现为内在的心灵运动，这样，便成为不是一种突然的和瞬时的运动，而是一种受到暗地里的观察研究并且可能被强化的运动。"②

应该明白，艺术运动，空间和时间，不是一种自足状态，像康德说的那样"物自在"，而是包含着艺术形象：它们是艺术形象存在的基础。我们之所以强调这点，是因为在我国，把对时间（空间）的研究，往往被看成是一种纯粹的方法研究，是一种不讲内容的形式主义研究，往往把时间的研究与艺术形象分割开来。因此，当我们一研究它的方法或形式时，便认为是坠入形式主义泥坑。在这里，我们觉得，应该看到，如巴赫金所说，不存在没有形式的内容，也不存在没有内容的形式，内容与形式就好是硬币的正反两面，它们是熔铸在一起的，不可分割的，只有对它们进行

---

① Н.И.Джохадзе.К методологии иследования проблемы времени в искусстве и эстетики.Вопросы философии.1983，№ 1，стр.132.

② Б.Балаш. Кино：становление и сущность нового искусства.М.，1968，стр.147.

抽象的理论分析时，才能加以区别；也就是说，时间、空间与形象熔铸在一起的，艺术中的人是被作了时间化、空间化处理的。巴赫金提出，"时空作为形式—内容范畴，在很大程度上决定着文学中人的形象，这一形象本质上说是时空化了的。"① 就这点而言，这与马克思主义奠基人所说的时间和空间是物质存在的形式是相一致的。

与此同时，我们还要看到，艺术时间概念是历史地变化的，这是因为它与创造者的"我"紧密相关，因为它是人们对客观现实的时间的艺术反映，它与反映者对客观世界的时间观念息息相关。这样一来，对艺术时间史的认识和把握，也就是人类对自然界、对自然界的知识史的认识和把握。我们对世界范围内的古今小说中的艺术时间的变化研究中（因为时间是构成作品类型的主要因素）可以看出，每一时代的艺术时间是各不相同的，他们基本上反映了那一时代的自然面貌、人们的社会生活特征。因此，我们在研究艺术时间概念时，不仅"既有可能阐明文化中最重要的时间参数的规律性，也有可能单独地知觉和再思考整体的艺术体系"②，甚至全人类的知识。

艺术时空问题，就其实质而言，是艺术作品的结构问题，艺术画面的网络问题，也是艺术中的人的问题。因此，艺术时空具有组织作品结构情节的功能，作家利用时空来组织作品，构思作品，描绘作品（人物形象），与此同时它们也成了被作家描绘的对象。这样，艺术时空保证了艺术作品作为整体的、独立的艺术现实而被人们（读者、观众、听众）而接受。

上面提及作品中的艺术时空是历史地变化着的。影响艺术时空概念变化的因素，是多种多样的；如果作一简单的归纳，那就是：社会、经济、政治和文化的发展，对时间和世界的知识的变化，还有艺术自身的发展。对前者，我们在前面基本上作了探讨，而对艺术本身的发展、艺术形象的变化，来看艺术时间的变化，正是下面要予以研究分析的。我们知道，整个艺术门类，不管是动态艺术，还是静态艺术（或者称为"音乐的"或"绘画的"，或叫作"时间的"或"空间的"），作品的形象在一定的意义上可以分成时间的存在和空间的存在。如果这一形象为集中的、完整的、综合的知觉行为所把握，它就是空间化了的；如果这一形象由一相向另一相展开，在时间中流逝的过程中被实现，被我们所知觉的，那么它就是时间化了的。时间艺术形象具有"开头"和"结尾"（亚里士多德），具有结构

---

① 《巴赫金全集》，河北教育出版社，第三卷，2009年，第270页。
② Э.Ф.Володин. Специфика художественного времени. Вопросы философии.1978, № 8, стр.133.

或骨架，时间艺术形象排除了不确定的抽象时间的那种无限性，变得可以目睹，可以知觉其栩栩如生、鲜艳夺目的形象，类似于局部的空间。但在其内部，又可以分割的，协调一致的美感或具表现力的节奏（小说的、音乐的形象都是如此）。

而空间的艺术形象同样摒弃了抽象的空间的那种无质感的单调性，要求有时间上的停顿，阶段性的把握。这么一来，我们在两种艺术形态中看到了框架以及节奏来构成艺术上的动态性。这样可以说，作为艺术时间和空间形象既是审美的、又是历史的、社会的、意识形态的，在它们那里积淀了人类知识和社会意识形态的全部因素。

文学是人学。小说理论的研究，其实质是对人的研究，对小说中主人公的研究，以及对社会上的人的研究。上述种种因素都要体现在人物形象身上。因此，艺术时间的研究，无疑深化了作品中人的深化，人学的深化。我们在巴赫金的小说理论中，对话、狂欢化以及赫罗诺托普化，其实是小说中主人公的对话、狂欢化和赫罗诺托普化，是作家描写人的变化成长的一种手段，是艺术审美的一种方式。推而广之，是社会中的人在艺术家创造的艺术世界中的对话、狂欢化和赫罗诺托普化。因而，把对话、狂欢化和赫罗诺托普化的研究，看作纯粹是什么形式研究，而不是对文学作品中人的研究，是难以成立的十分片面的观点。文学艺术作品中的一切因素都要进入赫罗诺托普大门，都要被赫罗诺托普化，其中包括人物和抽象的意义。文学作品中的人，无论哪一时代的作品，哪一时代的作家笔下，都被深深地打上时代（时间）的烙印，就是明证。只要看看目前我国的文学作品，与普通老百姓息息相关的社会事件，早先的核惨祸、目前的环境污染等等问题，都对社会时间的矢向问题提出了自身的看法和解决手段。作家的忧虑，他的创作思想，他的创作目的，无不深深地蕴含在他的作品的结构中，作品的时间中，表现在作品中的人物身上。因此作品的艺术时间，成为一种社会历史时间、社会中人之个性的形象时间。

这就是艺术时间的本质特征。

小结

艺术时间是艺术家创造的，是存在于作品中的结构时间。因而它带有意识形态以及审美属性。因而，它不是真实的、物理的、天文学的、生物学的、历史的社会时间，但它又与现实时间有某种联系，是对现实时间的艺术审美反映，是作家对它们的一种审美把握。

艺术时间是为作品中的形象服务的，通常是作品中主人公的时间。因而具有极其复杂的结构。它是主人公的个体时间，是作家的想象时间，"艺术时间不同于客观现实时间，它利用主体知觉时间的多样化"（苏联科学院院士利哈乔夫语），又是社会历史时间在作品中的审美反映，因而具有纷繁复杂、五彩缤纷的时间形态，也具有最重要的社会意义、内容和涵义，因而艺术时间也具有客观性。

艺术时间是复杂的矛盾复合体。我们明白，艺术时间的研究是研究作品中的人，研究人的发展与成长，其矛盾性也反映了社会中人的复杂性和矛盾性，从根本上说，反映着一定社会时间中整体的人与人的关系，反映着艺术时间与真实时间的关系，反映着艺术与生活的本质关系。

第三章　西方文艺学中的艺术时间研究

第一节　艺术时间在艺术学中的历史观照

原始时期。原始人的时间概念可以在原始艺术作品中得到它的艺术表现。在他们的作品中,基本的特征是不存在运动,没有动态结构,无论在空间中还是在时间中,均是如此。对被描绘的动物的空间分布,是以他们不相重叠为原则,因而,这种安排是混乱的、无秩序的,无主次之分,主要的是不让所描绘的东西重叠在一起。要说艺术,那就是纯粹的"空间艺术"。我们在古代遗留下来的绘画艺术中可见一斑。例如,在西班牙的拉文特岩画中,还有法国的拉斯科洞穴中的绘画就是如此。我们在澳大利亚一座山顶的岩石上发现的石刻亦是如此。(见下图:拉文特岩画)①

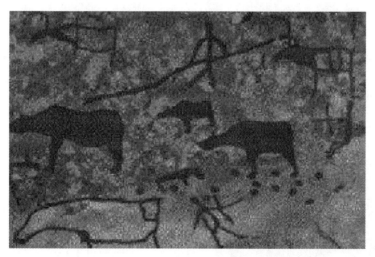

在原始人的描绘中,往往出现这种情况,他们常常碰到把人描绘成三只手或三只脚,也有两个头五只脚的动物。他们所描绘的大都是动物,以及打猎场面。这些都是真实地反映了当时原始人的生活情况。他们是否在这里打下磨灭不掉的原始人的意图,还是有意识地寻找传达运动的手段,学者们争论不休。无可置辩的是,这是原始人第一次与艺术表现打交道,

---

① 鲁道夫·阿恩海姆:《艺术与视知觉》,中国社会科学出版社,1984年,第183页。

打猎

是历史上第一次艺术地把握空间（例如，西班牙的阿尔塔米拉洞穴里的画），而对时间的把握要滞后得多。

稍后一点，也就是旧石器晚期，原始的时代艺术家开始了对三度空间的把握，其描绘动物群的画面中，能本能地利用简单的透视原理、结构原理。虽然这种艺术"不可能与人的整体活动相区别"，但所反映的是他们生活中意义重大的事件，即打猎。他们对动物的描绘，是在每个背景之外，没有与这环境的鲜明衬托，但能把追猎的场面表现得淋漓尽致：猎人手持弓箭，人的追赶的双腿极度地夸大，显出动态的，也就是时间的美感来。这已经是一种空间"时间化"的萌芽状态。

根据鲁道夫·阿恩海姆的看法，原始人的造型艺术观念都喜欢圆形，如同儿童一样，这是因为圆形是各种图形中最简单的、最好把握的形式，而且在那时人们还不能区别其他形式，圆形是艺术发展史上必经的阶段。例如，旧石器时代发现的最早的人物塑像——威伦道夫的维纳斯：她是一个肥胖的女人，她的头、胸、腹、大腿，都是圆的，看上去是由多个稍加

塑像

雕琢的球体组成的。一般的美术史、艺术史以及雕塑评论作品都会提到这件杰作。当然，它被美术史学家看作是对个性、个体的排斥，被视为更为概括的性力量的象征，但从时间意义上说较阿尔塔米拉洞穴的画作前进了一步。

新石器时代的艺术观念有了新的发展与变化。那就是不能辨别方向的球形体变成了棒状物，证明艺术家学会了掌握方向。从塞浦路斯和迈锡尼发掘出的公元前2000年以前制作的赤陶中，我们看到的是一种十分类似于棒状形的作品。在这些作品中，人和动物的腿、胳膊、鼻子、尾巴、犄角等部位，都是由一些直径大体相等的棒状物构成的。稍后一点，在绘画中

或雕塑中轮廓由线条生硬而鲜明的凹凸向更加流畅的有机统一的浮雕过渡。这种过度，可以说是一种从生硬的空间形式向流逝柔软的时间形式的过渡。①

这就是说，绘画和造型艺术更加时间化了。这一时期的建筑，也在利用天文学时间，位于南英格兰的石阵（前2750—前1300年）（据目前的看法是一座祭祀神坛），就是一例。

这个石阵是两个同心圆，大圆直径是29.6米，石柱高4.1米，柱梁结构，里面有一个封闭的门。夏天时，两个同心圆正好与太阳的直射路径一致。这表明那时的艺术家对自然时间的了解，已可以把自然时间应用于祭祀之中。

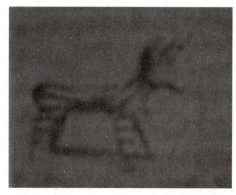

马

石阵

原始人的音乐艺术包括四个部分：歌曲、故事、仪式和舞蹈②。他们对这种艺术的研究比起造型艺术来比较薄弱。原因是这种艺术的"材料"，是人的姿态、声音、言语，不可能保留下来成为研究的标本。那一时代的这种艺术所具有的空间，是由人所固有的两种自我表现的手段——声音和动作——组成的，有的学者称之为"混合"艺术。音调由于人的声带有表现激情的能力，用一种特殊的形式来反映舞蹈和话语的空间特征。这种音乐空间所具有的属性直接产生于绘画。有一种假设说原始人把声音作为特殊的"点"来看待，不加区分基本的音调和泛音。③对韵律的知觉，在如此情景下，类似于阿尔塔米拉洞穴中的绘画，偶然出现一个画得十分准确的一头公牛的前额。

---

① 鲁道夫·阿恩海姆：《艺术与视知觉》，中国社会科学出版社，1984年，第289页。
② Н.Б.Зубарева.Об эволюции пространственно-временных представлений в художественной картине мира. В кн. : Художественное творчество. Вопросы компчексного изучения.Л.，1983，стр.26.
③ Н.Б.Зубарева.Об эволюции пространственно-временных представлений в художественной картине мира. В кн. : Художественное творчество. Вопросы комплексного изучения.Л.，1983，стр.27.

原始人的时间意识是把时间看作是循环的,这毫无疑问也表现在艺术之中。对时间现象的这种知觉成为原始神话的基础。重复循环时间在古代文化中占有统治地位。最明显的例子是各种不同民族关于神的传说都与季节循环联系在一起。而在艺术作品中对结构的单位的有节奏的重复在装饰图案艺术中,还有造型艺术中得到特殊的体现。苏联学者伊凡诺夫在叙述古代文化时写道,对在时间的相对性中,即是一种循环时间,是排除了发展的非时间性,这在古印度的艺术中表现得十分明显:古印度的戏剧有"电影式"的结构,时间突然位移,在古印度的舞蹈中,同一个姿态保持一段时间不动,后突然变成另一种姿态,这种舞蹈形式一直保留到今天我们所见的独具特色的印度舞蹈中。这种舞蹈姿态据专家考察来源于造型艺术中的雕塑技巧。①

时空关系的发展的这种倾向也反映在古代的建筑艺术中。古埃及的建筑物是与外部世界隔绝的,著名的金字塔的宏伟与沉重,象征着统治阶级的威力与永恒。这样,空间的封闭性有机地与神话时间概念结合在一起。

古希腊。古希腊的哲人亚里士多德、德谟克利特、伊壁鸠鲁、卢克莱修等人都认为,存在着无限的世界性空间,它是物体存在的形式,物体运动的场所。虚空概念为原子主义的反对者所拒绝,首先是亚里士多德。他认为不可能存在着虚空,因为虚空就是某种有容积的东西,而虚无是无形体的因素。亚里士多德把空间看作物体占据的场所的总和。这就出现了两种时间概念:一种是实体的,按这种看法,时间是一种特殊的实体(德谟克利特持这种观点),还有一种是相对的,按照这种观点,时间是物理事件之间的关系(柏拉图的观点)。苏联学者莫尔恰诺夫(Ю.Б.Молчанов)在《哲学和物理学中的四种时间概念》中强调了时间概念的实体性和相对性(对时间本性的不同理解),静止性和动态性(对时间存在的不同理解)。古希腊哲学中出现的这四种时间概念,随后在德谟克利特、柏拉图、普罗提诺、赫拉克利特的著作中都作了阐释。

这诸种观点不能不给古希腊艺术产生影响。例如,在众所周知的宙斯神坛里有着大小两个檐壁,就是由不同的两种时间和空间概念来实现的。小檐壁描绘的是忒勒福斯神话,叙述他的传奇故事是不紧不慢,平平稳稳,不超前也不回顾。从大厅的北墙开始,经东墙和南墙,我们看到的是表现忒勒福斯的一种水平延伸的故事,剧情从"Aleoc 询问圣哲"到"弥留时的忒勒福斯"。时间平稳地从过去流向将来,一时时、一天天。

---

① В.В.Иванов.Категория времени в искусстве и культуре XX века.----в кн.: Ритм, пространнство и время в литературе и искусстве.Л.1974.стр.40.

另一种是亚里士多德的作为共存秩序的空间概念和连续序列的时间概念，作者艺术地思考了在大檐壁上描写的众神与巨人战斗的场面。神坛的四堵墙壁叙述的故事，不是平稳地一个接一个的事件，而是叙述一个时刻，把许多事件和行动都包括在内，在同一地点、时间、行动的基础上同时地表现出联合的结构。我们沿着檐壁看去，看到被宙斯抛到地上的厄菲阿尔忒斯，躺着的提梯俄斯哀求地瞧着勒忒、一只脚踩在被打死的巨人身上的阿耳忒弥斯，揪着阿尔库俄涅头发的雅典娜，愤怒的宙斯右手拿着石头正砸向将死的敌人。从结构上说众神的头部处在最高的地平线上，而巨人们的头最低，虽然他们的双脚站在同一个水平面上，而身体扭在一起，进行着激烈的搏斗。

在同一个神坛上有两种不同时间概念和平相处，这说明了什么？是折中主义吗？是作者们不同的哲学观点所致？我们应从艺术家面临的艺术任务以及被描绘的客体的性质里去寻找答案。

小檐壁的作者面临的复杂任务，表现的不是整个生活，而是在忒勒福斯的部分生活里充满了形形色色的骇人听闻的传奇故事。作者正确地选择史诗形式来表现。他像荷马那样，平静地，连续不断地，不是去描绘同一时刻的各种不同事件，而同时不遗留任何重要的事件，叙说着自己的故事。他本能地感觉到，造型艺术的手法不可能反映一切，故事不可避免地是零散的、断续的，他发现了忒勒福斯生平中重要的时刻，抓住这一时刻，后再扩展开去及至相邻时刻，这样一来，观众头一眼就能把各种孤立的事件组织在时间里。结果是观众头脑里再造了现实中发生的平稳而连续不断的事件。

另一种艺术任务是大檐壁的作者所面临的：他要表现发生在同一时间段内的许多事件。如果他选择了一种叙述形式，那么他就不得不开始讲述众神与特里同巨人们的战斗，然后同厄菲特里特、赫利俄斯、塞勒涅等等的战斗。但在这种情况下，时间的联系仿佛被单独的场面所孤立，时间的以及空间的统一性就会受到破坏。正因为这样，作者选择的结构形式是对人物配置作了深思熟虑的安排，这种结构能反映同时发生的众多事件。

在古希腊，雕塑的艺术空间的发展首先表现在塑像上。因为希腊人和罗马人把塑像看作是最崇高的艺术之一。雕塑术成为一种大容量的艺术形式，它直接反映了生活真实之窗口，把体现出古希腊艺术人道主义精神，首先是它的雕塑理想发挥到极致。

古希腊的教堂和建筑则具有另一种艺术空间的类型。古罗马建筑的结构要素是柱形廊柱。在视觉上以及空间上把建筑物与周围的环境联系在一起，创造了一种开放性，好与人交往的"社会性"印象。这种观念体现在教堂的建筑上，首先是把教堂与上帝、天堂等联系在一起。解决建筑空间的新原则是由一系列情况决定的。其中有对时间和空间的哲学知识的发展。古希腊哲学渐渐地确立了时间的运动和发展，后来变成了时间的线性展开（如末日论的出现），在建筑结构中出现了新倾向：开放的艺术空间与封闭的时间相结合。

在古希腊罗马的世界上，第一次出现了专门的剧院建筑。其艺术结构受戏剧作品的艺术空间结构的制约。因为希腊剧院的基本部分是圆形—半圆形场地，是供合唱队和演奏使用的。半圆形的一边是观众看的地方，另一边是木板铺成的场地，供演戏用。在罗马人戏剧中，合唱失去了自身的意义，半圆形舞台缩小了。剧院的建筑成了古希腊音乐演奏空间的新类型，具有自身声学特点，不同于露天演出的一块空地。把握新的声响空间信息的工作尤为迫切，要把表演者的功能与听众的功能区别开。这样，知觉声音基本音调频率的能力也就慢慢地形成了。于是声控演奏的声学的精确性程度也就随着提高，使得从原始的无法辨清的多声部向单声部的转化成为可能。单声部韵律在知觉中生成有表情的可思考的运动的线性形象，成为音乐空间范畴。这种音乐空间与古希腊艺术中的绘画相类似，依然是平面的：韵律—线条只是勾勒出所反映的客体的线条轮廓，不变的音色，以及极少的音响变化，与绘画中单调的不清晰的色彩相类似。

循环时间的概念也表现在古希腊的文化中。古希腊的舞蹈也像古印度舞蹈一样，把一种姿势保持一段很长时间后突然变成另一种姿态。后来，随着基督教的兴起，线性时间的出现，时间观念发生了变化，古希腊舞蹈的姿态动作也随着改变了。

中世纪。中世纪的时空概念在艺术中获得了自身的艺术表现。中世纪的欧洲艺术，得到了原始艺术和古希腊艺术传统的特殊折射。在绘画中，处在前景的是一些圣礼行为，后景才是世俗生活。在这两种不同的世界中，不存在中间环节，但有一种"亲属共性"，如父子之间的关系，天父与子民的关系。他们存在于不同的空间层面上，却结合在象征性的金光灿烂的时间里，处在这种光照下，即使是普通人们的服饰，也像圣贤一样金光闪闪。在中世纪的小画像里往往表现出一年四季，以封建城堡为背景的田野劳作。但这里没有视觉上统一的空间，圣礼与世俗这两种层面上的行为是孤立的，仿佛有着自身的空间。

中世纪绘画的本质特征是逆透视，这与它的循环时间观念有关。其描绘手法是重要的线性尺寸随着距离的扩大在增大。这种逆透视有人解释为是因人的两只眼睛之故，有人认为是由观众的动态立场造成的，而苏联艺术学学者拉乌申巴赫（Б. В. Раушенбах）从逆透视中得出一种客观的自然科学的方法："分析中世纪大师们空间描绘的明确性和自由度。以其目的和艺术动因的复杂性的中世纪宗教绘画中荒诞地发现它接近于自然的视知觉，艺术家本能地坚信这点"。①这就是说中世纪的艺术家所描绘的不是视网膜上的二度形象，而是受体的三度空间。这与客观空间不同，它是欧几里得空间，而受体空间被描绘成非欧几里得几何学空间。拉乌申巴赫道出了艺术空间和时间形成的视觉机制，但应该强调一下，艺术空间和时间与其说是人的视觉和听觉的生理学结果，不如说是受历史的交替发展着的政治、意识形态、道德、审美和社会关系的艺术模式的制约。

对早期中世纪来说，极具本质特征的是抽象的兽形装饰画风格。这种风格的典范是装饰在爱尔兰和诺山伯利寺庙经书里的小型插图，以及海盗时代斯堪的纳维亚的木雕。

对装饰画风格的追求以及对异国立体线性花纹的热衷，不仅见之于雕塑中，而且存在于音乐里。9—11世纪欧洲多声部音乐的早期形式发展了古希腊模拟现实关系的"线条画"方法。平行的奥干农复调，在韵律和节奏上是一种十分准确地把发出的声音模仿成和谐的音程。如果把这种组织单声部网络的方法看作是对韵律上多次重复的同样的客体的反映，那么这种方法便是出自装饰画风格。早期中世纪的社会制度，世界观以及文化为蓬勃发展的封建主义所取代。在艺术中倒能发现"相互敌对的各种流派，异族的风俗以及传统，相互间融合，共同作用于早期中世纪的世界观"②。

恩格斯说，中世纪的世界观，首先是神学世界观。上面谈到奥古斯丁的神学观对世界的影响极大；因而，艺术画面的进化，在某种程度上可以说也是在他的影响下发展起来的。空间概念也是以神为中心的一种世界模式。在艺术中，首先在教堂的建筑中得到鲜明的反映。艺术中原先占统治地位的那种厚重阴暗的，不可移动的大石块拱门，那种浪漫主义的教堂式样被哥特式建筑结构所取代。哥特式建筑结构的特点：有复杂的线条轻快的尖拱券，造型挺秀的小塔尖，轻盈剔透的飞扶壁，修长的立柱或簇柱，以及彩色玻璃镶嵌的花窗，造成一种与人间隔绝的向上升华到天国的神秘幻觉。

---

① Пространнство и время.Киев, 1984.Глава Ⅴ, проблема художественного времени и пространнства.стр.285.

② Н.Б.Зубарева.Об эволюции пространственно-временных представлений в художественной картине мира. В кн.：Художественное творчество. Вопросы комплексного изучения.Л., 1983, стр.29.

与建筑术有着紧密的联系的首先是装饰建筑整体的细节部分，由于上述特点，艺术家在组织艺术空间时所奉行的原则不是从唯一的一个观察点（或视点），而是众多的观察点（或视点）出发。因而出现了各种不成比例的局部细节，一种"逆透视""多视点"以及其他类似手法都采用了。类似方式所形成的艺术空间是一种平面，既出现在绘画中，也存在于雕塑中；而在罗马艺术中，以及哥特艺术中仅仅存在于廊柱中。在这种情况下，受观众关注的人体部分赋予了立体感。艺术家渐渐地把握了明暗面的处理方法，表现出对前景部分鲜明性的特别关注。13世纪法国圣经里的插图就是一例。作者把大部分注意力放在衣服皱褶的轮廓上，由此使得不成比例的人体具有一种局部的立体感。

艺术空间的这一特征也表现在音乐中。留比莫夫（Л.Любимов）明确地把多声部得到最终承认与哥特式的垂直风格战胜罗马式水平风格之间相提并论。音乐掌握了新的演奏空间，哥特式教堂就是这样的空间。在垂直尺寸极大地优势于水平尺寸情况下，声音基本上是从圆顶反射下来的，由此产生的声音的印象是来自上天，来自神的世界，起了一种类似于彩绘玻璃的作用："按照中世纪的思维，光线来自天上，出自上帝的光线具有全部迷人的色彩。"① 可见，在中世纪，神学思想如此执着地控制着艺术家的意识。

组织音乐网络的复杂形式在发展，这时实实在在地模仿发音让位于更加自由地复制声音的外形。这就形成了复调结构，由一些类似的，但不是同晶韵律的线条组成，很大程度上类似于中世纪绘画中多人组成的画面结构，其中人物之间的区别十分有限，无视个性的表现，苏联学者利哈乔夫曾经说过，在中世纪还没有出现主观时间，此话似乎不一定准确，因为，只要有独立思维的人的出现，应该说，就有主观时间，个性时间，尽管主观色彩不是很浓，这里说的无个性表现，恰恰说明了中世纪的人性被宗教的、神学的思想所压制这一事实。追求一种典型的共性，打上了时代艺术思维的本质的烙印，其突出表现在中世纪绘画中失去了人物画像的意义，而在音乐网络中也就不分音调的主与次。

按照古列维奇的看法，非具体化是非时间性的缺点。中世纪的人们，极少看到事件的变化与发展，也不确立所发生的事件之间的因果联系。时间知觉的这一特点，为我们理解中世纪把几个不同时间的场面归于一幅

---

① Н.Б.Зубарева.Об эволюции пространственно-временных представлений в художественной картине мира. В кн.: Художественное творчество. Вопросы комплексного изучения.Л.，1983，стр.30.

绘画作品中的表现手法提供了契机（如上面提及的大檐壁的画作）。在音乐中我们可以看到类似的东西，其网络基础是以一个韵律下共奏不同的变体。由于同自然过程相类似，某些形式的变体的产生，结果在时间上完善了革新改造，这种音乐外形是其自身发展阶段中一个客观的展现。

文艺复兴时代。文艺复兴时代是艺术进化的新阶段，对它来说，具有决定性意义的是人道主义时空观。把人与自然分隔开来的城市文化的发展，使得人们在认识自然时作为有目的的影响力的客体，因而也促使人对周围世界及自身的新关系的形成。不像中世纪那样对神的顶礼膜拜，现在人成为新的世界模式的中心。这就决定了艺术中时间和空间关系的特点。

与人的这种地位相适应成为建筑术的基本原则。文艺复兴时代的教堂一反中世纪的那种"对人的压制以及与世俗大地的隔绝，仿佛热烈地宣称人对世界的统治。"①

自觉地追求对现实的现实主义反映，激发了艺术家强烈研究他所从事的艺术门类的"物质"属性。从确定的视点上知觉三度空间的规律性成为一些艺术家著作中研究透视理论的基础，如弗朗西斯科、达·芬奇等人实践上对透视的运用，给绘画形象一种栩栩如生的立体感。这对体现文艺复兴时代人的精神美和肉体美的理想是十分重要的。

对声音"物质"的兴趣，力求体验这一物质可能的技术性和表现力，对文艺复兴时代的音乐中心荷兰学派作曲家的创作特具特色。与此同时，意大利绘画和雕塑所固有的人高于一切的视觉，而对出其格里高利圣歌、出自情感的集体流露的合唱复调，削弱了其本质意义。从这一观点出发，严格风格的复调更加接近于荷兰的绘画，它把人与周围现实的现象联系起来描写。

与绘画类似性的是那一时代极为流行的音乐体裁——经文歌，由几条独立的韵律线索组成，有不同的文本，往往用几种不同的语言文字。在知觉这种结构时，注意力往往一忽儿关注这条线索，一忽儿关注另一条线索。这样一来，音乐作品完全以不同的面貌，不同的知觉节奏呈现出来，类似于多视点的绘画作品（如大皮杰尔·布列伊格尔《玩耍的孩子们》的画作就是如此）。

源于中世纪的文艺复兴时代的音乐，其艺术空间开始时是平面性质的，后来渐渐地吸收了各种不同的立体创作方法。在严肃风格体裁的音乐作品中，对各种声音的平衡处理，往往突出了高音韵律结构成为知觉的主

---

① Л.Любимов.Искусство Западтной Европы.М., 1976, стр.145.

导。其他声音构成类似高音的关系（互为关系）中，作为一种被客体投下的影子而接受。这种多种声音的影子自然地与当时绘画中所采用的几个光源的明暗法配置相类似。

不仅在知觉层面上，而且在结构层面上，突出主导声音也为源于文艺复兴时代的世俗音乐的齐唱所固有。音乐网络分成主导音和配音，是对绘画前景和后景关系的模仿；从这里可以看出绘画所固有的那种把人物放在自然的生活情境中，放在景色的后景上来描绘的倾向，具有类似性。

所说的音乐结构类型创造了一种处在"前景"的客体的局部立体感。对音乐网络的如此组织，具有文艺复兴时代剧院中所采用的演员与舞台背景的配置原则相类似。那时把演员直接拉近与观众的关系，广泛利用幕前的空间。（顺便说一下，20世纪以及目前还十分流行的歌唱演员走下台去与观众互动是这一风格的进一步发展，也可以说是一种极端表现。）

严肃风格的音乐，或曰高雅风格的音乐，与文艺复兴时代艺术中的艺术时间舞台关系紧密。那时的严肃创作者采用对位法手法，创造了一种发展音乐材料的可能，这回应了在当时占主要地位的时间的线性知觉。那时，用因果关系来组织时间的过去、现在和将来，使得作品在时间的矢量上占有一定的立场，如意大利艺术家波赖奥罗（Pollaiolo，1433—1498）的作品《十个裸体人的战斗》就是十分典型的一例。

艺术的描绘手法从垂直线向水平线转化，是从文艺复兴时代开始的。这是巴赫金在研究文艺复兴时代的创作时得出的结论。从垂直的空间存在向水平的时间流动的转向，时间的不可逆运动成为描绘的客体。意大利的米开朗基罗说道："超绝的魅力和生活，只有绘画所固有，这就是艺术家对称为画作精神的运动的传达。"在西克斯丁小教堂的天花顶上有米开朗基罗的一幅水彩壁画，正中部分一位神人裹挟着风暴冲向黑暗，然后又卷向另一处空间。正因为我们看到同一个人物处在连续的两个时刻，让我们获得了风暴运动的瞬间的感觉。同时，在达到这种时空统一体中，人成为宇宙的中心，也成为画面的空间布局的中心点。

16—18世纪。文艺复兴时代世界观所固有的乐观的人道主义，到了16世纪末期，为悲观的人道主义所取代。这是反映了社会意识中日趋尖锐的社会生活的矛盾，特别是个性与社会的矛盾。"动态的、运动的、无限性以及不稳定性的观念成为知觉现实的主导因素。"[1]

---

[1] Н.А.Ястребова.Пространственно-тектонические основы архитектурной образности. В кн.：Ритм, пространство и время в литературе и искусстве.Л.，1974，стр.225.

新的世界观在巴洛克艺术中得到了反映，特别在建筑术上。人对周围世界的理解的矛盾性表现在对建筑物的空间布局上。这首先表现在构图上动感的外表，建筑形式的紧张度凸显，充满曲线和建筑物的多孔连接造成充满运动的感觉。罗马宗教联合会的大楼结构就是这样，正面是典型的巴洛克成熟时期的凹凸形式，明显突出的门窗飞檐，向上的三角形饰楣、壁柱，过于夸大的优美半圆柱，创造了一种令人不安的明暗布局的效果。

也正是在这个时期，牛顿第一次提出他的空间概念。人的周围物理环境的新的科学概念，对物质变化的认识，自然界中的无限大和无限小，光学领域的新发明，这一切对绘画有着巨大的意义。如这样的艺术家：皮耶罗·达·科托纳（Pietro da Cortona，1596--1669）等人对解决复杂的空间关系产生了浓厚的兴趣。他们用强烈的明暗光线对比，鲜明的色彩来强调动态感。

有关人以及人在世界中的地位的新概念改造了音乐艺术，要求他有戏剧性的表现。音乐描绘的范围扩大了，它更加致力于对空间的向往，其中之一便是多重合唱主题的出现。几个合唱形式（歌唱的，器乐—歌唱的，器乐的），在空间上分割开来，与教堂的建筑空间特征相对应，形成各种不同的组合，把形形色色的时间性体现在声音中。由此音乐第一次具有了有意识地驾驭声学的声音空间的能力，促进了真实的三度空间对音乐空间的投射。这一成就类似于绘画中线性透视的运用。

在这一时代里，器乐音乐得到长足的发展：展开了对乐器结构的探索来保证音色的鲜明，为了达到绘声绘色的效果诞生了音色的混合配音艺术。在这些探索中出现了音乐艺术对音调的把握，借助于"综合透视"创造一种声音的立体声效果，以及对三度空间的投射。这种倾向把音乐与具有色彩性的雕塑和绘画接近起来。

古典主义的美学理想是对称，而巴洛克的非理性本能与此是相悖的。正是对称原则是绘画结构、戏剧场面设计以及音乐形式的基础。在这一方面，C.戴拉·贝拉的版画描绘了古典主义悲剧概念的一个场面（1641年）。此画的重要特征是结构的合乎逻辑性和均等性，具有鲜明的直线，正确的几何层面和严格的比例。

这就表明，17世纪伊始艺术中的时空关系的特征，与牛顿的宏观世界模式相适应，具有三维空间和一维线性时间。这种概念在社会意识中是根深蒂固的了。

19—20世纪。18—19世纪资本主义生产关系的发展，加深了社会与其对相应的世界认识的分化。世界画面的分裂使得艺术失去了体裁上的唯一中心论。多种体裁模式的存在倾向一直保持到 19—20 世纪。对每一种流派来说，真实的和艺术的世界之间的相互关系是最重要的。这就产生了至今时空关系的五花八门和丰富多彩。

在 19 世纪的现实主义艺术中，时间和空间是创造作品心理氛围的积极手段。匀称的结构以及画面中心主要视点，对先前的绘画来说是本质的特征，但这时已经让位于自由结构组织。例如，费多托夫（П.Федотов，1815--52）的一幅画《少校的求婚》中，主视点移到左边，处在两个姑娘之间，突出出嫁。这样画面左边空间就显得厚重匆促，右边显得空灵舒缓，促进了对心理氛围的最大化表现。

艺术作品的时间特征还从属于艺术家具体的创作构思。贝多芬的作品中，客观时间可以被压缩、扩展、剧烈跳跃，因为它折射了作者的心理过程。所以音乐评论家 B. 马特诺夫谈及贝多芬的时间特点时，说"类似于人心里的心理过程。"①

"我们今天的现实主义很少与生活现象所固有的习惯性空间坐标相联系了。"② 分析 20 世纪艺术中时空关系进化的推动力，应该关注艺术创作与科学的相互关系。现代数学要求一系列具有非欧几里得几何学的创新性空间模式。新的世界画面取代了牛顿的世界画面，不能不反映到艺术中。在绘画中，"对观察者的空间来说，新的时空结构首先表现在画面的视觉中心的增多，画面内部空间的变化。"③

在音乐把握新的空间时，出现了原则上的结构新类型，如层面上的复调。B. 霍洛珀娃在其《结构》一书中，引用柳托斯拉夫斯基第二交响乐第二章的片段来证明，"这里的结构是按音色划分的：木制异和声（长笛、单簧管），异和声，但是另一种的——铜管乐的（各种小号、各种圆号），重音异和声（木琴、钢片琴、竖琴），模仿弦乐器的滑奏"。④ 音乐网络分成几个层面，每一个层面有着自身组织逻辑，类似于存在着不同的类型学的平行空间。

作曲家 A. 维布恩的作品中存在着一种特殊的时空关系。他的艺术手法之一是把注意力集中在每一个音符上。由此他的作品篇幅不长，但不能把它叫做小东西，因为他把音乐内容作了高超的浓缩。维布恩的音乐时空

---

① В.И.Матынов.Время и пространство как факторы музыкального формообразования.---в кн.：Ритм, пространство и время в литературе и искусстве.Л., 1974, стр.245.
② Г.Панкевич. Проблемы анализа пространственно-временной организации музыки.---в кн.：Музыкальное искусство и наука. М., 1978, вып.3, стр.137.
③ Там же.
④ В.Холопова.Фактура.М., 1979, стр.62.

是致密、严谨、浓缩的，与现代科学的相对论概念相适应。

艺术时间和空间发展，从19世纪起脚步加快了。其中的重要原因是电影艺术和爱因斯坦相对论的出现。1893年法国艺术家达盖尔的银版照相术的发明，使得"瞬时"停留了下来，把它固定在平面上。1895年刘密叶尔兄弟发明了电影机，使得被描绘的东西在时间中运动、发展。所有这一切都具有极高的美学意义。

20世纪的造型艺术中，出现了形形色色的现代派和先锋派艺术。他们企图以新的方式来解决艺术时间和空间问题。未来主义者说，运动着的人在运动着的世界中有着许多远景，并且看到各种物体的一切可能出现的关系。意识保留着这些印象。所以，未来主义作出了同时性中的连续不断的一个接一个的印象。他在自己的《宣言》中写道："不管从我们与之谈话的名人脸上有多少次看到马跑得老远，在街道那一尽头。我们的身体进入我们坐着的沙发上，而沙发进入我们的身体。公共汽车向房屋冲去，从旁边驶过，而与此同时，房屋向公共汽车冲来，与它融合在一起。"①未来主义试图传达脱离形式的运动，混淆在一起，融合在一起，罗列在一起，一种不稳定的混乱，从"内部"来描绘世界。在描写人时，把人描写成看到的那个样子。例如，巴拉（意大利）的《链条上的狗》画面上的形象，只截取牵狗女人的脚和一条狗。强调出人和狗在街上走动的状态。狗的腿已不是四条，而是无数条。妇女的裙边在迅速摆动，牵狗的链条也有许多根。在这里，画家强调的是描绘某一活动中物体的各个侧面来表现物体的运动的同时性。这幅画是典型的未来主义画作。在未来主义者，立体主义者，至上主义者的绘画中，不存在视觉空间。画面中没有光线，明暗法不是视觉空间的基础。以此同时，世界也失去了被视的客体和在视的主体。（上述各画派的典型画作，有的可在《世界传世名画》＜济南出版社，2002年7月，第四册，第414页＞中见到。）

在绘画艺术中不得不提一下流行于上个世纪西方的抽象派和野兽派艺术。他们在时间和空间的处理上特具特色。抽象派艺术，亦称无对象艺术，产生于俄国，主要表现在绘画和雕塑领域。代表人物有康定斯基和马列维

---

① Пространство и время.Киев, 1984.Глава Ⅴ, проблема художественного времени и пространнства.стр.28.

奇等人，他们认为，绘画犹如音乐，色彩和其他造型手段犹如音响。音乐传达的情绪是抽象的，绘画也应与它一样。他还提出"绘画的数学"这一主张，认为一根垂直线和一根横线结合，产生一种近于戏剧性的音响。康定斯基还提出"冷"抽象和"热"抽象的区别，前者多用几何图形来表现，后者不假思索地用感情作画，用直线、线条、构图等来直接抒发感情。抽象主义画派不在现实世界的客观对象中寻找灵感和创造力，把艺术的价值只在于表达抽象美和某种感情。例如，康定斯基的《几个圆圈》，完全脱离了自然形态，只通过新的、光边、有规律的圆形、色彩、空间和运动来传达艺术家的感情意识。画面上红、黄、蓝、紫的圆形分立着、交融着，散发出轻松而迷人的抒情气息。而以马蒂斯为代表的野兽派画家则反其道而行之。该派主张用原始的或儿童的眼光来观察世界，顺从本能创作，强调绘画表现感受和直觉，用单纯的表现手法来表现"只能感觉到的"客观事物的"真实"。其画面色彩对比强烈，线条粗犷，通过色和线的简单的、纯粹的平面使之实现"本质的东西"。比较典型的如凯尔希纳（德国）的《伞下的日本女孩》，画中人体色调由黄色和粉红色组成，线条简单，在绿色和蓝色的陪衬下得到充分表现。（上述两幅画均可见《世界传世名画》第四册第412、413页）可以说，抽象派艺术的出现，是空间艺术向时间艺术前进了一大步。

对全部艺术门类中的艺术时间和空间的发展产生巨大影响的是电影摄影机的出现。A.陀夫申科写道："电影艺术的最迷人的特点是感性地、活灵活现地把时间和空间中的大批观众带到任何一个方向去，这只能属于它。这一特征，价值无量，不仅在于丰富了强烈的印象本身……在综合的造型艺术中，最难能可贵的是它的哲学本质。"① 因为在任何一种别的艺术种类中，时间和空间中的运动不可能起到如此大的作用。难怪"电影摄影机"（kinemastographo）一词在希腊文中是由 kinemasto（运动）加 grapho（书写）构成。

在电影中有可能存在着对时间的出其不意的试验：时间可快、可慢（快拍和慢拍），可完全停止（停止镜头），可逆向运动（倒拍）。在银幕上空间移位无须惊讶：观众可升上高处，对大地鸟瞰（直升机上的航拍），可置于滚滚的车轮下面（仰拍），可在面前看到把人的眼睛放大到巨人尺寸，可在不同的银幕地段上演同时发生在地球各处的不同事件（多银幕）。所有这些"奇事"都从属于一个任务：如何尽可能圆满地、深刻地把艺术

---

① А.Довженко.Собр. соч. : В 4-х, т.—М., 1969, т.4, стр.303.

形象的内容传达到观众面前。空间与时间的融合，在电影艺术中是司空见惯的艺术形式。因此，电影被视为综合艺术也不足为奇了。这一艺术时间形式更好地反映了艺术作品的人学内容。电视给艺术时间的发展提供了更多的新东西。

就文学方面来说，艺术时间和空间的试验导致"意识流"文学的出现。这一方面的论述将在下一节进行。

小结

鸟瞰漫长的历史发展，我们概括地说，人的感性经验中的时间和空间在各种艺术形式中被对象化了，出现了表现人的各种艺术手段，不管其被称作时间艺术还是空间艺术。艺术一步步地认识并把握了它们的各种不同门类，并走向综合或曰融合（当然，是在某种程度上）。从上面的简述中可以看出，所谓空间艺术，沿着"空间——时间——空间"这样一条线路在发展。抽象派艺术的兴起，大概，就是它的"时间化"的最好明证。当然，电影艺术的出现，就其表现手法来说，是综合了这两种艺术的特征。这里有时间的"空间化"，也有空间的"时间化"，结果形成了其丰富的艺术表现形式。然而，单就空间艺术来说，空间艺术的这种发展，不会改变自身的本质，空间艺术还是空间艺术，而是更高程度的空间艺术，而采取时间流动的表现手法，作为自身创新的前提和途径，是不言而喻的。

第二节 艺术时间在文学学中的历史观照

作为艺术的一个主要门类——文学，它的艺术时间的嬗变同样受到我们的关切。不过预先声明一点，因为文学研究中，空间因素与时间相比，时间是占统治地位的。我们本着这一原则来阐释的。

古希腊。谈及文学中的艺术时间的研究，是在文学作品出现之后的事儿。在原始社会，艺术时间概念只是反映在艺术作品的结构上，而那时还没有文学作品（如以语言文字为媒介的史诗、悲剧、喜剧、诗歌等）的出现。对文学作品中时间的研究者来看，就我目前所掌握的资料中，最早当属亚里士多德。亚里士多德如前所述，是时间方面研究的大学问家。他在《诗学》中论及悲剧和史诗的结构问题。而论及结构，势必涉及作品中的时间。他说："现在让我们来考察一下什么是故事或剧情的适当的结构……"这样他就开始了对结构的描写："按照我们的定义，悲剧是对于一个完整而具有一定长度的行动的模仿（一件事物可能完整而缺乏长度）。所谓'完整'，指事之有头、有身、有尾。所谓'头'，指事之不必然上承他事，但自然引起他事发生者；所谓'尾'，恰与此相反，指事之按照必然律或常规自然的上承某事者，但无他事继其后；所谓'身'，指事之承前启后者。所以结构完美的布局不能随便起讫，而必须遵照此处所说的方式。"① 稍后一点，他认为史诗的情节也应与悲剧一样。这是对古希腊戏剧以及史诗中的情节时间的典型描述。

从上面的描述中我们可以看出，亚里士多德的艺术时间观要求与事件一致，所以他把作品中的情节时间与现实中的事件时间视为同一。我们知道，现实中的事件，是运动的，不是事物，事物是静止的。因而，这种艺术时间和空间是与事件和运动紧紧地结合在一起的。这种艺术时间也就有了开头和结尾。可以说，这种时间具有部分线性性质，因为，亚里士多德的时间哲学以及那时时间科学发展的水平，还处在循环时间，多神教的循环时间占统治地位。与此同时，他还对史诗及悲剧作品的"内部时间和空间"提出要求："就长短而论，悲剧力图以太阳的一周为限，或者不起什么变化，史诗则不受时间限制，这也是两者的差别，虽然悲剧原来也和史诗一样不受时间的限制。"② 他的这句话，不但表明悲剧时间与史诗时间的区别，同时，17世纪的布瓦洛等人制定古典悲剧"三整一律"提供了的依据，即剧中的时间应以一昼夜，甚至12小时为限，以一个地点，一个剧情为限。

然而，在这里着重提一下亚里士多德对史诗时间的看法。他认为史诗时间与史诗的情节安排有关。史诗虽然有头、有身、有尾，但不能像编年史那样的结构，一切都按事件的进展，平铺直叙地写出全过程。他对那时的大多数作家提出批评，唯独对荷马赞赏有加。他说："唯有荷马的天赋才能，……高人一等，从这一点上也可以看出来：他没有企图把战争整个写出来，尽管它有始有终。……荷马却只选择其中一部分，而把许多别的部分作为穿插，……点缀在诗中。"③ 这里实际上涉及时间的切割与重新配置问题，不按时序进行写作的手法问题。他认为荷马的《伊利亚特》就是这么做的。从这点可以看出，"三整一律"也不太符合亚里士多德的原意。

中世纪。这时没有出现像亚里士多德那样对艺术时间的研究人士。但是，如果我们可以从中世纪的各种不同文献——文学的、哲学的、神学

---

① 《西方文论选》，伍蠡甫主编，上海译文出版社，1984年，第62页。
② 同上，第56页。
③ 《西方文论选》，伍蠡甫主编，上海译文出版社，第76页。

的、历史学的和法学的文献，以及艺术创作中来分析，依然能弄清当时人们对时间的知觉。不过，苏联中世纪文化学者古列维奇认为，要从那一时代的书面文字作品中，区别出真正的文学艺术作品几乎是不可能的。这是因为那时"文学"作为一种特殊的体裁几乎还不存在。再者，人们对虚构与真实之间还没有一个明确的界线。中世纪的作家和诗人所叙述的东西，大都是被他们自己或读者听众均视为真实的事件。虚构和真实范畴还没有被那一时代所采用。但在历史研究中，神话的以及传说的因素十分强大。在许多世纪里《圣人传》是中世纪文学最普通的典型的体裁；戏剧也没有与神秘剧分手。无论是按功能，还是按风格来说，那些致力于叙述真实历史的作品，不可能与那些期待描写主观的艺术时间的作品相对立。所以，对时间的理解，无论是历史学家的著作还是史诗、骑士文学，不分轩轾。

我们看到，中世纪多神教神话时间、基督教传说和圣经时间占着统治地位，控制着真实世界，世俗时间在很大程度上是虚构的。所以，现在时间在人们的意识中，与其说孕育着未来，不如说是承续着过去。世俗时间，是与神的时间、圣经时间、文化主人公时间，与非逝的、永远绵延的大写时间相对立的。然而，却把世俗时间看作是一种"现象"时间，"非本质"时间，不是独立的时间，是一种从属的非主导的时间形态。应该说，那时在人们的时间意识中还不存在主体的主观时间。时间被看作是一种永恒的，不会变化的；这样"过去"与"现在"之间的差别被抹杀。这就是我们能从中世纪社会中以及文献中所看到的时间的主要形态。

然而，至于是否存在"主体的主观时间"问题上，一些研究西欧古代文学的其他学者不持这种观点。他们认为，可以谈及骑士文学和抒情诗中主观的、体验的、心理的时间。我们在巴赫金对古希腊小说、巴洛克小说的研究中也可以看到他对这点的独特论述（关于巴赫金的时间观我们以后再谈）。对史诗来说，时间范畴不属此列，但在骑士文学和抒情诗中，发现对时间有两种理解。一种是静止时间，其中存在着风格上模拟的以及崇高的现代性，不知晓发展和变化的现代性；这是"永恒的一天"，永远绵延。另一种是动态时间：时间在变化，是永恒的一个转化阶段。在后者的作品中，叙述是一种不可逆的时间意识，流动之快为理智所不能把握。"时间日夜流逝，不休息，不停顿，它奔腾向前，让我们难以把握，使我们觉得它不是在一个不动的点上安息。"（《玫瑰之歌》）时间的这种快速流逝的意识，在主人公那里引起不安，力求不"失去"它，用与骑士的崇高称号的行为来充实它。时间的主观知觉在中世纪文学中是存在的，虽然从奥古斯丁时代起，已经意识到"想象时间"与"体验时间"的不同。就我们的观点来看，只要有文学出现，就会有作者的主观时间，因为文学是作者主体对客体世界的观念反映。不过，主观时间在中世纪的诗学中所占的比重程度没有20世纪那么突出，则是另一码事儿。

我们在一首《老埃达》（古代冰岛神话传说和英雄事迹的诗歌）的一首诗歌里看到主人公为如何急着娶到新娘而愁思绵绵：

> "时光一夜长，
> 两夜实难当，
> 三夜熬断肠！
> 吾觉一月短，
> 婚前夜更长。"

（《思基尔尼尔旅行记》，42）①

从这里可以看出，中世纪斯堪的纳维亚人已经熟知对时间的主观知觉，它取决于人的内心状态，给予相对性价值。

当然，不能说那时的人们就具有了时间的主观与客观之分。这种区分表现出现代人对世界的关系，有意识地在人的内心世界和他之外的现实存在之间划出一道明显的界线。然而，在中世纪，在主体身上人们看到的"小宇宙"仅仅是对"宏观世界"缩小了的一个副本，一切都是重复着的世界。个体不能与自然界、与世界相对立，他只能作为类似物与它们相对照。这里主观的和客观的时间还没有作出区分，还被融合在一起。

作为中世纪末期与文艺复兴时期开始的衔接点上的但丁，被恩格斯称之为"是中世纪的最后一位诗人，同时又是新时代最初的一位诗人。"他在《神曲》中所表现出的艺术时间和空间观，被认为是最强有力地表现出中世纪的时间知觉。人类的整个历史在《神曲》中以共时性出现的。时间凝固不动，停止了前进的步伐；虽然时间的几个阶段——过去、现在、将来，总是存在于那一时刻。O. 曼德尔施塔姆在《杂谈但丁》中说，历史被作为但丁理解为"统一的同时性行为"。但我们可以说，正因为但丁的《神曲》是一部呈现出停止前进步伐的时间，它是一部表现空间艺术的诗。因为话语的艺术空间直接与艺术时间相联系。它创造了行动的空间环境，而自身又在变换着，在运动着（这种变换应该看作是"前与后"的变化，不是"过去、现在、将来"的变化，也就是时间逻辑学中的分野）。《神

---

① А.Гуревич. Что есть время？ Вопросы литературы.1968，№ 11，стр.160-168.

曲》中所表现的艺术空间是地狱、净界、天堂三重结构。但丁想象地狱在圣城耶路撒冷地下，形似上宽下窄的漏斗，从地面直通地心。地狱共分九层。第一层是候判所，古代异教徒因出生在基督之前，未受洗礼，在此等候进天堂的时机。这里没有惩罚，只有等待的煎熬。苦刑地狱自二层开始，判官米诺斯在这一层的入口处审判罪人的亡灵，将他们按照罪孽的轻重发往不同的地狱层面，罪行越重坠下层次越深。这里，地狱作为深渊象征，灵魂在罪恶中越陷越深，沦于万劫不复之地。炼狱共分七级，是一座高山，雄伟险峻，位于南半球，与耶路撒冷遥遥相对。高山象征着灵魂悔罪自新，努力向上，获得新生。但丁想象的天堂是幸福精灵的住所，共分为九重天，都环绕地球旋转，超越时间空间的净火天与上帝同在。作者自己，在古希腊哲人维吉尔的陪同下，游历了地狱与炼狱，目睹了那里的种种情况，最后到了天堂，见到上帝，象征着人类通过信仰的途径和神学的启迪，认识绝对真理，达到终极目的，获得永恒，成为超凡入圣者。但丁的《神曲》完全反映出中世纪的神学思想、神学时间和空间的结构。这种结构是与当时的基督教神学紧紧地结合在一起的。他在结尾处这样写道："……让我感到快慰的是我的欲望与意志仍旧如车轮一样平均地转动着，那时上帝在调节，对，是爱，是他转动太阳移动群星。"看，这与圣经中的《创世纪》十分相近。

中世纪人们的知觉时间的特点是圣经时间与本人生活时间的融合，显露出不可消除的历史性与个人的感觉、认识自身的两种层面上：个人的、局部的、稍显即逝的生活层面，与共同历史的决定世界命运的事件层面——耶稣的诞生、受难、复活结合在一起，每个人的易逝的微不足道的生命是在全人类的历史戏剧的背景下进行的，交织在那里，从那里获得新的、崇高的、永存的涵义。知觉时间的这一双重性是中世纪人的不可分割的意识之实质。我们从但丁《神曲》中的艺术时间和空间里可洞察到这一端倪。

文艺复兴时代。文艺复兴时代的文化，产生在欧洲经济比较发达的区域，那里正在发生着从封建社会向资本主义社会的过渡。那时的文化，也不同于中世纪的文化，带有世俗的性质。摆脱了教会的经院哲学和教义促进了科学的发展。时间的知觉发生了巨大的变化。按照古列维奇的说法是："城市成为新的世界关系的载体，相应地成为时间问题关系的载体。城市塔尖上的机械钟，是市民为之骄傲自豪的东西，但与此同时，也满足了前所未闻的需求——知道一昼夜准确的时间……教堂的钟声不是召集人们去做弥撒，而市政塔楼上的钟声规定了世俗化了的市民的生活。"① 时间成了物质生活价值的源泉，成了劳动的尺度。

新的空间概念也在那时形成了。封闭的自足的封建社会经济结构被摧毁，自我意识在增长，可以说，个性得到了解放，看到了自身的不可逆的个性。文艺复兴时代的文学的这一特征，我们在薄伽丘、拉伯雷、莎士比亚、塞万提斯的作品中得到了印证。

薄伽丘是文艺复兴时代的开创者。意大利近代著名文艺评论家桑克提斯认为："但丁结束了一个时代，薄伽丘开创了另一个时代。"② 同时他把薄伽丘的《十日谈》誉为与《神曲》相提并论的《人曲》。人间百态、形形色色的人物，都进入了作者的创作视野。有的论说者这样写道："薄伽丘笔下的那些充满着对人生的热爱，一心追求尘世欢乐的故事，就是抛弃了天国的幻想，宣扬幸福在人间。《十日谈》这部杰作，可说是在意大利文艺复兴的早春天气，冲破寒意，而傲然开放的一朵奇葩——那笼罩着大地的寒意就是庞大的天主教会的黑暗势力。"③

如果说但丁的《神曲》是一部独具匠心的艺术空间结构的作品，那么薄伽丘的《十日谈》就是一部独特的艺术时间的作品。《神曲》可分三部分，每部分33篇，加上全书序曲，一共100篇，形成一个完整的结构；那么《十日谈》，也是有十个青年在十天内，每人每天讲一个故事，一共100个故事，形成了一个完整的时间结构。这种结构的完整性，是古典主义、古典文化的文艺结构形式的完善。《十日谈》的艺术时间，首先是对中世纪的神学时间、圣礼时间或曰圣经时间的反拨，提倡自然时间、世俗时间、老百姓的时间。整本小说讲的是普通老百姓的日常故事，男欢女爱，表明对现世生活的热爱，反对中世纪的教会的禁欲主义。《十日谈》的出版，立即被译成西欧各国文字，对16、17世纪西欧现实主义文学产生巨大影响，开欧洲近代小说之先河。

这里，除了作者描写日常的世俗的时间之外，还有一点值得注意，那就是时间成为结构、组织作品的手段，出现了真实时间与作品情节时间两种时间形态。"真实的"时间是十个青年男女在一场免受瘟疫劫难（这场瘟疫具有象征意义，暗喻中世纪像黑死病那般祸害人民）之后，离开了这座美丽的死城，到了一个去处。这里是怎么样的呢？作者写道：

---

① А.Гуревич. Что есть время？ Вопросы литературы.1968, № 11, стр.172.
② 薄伽丘：《十日谈》，方平、王科一译，上海译文出版社，1988年，第4页。
③ 同上书，第6页。

这座别墅筑在一座小山上，和纵横的大路都相当的距离，周围尽是各种草木，一片青葱，景色十分可爱。宅邸筑在山头上；宅内有一个很大的庭院，有露天的走廊，客厅和卧室布置得非常雅致，墙上还装饰着鲜艳的图画，更觉动人。宅邸周围，有草坪、赏心悦目的花园，还有清凉的泉水。宅内还有地窖，藏满各种美酒，不过这只好让善于喝酒的人去品尝了，对于贞静端正的小姐是没用的。整座宅子已在事先打扫得干干净净，卧室里的被褥都安放得整整齐齐；每个屋子里都供满着各种时令鲜花，地板上铺了一层灯心草。他们来到之后，看见一切都布置得这么齐整，觉得很高兴。

这里是一个世外桃源，人间天堂。他们就在这里讲起了故事。十天时间讲了100个故事。故事内容所涉及的时间跨度与空间广度十分惊人。故事的情节时间可上溯中世纪，空间地域涉及欧洲，有东方的，也有非洲的。这样，它的艺术时间和空间，即文本内部的情节时间和空间与外部真实的时间（十天）有机地结合在一起；而空间则是一个别墅与世界在广阔空间结合在一起。而故事内容，有歌颂现世生活，赞美爱情是才智和感伤情操的源泉，谴责禁欲主义。有的故事颂扬青年男女大胆冲破封建礼教和金钱关系的羁绊，谋取幸福的生活，有的对封建贵族的堕落、腐败的暴露和鞭挞等等，把这些故事线索（情节），或曰情节时间交织在一起、串联在一起，成浑然一体。

这种情节时间或曰情节线索的展开，薄伽丘采取的是叙述人的手法来为作者说话，达到作者想要说的话语。然而，这里的叙述人，不是一个而是十个叙述人。他们交叉进行，各自讲着自己喜欢的故事。然而，值得我们提出的是，作者虽然没有写明与他们同行，没有作者时间的存在，但作者不是隐而不显，在每一天开始，作者站出来说话，或对景色的描写，或交代整个事件的来龙去脉（因瘟疫准备乡下躲避一下），或在一天结束时对所讲故事的评述；所采取的形式各别，有评论式的、有叙述式的、有描写性质的、有采取与叙述人交谈、对话的方式。作者的时间与主人公的时间交织在一起。而故事依然由叙述人来完成，而且角色每天更换一次，使得读者听起故事来更加真实，面对面如临其境。当然这里的情节时间，依然是假定的时间，没有具体的时刻读点，即使有也是不确定的。这种小说的结构布局、时间的安排手法，用近来较为流行的术语，可称作复调小说的结构形式，或时间被作了"空间化"的处理。

现在举一个例子来说明一下。我们从第二天开始吧。

菲罗美娜担任女王，大家讲述起饱经忧患、后来又逢凶化吉、喜出望外的故事。（——这一提示无疑是作者的语言。接着下面的一大段描写也是作者亲自出面）："朝阳的光芒带来了新的一天，小鸟在青绿的枝头唱着动听的歌曲，一声声送进人们的耳朵，像是在报晓。……"

然而接下一页，除了提示作品内容外，就是叙述人的评述了：

"最亲爱的姐姐，一个人嘲弄别人，往往自取其辱，尤其是理应尊敬的事物，你也拿来跟人开玩笑，那难免还要自讨苦吃。……"

这就是七个年轻姑娘中的妮菲尔所讲的故事，这种叙述不是自述，而是用面对面的对话形式展开的，其实际情况也是这样，他们几个人围坐在一起，一个讲，大家听。

而当讲完一个故事后，也就是一天结束后，第二天要开始另一个故事了，这时，作者又要站出来说话了。如：

"小姐们听完了美丽的伊斯兰姑娘所经历的种种事故，不觉连声叹息。但是谁知道她们叹息是为什么呢？或许有几位小姐一方面在同情她的遭遇，一方面也是在可惜自己不能像她那样嫁人嫁得多吧。但是这一层可不便多问了。潘菲洛最后引了一句俗话，引得大家都笑了起来，女王知道他已经把故事讲完，就回头叫艾丽莎讲下去。她遵从命令，愉快地说道：……"

这种评述有长有短，上面一段是比较长的，一般只有几句话交代一下。如：

"艾丽莎把故事讲完之后，女王十分赞赏齐马的聪明，于是吩咐菲亚美达接下去讲一个故事。她微笑答应，遵照女王的意旨，这样开言道：……"

然而，在第四天结束，作者亲自出面讲了一个故事。这个故事是不算在那一百个故事在内的。作者是为了抨击一些读者的不正确观点而讲给读者听的，是为自己的一段辩护。这是因为在作者写了这故事之后，遭到一些人的非议。作者把自己的这种心情写出来，在小说的结构上说，是十分的新颖。对整篇结构似乎是多余的，如打进一枚楔子。其实不然，是小说的一种创新。后来的菲尔丁、斯特恩，恐怕也是从中汲取了营养。他们两人在自己的小说中都有许多辩白、评论和感想。而这里是一段开场的辩白，十分得长，我引用其中的一段。以飨读者。

……尊贵的女士们，我为你们效劳，艰苦奋斗，受尽这狂飙疾风的摧残，利齿毒牙的噬咬，弄得头破血流。天主明鉴，不管他们怎么说，我总是冷静地听着他们，玩味着他们的话。在这件事上，全靠你们出力来支持我，不过我并不敢就此吝惜自己的力量；即使我不跟他们展开论战，也少不得要申斥他们一番，好让我的耳根暂时清静一下，因为我的作品到现在还不曾写满三分之一，就有这许多狂妄的敌人，要是眼前不赶紧对付他们，那他们的气焰一定会越发嚣张，将来一下子就会把我打垮了；到那时，任你们有多大力量，也无济于事了。

在驳斥他们之前，我想先讲一篇故事，作为自己的辩白。这不是一个完整的故事，而是一个有头无尾的故事，这样就不至于和我们那一群可爱的朋友们所讲的故事混在一起，好有个区别。我这个故事是针对那班诽谤我的人讲的。

这个故事是这样的。一位父亲信奉天主，自相亲相爱的妻子死后，把全部财产捐给慈善机构，把不到两岁的孩子带到一个山洞里亲自教养，不让孩子离开山洞半步，用天主的信条戒律教育他。待他到了18岁时，第一次带他到佛罗伦萨，孩子对一切都好奇。当他看到一队美丽的姑娘时，竟不知是何物。做父亲的担心孩子堕落，告诉他这些美丽的姑娘是"祸水"和"绿鹅"。孩子听后对"绿鹅"大感兴趣，非要父亲买一只绿鹅带回家，说她们比那些父亲常给他看的天使更美丽。老头儿最后明白，自然的力量比他的教诫更强得多。他后悔把他带到佛罗伦萨来……

"不过，我不打算把这个故事讲下去了，就此言归正传吧。"

作者叙述了故事后，就交由青年人讲了。在这本《十日谈》中，插进这个故事，是完全必要的，是全书的一个有机的组成部分。它使得《十日谈》这本书的意义更加明显了。它说明，教育不是万能的，天性不能因教育而灭绝，教育也不应去灭绝天性，而爱和美丽只在人间。最后在全书结尾时，作者出面写了长篇的《跋》，算是对全书的总结。告诫小姐太太们，读了后，觉得有益，别忘了他。……

全书就这样结束了。薄伽丘如此组织故事的时间结构，是独具匠心的。作者时间（这里是直接评论、抨击、辩护）、叙述人时间、情节时间等几条时间蠕虫有机地交织在一起。两种时间，若用俄国形式主义的用语，是本事时间和情节时间的结合，使得时间上特具特色。"真实"时间和情节时间的结合的这种小说结构的时间形式，给以后欧洲小说的发展，产生了巨大的影响。英国乔叟的《坎特伯雷故事集》，法国纳瓦尔的《七日谈》，都是模仿《十日谈》的。洛佩·德·维加、莎士比亚、莱辛、歌德、普希金在作品中都引用过它的故事。20世纪西方艺术界十分流行的时间上的复调，在我看来，与它有着十分深刻的渊源关系。

在文艺复兴时代的文学中，拉伯雷的地位相当突出，但在这里，我们暂不作论述，因为我们在研究巴赫金的艺术时空观时要谈及他。这里要简单地说一下莎士比亚戏剧中的时间结构问题。

莎士比亚属于文艺复兴时代的晚期，经过几个世纪的斗争，人文思想，人道主义精神到了他这一时代，已经较为深入人心了。中世纪文学中的那种线性、单维情节已经没落，代之而起的是艺术地表现各种辩证的矛盾，以及同一时刻各种不同流派势力的斗争。莎士比亚的悲剧适应了这种观念，采用了多层次、多线索、多角度的构架。例如，在《哈姆雷特》中三条复仇线索以及《李尔王》中二条被放逐的线索都是主辅相衬、平行而交叉地展开，把不同时间中发生的事件加以对比，形成一种独特的时间和空间网络——一种新的组织艺术作品时空统一体。然而，莎士比亚在时空上的这种布局，却遭到了像伏尔泰那样有洞察力的作家的看轻，认为，他把审美形式表面的机械化而歪曲了审美趣味，而被看作是"野蛮人"。

这种时空统一体的鲜明特征是制定了一个古典戏剧的基本原则"三整一律"：行为、时间、地点的三统一。这是从亚里士多德提出的"整体性"发展演化而来的，甚至可以说是对亚氏的"整体性"的某种歪曲性阐释。十七世纪，这一原则明确地出现在古典主义的美学中。法国文艺学家布瓦洛在《诗的艺术》中这样写道：

"我宁愿他一出场就自报姓名身份，
就说我是俄瑞斯忒斯或者是阿伽门农，
而不愿他堆宝塔、啰嗦得一塌糊涂，
说的话毫无内容反使人震坏耳鼓：
此所以题要早点，起手就解释分明。
剧情发生的地点也需要固定、说清。
比利牛斯山那边诗匠能随随便便，
一天演完的戏里可以包括许多年：
在粗糙的演出里时常有剧中英雄

开场是黄口小儿，终场时白发老翁。
但是我们，对理性要服从它的规范，
我们要求艺术地布置着剧情发展；
要用一地、一天内完成的一个故事
从开头直到末尾维持着舞台充实。
切莫演出一件事是观众难以置信：
有时候真实的事演出来可能并不逼真。"①

布瓦洛在这里提出的戏剧结构三原则，其目的是要恢复古典主义的戏剧创作原则，其矛头直指西班牙的创新性剧作家罗伯·德·维加和加尔台隆，说他们是"诗匠"，说一天的戏里包括许多年，开场是黄口小儿，终场则是白发老翁，是一种粗糙的做法。这引起了 17 世纪头十年间围绕着维加的创新性戏剧的一场大辩论，赞同者有之，反对者也不少。到了 1633 年左右，争论才偃旗息鼓，以维加的胜利而告终：喜剧（戏剧）可以在一天内或二个小时里表现出许多年的事件，不能把剧情框死在一个简短的时间中、空间里。艺术时间和空间的相对的随意性处理得到了肯定。这是艺术时间和空间在作品结构中获得自由权的胜利，值得艺术时间和空间发展史研究者的重视。

18 世纪。1766 年柏林的书店里出现了莱辛的《拉奥孔，或论绘画和诗歌的界线》一书。这一日期被公认为是艺术科学史上艺术时间和空间问题的诞生日。德国著名的戏剧家和文艺批评家莱辛在美学史上第一个提出这一问题，并试图阐述解决这一问题。莱辛也像那一时代的大多数学者一样，依据的是牛顿的空间和时间概念。

莱辛把牛顿概念的基本原理移植到艺术领域，得出了结论，说艺术中存在着"空间艺术"与"时间艺术"。按照他的观点，艺术是对现实的模仿（直接来自亚里士多德的理论）。在现实中存在着物体和动作（行动）。物体存在于空间中，而动作（行动）存在于时间中。于是他以诗、画为例，进一步详细地对它们作出了区分。我国朱光潜先生在论述这个问题时归纳出以下几个方面的不同：第一，就题材来说，画描绘的是空间中并列的物件，诗则叙述在时间上先后承续的动作；画的题材局限于"可以看见的事物"，诗的题材却没有这种限制。画只宜用美的事物，即可用"引起快感的那一类可以眼见的事物"，诗则可以写丑，写喜剧性的、悲剧性的、

---

① 《西方文论选》，伍蠡甫主编，上海译文出版社，1984 年，第 297-298 页。

使人嫌恶的和崇高的事物；画只宜写没有个性的抽象的一般的典型，诗才能做到典型和个性的结合。第二，就媒介来说，画用线条颜色之类"自然的符号"，它们在空间中是并列的，适用于描绘空间中并列的物体；诗用语言的"人为的符号"，它们在时间上是先后承续的，适用于叙述在时间中先后承续的动作情节。第三，就接受艺术的感官和心理功能来说，画所画的物体是通过视觉来接受的，物体是平铺并列的，所以一眼就可以看出整体，借助于想象的较少；诗用语言叙述动作情节，主要诉诸听觉，但因为语言本身是观念性的，而动作情节是先后承续，不是凭感官在一瞬间就可以掌握整体的，这个整体式要由记忆和想象来构建的。第四，就艺术理想来说，画的最高法律是美，由于再现物体静态，所以不重表情；诗则以动作情节的冲突发展为对象，正反题材兼收，所以不以追求美为主要任务而重在表情和显出个性。①

是的，朱光潜先生正确地概括出莱辛所说的诗与画的不同，这里也是莱辛直观地感觉到艺术的空间与时间的区别。但莱辛进一步写道："绘画也可以表现动作，但只能是间接地，借助于物体……而另一方面，诗也应描绘物体，但仅仅间接地，借助于动作。"这则对诗与画的共通性作了某种提示，没有进一步解决由诗与画的区别而深入研究艺术时间和空间的本质。这是时代的局限性决定的，也因为此书是一篇未完稿。

莱辛的观点受到他同时代人的反驳。他的学生与朋友 J. 赫尔德第一个站出来批判他老师的观点。赫尔德认为，画对自身材料的关系完全不是像莱辛所说的那个样子的，诗中的感觉材料（声音）也不是独立作用的手段，而只是作为意义的载体出现的。诗的动作（行为）不局限于话语的长度或先后承续：它基于话语所具有的"力"，这种力"虽然通过我们的听觉传达的，但它直接作用于我们的心灵。"②

这样，赫尔德区分了两种艺术门类：一种类似于画创造的物体，另一种像诗一样，借助于"能"起作用。按照赫尔德的观点，诗既在时间里，也在空间里起作用。"诗在空间里起作用，是靠他的整个话语具有可感觉的性质……它在时间里起作用：因为它是言语。"但是，没有单独的一句诗会构成它的本质。"诗的本质是力，这力来自空间（来自它做了感性方式再现的物体），这力在时间中起作用（是以许多单独部分构成统一的整体的诗之先后承续）"。上述的话语表明：在诗与画的区分方面，赫尔德注

---

① 莱辛：《拉奥孔》，人民文学出版社，1982 年，第 222—223 页。
② Пространнство и время.Киев, 1984.Глава Ⅴ, проблема художественного времени и пространнства.стр.274.

重诗是诉诸情感和想象的"力"和"能"。这"力"和"能"既在空间里也在时间中起作用;而画则是凭形象而诉诸感官和记忆。① 这里,"画"是形象诉诸感官和记忆,那就是指空间和时间的结合。但是赫尔德也脱离不了那个时代科学发展的水平,他也是硬性地把空间与时间分隔开的,这里当然也包括画与诗:"任何空间不可能是时间的,任何时间也不可能是空间的。可见的东西不可能是可听的,可听的不可能是可见的。"②

赫尔德的反驳成为一种特殊的反莱辛因素,一直延续到目前国外的一些著作。他们的论点概括地说有以下几点:第一,空间和时间相互间是不可分割的,因而把艺术分为空间的和时间的是不正确的。第二,画不仅描绘了空间关系,而且描绘了时间关系,而文学不仅是行动过程,而且是人和物的过程,即形象的创造、活动过程。第三,绘画、雕塑、建筑也像音乐和文学作品那样在时间中被接受。德国文艺学家 K. 里布曼认为他们"是一种似是而非的批评",于是作了这样的回答来为莱辛辩护:当人们认为莱辛企图在画与诗之间划出一条界线,看来是荒诞的。莱辛考虑的不是为了建立创作的一种壁障,而是在思考绘画、诗歌、音乐和舞蹈……中艺术反映的一定的手段或记号。莱辛从唯物主义原理,而不是从形而上学的思辨出发的。③ 尽管如此,我们认为,莱辛的反对者的观点是不能忽视的,本来研究就是一种思辨。

我们知道,莱辛的《拉奥孔》是一部未完成的著作。已发表的第一卷重点谈画与诗的区别,在他的续编中足见可能更多地侧重诗和画的联系。而从中译本的遗稿摘录中也可以看出,是谈它们之间的共同点。如:二者的一致。从这种一致中可能作出的假定:诗人也许看到了雕刻家的作品。

然而,莱辛把艺术区分成"时间艺术"和"空间艺术"是否正确,是否认为绘画、雕塑、建筑只存在于空间中,而音乐和文学只存在于时间中呢? 苏联学者认为,这是因为不加区分"艺术作品"与"艺术形象"的概念之故。我们可以谈及什么样的客体,是物质的还是观念的客体?

艺术作品(绘画、雕像、建筑、交响乐、戏剧、电影、小说等等),看来是物质(材料)客体,观念形象是在这里具现的。从形象出发来研究艺术,看到的多是它们的共同点。

艺术形象按本质说是艺术反映,是对现实的精神 - 实践的,审美的形变反映。马克思说过,观念上的东西不是别的,是物质的东西移植到人脑

---

① 莱辛:《拉奥孔》,人民文学出版社,1982 年,第 225 页。
② Пространнство и время.Киев, 1984.Глава V, проблема художественного времени и пространнства.стр.274.
③ Там же, стр.275.

中并在其中得到了改造。观念的总是有物质的载体。作为这一载体，不仅表现出他的大脑神经的基质，而且在人类历史发展过程中形成为一种文化现象，以观念形式体现出来。艺术中的这种现象就是艺术作品。但是，如果说艺术作品存在于真实的时间和空间里，那么作为观念的艺术形象就存在于观念的空间和时间里。艺术反映现实，不能不反映它存在的空间形式和时间形式。这样，艺术空间和时间也就是被反映的观念的现实的空间和时间。

如果我们按这种观点来看莱辛把艺术分成"空间艺术"与"时间艺术"，这是一种形式的分类法，如果从其艺术形象说来看，就是"一致的"，都是存在于观念的时间和空间中的观念的形象，而具现了艺术形象的作品，则存在于真实的时间和空间中，而其区别如上所述也是存在的，只是形式问题。当今，如纪德认为莱辛的《拉奥孔》是一部每隔30年就要受到一次再评价的书，在我们看来，莱辛只是提出了原则性的审美问题，提出了创作的一般规律性，而不能用它来对某一具体作品的具体评价。否则，我们可以找出其论点的模糊不清。我们应该理解，莱辛如此用心良苦，其目的是为了更好地把握时间和空间这两个艺术的最高范畴是在人们的感性经验中对文学和艺术加以界定的。我们可以在这两种极限的广阔地带中来研究审美形式的变化，更好地把握某一艺术门类的特殊性，更好地认识它们的审美特征，更好地发展繁荣艺术科学。

然而，莱辛只是提出了按时间和空间原则给艺术分类，对这一分类做了透彻深入分析并完善完成这一分类工作的是黑格尔。黑格尔在其洋洋三大卷一百多万字的《美学》中，对空间和时间艺术做了详细的分析研究。当然这种研究是在他的绝对精神的范畴之内，归于他的绝对理念思想，归于他的三段论法。他首先认为，神、绝对精神、主体的"一分为二"的转化形式：一是外在的自然，二是内在的精神世界。艺术的任务就在于把内在的精神世界，也就是说内容和意义，表现于外在的自然形式中。这里必须提一下他的"理念"概念。这一概念是理念及其外貌的统一体，换言之，把理念以外在形式具现出来，这是理解美（艺术）的王国的出现、发展和消失以及美的不同形式的原因的钥匙。理念与其外部形式的矛盾，按其本质来说是无限的精神与它的全部外在（对象化了的以及异化了的）存在形式的不间断的斗争创造了每一种形式改造成另一种形式的张力。这样艺术世界的展开是作为向更加精神的，深化为"自在"的不同艺术门类的转化阶梯出现的。在这一基本原理下，他采取了与莱辛不同的思路，对每一种不同的艺术门类作了如下界定：第一是建筑。它的形式是外在自然的形体结构，有规律地、平衡对称地结合在一起来形成精神的一种纯然外在的反映和一件艺术作品的整体。第二是雕塑。它表现出内在的精神因素、精神个性。在它的内容决定的形式中，雕塑是精神的实际生活，它的形式是人的形象以及它的精神气十足的客观整体。第三类是把表现主体内在生活，即在作品中客观化了的精神与观众的精神意识的对话，精神主体性的其他几门艺术作为最后阶段的一个整体。[①]这三种艺术的分类是以精神外化上的层层深化为原则的。

在最后的整体中又有三种艺术类型，其精神内涵也是层层递增的。首先是绘画。他认为，绘画是把外在形象本身完全转化为内在意义的表现。所以，绘画为此表现内在心情，把三度空间简化为二度空间，利用色调所产生的外形来表示距离和空间形体，因此照观一幅画时，不但要用肉眼而且要用"心眼"。第二是音乐。黑格尔把音乐看作是绘画的对立面，是对绘画的否定。音乐是用声音来表现的，声音是在时间中的，是一种随生随灭，自生自灭的外在现象，故音乐是否定的否定，是双重否定。形成音乐内容意义的是处在它的直接的主体统一体中的精神主体性，即人的心灵，亦即单纯的情感，所以音乐是情感艺术。音乐的形象，即音乐的表现形式是声音彼此之间的协调、划分、结合、对立矛盾和解决，其音量上的差异是由艺术加工所形成的时间尺度或节奏。第三，是绘画和音乐之后的语言艺术。黑格尔在这里说的是诗，因为那时长篇小说还处在萌芽状态之中，因此未在他的视界之中，仅仅提了一下。他认为诗是绝对真实的精神艺术，把精神作为精神来表现的艺术。就诗的表现形式来说，是一门整体艺术，所以，在诗中其他各门艺术的表现形式也用得上。[②]

从上述分门别类中可以看出，黑格尔把这种分类纳入自己的三段论法中：正题、反题、合题。如果说造型艺术是正题，那么音乐是反题，音乐是对造型艺术的三度空间和绘画的二度空间的扬弃，而诗又是一种综合艺术（包括长篇小说），是合题。他还从各门艺术的价值上来分析，说建筑、雕塑、绘画是一种"自为存在"的艺术，而音乐是一种"为他存在"的艺术，说明音乐比建筑、雕塑、绘画在价值上高一等；诗与其他艺术一样，不能追求实践性目的。如果外在目的干预了诗，诗就马上从它"自在自为"的崇高领域，降落到有限的事物领域，蜕变成"自在"之物了。这里把诗仅说作"自在自为"似乎缺少了"合题"的意思，即综合艺术。应该说，诗作为时间艺术，也与音乐一样，是一种"为他存在"，因为，它

[①] 黑格尔：《美学》，第三卷，商务印书馆，1981年，第17—18页。
[②] 同上，第19页。

是综合性的，若把诗界定为"自在自为为他"的艺术是否更好些？在我看来，回答是肯定的。因为，在黑格尔的论述中，诗似乎又高于音乐艺术。因为诗是"统摄绘画和音乐的整体。"

由于黑格尔的这种看法，即空间是物质性标志，而时间是精神性标志，所以，艺术的发展道路（脉络），是一条解放"空间形式"的过程。因而在他的论述中，时间艺术是艺术发展的高一级形式，也就顺理成章了。

18—19世纪资本主义生产关系的迅速发展破坏了对文艺复兴时代来说具有本质意义的对世界的整体诗学知觉。人越来越多地意识到对社会环境和存在的客观规律的依赖性。资本主义经济的高飞猛进，给精密科学和自然科学的进步打下了坚实的基础。伽利略、哥白尼、牛顿、莱布尼茨、笛卡尔在数学、天文学、物理学、哲学上的伟大发明促进了文艺学的发展与进步。在这里首先是牛顿的时间和空间概念给新时代人的时空观念的进化起了重要的作用。

把时间理解为一种从过去向现在再向将来流逝的时间流，成为文学和艺术中艺术时间的基础。无论在我国还是其他国家的小说中，都可见到。文学的情节时间是连续不断地向前流逝，一般来说，统摄一辈子，从主人公的青年时代开始（有的则是从孩儿时代写起），到其老年结束。这里，教育小说为最，如《绿衣亨利》，歌德的几篇《迈斯特》小说等等，均是如此。时间的矢向性在这里表现得淋漓尽致。空间也被理解为地理学上的具体的局部地段，事件就发生在这里，而且对这一地段作了地形学上十分细致的宏观描写。与此同时，在这些微型空间之间的一般的空间联系往往难于见到。我们根据笛福在《鲁宾逊漂流记》中的描写不可能找到那个岛的地理位置，确切的坐标系。然而，作者的描写又十分具体、准确；如鲁宾逊活动的那个岛上的风光，周围环境，植物，具体得使我们难以置信它的不存在。同时那个小空间，与鲁宾逊游玩时所给出的以及从山巅上鸟瞰的小岛，是矛盾的，不与周围环境，各个物体间的距离相吻合。可见，如此细致入微地描写的空间，也是一种假定式的空间，不是真正的物理空间的反映。

故事情节在时间中的平稳、连续不断地发展，是18世纪文学的主流，即使不是那些从少年、青年开始一直描写到老年的"教育小说"，也是这样。到了18世纪，这种平铺直叙的时间进程的描写受到许多小说家的异议。于是，一些小说家在如何革新时间上下尽功夫，开了一代创新艺术时间的新风。这里表现得最为突出的是两位作家。若按顺序来说，先是菲尔丁，后是斯特恩。现在，先来看看英国小说家菲尔丁于1749年出版的《弃儿汤姆·琼斯的历史》（我国是1984年出版，萧乾、李从弼译，下面的引文都出自此版本）这一小说。

德国文艺理论家 G. 缪尔研究了菲尔丁的小说《弃儿汤姆·琼斯的历史》中的艺术时间流的不平稳性，认为这是作家有意为之。① 无疑这是正确的。我们先看看小说的整体结构。

全书共 18 卷，就空间来说，可分作三个部分：第一部分（1—6 卷），乡村，英国西部萨默塞特郡的两座庄园。第二部分（7—12 卷），由萨默塞特郡通往京城的大道上。第三部分（13—18 卷），伦敦。而在时间线索上，有四条主线平行展开。（一）汤姆弃儿的身世之谜；（二）汤姆与苏菲亚二人从相爱到终成眷属之间所经历的种种波折；（三）汤姆这个心地善良而常常行为不检的弃儿与布利非这个满口仁义道德而居心险恶、长于权术的伪君子之间的对照；（四）汤姆与女人从乡村姑娘毛丽到贵妇人贝拉斯顿之间的厮混的经历。这四条线索穿插展开，跌宕起伏，曲折前行，直到故事结束，浑然一体，表现出内部的时间流程是不平坦的，断断续续，急急缓缓，最后，归为一体，如缪尔所说，是"有意为之"。这种有意为之表现在第二卷的序章中他自己说的话：

这样，读者在阅读本书时，如果发现某几章很短，某几章又颇长；有的只记载一天的事情，另外的又包含经年累月的事；总之，如果他发现这部历史有时似乎停滞下来，有时犹如风驰电掣地疾行，请不要感到奇怪。我不认为有义务在任何批评家的法庭上替自己进行答辩，因为事实上我是一种新的写作领域的开拓者，我可以任意制订这个领域内的法律。

这里所说的"新的写作领域"指的是"散文的喜剧史诗"，因为，在他之前，所谓的喜剧史诗都是"韵文的"，菲尔丁要开创新领域的新的写作技巧。所以，他在第三卷的序章中，这样写道：

读者想来还记得，在本书第二卷一开头，我们曾表示：倘若在有些较长的阶段里并没有发生什么值得这类历史一记的事情，我们就打算省略过去了。

这样做，我们不但考虑到自己的身份和方便，并且还照顾到读者的好处和便利……

我们知道，我们在阅读我国的古代小说时，常常碰到"有话即长，无话则短"的套话，小说遵循的就是这一规则。这是小说内在规律的要求。

---

① G.Mulle.Die Btdeutung der Zeit in der Erzahlkunst.---Bonn，1947，s.12 又见：Пространнство и время.Киев，1984.Глава Ⅴ，проблема художественного времени и пространнства.стр.288.

小说家在布局时必须要考虑的事儿。不过菲尔丁把它明白无误地告诉读者罢了。说实在的，作者不但在序章中表明这点，而且在每一卷的卷名上指出了时长。这在时间的安排和切割方面，是前无古人的，也是煞费苦心的。在艺术时间上大做文章，这恐怕是菲尔丁这本小说的一大特点。现在不厌其烦，把这18卷的卷名及序章章目胪列如下。

第一卷 在这部历史的开头，先把读者所必须知道和宜于知道的、有关弃儿出生的种种情景，尽量介绍一下（序章的题目是"本书的开场白，或者说为这桌酒席开的菜单"）

第二卷 介绍一对夫妻在人生不同阶段中的幸福情景；布利非大尉与奥尔华绥婚后头两年的其他种种经过（序章的题目是"表明这是怎样一部历史，它像什么，不像什么……"）

第三卷 汤姆·琼斯在14——19岁在奥尔华绥先生家中的事儿（序章的题目是"几乎没有或者完全没有什么内容"）

第四卷 一年里的事儿（序章的题目是"共占五页。"）

第五卷 比半年略长些的时间内发生的事（序章的题目是"谈谈作品中的'严肃'部分，以及为什么要谈这个问题"）

第六卷 三个星期左右的事（序章的题目是"论爱情"）

第七卷 三天里的事（序章的题目是"世界与舞台的比较"）

第八卷 两天左右的事（序章的题目是"这一章特别长，是本书序章中最长的，谈谈写'离奇'的问题"）

第九卷 十二个钟头里的事儿（序章的题目是"谈谈哪些人够资格和哪些人不够资格写这样的历史"）

第十卷 历史又进展了约十二小时（序章题目是"本章包括一些教训，当代批评家颇需要细读一番"）

第十一卷 包括大约三天的事（序章的题目是"斥批评家"）

第十二卷 与上卷同一时期的事（序章的题目是"说明在一个现代的作家的作品中，哪些应视为剽窃，哪些属于合法的战利品"）

第十三卷 十二天里的事（序章的题目是"向诗神召唤"）

第十四卷 两天里的事（序章的题目是"这篇短论是想证明作家如果对自己所写的主题有一些知识，就会写得更好一些"）

第十五卷 历史又前进两天光景（序章题目是"此章短得无需标题"）

第十六卷 历时五天的经历（序章的题目是"论开场白"）

第十七卷 三天里的事（序章的题目是"包括一部分开场白"）

第十八卷 六天里的事（序章的题目是"向读者告别"）

读者从这些序章里一看就明白，还要让读者可以自主地评判，它们究竟同故事（正文）的联系如何。我在这里要说的，菲尔丁在书中对时间作了煞费苦心的配置，写明几年、几天甚至几个小时，有的表明有几页。特别是序章中的那些作者的议论，在别的书中，通常是通过叙述人之口来说出，而在这里，作者直接出面来评述当时的社会情况以及看法，有的还是论文，这些，如同给正文打进的"楔子"（把序章说成"楔子"，更好一些），把时间流程切成一段段，使其停顿、间隙，起了一种间离作用。这是从形式上看的，若根据内容，仔细掂量，就觉得它们是与整体内容融为一体的，不过它们更加直白地表明作者的观点罢了。因此，可以说，这一枚枚"楔子"又是各铸件的铆钉，把作品更加牢固地铆合在一起，其思想内涵也更明了。同时还能让后人更加明白当时菲尔丁的处境、他的思想以及社会情况，对后人的研究是大有裨益的。有的批评家认为它松散，是"楔子"之故，但我认为，楔子在结构中的作用，如缪尔所说，正是"把人生的一幅幅图画巧妙地嵌进作者备下的镜框中，而不是让故事自然而然地展开"。菲尔丁把琼斯的历史切割成一段段，用卷首标出来，再用序章加以间离的写法，正是20世纪新小说的艺术技巧之滥觞。自19世纪开始到20世纪的小说结构——复调小说结构的新面貌（多条叙述线索的相互对照，时间的切割和并列）的出现，菲尔丁的地位不可小觑，尽管他在把一段段时间的重新排列放在镜框里后，但镜框的排列还是按时间的流程进行的，具有矢向性，无须读者再去艰难的琢磨，方能显出头绪。这是时间"空间化"的初级阶段，不像20世纪的小说《尤利西斯》那样，时间的切割配置、空间的转换，随心理的意念，令人眼花缭乱。

菲尔丁的时空观，尽管在艺术层面上是创新性的，但其哲学观是牛顿的绝对时空。他把时间分割成一个个犹如镜框的时间段，把几天的事儿塞进框里，就是一证。因而他在小说中是表现出的情节时间是历史时间，自然的日常时间，世俗时间，具有开放性，不像浪漫主义的时间那样囿于自身的封闭性，然而它又不是编年史时间，平稳的匀称的流动时间，而是断断续续的，跳跃式的时间。菲尔丁自己认为他的创新性，要写一些与韵文不同的散文喜剧史诗，其时间特征就在这里。

在时间方面的革新最为突出的是比菲尔丁稍后几年成书的斯特恩的《项狄传》。此书被我国80年代出版的外国文学大百科全书描述为"一部奇书"，并作了这样的描述：

全书既无主人公的生平，更无他的见解，第一二卷写主人公出世、命名，第六卷他还是幼童，以后便销声匿迹。……全书没有情节，充满了信笔而来的插话、插曲，割断或颠倒时序，序言在第三卷中间，并且随时出现博学的考证、辩论和一些滑稽场面。作者的怪诞还表现在文字上。他不仅成段引用拉丁文，而且特别喜欢用破折号、断句；有时用大量的星号、白页、虎皮纹页、图解……①

说此书是一本"奇书"，奇就奇在它的情节安排上，它的艺术时间，即情节时间的安排上。因而，说全书没有情节是个错误。它有情节，但不是一般长篇小说的通常的、传统的情节。我们通常熟悉的情节、情节时间是事件时间的流逝，具有矢向性；而《项狄传》不是这样的，它是弯弯曲曲的，有时是把时间回转、倒流。这也是与菲尔丁的小说的不同。菲尔丁对小说的情节时间做了切割，有事则长，无事则短，但时间流是跳跃式地向前，没有像斯特恩那样的回流与停顿。不过，在斯特恩的《项狄传》中，如果有心的读者，想在脑海里重拟其时间流程，也不是不可能的。在艺术时间的创新上，斯特恩本人为自己小说的时间流程图作了这样的描绘：

图（一）是他前四卷小说情节时间发展路线图；图（二）是他为第五卷拟定的时间流程图。这是他在自己小说的结尾处画下的线路图。他认为自己有权改变小说的时序，给小说的情节作如此的构思。斯特恩的这一实验，开创了西方意识流小说的先河。

即使在《项狄传》中的时间流，我们虽然看到时间是弯弯曲曲，但总的趋势仍然是向前的。这是时间的本质——时间的矢向性，无论是自然科学中真实的时间，还是文学作品中的观念时间，要改变这种状况，既想把时间消灭掉，成为零时间，是不可能的。因为小说是时间艺术，小说中的事件，尽管被观念化，变成了情节时间，但它还是事件时间。只要存在事件时间，就有时间的矢向性。

上述两本小说的时间，菲尔丁的小说仅仅是对时间作了切

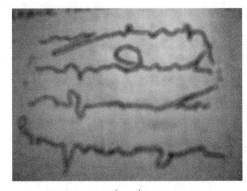

（一）

---

① 《中国大百科全书》，外国文学卷，中国大百科全书出版社，1982年，第955页。

割，时间和空间的安排是有明显的线性的，虽然不是平稳、均匀，而是跳跃式的。由于序章的"楔子"，使小说时间的停顿分外明显；而斯特恩的小说时间流程，正如他自己所说，是弯弯曲曲，有时还倒流。这种不同，显示出他们不同的时间哲学观。

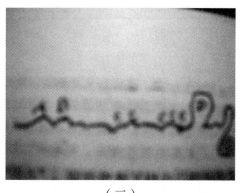

（二）

20世纪。19世纪末20世纪初的艺术，其艺术时间和空间的发展速度空前迅速。究其原因，是爱因斯坦相对论以及电影艺术的出现。特别是相对论，可以说从根本上颠覆了客观的物理世界，也推翻了牛顿的世界画面，革新了时间和空间的本质。而电影艺术的出现，给作家在构思自己的作品时，提供了极好的范例。电影可以随便组织时间，可以让时间停顿，倒流，为什么文学作品不行呢？上个世纪的斯特恩不是这么做的吗？作家的美学任务更加加深了对艺术时间和空间的个性化、心理化趋向；当然，也激起了他们的好奇心和猎奇心理。

20世纪，在西方的艺术理论和实践中，存在主义把时间作为体验来对待，而现代主义，则把现实主观化，于是把现实的时间和空间也主观化，而艺术时间和空间，即作品中的情节时间和空间，更是主观主义化了，或曰心理化了。

这种心理化的表现是以艾略特和庞德为代表的现代诗歌。他们认为，读者不应在时间的绵延中而应在空间的广延中，在凝固的时刻中来知觉他们的作品。这种以意象为特征的诗歌理论，开辟了诗歌发展的道路，它断然抛弃了维克多利亚时代的那种多愁善感的华丽辞藻。意象派理论家庞德说，"意象是该时刻理智和激情的完整综合"。他的这一界定，是对现代文学形式的任何研究来说，最具创造性的意义。在这里，除了理智的时间逻辑外，还有激情，而激情具有突发性，出其不意性，因而把不同的时间和空间的东西予以综合。他进一步解释说，只有对现象作瞬时的直接的描绘，才能引起"突然的解脱感；摆脱时间和空间的束缚的自由感；骤然的升华感。我们在最伟大的艺术作品中面前，都能体验到这一情感。"

另一位著名诗人艾略特谈到诗歌的心理过程。这与庞德如出一辙。艾略特认为，诗是用直觉来构筑诗歌的统一体，他把外部不同种类的经验成分融合成一个有组织的整体。艾略特写道，普通人"醉心于斯宾诺莎，阅读他的作品,这两种经验没有共同之处,就像它们与打字机的得得声或肉汤的香味没有共同之处一样。但在诗人的意识中,这两种不同形式的经验总可形成一个新的整体"。艾略特说明了意象的心理根源。对诗歌的这种空间心理看法,说出了现代诗歌的本质。

但是这种诗歌的空间化,并未排除时间的存在。我们在艾略特的《Cantos》和《荒原》中,艺术形象的巨大变化是十分明显的。美国诗人兼文学评论家布莱克默在谈及庞德的《Cantos》时这样写道,此文是"故事"形式,在一地开始,又在一地或他方继续,如果有结尾的话,又在另一地结束。这一故意的无联系,对正在发生的事件和连续不断的突然中止,通常是用暗示的手法。这构成了《Cantos》的统一体的基础。只是读者开始时要慢慢地揣摩,这说的是什么。庞德先生如何故意使你摸不着头脑,一忽儿引进新的混乱的材料,一忽儿又回到旧的显然也同样混乱的材料中去,布莱克默认为,《荒原》也是这种手法。这里的句法顺序已经让位于外部看来支离破碎的话语意象结构。为了理解这些片段的真正含义,需要把它们一个个排列起来加以同时知觉。只有在那时,作品的意义才能真正地被理解。这种以诗歌的反射评判为基础的原则,也就是我们在本专著中常常提及的时间的"空间化"原则,给现代诗歌的发展起到重大的影响。

再来谈谈文学作品中时间和空间。可以概括地说,存在着两条发展路线或曰方向。第一条由普鲁斯特的小说开始直到"新小说"派的作品。普鲁斯特的美学思想反映在他的多卷部长篇小说《追忆似水年华》中。他对过去和现在的知觉是通过事件以及主人公对事件的体验。这种知觉时间的机制创造了过去和现在的继承性;换言之,他力求表现时间的延续性,表现回忆对分割了的时间片段的凝聚力,强调感觉和印象是文学的根本材料。这种二次体验,即作者对主人公的体验之体验,恰好用过去来替代现在,把对现在的体验感受,和现在与真实时间的联系的切割交织在一起,造成一种难以辨认的神话时间。这实际上是把真实世界"神话化"了,同时也对作品的艺术时间的反映神话化了。我国学者在论及《追忆似水年华》的时间特点时,也表现出这种无序的神话性:"……使我们无法断定作者是想让过去跨入未来,还是让未来退至过去,并且无法知道那众多的片断究竟是回首性的前瞻,还是前瞻性的回首。这种扑朔迷离的时序装置可以说早已超过一般的时序变异,而趋于一种无时序了。"[①]

[①] 张寅德:《普鲁斯特小说的时间机制》,《外国文学评论》,1989年,第四期,第48页。

普鲁斯特对这种"神话化"采取的方法是如他自己所说的"通常看不见的形式，时间的形式"。这一时间的形式是直觉直接赋予的，它不同于理性思维的抽象的顺序时间，表现在他对人类生活的飞速流逝和时间的不可逆转的忧心忡忡。他正是用这种神秘的时间感所形成的精神力量来克服时间，来摆脱时间的主宰。普鲁斯特本人认为，这是一种超验的、非时间的瞬间赋予他理解时间的真实的原始本性。正是对这一瞬间的感悟使得"事物的不变本质，通常隐藏在其深处，现在却被暴露出来了，而我们的真正的'我'，看来早就是僵死的，但实际上却是更重要的苏醒过来了、复活了，接受上苍的养料"。所以，"瞬间"在普鲁斯特的眼里，具有了非凡的重要意义。这位作家指出，通常的想象只能建筑在过去的基础上，所以使得想象中提出的材料丧失了直接的感性。但在某一时刻，属于过去的一定感觉，超越其界线，又回过头来与现在交融在一起。正是在这一瞬间中，他能够理解真实的，但不属于现在，理想的但又不抽象；也正是在这一瞬间中实现了自己朝思暮想的愿望去"了解、把握、撷取瞬时的闪光"。对于感受到这一瞬时的人来说，普鲁斯特补充道，"死亡"一词不会再有意义了，因为他处在时间界线之外，怎么会害怕它呢？他把自己的死看作是播下的麦种，自己死了，结出的是硕果累累。

他在《重现的时光》中写道："……于是乎我感到这些与情感、性格、习俗有关的真实纷纷涌上心头，感知它们给予我欢乐。然而我依稀记得它们中间有不止一个是我在痛苦中发现的，另有一些则发现于勉强的欢娱之中，在这种情况下，它们无疑不如使我意识到艺术作品是找回逝水年华的位移手段的那个真实灿烂辉煌，我心中升起又一股光焰。我大悟，文学作品的所有这些素材，那便是我以往的生活；我大悟，它们在浮浅的欢悦中、在懒惰中、在柔情中、在痛苦中来到，被我积存起来，未及预料它们的归宿，甚至不知道它们竟能幸存，没想到种子内贮存着将促使植物生长的各种饮料。"① 于是，在最后，他在公爵夫人的会客厅里感悟（大悟）出只有献身于艺术，把余生献给艺术，才能转化为永恒的价值。

蕴藏在全书中的对"瞬间"的感受的意义，只在最后的《重现的时光》中作了鲜明的描述。他对自己小说构建，比喻成是座大教堂也好，还是连衣裙也好，他所采用的对待时间的方法，叙述故事的手段，与上面艾略特所说"意象结构"实为同一，同是为直觉所把握，同时用时间的心理化手法，以瞬间对过去、现在、将来的凝聚和并列。这就是时间的"空间

---

① 普鲁斯特：《追忆似水年华》，译林出版社，Ⅶ，1992年，第206页。

化"形式在文学中的表现。

普鲁斯特的艺术创新，在20世纪50—60年代，让新小说代表人物（如：罗格—格里耶、娜塔丽·萨洛特、米歇尔·布托尔、克洛德·西蒙、玛格丽特·杜拉斯等）奉为圭臬，达到了荒谬程度。他们主张破除传统现实主义小说格式的限制，认为不必遵守时间顺序和囿于空间的局限，作者有自由"重新建立一个纯属内心世界的时间和空间"。他们还认为人生不过存在于"一瞬间"，对过去、现在、将来的记忆和想象同时并存。现实、想象、幻觉、记忆、梦境往往相互交错或重叠。这样，他们对世界的不可知论推到了真实时间上，把这一时间神秘化了，变成了可以利用但不可理解的自足现象。新小说分化了时间，并把时间引向荒诞程度，利用了时间的真实长度来强调存在的荒诞性（罗伯-格里耶等人的小说）。在新小说的作者们那里，时间的荒诞化是用来肯定世界的荒诞性、人的存在的荒诞性的最重要的艺术手段。这也表现在舞台剧的创作中对时间的这种实验。在这些作品中，若从思想方面来说，对事件索然无味的没完没了的描写不仅消灭了时间本身，而且使得艺术作品本身成为世界的不可知概念的图解。

这点我们可以提出尤内斯库的荒诞剧《犀牛》和贝克特的《等待戈多》。在《犀牛》中作者着力描写现实的荒诞性、人格的消失、人生的空虚绝望，人在物的绝对统治下变为犀牛的"异化"过程。尤内斯库的把人变成犀牛的艺术手法，我们在现实主义的小说中也能见到，如果戈理的《鼻子》。然而，与果戈理的《鼻子》不同的是，新小说的《犀牛》通过这种描绘直接表现出对理性的怀疑和否定，表现出"原子时代失去理性的宇宙"。而在艺术时间方面，艺术时间的运动与真实时间可相提并论，这使得尤内斯库创造了一种运动逼真的错觉；而这种错觉正是为了加强剧中人物谈话的无意义性印象，也加强了事实上对话的无内容以及对这种对话的精心安排之技巧。尤内斯库在剧中所宣称的一个人和人类时间的终结，成为艺术家对人道主义缺乏信心，对人能把握历史的可能性缺乏信心的表现手段之一。而在贝克特的《等待戈多》中，主要描写两个瘪三在荒野的乡间土路上无聊地等待戈多的情景；甚至戈多是谁，为什么要等他，剧中都未作交代。贝克特像其他荒诞派作家一样，把客观世界看作荒诞、残酷、不可思议，就连幸运儿的内心独白也是胡言乱语。西方有的评论认为，这部剧本是"揭示人类在一个荒谬的宇宙中的尴尬处境"。而在艺术时间上，它抽掉了具体的时间和空间，行动被压缩到最小极限，甚至可以说行动不复存在：没有剧情转折，起伏跌宕，没有结局，只有等待，无穷地等待。

另一个倾向植根于卡夫卡和乔伊斯的小说直至一些包括神话长篇小说

作家的作品。这里，历史事件作同时性处理最终导致对现实和时间荒诞的神话化或成为魔幻现实主义，成为表现人类不可能摆脱悲剧性问题来寻找出路的一种艺术手段。在乔伊斯的《尤利西斯》中，作家，实际上运用的是福楼拜在《包法利夫人》中的手法。福楼拜只是在书中描写了集会时的真实状况（详见后面）。被美国文艺学家认为是初级的，而在《尤利西斯》中，则是十分成熟的技巧了。这里主要的一点是，乔伊斯不受叙述时序的制约，不管其各自间是否有联系的无数的暗示、插语、摘录、时空的转换、变化来编造自己的小说画面。读者在阅读作品时就像阅读诗歌一样，把分散的故事连结在一起，并在脑海里把全部暗喻保存到他能保存的时刻为止，然后通过"反射评判"把它作为一个整体画面加以知觉。只有在那时才能明白作品的意义。这里同样创造了时间上的荒诞性，创造了一种非时间的神话时间。可以归入这一类作家的还有托马斯·曼、海塞、加缪、厄普代克、加西亚·马尔克斯等等，其中不乏对西方资本主义社会持批评态度的大文豪。我们在这里尽管可以见出他们在处理时间手法上大相径庭的。乔伊斯的《尤利西斯》对时间切割、描写手法犹如福楼拜，是一种时间的"空间化"手法，但托马斯·曼等人的作品而是采取时间的多条线索来构建神话时间。这也是一种时间的"空间化"的形式，也表现出一种神话时间观。

上述作家就思想内容上说，可以界定为现实主义作家对资产阶级社会的悲剧性矛盾的反应，是极其多方面多层次的。托马斯·曼受歌德的启发，采用《旧约·创世纪》中约瑟的故事，创作了包括四部长篇小说的巨著《约瑟和他的兄弟们》，写约瑟被他的兄弟扔进井里，卖给埃及人做了奴隶，后又因拒绝一个埃及女人的引诱受到诬陷而锒铛入狱，后经过种种磨难而成为贤人。苏联的一位批评家把这部小说视为通过圣经神话对当代的投射，赢得了人类文化价值对黑暗势力的胜利。托马斯·曼的长篇小说是神话创作文学中的独特现象，因为他以其丰富的内容肯定了对最高精神价值的信任，因为主人公带有历史的乐观主义。《约瑟和他的兄弟们》这部小说直接继承了批判现实主义的传统，他把决定主观时间的性质和内容的道德主旨注入主人公的时间运动中。不管这个主旨是多么的抽象的道德说教，约瑟的活动依然充满了高尚的人道主义和乐观主义内容。

加西亚·马尔克斯的《百年孤独》也是这样的一部神话小说，被文学批评家称之为《魔幻现实主义》，尽管他不同意这种称谓，而称自己作品是"写实主义"的。故事同样看到古希腊神话传说的影子，又有古代希伯来民族的丰富想象。预言、乱伦、凶杀令人追忆回肠荡气的古希腊传说，

"原罪"、迁徙、内陆船骸、男人的汗水、女人的痛苦以及令人惊心动魄的《圣经·旧约》的故事。布恩蒂亚（作者描写的就是这一家人）恰如率领以色列子孙逃出埃及的摩西，背井离乡，到了一个荒无人烟的去处"马孔多"，开始时安宁、幸福，后来，洋人入侵，各个跨国公司接踵而来，马孔多四分五裂。之后作者描绘了一幅幅可怖的场面，恰似世界末日的预言。他模拟神话，描写鬼魂和死人国，似乎回到"洪荒"时代。百年家族的变迁史，恰似一部人类文明史，一部拉丁美洲民族的百年沧桑，更表现出一种对地球变化、环境恶化的崇高责任感。

这似乎让人猜测，在艺术时间方面，《百年孤独》描写的是一种编年史时间，描写了百年拉丁美洲的"孤独史"。其实错了。它不是编年史时间结构，而是一种神话时间结构。采取艺术夸张、避实求虚、以虚喻实的手法、象征手法来描写；而时间流其极快速，在一篇篇幅不是很长的作品里，叙述了百年变化，可谓时间节奏感十分紧凑，然而，却充实着大量的事件。在时间和空间上采用的是心理时间来表现，把现在、过去、将来（如果有将来的话）的时间层面互为渗透。就拿第一章来说吧。开头不是写第一代老布恩蒂亚的家庭，搬到马孔多村之前的情况，而是让其二儿子奥雷连诺上校（他是搬到马孔多三个月后出生的第一个人）出来回忆，似乎以二儿子的视角来描写："多年之后，奥雷连诺上校站在行刑队面前，准能想起父亲带他去参观冰块的那个遥远的下午。当时，马孔多是个20户人家的村庄，……"然而，叙述又不是奥雷连诺的视角，而是上帝的视角，是作为叙述者的作者的视角，作者的时间。因为叙述的是他6岁时发生在马孔多的事儿。吉普赛人来到这村子，把许多新东西带到这封闭的村落的种种滑稽幽默而又令他们这些土著民族大感新奇的事儿，以及他们的种种陋俗。这是他6岁的儿童所难以想象、难以知晓、理解的事儿。这就创造了一种非日常的时间、非历史时间，同时，又揭示了百年的社会变迁，表现出一定的社会时间。在这里我们看到的是一种意识时间、心理时间与社会时间的不同层面的相互渗透。作者运用的正是这种神话时间来达到自己的创作意图。

可以说，20世纪西方的绝大部分的神话式小说中的艺术时间成为能更加深刻地而又更加明确地向读者传达了人与人、人与社会、人与现实的矛盾的不可调和性思想。不过，应该指出，西方有识之士对资产阶级社会危机的认识，又是十分消极的。艺术家把真实时间与艺术时间通过神话方式隔绝起来，不与社会历史时间相联系，使得批判激情大为消解。

20世纪对艺术时间和空间的实验，导致了意识流小说的出现，如普鲁斯特、伍尔夫、乔伊斯等人。他们对人物以及事件的记忆就以内心空间方式来展开事件。这里，在时间和空间中位移是以记忆来维系的。"这种立场把个人的行动时间缩小到几天和几个小时，与此同时，记忆也像银幕似的投影到整个人生的时间和空间。"①如乔伊斯的《尤利西斯》的个人行动时间，也就是说真实时间，只有一天，大家是共知的王蒙的意识流小说《春之花》，主人公的行动时间只有两个多小时。时间和空间的意识化、心理化已成为他们作品构思的主旨。

这种行动时间，是以"顿悟"的"心理化"为基础的。这个问题的提出，应当归于德国美学家维尔盖尔姆·沃伦格的《抽象化和感悟》（Abstraktion und Einfuiung）副标题是"论风格的心理化"（1908）一书。此书被一些文艺学家誉为解决"空间形式"问题的一把钥匙。他以奥地利的著名学者里格尔的"艺术意志"为基础，提出并按它对艺术进行分类，并把"顿悟"作为反映意志、情感、活生生的反应基础。他这样写道，"正是充满了阳光空气的空间把物体联系在一起，消除着物体个性的独立性，把物体吸引到宇宙的相互联系的现象之中时，赋予物体以时间价值。深度、三度空间的投影赋予客体以时间价值，把它们包括在真实的世界中。"事件是在真实的世界中发生的，而时间是运动和变化的不可或缺的条件。当人处在与自然的非和谐状态时，他想逃避这种变化，而现代风格的作品正是避免对物体的深度度量，崇尚平面。而当深度消失时，物体被描绘在一个平面上，把它们作为某种暂时的统一体的几个部分加以同时知觉，则要方便得多。而最大的时间价值是体现在三度空间的描绘上。这就是时间的"空间化"，造型艺术是这样，而现代文学也是这样。以"顿悟"为基础的"心理化"美学原则，成为现代文学"空间化"的基石，特别是意识流小说。

西方小说艺术时间上的这种变化，不能不给关注西方文学的巴赫金的小说理论以影响。虽然巴赫金把目光主要定在古希腊小说上，定在拉伯雷、歌德、陀思妥耶夫斯基作品上。然而，他在1973年谈及赫罗诺托普时，提到赫罗诺托普中的道路、城堡、沙龙客厅等等空间在古希腊罗马小说、中世纪骑士小说、16世纪和17世纪的骗子小说、堂吉诃德、索莱尔、勒萨日、笛福、菲尔丁、歌德、诺瓦利斯、司各特、斯丹达尔直到俄国小说的形成，都起到重要的作用。在对小说的时间分析中，注意到空间的作用，说明了巴赫金的小说理论中时间"空间化"是从小说发展史中提炼出

---

① Краткий литературный энциклопедический словарь．т.9，стр.778

来的正确理论。

现在来看看西方各国文艺学的情况。艺术时间已成为他们研究文艺理论的中心。在西方，特别是德国，对这一问题的理论思考已是一种传统。18世纪的莱辛，19世纪的黑格尔，我们均已作过简单的介绍。20世纪有关艺术时间和空间研究的著作，还有如马特茨的《史诗中的过去》（1947）、米勒的《叙事艺术中时间的意义》（1946）、曼德尔的《语言史和思维史之间联系中依据经验》（1945）、史泰格尔的《作为诗人想象的时间》（1939）、瑞典文艺理论家埃·斯泰格的《作为艺术家想象范畴的时间》（1959）、英国艺术理论家A.豪泽的《现代艺术和科学中的时间》（1956）等等，叙事小说（艺术）时间的研究在西方文艺学中蓬勃地展开。

在英美文艺学中，时间问题首先为新批评学派所关注。就方法论而言，"新批评"特别注重"诗歌语言"，采取"封闭式"阅读文本的方式来诠释艺术作品，竭力排除艺术作品与现实的原则性关系。因此，在艺术时间这个问题上，不重视客观时间，即历史时间对艺术时间的制约作用。这在韦勒克和沃伦合著的《文学理论》一书中表现得十分明显。

在法国文艺学中，随着"新小说派"的兴起，对这一文学流派的时间研究也蓬勃展开，特别是这一流派的代表人物，如罗伯—格里耶等人的理论著作，为新小说的艺术时间的形态所作的明确界定。当然，这并不排除在新小说出现之前法国文艺学界对普鲁斯特作品的时间研究，以及萨特在1939年对福克纳作品的时间分析。

仔细考察这些研究取向发现有不同的时间结构模式。有的著作，纯属描述性质，即指明某一作家作品中的某些时间结构，如时间层面的交叉、时间链条的脱节、时间的回流、停顿，时间中的现在、过去、将来各个层面的相互渗透等等。这种研究方法，恰似苏联20—30年代的对陀思妥耶夫斯基作品的研究。有的著作，则侧重于把某一作家、某一作品中的时间，与某种哲学思潮联系在一起，也就是说，从这一作品中所显示的作者的时间观，有其深刻的世界观渊源，深受某一哲学思想的影响。如美国文艺学家汉斯·迈耶科夫的《文学中的时间》一书所显露出来的研究方法，就是如此。尽管在西方文艺学中，对研究乔伊斯、普鲁斯特、伍尔夫、福克纳、卡夫卡以及其他作家、文学流派时所呈现出来的时间研究方法论模式五花八门，纷繁驳杂，但大致可归纳为以下三种基本类型：

我们所接触到的艺术时间研究模式之一是对艺术作品中时间的哲学心理学阐释。这种研究目的在于阐明作者的一般时间观、并试图把它与某一种哲学思潮联系起来。因此，在西方，这类著作所表现出来的观点，往往与柏格森的哲学体系有关。对于柏格森的时间观,我们在上面已经作了分析(见第一章)。他的时间概念的核心是"绵延""纯粹的绵延"。他说:"当我们内在的'我'让自身生存时,也就是说,当它不是建立在现在的状况和先前的状况相脱离的基础上时,纯粹绵延就是由我们的意识状况的延续所表现出来的形式。"① 从这里可以看出,纯粹绵延由意识所生,那么时间也是由意识所出,意识决定了绵延,表现出绵延的形式,这么一来,意识也就决定了时间。因此柏格森的时间观是不承认时间的客观的外在存在,因而更不承认时间的客观制约性。

处在柏格森这一时间魔力圈范围内的文学研究家,在探讨意识流小说的叙述原则时,首先寻求这种小说与柏格森的时间观的对应点。在这一方面,英国文艺学家K.库马的《柏格森和意识流小说》一书表现得分外突出。此书研究了伍尔夫、理查森、乔伊斯、普鲁斯特与柏格森时间观的关系。这位学者指出,时间是伍尔夫作品中"最重要的方面",他同时把伍尔夫看作是从传统的时间观向柏格森的绵延逐步演进的一个作家。

尽管如此,库马不同意把"意识流"小说的出现,解释为直接受柏格森哲学思想影响的说法,认为这是一种谬见,然而此书各章所研究的基本问题,都表明了他们与柏格森思想有不同程度的联系。

在类似的著作中,文学实际上被作为用来思考时间的哲学问题一种附加性插图式资料,因为绝大部分的注意力都放在人对时间的主观体验上了。美国文艺学家迈耶科夫的《文学中的时间》,亦是如此。他在此书的前言中写道:"我所利用的文学作品提供给我的资料,其目的在于阐明时间的某些共同方面,而不是去解释这些资料在被引用的作者作品中的功能。"②

迈耶科夫在其专著中阐释了时间问题在现代文学中的兴趣不断增长后,提出一些令人大感兴趣的问题:如,时间的"逻辑"结构(这一结构,我们在第一章中作了介绍,迈耶科夫的思想与这一哲学观大有关联),时间关系的客观结构,即时间的物理概念与时间的主观概念——人对时间的知觉层面之间的关系,是一种双关体。这个问题在当时的文艺学中研究得较为罕见,颇感新鲜。

迈耶科夫把时间的文学阐释称为"柏格森诠释"。这里指的是文学中的时间是"意识的直接现实"。他认为,文学历来都把时间作为某种"一

---

① Н.Ф.Ржевская.Изучение проблемы художественного времени в зарубежном литературоведении.Вестник Московского университета.1969, № 5, стр.45.
② Hans Meyergoff.*Time in Literature.*University of California Press.Berkley and Los Angelos,1960,p.3.

致的流"来对待。从古希腊的赫拉克利特到20世纪的乔伊斯、艾略特和伍尔夫都这么认为。而意识流小说的艺术经验更说明了这个问题。因为它叙述的是意识,而不是客观事件发展的因果关系,就是说,是自由联想原则来构建意识流小说的情节。这样,使得这位研究者更加坚信他把时间作为"意识的直接现实"这一柏格森诠释的正确性。

迈耶科夫认为"内心独白"这一手法的运用标志着真正的时间小说的出现,因为这一小说仿佛在模仿人的记忆。这里,现在(正在进行着的事件)、过去(事件的过去踪迹)以及将来(对事件即将产生的预见)是一个整体。无论是因果联系还是联想联系都以复杂的、能动的、相互渗透的状态交织在一起。著名的意识流小说家乔伊斯的《为芬尼根守灵》和伍尔夫的《黛洛维夫人》常常出现不同的时间层面在主人公意识中相互渗透。

我们知道,无论对哲学家还是普通人的感觉来说,时间是可以划分为现在、过去和将来的。对这种时间的描绘,在文艺作品中也构成了对人个性的重拟,因而,在文学作品中时间成为构建情节的主要因素。活生生的时间——现在和过去的联系,往往是通过记忆来实现的。现代小说广泛利用重拟手段,追忆过去;这样两种时间层面的复杂的相互关系,成为作品中构建情节的主导原则。这对二战后的德国小说具有本质意义。行为的重拟原则在世界各国的小说家中都能见到。如,德国的 H. 伯尔、G. 维森博恩等作家。在这些作家的作品中,追忆过去不是作为一种表现"意识形式"的时髦手法,他们肩负着复杂的社会问题。他们对过去的追忆就是由此决定的。上面提及的加西亚·马尔克斯的《百年孤独》实际上也是这样的作品。

那么,在对文学作品中的时间研究也应放在它的这一功能上。这点,我们在苏联文艺学界自20世纪60年代以来的文学时间研究的著作中看得十分明显(我们将在下一章分析)。然而,迈耶科夫对此却不屑一顾。他所感兴趣的是哲学心理学方法:把人对时间的感受和体验,即我们所说的心理时间作为作品中客观存在的艺术时间来研究。这样,在这位研究家的著作中,把属于心理学范畴的东西与艺术学完全等同起来了。

迈耶科夫的这一观点也表现在他对普鲁斯特作品的分析上。他对《追忆似水年华》的分析时,仅仅涉及时间的哲学心理探讨,避开了对"失落时间"的本质的"社会时间"的研究,把人对时间的感受体验与时间在艺术作品中的具现思维同一。因而,在方法论上说,难免受柏格森时间观的影响。

在西方文艺学中研究艺术时间的另一模式是把小说中的时间作为"空

间"来对待。这一研究原则与上述的哲学心理学评述截然相反，虽然它们研究的材料是同一的。可以说，它是反柏格森之道而行之。我们在第一章中，业已谈及柏格森称时间为"纯粹之绵延"，因而他是反对时间的"空间化"，也就是说，不承认时间的众多性。而时间的众多性存在，是爱因斯坦相对论时间观的基石，也是现代物理学的精义。法国哲学家祁雅里在评述他们之间的分歧时这样说道："这同承认时间有众多观察领域或体系的爱因斯坦时间（即非一元化时间）是不同的。因此，正如柏格森所说，这是空间化的时间是一种新方法，而空间化的时间正是他毕生所害怕的东西。柏格森最后把时间看作是持续不断的，而爱因斯坦则认为时间有众多性。"顺便说一句，1922年在法国哲学学会的一次内部会议上，柏格森试图在爱因斯坦面前说明他的时间观与爱因斯坦并无矛盾，遭到爱因斯坦的拒绝，理由就在这里。

这样，时间流的持续性、均匀性、绵延性的"质"的性质，被这一观点的研究家们看来，成为表明时间流的非持续性、离散性、时刻和点的"量"的性质，那些被用来表明"纯粹绵延"的意识流小说也被看作是说明"空间视觉"的小说。时间的这种"质"与"量"是分野，在一些文学研究家看来，就是区别小说中传统小说与意识流小说的原则性基石。提出时间"空间化"这一概念的是美国著名文艺理论家J·弗兰克。他是在《现代文学中的空间形式》[①]一文中阐明了这一观点的。此文在西方影响颇大。美一文艺学家莫来斯·比伯在《什么是现代主义》一文中认为它是一本解读现代主义的"美学革命"的必读书。此文也得到了影响极大的《文学理论》一书的作者韦勒克和沃伦的称道。尽管如此，此文的作者在某种意义上说是以莱辛的继承者面目出现的。大家知道，莱辛是把时间和空间作为艺术的本质特征来划分艺术类型的理论奠基人。他在《拉奥孔》一书中把艺术划分为时间艺术和空间艺术，而弗兰克的文章则竭力表明这点。然而，他还认为，在以艾略特、庞德、普鲁斯特、乔伊斯为代表的现代文学在自身发展中显示出空间形式的倾向。就是说读者在接受他们的作品时不是在时间的尺度中，而是在空间的范围内，即在时间的凝固点（时刻）中进行的。这样，可以说，弗兰克根据现代文学的发展状况进一步发展了莱辛在《拉奥孔》中的这一思想："……一切物体不仅在空间中存在，而且也在时间中存在。物体持续着，在持续期的每一顷刻中可以显出不同的式样，处在不同的组合里……因此，画家也能模仿动作，不过只是通过物体

[①] Joseph Frank.*The spatial form in modern literature*.Varney commants,1945,No.53,p645.

来暗示动作……诗也就能描绘物体，不过只是通过动作来暗示物体。"①

文学与绘画的这一互补性、互渗性现象是弗兰克提出时间"空间化"的根本出发点。因此，他的思想植根于莱辛的理论之中是毋庸置疑的，但当他企图从哲学心理学角度来阐释这一思想时，却又偏离了这一航道。

弗兰克文章中的基本论点是对"形象"的全新认识。由于他对"形象"的特殊看法，才得出"空间化"的结论。他认为，"形象"不是对真实的鲜明再现，而是把不同的、相差甚远的思想和激情统一在一个完整的想象空间中及一定的时刻里，因此他完全赞同庞德对"形象"所下的定义："形象是该时刻理智和激情的完整综合"。他认为只有对这种瞬时的、直接的综合体的描绘，才能使读者产生突然的解脱感，摆脱被时间和空间束缚的那种"自由感"，以及我们伫立在伟大作品前所产生的那种骤然的"升华感"。

弗兰克认为对"形象"的如此解释是他把现代长篇小说的结构界定为"空间形式"的基础。不过，他在集中分析时考察了这一结构的沿革过程。他首先在福楼拜的《包法利夫人》中发现了这一空间化的原始结构原则（指福楼拜对一个广场集会的描写。这一群众集会是州长为了表彰优秀的人们一年来的劳动），为了让读者看看这"空间化"的"原始的粗糙的"（弗兰克语），其实是再现真实的原汁原味的生活情景，请看福楼拜的如下描写：

主席台上开始了一阵叽叽喳喳的声音，经过长时间的低声耳语和反复商量，最后参事先生站了起来。这时大家知道了他的名字叫勒万，他这名字人们一个告诉一个地传了开去。他拿起几页稿纸，为了看得更清楚，放得离眼睛很近，然后开始讲话：

"诸位先生：

在向大家谈今天开会的目的之前，请允许我先表达一下大家共同的感情，向我们的最高当局，政府和国王表示感谢。我们敬爱的国王，对一切事业，只要有关社会或是个人的繁荣，无不加以关注，他以他有力而智慧的手，引导着国家的巨轮，在惊涛骇浪中前进；他除了重视国防、工业、商业、农业和艺术外，还重视和平。"

---

① 莱辛：《拉奥孔》，人民文学出版社，1985年，第182页。

"我应当往后坐一些,"鲁道尔夫(是爱玛刚认识的情人——引者)说道。

"为什么?"爱玛问道。

但是这时参事的嗓音提高到了一个特别的高度,他讲道:

"现在,先生们,阴暗的日子业已过去;那时候,内部不和,使我们的广场上染满鲜血;那时候,地主、商人甚至工人,在夜间静睡时都胆战心惊,怕被火警的钟声突然惊醒;那时候,最富于颠覆性的邪说猖狂地向国家的基础进攻……"

"因为下边的人可能会看到我,"鲁道尔夫答道,"那样,以后半个月我都得找理由给自己解释,而且我名声很坏……"

"嗯!你是故意说自己的坏话,"爱玛说。

"不,不,我可以向你保证,我的名声坏极了……"

"可是,诸位先生,"参事接着说,"如果我把这些阴暗的画面从我的记忆中驱除掉,把眼睛掉过来看我们美丽的国家的现实情况,我会看到什么呢?到处看到商业和艺术在发展,到处是新交通线,它们在国家的肌体中,像新的血管,建立着新的关系;我们的工业中心已经恢复活力,宗教得到了巩固,每颗心都充满了快意;我们的港口停满了船只,我们信心重新树立,总之,法兰西复苏了!……"

"而且,"鲁道尔夫补上一句,"从一般人的观点看,他们这样想或许是对的。"

"为什么呢?"她问道。

如果说上面的引文(没有全引,因太长)还是用分段以及在字体上把参事的讲稿与鲁道尔夫与爱玛的绵绵情话(发生在两个不同地点的事件)区别开来的话,那么在下面,福楼拜就采用不分字体和间隔,把台上台下,滔滔不绝的演讲与绵绵情话同时并列、交织在一起描写了(这种描写与传统大相径庭):

勒万先生这时坐了下来,戴罗瑟莱先生站起身来,开始了另一段讲话。他的讲话可能不及参事先生的讲话那样讲究辞藻,但是也有长处:比较实事求是,也就是说,对情况的了解比较具体,考虑得比较高明。对政府的颂扬比较少,谈到宗教和农业的时候更多一些。他说明两者中间有怎样的联系,它们对文明如何经常起作用。这时鲁道尔夫正在和包法利夫人谈做梦,预感和相互的引力。在回顾人类社会的摇篮时期时，演说人描绘了人类在森林深处居住，吃橡子生活的荒蛮岁月。在这之后人类扔下了兽皮，穿上衣服，翻耕了土地，种下葡萄。这样的发展好不好呢？有了这样的发明，害处是否比好处更多一些？戴罗瑟莱给自己提出了这个问题。在鲁道尔夫这边，从相互的吸引力谈到化合力。当主席先生谈到辛辛纳蒂斯和他的犁，迪奥克列提安种白菜，中国皇帝以撒种迎接新春等的时候，这位年轻男人正在向这位年轻女子解释这种无法抗拒的吸引力是前世注定。

"这样看来，我们为什么会认识呢？"他说道，"什么机缘促使我们认识的呢？这肯定是由于我们有内在的特殊倾向促使我们相互接近，就像两条河流，越过相隔的空间，最后汇集在一起。"

说着他抓住了她（爱玛）的手，她没有把手缩回去。

"种植全面优良奖！"主席喊道。

"就以刚才情况为例，当我到你家去的时候……"

"授予坎岗布瓦的比才先生。"

"我难道知道我能和你在一起吗？"

"七十法郎！"

"多少次我曾经想离开，但我还是跟着你，留了下来。"

"肥料奖。"

"今天晚上。明天，以后，我整个一生，我都要这样！"

"授予阿盖区的卡隆先生。金质奖章一枚！"

"因为我和别人在一起时从未发现谁有这样大的魅力。"

"授予吉佛里·圣·马丹的巴恩先生。"

"因此我将永远把你记在心上。"

"一只西班牙种公羊获奖……"

"可是你会把我忘掉，我会像影子一样地消逝。"

"授予诺特丹木的贝罗先生……"

"啊！不会的，我会在你的思想，你的生命里占一个位置，对吧？"

"良种猪奖，双份：授予莱厄里赛和居尔兰保两位先生，每人六十法郎！"

鲁道尔夫捏紧她的手，感到它暖烘烘的，在轻轻抖动着，就像一只被捉住的鸽子想飞掉似的；但是，也不知是为了要挣脱出去，还是为要回答这股压力，她的手指头动了动；他叫道：

"啊！我感谢你！你没有推开我！你太好了！你知道我是你的！让我瞧瞧你，让我仔细看看你！"

一阵风从窗子里吹进来，吹皱了桌上的桌布，在下面广场上，农妇们的帽子给风吹了起来，像白蝴蝶在扑动着翅膀。①

弗兰克认为，这一结构原则十分重要，但规模不大，范围较小，不足以引人注目，结果也没有独立发展下去，随后便汇入长篇小说的传统结构之中了。这里的描写手法是把不同空间发生的事儿放在一起了。因为事实上，是两个事件：主席演讲发奖和爱玛的谈情说爱是同一时刻发生的两件事，真实情况也是如此。福楼拜只把同时在两地（台上和台下）发生的事儿没有分开，没有采取"花开两朵，各表一枝"的手法来写，而是采用同时并列手段。这种同一时间的跳跃描写，在以后的意识流小说中十分常见。不过，与意识流不同的是，意识流手法是随主体的意识（回忆）而把不同时间不同地点的事儿，糅合在一起。这里只是再现了实际生活的本来面目，是一种写实的手法：两件同时发生的事，不采取传统的人为的"花开两朵，各表一枝"的手法。这是真实的照相式的写实手法，没有意识流的那种时空随意识而随意跳跃组合（不过，意识流也是一种真实的意识流露）。典型的"空间形式"是由普鲁斯特在《追忆似水年华》以及乔伊斯在《尤利西斯》中创造的。他在分析乔伊斯的《尤利西斯》时提出了阅读这一类空间化小说的方法"反射评判法"："结果读者不得不像他读现代诗歌那么仔细地阅读《尤利西斯》——往往把分散的故事连接在一起以及在脑海里把全部暗喻保持到他能保持的时刻为止——通过反射评判方法把它们归于一个完整的画面。"②

弗兰克在论述普鲁斯特时力排众议，认为他多半不是时间艺术家和柏格森的"真正时间"，也就是"纯粹时间"的文学诠释家，也不去理睬作家本人说他的小说具有"通常看不见的形式、时间的形式"的说法。他在论述普鲁斯特的作品结构后下了这样的结论："普鲁斯特懂得，为了感觉到时间的运动，必须凌驾于时间之上并把过去和现在包括在一个时刻中，他把这一时刻称作'纯粹时间'。但'纯粹时间'，显而易见，已完全不是时间本身，它与一定时刻的知觉过程视为同一，换言之，它是空间"。所以，"空间形式也对普鲁斯特迷宫般的杰作来说，成了结构的基础。"③

弗兰克提出这类小说的结构形态，对我国新时期文艺理论界影响极大。改革开放后我国文论中大谈小说的"诗化""空间化""同时性""整

---

① 福楼拜：《包法利夫人》，外国文学出版社，1992年，第171—172页。
② Joseph Frank.*The spatial form in modern literature*. Varney comment,1945, No.53, p.386, 又见 Джозеф Фрэнк.Пространственная форма в совреиенной литературе.
③ Joseph Frank.*The spatial form in modern literature*. Varney comment,1945, No.53, p.386, 又见 Джозеф Фрэнк.Пространственная форма в совреиенной литературе.

体把握""整体阅读"等等无不舶自他处。这里，我想说一句，上述几个术语说的是同一回事儿吗？前三个说的是作家的描写手法，后几个是指读者对这种作品的把握过程。我们认为，弗兰克所归纳的结构形态，是符合现代文学中一些流派的创作倾向，若把它看作是整个现代文学的倾向，便言之过实了。再则，也不能把他的研究任意扩大化，诗歌的结构原则并非完全等同于长篇小说的结构原则。作为叙事体裁的小说，不可能完全排斥事件时间而用联想原则来构建。我国的意识流小说（如王蒙的一些小说），也摆脱不了事件时间的干系。答案无可置疑，"空间形式"的分析原则在我国文艺学界以及创作界的应用，扩大并丰富了文艺学术语的宝库，拓开了研究的成果，繁荣了我国文学艺术的画面。第三，弗兰克的"空间形式"，只是在形态学上指出了文学的创新性特征，并未否定作为文学作品结构内在机制的时间。文学是时间艺术这一基本命题，弗兰克并未予以否定，他只是在时间和空间的广阔地带耕耘播种。在西方文学界，企图完全取消文学作品中的时间的人不是没有，但若要真的取消，谈何容易，除非取消文学本身。绝大多数作家只是在时间上翻新、玩弄花样而已。因而有的文艺学家往往被这种表象所迷惑，否认艺术时间的存在，同时也否认客观时间的制约作用。这在那些以哲学主观主义的文艺学家那里是屡见不鲜的。

处在柏格森主义的时间心理化的文学诠释与时间的"空间化"原则之间的一个艺术时间模式，是"毁坏的时间"概念（我国有的学者，称之为"时间的歪曲"）。这也是把叙述时间与故事时间，也就是情节时间与本事时间（俄国形式主义者用语，现已成为常用语）加以各种安排的艺术手法之一，是把这两种时间的时间差无限地扩大而已。

"毁坏的时间"这一术语在西方文艺学界（包括苏联在内）应用得十分广泛。这一术语，据国外学者考证，最早可能出自新小说派的领军人物罗伯·格里耶的笔下。

以罗伯·格里耶等人形成的文学团体，不但有自己的理论，而且还有创作实践。他们认为，巴尔扎克的小说已经过时，同样，心理小说也是明日黄花。只有那种只描写物体的存在，不带任何作家个人的情感，不妄加评论，只注重物体的物理属性，它的度量、位置，即它的客观规定性的，这才是小说的未来。故评论界有人称这种小说为"物本主义"小说（作家自称这种手法是一种照相术，作家自喻自己是一部摄影机，其实，上面引用的福楼拜的描写手法，就具有这种"物本主义"色彩，他未作任何评论，把台上台下发生的事儿罗列在一起）。

其实，这种冠以"物本主义"的小说，与客观现实的联系（尤其是事件的因果联系，因为事件是动态的，有时间矢向的、因果联系的）微乎其微。罗伯·格里耶声称："作品不是外部现实的反映，它是真实本身"，"除了小说的真实性外，没有其他的真实性"。因而，这种小说的艺术时间与外部客观的真实时间也无共同之处："重建外部时序的任何尝试……都会进入死胡同"，宣扬小说的艺术时间"以特有的方式表现出某种永恒的现在"。因此，在格里耶的作品中，不存在明确的事件序列，布阿德福尔在评论他的《去年在马里安巴》时说："这个电影剧本写的是一系列没有时间先后的事件，时间好像凝固了"，这充分表明了新小说派艺术时间的特色。

新小说派作家切割（或重塑，也可以称之为"毁坏"）客观时间的最常用艺术手法是重复相同的情节，让情节像走马灯似地循环下去，来达到破坏客观时间流"过去——现在——将来"的线性性质。这表明它不同于上述两种时间形态。它明显地表现出时间像线团似的紧紧地缠绕在一起，首尾衔接，小说开头与结尾类同（颇似侦探小说，但又不是侦探小说，因为侦探小说是讲求动机、因果关系的）、重复，中间行文也多次重复。因此，在阅读这种小说时，使人感到时间流是凝固的，产生一种"人好像是终止了衰老而觉得十分满足"。

巴赫金认为，循环时间是时间的负值。就是说循环时间由于它的循环性而丧失了时间自身的力量、时间的方向性和时间的意识形态效力。而新小说派作品中的艺术时间，恰恰用来表明他们对时间矢向的恐惧、对客观世界进程的一种悲观主义。这点，格里耶本人也直言不讳。他认为，他的实验是人的精神结构的显现，一种"物我同心"的表现，它表明了世界的残忍、无情、冷酷与漠不关心，同时也表达出他的那种与世隔绝的"孤独感"。他说："我的孤独，沿着习惯的进程，就不再是我的存在的偶然的或暂时的因素。它成为我，成为世界，成为一切人的一部分，这就是我们的本性。它是一种永恒的孤独。"格里耶那令人生厌的线团似的翻来覆去的循环时间，绝妙地显示出他那孤独的心态，一种逃避客观现实的精神结构，一种"物我同心"的写照。因此，艺术时间，不仅仅是一种作品布局的形式手段，它是社会意识的组成部分，与人的精神内容紧密相关。作家在艺术时间中倾注了自身的精神结构。

小结

西方文艺学的艺术时间研究史，可以说，基本上是与创作同步的。因为，作家在创作作品时就已经对艺术时间进行思考了。从古希腊的亚里士多德开始，直到现代西方的文学创作，基本上是沿着两条道路前进的：一条是尽力贴近自然客观时间，一条是尽量发挥作家的主观想象。因此，在艺术时间这条竹节虫中，基本上便形成了两种形态：现实主义的艺术时间与浪漫主义的艺术时间。而在文艺学的发展过程中，也基本上围绕着这两条道路进行。现实主义理论家青睐现实主义的艺术时间，而浪漫主义的理论家则倾向于摆脱现实时间，提倡想象的主观心理时间。到了20世纪，情况变得更加扑朔迷离。文艺理论上的流派，犹如创作实践一样，五彩缤纷，眼花缭乱。上述提及的三种时间模式，仅仅说明了部分主要情况。当然，这并未穷尽西方现代文学中的时间形态。应该看到，在研究艺术时间的著作中，大部分是它们的混合体，纯粹形式不多见，也就是说，他们走向混合。我们在名为新现实主义的作家作品中可见一斑。在艺术时间的切割上与巴尔扎克等传统现实主义作家迥然不同。文艺学上的论述也判然有别。例如，萨特对福克纳小说《喧哗与骚动》中的时间研究，既有哲学世界观上的剖析，也有对其形态的描述与界定。而作为文学结构主义，由于其内部派系林立，表现在艺术时间和空间的研究上，也各不相同。但是，还应该看到，它们均出自普鲁斯特的描写手法，具有同宗性质；"心理化"也好，"空间化"也好，还是"破坏的时间"也好，都是在情节时间与本事时间之间玩弄花样。总的来说，前两者在理论阐释上都与新小说派相似，提倡文本内的时间流便是真实，不去注重艺术时间与客观时间的类似性。而另一方面，如新新闻主义小说，则更强调"何时、何地、何事"，把艺术时间紧紧地捆绑在某个事件上，使得情节时间与本事时间相一致。这种情况，在世界文学中总归是极少数。绝大多数是叙事越来越摆脱客观时间的束缚而变得越来越自由，回忆成为构筑故事情节的主要手段，情节时间与本事时间的剪刀差越来越大。这恐怕就是目前西方文学作品的主要走向和发展趋势。

第四章　苏联文艺学中的艺术时间研究

第一节　艺术时间研究的两个阶段

20世纪的苏联科学界对时间问题产生浓厚的兴趣。原因是在时间中凝聚了哲学、心理学、文学和物理学的一切流派，是20世纪的一个中心问题，因为"在时间、时间的本质以及它在生活中的作用之外，便不可能提出任何严肃的任务，无论在精密科学还是在人文科学中，没有这些问题，文学和文艺学的发展是不可想象的。"[①] 苏联文艺学界，也就是基于对时间的如此认识，才掀起了这种为世界文艺学界所罕见的轰轰烈烈的研究时间的局面。

纵观苏联文艺学对艺术时间的研究，我认为，大致可分为两个阶段：从20年代始至50年代末为第一阶段。这一阶段的特点是只局限于对个别作家作品的时间进行研究，因而，这种研究是分散的，属于艺海拾贝式的。而从60年代开始到80年代末为第二阶段（而进入90年代，苏联解体，经济建设一落千丈，与此同时，文化也停滞不前。明显可见的是，各种定期刊物停止发行，如十分有影响力的《文学问题》，一年里也出不了一二期，遑论艺术时间这一重要阵地了。90年代，几乎没有这方面的著作问世。进入新世纪后，随着俄罗斯经济的发展，文学研究有些起色，而对艺术时间的研究，也寥若晨星。因此，本文的研究，由于资料关系，就定格在苏联解体之前这一时期，至于进入俄罗斯阶段的情况，恐怕要留待后人去评说）。这一阶段不但已经范围扩大了，并把艺术时间问题作为独立的理论问题来思考，也就是说，艺术时间成为小说理论中一个独立的、系统的问题来进行研究。这一研究的标志性事件是60年代艺术创作综合研究会的成立。这个研究会是苏联科学院世界文化史学术委员会的一个下属机构。

20世纪20年代末，А.采特林的《陀思妥耶夫斯基长篇小说中的时间》（1928）一文，可以看作是苏联文艺学对艺术时间作专门性研究中较早的一篇。同年，В.维诺格拉多夫在《黑桃皇后的风格》一书中对普希金这一中篇小说的时间作了分析。М.巴赫金在《陀思妥耶夫斯基创作问题》

[①] А.Гуревич. Что есть время? Вопросы литературы.1968, № 11, стр.151.

（1929）一书中对时间作了论述。他指出，"陀思妥耶夫斯基的全部主人公聚集在一起，是在时间和空间之外的，就像无限中的两个生物"。这从本质上说明陀思妥耶夫斯基对待作品中的人物不太严格受客观真实时空的制约，时空自由度比较大。在20年代的出版物中，还应提一下В.什克洛夫斯基的《散文理论》（1929）一书。此书把艺术作为手法来对待，因此，他要求运用奇异化、延宕、重复、台阶式及对称（心理对称、同义词对称）等手法，这无非也是在时间上下功夫。还有一本是诗人马雅可夫斯基的《怎样作诗？》（1926）。他提出应把"组织时间"作为基本规则放到一切诗歌的教科书里去。同时，他还提出处理时间的方法："用地方变换来代替时间的缓进"，用目前流行的术语，即是时间的"空间化"手法。这一手法已成为当代长篇小说扩大内部空间以及内涵的有效手段。

30年代的苏联文艺学界仍然把陀思妥耶夫斯基的作品作为时空研究的重点。Г.沃洛申在《陀思妥耶夫斯基作品中的时间和空间》（1932）中对其作品的结构作了分析，并得出在他那里"行动特别迅速，他把大量人物安排在十分有限的空间里的技巧，是十分惊人的"这一结论。同时，他还详细地拟定了研究《罪与罚》《白痴》《卡拉马佐夫兄弟》等著作的时间和节奏的提纲。30年代也是巴赫金在研究陀思妥耶夫斯基作品时提出著名的时空理论"赫罗诺托普"（时空体、时空簇）的时期。他在《长篇小说中的时间和时空形式》（1937—1938）这一独特著作中，把时间和空间作为艺术画面的基本坐标来对待，把时空看成一个"功能场"，小说的事件、人物均受这一场的制约。他说："体裁和体裁变体正是由赫罗诺托普决定的，……赫罗诺托普作为形式内容范畴，很大程度上决定着文学中人的形象：这一形象本质上说总是时空化了的。"①

40—50年代是苏联文艺学艺术时间研究的低潮期（主要是战争之故），有关这方面的文章所见不多。自60年代后，情况突变，苏联文艺学对时间的研究，步入了新的发展期，也就是我们说的第二个发展时期，即由单独的分散的向集体的、运用各学科的力量和知识全力进行研究的时期。

这一发展时期之帷幕是由В.什克洛夫斯基开启的。1961年，他在《艺术散文·思考和分析》一书中的有关章节详细地分析了菲尔丁、斯特恩等人小说的情节时间，得出"长篇小说几乎从不在精确事件序列中发展"的结论。

1963年，在圣彼得堡（当时称列宁格勒）召开了首届全苏综合研究艺

---

① 《巴赫金全集》，河北教育出版社，2009年，第三卷，第270页。

术创作研讨会。参加这次研讨会的有来自苏联科学院各个研究所、高等院校以及创作组织的代表：文学理论家、艺术理论家、哲学家、社会学家、历史学家、语言学家，还有物理学家、控制论专家、数学家等等。在这次大会上，艺术时间和空间问题被作为一个综合研究艺术创作的问题提了出来。同年，B. 谢尔宾纳在《列宁与文学》一书中提出了自己对艺术时间的看法。他肯定了时间的重要性，认为它"对艺术进一步发展的道路问题，艺术如何组织物质生活的特点、情节结构、性格发展等因素有直接关系"。值得注意的是，他把现代艺术的不合逻辑性、离散性以及内外无联系，归因于它"抛弃了时间的客观性"。在这里，笔者认为，如前所述，时间的"质"与"量"，时间的 A- 序列与 B- 序列，都是时间的客观属性。他的观点过于传统了。

1966 年，文学理论家 T. 莫特廖娃提出真实时间与长篇小说时间的不同，并阐明这一不同是由叙事本质决定的。她认为，"叙事的本质就是对感受事件的浓缩"，而浓缩并不意味着对时间的破坏，即使在普鲁斯特、乔伊斯和卡夫卡的作品中，也"保持着一定的事件序列"，尽管它以凌乱的、破碎的形式出现，其时间表针终究是向前的，尽管弯弯曲曲，有停顿。她认为这完全是因为"长篇小说时间是从属于由体裁特征生发出来的规律"。

T. 莫特廖娃对普鲁斯特等人的长篇小说时间的理解是正确的，她不像某些文艺学家那样，把艺术时间看作是"中介物质，没有方向性、没有不可避免性，本身没有意义"（A. 豪泽：《现代艺术和科学中的时间》）的那种极端性理解。

然而，要求把艺术时间作为一个独立的理论问题来思考，则是由苏联科学院院士 Д.C. 利哈乔夫在《古俄罗斯文学的诗学》（1967）和 H. 盖伊的《话语艺术·论文学的艺术性》（1967）来奠定。前者在此书及其他多篇文章中论及艺术时间问题，并对俄国十九世纪以前的文学作品的艺术时间和空间作了较为系统而详尽的研究。

为了对世界上这一最复杂的问题的把握，看来仅仅单一文艺学科的力量是远远不够的。自 60 年代起，把艺术时间作为一个重大问题包括在艺术创作综合研究之内而展开研究。这是研究艺术时间问题的史无前例的最大特色。

这一创意的缘起，除了以列宁反映论在艺术学中的运用及艺术自身规律的发展外，恐怕与下面这一事实有关：1966 年在美国纽约科学院召开了一次国际性会议。大会经弗莱泽（G.T.Fraser）提议，批准成立了多学科研究时间的国际组织（该组织把这一学科称为"时间学"），威特罗

（G.J.Whitrow）被选为第一任主席，推选弗莱泽为秘书长。此后，每隔3年便举行一次研讨会，并定期出版英文著作。而苏联也紧随其后，在1968年成立了艺术创作综合研究所，该研究所隶属于苏联科学院世界文化史学术委员会，并于1970年，举行了有关文学艺术中的节奏、艺术时间和空间等问题座谈会。之后，他们把艺术创作放在各学科，即历史学、美学、语言学、民族学等学科的交叉点上，利用自然科学和数学的手段来对它进行综合的系统研究，并取得了重大成果。随后出版了一些专题研究集，如，《艺术接受》（1971），《艺术创作和科学创作》（1972），《文学和艺术中的节奏、空间和时间》（1974），《科学之人》（1974），《创作过程和艺术接受》（1978），《艺术的相互作用和综合》（1978），《科技革命和艺术创作的发展》（1980），《艺术创作过程心理学》（1980）等等。这里，必须提一下与我们的研究有直接关系的《文学和艺术中的节奏、空间和时间》一书。此书按苏联文艺学家切列德尼琴科的话说，是"苏联科学界在研究这一最复杂问题中所取得的成就的有力证据"。我们将在下面作一介绍。

除了这一论文集外，70年代的各大报刊发表了大量的研究艺术时间和空间方面的文章。仅举几例便足以说明：C.A.巴布什金的《文学中的空间和时间》《艺术形象的空间和时间》，H.盖伊的《作品结构中的时间和空间》，苏罗夫采夫的《长篇小说结构中的时间》，H.焦哈泽的《马克思列宁主义美学论艺术中的艺术时间》，罗德尼亚斯卡娅的《艺术时间和艺术空间》，格列切涅夫的《文学作品中的时间范畴》，沃罗京的《艺术时间的特性》等等。这一时期的著作，除了继续分析研究长篇小说及其他艺术门类的时间特点外，对艺术时间和空间的本质和特性的界定，是其重要特色。

自80年代以来，研究艺术时间的势头有增无减。这一时期的特点是对理论方法论研究的加强。艺术时间的特殊性，艺术时间的功能，艺术时间与其他时间的关系，知觉时间的机制，时间、空间和节奏之间的关系等等作了探讨。这些问题在H.焦哈泽的《论艺术和审美中时间问题研究方法论》、潘克维奇的《艺术中的时空关系》、马尔金的《艺术时间在史诗作品中的体裁分析功能》、斯列布霍夫的《艺术作品的时空机制》、B.切列特尼琴科的《文学作品中研究时间的几个方面》《论文学作品中时间、空间和节奏的相互关系》《论诗歌中艺术时间与非艺术时间的界线》、齐切林的《形象的节奏》、伊凡诺娃的《世界文学中的时间—范畴》、洛特曼的《果戈理作品中的艺术空间》中均有涉及，还有苏联科学院哲学研究所的《空间和时间》一书，其中有巴布什金写的有关形象的时间和空间一文，值得一读。这是他长期而专门性地研究文学形象的时间和空间的成果，文章独具特色。这一时期还出版了几本论文集，对文学和艺术中的时间和空间的理论问题、对作家作品中的时间和空间的特点，作了全面的进一步探讨，几乎涉及20世纪年间的重要的作家作品。例如，阿拉木图出版的《艺术作品中节奏、空间和时间》（1984），由苏联著名文艺理论家主编的两本论文集：《文学和艺术中的空间和时间——文学理论方法论资料》（1984）、《文学和艺术中的空间和时间——理论问题：古典文学、文学理论方法论资料》（1987）、《文学和艺术中的空间和时间——19世纪末——20世纪初的作品分析》（1987）。这些论文集讨论这一时期的诗歌、散文和戏剧，没有专门涉及理论方面的研究。还有列宁格勒大学的《艺术中的空间和时间》（1988）一书，乌克兰基辅出版的《空间和时间》（1984）等等，几乎全苏高校学术研究界都投入对这一问题的研究工作。与此同时，他们对国外的时间研究也十分关注，翻译了不少有关时间研究的创新性、基础性著作，如威特罗、莱亨巴赫等人的研究时间的著作。

总之，解体前的苏联文艺学界的艺术时间和空间研究，是相当广泛和深入透彻的，在世界文艺理论中是独树一帜的。由于苏联的解体，研究工作也受到毁灭性的冲击，各种出版物处于停刊状态，艺术时间和空间的研究也难以幸免。整个90年代，几乎难见这方面的著作或文章了。因此，限于资料，本研究也只能以苏联解体前为界。纵观苏联解体前的艺术时间理论以及艺术作品中的时间研究，我们认为，其对艺术时间的本质特征作出了深刻的认识和把握。现在我们来具体地分析一下那一时期的艺术时间的一些重要问题。

第二节　艺术时间术语的提出

上面提及，苏联文艺学早就在20世纪20年代就对长篇小说的时间问题进行了研究，但在很长一段时间里并未出现"艺术时间"一词。在那些著作中，例如巴赫金的几本著作中所出现的是"小说中的时间""情节时间""作者时间"等，就没有"艺术时间"这一术语。这大概因为他们研究的是小说中的时间问题，而没有把时间问题作为一个独立的理论问题来思考。俄国形式主义者对作品的结构和情节的分析是相当早的，即使是什克洛夫斯基的《文学理论》（1925，1959）一书，也没有出现此词。就笔者所知，此词最早大概出现在 Д.С. 利哈乔夫的《俄国民间文学作品中的时间》一文中，此文是他于1961年9月在雅布洛举行的第二届国际诗学讨论会上所作的报告中的一部分。他在此文中这样提到：

"我有意据这个例子来表明语法时间与被描绘的时间的差别，因为在下面阐释民间文学时还会碰到此类情况。话语作品中所描绘的时间，就其所有层面来说，不可能归于语法。此外语法也不是创造艺术时间的最典型因素。"①

尽管此文随后多次提及语法时间，被作者描绘的时间，作者时间，读者时间，表演者时间，还有事件时间、本事时间、情节时间（并作了解释，说是作品中事件本身时间），但提及艺术时间仅此一次。以后，在他的《古俄罗斯文学的诗学》一书中，以"艺术时间诗学"和"艺术空间诗学"两章来阐释古俄罗斯文学。在术语方面，也各显其能。有小说时间、文学时间，各个艺术门类的时间，并对各门类的时间进行研究。在这里，Н.К.盖伊在1975年的《文学的艺术性·诗学·风格》一书中，还提出"诗学时间"一语。在我看来，这是可以与艺术时间一搏高下的术语。因为，它不限于对诗学的狭义理解，把涉及文学艺术的时间与一切其他时间区别开来。但后来，"艺术时间"这一术语以其科学性和高度概括性渐渐地被文学艺术理论界所接受，而"诗学时间"这一术语并未流行开来。

70年代，文艺学家们对其作了诸多的描绘与阐释。对艺术时间的研究的文章，可谓数不胜数（上面提及的也只是其中一部分）。只有到了1978年，这一术语作为一条重要的词条出现在《简明文学百科辞典》里。然而即使在这里，仅仅也是对其特征作了描绘，依然没有一个明确的定义。到了1986年（此时，时间这一术语的出现，已经经历了20多年），在切列特尼琴科的《抒情诗中的时间关系类型学》一书中，我看到对"艺术时间"有了一个较为全面而简洁的界定：

艺术（文学）时间：
是心理上感受到的（感觉到的、接受到的、想象到的）存在于文学现实中的、有审美意义的事件时间（A）；
是文学事件的知觉时间（перцептуальное время）（B1）
是文学事件的形象时间（образное время）（B2）
是文学事件的感性时间（чувственное время）（B3）

他认为，A是广义的，B是狭义的，包括三个近似的同义时间。在我看来，上述定义中，艺术时间是广义的作品中的事件时间，即情节时间，

---

① Время в произведениях русского фольклора.Русская литература.1962，№4.cc.32--47).

并综合了艺术时间既作为心理的，知觉的，又作为概念的、又是栩栩如生的感性形象的时间。这样，把主观的时间，我的时间，作者的时间，与客观的时间、情节时间、主人公的时间、读者的时间等等融合（结合）在一起。因此，我们说，艺术时间不仅是事件时间，而且是具现了主体知觉和读者知觉的感性的形象时间。从艺术时间的本性来说，在我看来，不如说是人化了的存在于艺术作品中的事件时间。

不过，从上面的定义中可以看到，作者把艺术时间仅仅等同于文学时间来描述。这种说法不太正确。本人认为，艺术时间还应该包括其他艺术门类，如绘画、音乐、造型艺术等等的时间，虽然，它们在某些方面与文学不同，但其本质特质是相通的，都是观念化了的时间；而其他的区别，本人认为，只是材料上的不同而已。仅仅限于文学，只过于狭窄了。可见，给艺术时间下一个确切的定义，是相当困难的。

艺术时间的这一本性表明，它是由作者创造的，但在被接受的主体之外是不存在的，也可以认为是潜在的。艺术时间的心理机制导致对它的认识（知觉）有某种变形。在这种情况下，接受者（读者）能给艺术时间提出一系列功能特征，这是发出者（作者）所不能预见的。这些不同点也可以在发出者与接受者的时间上没有直接关联，如现代的读者对古代作品、外国作品的接受。这时的物理时间的间隔相对的大。但不能说，这种区别是无限的。因为，发出者的审美信息的原始意义存在着，内在涵义存在着，就是说，艺术时间在历史上是受到一系列具体情况制约的。一方面，是发出者和接受者的心理功能的不变性，另一方面，在接受时，我们的回溯性也要受到当时历史过程因素的制约。从这一方面来说，巴赫金指出，在我们接受时，不能把过去的历史现象现代化。对文学事件的知觉时间、形象时间、感性时间的理解就是这样。

这恐怕是对艺术时间的综合系统研究的成果之一。

第三节　艺术时间研究方法论问题

在艺术时间和空间的研究中，前面已经提及的在艺术创作的综合研究中出现的一本论文集《文学和艺术中的节奏、空间和时间》。此书的重要意义正如切列特尼琴科所说，是"苏联科学界在研究这一最复杂问题中所取得的成就的有力证据"。因此，对此书略作介绍不但必要，而且也是读者的兴趣所在。

本书开篇是苏联著名文学理论家，也是本论文集的三人编委之一的梅拉赫（Ь.С.Мейлах）撰写的。他在《创作的综合研究中的节奏、空间和时间问题》中对这一问题作了概括性的阐释。本文具有前言性质，他提出研究的主要任务以及对这些问题的研究的必要性与紧迫性，其复杂性必须"有不同学科——人文科学和自然—数学的专家们的通力合作"才能解决。他认为单独研究作品的节奏，以及表现在作品中的时空关系，不但可能而且必要。在研究过程中可以强调整体的艺术组织中的这些方面。但在这种情况下，我们不能忘记综合研究的主要任务是"理解作品整体结构中创作的全部成分。只有在那时我们才能把节奏、时间、空间问题包括在阐明那些主要的问题中，像艺术的系统性和艺术思维的类型。只有在那时才能对许多创作个性问题的分析的同时创立一定的类型学。只有在那时才能把时间和空间问题的创造性解决与一定的艺术流派、风格联系起来。"①

自莱辛提出"诗"与"画"，即"时间艺术"与"空间艺术"的分野以来，一直争论不休。这也反应到苏联文艺学界里来。在这里，简单地说，存在着三种观点：一是赞同莱辛的观点，他们认为，艺术时间与艺术空间是各自独立的，因此，作为对这些范畴内的艺术类型，应该分为时间艺术与空间艺术。在对待这一分类时，他们过分夸大了这一界线的存在，而不承认它们之间有共通之处。另一部分人的观点，承认这两种艺术有界线，然而不能绝对化，时间艺术既能反映、描绘空间关系，空间艺术也能反映、描绘时间关系。还有一种观点，不承认这种划分，认为它们之间没有这种区分。他们的理由是，真实的时间和空间是不可分的，因而也没有必要划分成时间艺术与空间艺术。然而，大部分苏联学者持第二种观点，即认为它们既有联系又有区别，应该在它们的相互联系中作系统研究。

在这上述几种观点中，笔者认为，巴赫金的观点较为特殊。首先，巴赫金认为真实的时间和空间是不可分的，所以，他把爱因斯坦的时空统一场论，应用到文艺学研究时间和空间之中，提出了希腊语"赫罗诺托普"来表示时空的不可分割。然而，他又认为，虽然真实的世界时空是不可分割的，但当你对其进行抽象思考时，它又可以分割的。作为时间艺术的文学作品，时间是主导因素。我们可以看到，巴赫金的观点既继承了莱辛、黑格尔有关艺术时间问题的观点，又与最新科学——爱因斯坦的时空观结合在一起。巴赫金既对文学作品既作时间研究又作空间研究，因为它们不可分割，例如，他对古希腊小说的研究，就是持这种态度的，然而，他又对小说中的时间作了重点分析。巴赫金提出这一观点是在30年代，然而，直到70年代他的作品公开出版后才被知识界所知。此后，他的观点为世

---

① Ритм, пространство и время в литературе и искусстве. Л.наука.1974.с.7-8.

界各国研究艺术时间的学者所接受，成为这一领域的巨擘和鼻祖。

从上述可见，巴赫金是赞同对艺术时间进行系统研究的，但可以看到，他的研究是针对具体作品作具体的研究，而不是在理论上对系统方法论的思考。

对艺术时间作这一系统研究进行思考的，最力者是 C. 卡冈、梅拉赫、Н.И. 焦哈泽等人。从文艺学角度上来说，把艺术作品看作是一个整体，一个有系统的整体，是我们研究作品的根本出发点。作品中的一切都包括在这一整体中。也就是说，在这一整体中，作品中的一切成分都是相互联系、相互制约的，都被功能化了的。当然，对这个有系统的整体，不是整整的没有区别的铁一般的整块，而是多等级、多层次的系统。而整体的功能化只能是这一系统的各个方面的相互作用的结果。这些方面，包括思想题材上的，情节结构上的，以及语言节奏上三个确定的方面。而艺术时间和空间，如果从狭义来看，只是文学作品中情节结构的组成部分；而从广义来看，按照巴赫金的观点，作品中的一切都要被赫罗诺托普化，即使抽象的涵义也不例外。这么一来，时间和空间成为有系统的整体化的必然手段。然而，在这一有系统的整体化手段中，时间与空间不是地位平等的两个要素。他们认为，在艺术作品的时间和空间结构中，存在着重要界线，抹杀这种界线是错误的；但时间艺术和空间艺术虽然不同，但它们之间的矛盾和对立也不是无条件的，而且在艺术创作和审美知觉的实践本身中，这些矛盾和对立会得到缓和。例如，作为时间艺术的音乐，在自身的音响过程中创造了空间概念，所以，把空间形式和时间形式的矛盾绝对化是不足取的。特别在作品本身的结构中，时间和空间的步步接近，乃至融合，直至一个被另一个完全取代，有时也是可能发生的。这里我提一句，前面提及的美国学者约瑟夫·弗兰克在论述现代文学的创作手法时提出"时间的空间视觉"，可能与此相通。

下面我们来看看卡冈等人是如何用系统方法来研究艺术时间的。他认为对艺术时间来说，可以在美学上强调其三个基本层面：本体论层面、艺术认识论层面、心理学层面。

就本体论层面而言，每一部艺术作品是一定精神内容的物化。它像一切真实存在的东西一样，是存在于时空网络中，在不同的物质结构中实现着自身。由此出发，可以区分出三种艺术：空间艺术（绘画、版画、雕塑、建筑），它不随时间流动而变化；时间艺术（话语艺术和音乐艺术的作品），这一艺术的客观存在是一个过程，并把某种空间限度抽象化；时空艺术（舞蹈、戏剧、电影、电视），它保持着空间和时间的一致性。卡冈认为，这种划分是公正的、合理的，是对艺术作科学分类的必不可少的第一步。

按时间和空间原则分类，实际上是莱辛提出而黑格尔加以完成的。莱辛把牛顿时空观的基本原理移植到艺术领域，得出纯粹空间艺术和纯粹时间艺术的存在，而黑格尔则把时间和空间放在自己的理念体系的框架内进行研究，得出艺术时间是艺术发展的最高形式的结论。卡冈的这一划分直接秉承于莱辛和黑格尔。

从艺术认识论方面来说，我们是研究作品中的时间映像及其时间结构，即反映在时空关系中认识特殊方法以及注意艺术反映或把握世界的特殊性这一观点上来分析艺术作品。这里要注意到这一时间特点：如对真实时间（空间）的客观属性的依赖，对社会和艺术意识的历史流变、艺术家的思想、艺术立场和任务的依赖，对创作方法的特点和体裁的描绘表现的可能性的依赖以及艺术时间对其真实形象的相对独立性的把握，来界定艺术中时间的这一特性：如艺术假定性。这一假定性使它与真实的时间关系相矛盾。这里存在着一个内部假定时间问题，即存在于作品本身的假定的时间。

一部完成了的艺术作品，除了内部假定时间外，还有表演时间和知觉时间。这样构成时间存在的两个阶段，但往往很难区别。不过，它们是各不相同的。表演时间和知觉时间涵盖着内部假定时间，由于话语艺术的特点（因为它是一种符号体系），读者可以停留在他感兴趣的任何地方，重复他已读过的任何东西等等。这样知觉时间的长度不受作品内部假定时间的制约。

至此，我们就可以谈及研究艺术时间的第三个层面，即有观众和读者的知觉结果而产生的心理学层面。这一时间的特点在于知觉作品的真实时间和包括在作品中的艺术时间的相互关系的特殊性。在两三个小时的真实时间中观看一出戏或一部电影，观众与主人公一起经历了几天、几个月、甚至几年的事件，但没有超出观看时的真实时间的框架。就艺术空间来说也是如此。所以，艺术时间的心理学层面，是本体论和艺术认识论的某种"耦合"，它表现出对艺术进行艺术知觉的特殊性。由此得出，知觉时间形象是受艺术体裁的特殊性以及作品中反映真实时间关系的方法（把艺术分成空间艺术、时间艺术和时空艺术）所制约。

除了知觉时间过程的这一客观因素外，知觉艺术作品的时间，还要受知觉过程的主观因素的制约。一方面，知觉者的个性，另一方面作品的信息量。可以说，审美信息量和作品的时长是相互联系、相互制约的。在信息量饱和的情况下，可以感到作品中的时间流得慢，反之，则流得快。俗话说，"有话则长，无话则短"。这"话"便是作品的信息量。在电影和戏剧中，情况也是如此。时间的矢量只对准前方，对已见过的情节，只在记忆中重拟，就像文学作品一样，把已读过的东西再读一遍，可以思考、再思考，可以联想。这样知觉时间包括两个方面：对艺术作品的直接把握，在音乐、戏剧、电影、电视中以表演或观看为限。还有对作品的思考和联想，这包括任何门类的艺术作品。

上述构成了对艺术时间的心理学层面的分析。

我们从对本体论层面、艺术认识论层面、心理学层面来观照艺术时间（空间），把它们作为一个整体来研究，就会得出一个比较全面的认识，然而正像卡冈本人所承认的，对这些方面的研究，目前还十分薄弱，许多东西还模糊不清，有待进一步的深入，但起码它已指明了一个研究方向。

第四节　艺术世界的时空关系类型学

艺术作品中时空关系类型，是用反映论方法进行研究所得的结果。在把艺术作品作为一种审美的客体的条件下来研究它的时空关系。我们认为，现实世界中存在着真实的时间和空间，那么，在艺术作品中就存在着被作家作了审美加工过的概念的时间和空间。这是一种真实时空在对所有人都有同样涵义的概念层次（层面）上的反映。这时，就要涉及知觉时间和空间，因为，它是人类感觉和主体的其他心理行为的共存和交替的必要条件。这样，我们就得到了三种不同层次上的时间和空间类型：真实的，概念的和知觉的时间和空间。

根据 P. A. 佐博夫和 A. M. 莫斯杰纳年科的观点，知觉空间和时间这一概念，是由康德提出的。他把时间和空间作为感性直观的纯粹形式。这一概念的基础是，我们的经验是有能力把两个层面上共存和交替的感觉安排在同一个时空里。然而，他们认为，在哲学上第一次对知觉时间和空间提出明确界定的是罗素[①]，虽然在其他学者那里也可以见到对这一问题的个别结论。目前这一界定已为研究个人知觉时间和空间问题的现代心理学家

[①] Р.А.Зобов, А.М.Мостепаненко.О типологии пространственно-временных отношений в сфере искусства.---в кн.：Ритм, пространство и время в литературе и искусстве.Л., наука, 1974, стр.12.

所采纳。①"与认识论紧密相关的是重要的心理生理问题，是关于知觉时间和空间的机制问题以及真实的和知觉的时间和空间的属性彼此间相适应问题"。②

我们知道，知觉时间和空间是通过人（以及高等动物）的大脑中的实现着的现象学的空间和时间之间的交互作用形成的。这种现象学的时间和空间与单独的感觉器官（视觉、听觉、触觉、运动觉）相联系。它们都为知觉空间作出自己的贡献；但最终只与唯一的知觉空间有关。这一知觉空间在一定程度上，与真实的物理的宏观空间相提并论。

同样，知觉时间的形成，是通过主体的听、视、思维、记忆和其他感觉的一种特殊的交互作用。然而，这种知觉时间的形成，不是机体外部的，而是机体内部的生物学节律（即生物钟）在起作用。这样，知觉空间，如果是主体外部经验的条件，那么知觉时间既是主体外部的又是主体内部经验的条件。因而，比知觉空间有更大的主观性。这样，时间在心理上的变化要比空间几何学的错觉大得多，也荒诞得多（犹如神话时间一般）。

知觉空间和时间的这种主观主义性质，使得认识主体去寻找更具普遍意义、更具等同形式去反映把握真实的时间和空间。这就是概念时间和空间。概念空间的典型例子是观念的几何学结构，如，欧几里得空间，非欧几里得空间，N-次量度及无限次量度空间，黎曼空间等。这些空间获得了相应的物理学解释，被认为是具有一个客观性质和严格的科学性质。而概念时间更为复杂。在相对论出现之后，科学家认为有成立专门研究时间的"时间学"之必要（上面已提及的上个世纪60年代成立的时间学研究机构）。由于相对论的时间和空间是不可分割的，是一种功能场，所以，也有人提出一个"物理时间几何学（физическая хроногеометрия）"作为专门学科来研究时间和空间问题③。

因此，可以把知觉时间和空间看成是个体的，主观的，心理的，而概念时间和空间是一般的，客观的，合乎逻辑的。但对文学作品这一特殊审美对象来说，情况更加特殊与复杂。这是因为它是现实的特殊类型，局限于特殊类型的时间和空间中。艺术作品，一般来说存在于三种类型的时间和空间中：首先，它存在于真实的、物理的时间和空间中，它像其他一

---

① Труды 11 научного совещания по проблемам восприятия пространства и времени. Л.，1961；Восприятие пространства и времени.О.，изд-во наука，1969；В.П. Зинченко，Н.Ю.Вергилес. Формирование зрительного образа. М.，1969.
② Ритм，пространство и время в литературе и искусстве. Л.，наука，1974，стр.12.
③ Там же，стр.13.

般的材料、物件一样；第二，它存在于概念的时间和空间之中，也是客观的，真实的，或可思维的一定门类的模式之中，以一定的模式出现；最后，存在于知觉的时间和空间中，以艺术形象形式出现的。

艺术作品在真实的时间和空间里，是作为一般的物理客体而存在，作为某种"物自身"而存在，就像一本书以其中的文字符号的总和而存在，像一幅画以画布上的颜料的相互交织而存在，像音乐作品则是作为声音流的乐谱而存在一样。这是艺术作品存在的第一层面。

而在概念时间和空间的层次上，艺术作品是作为对现实的反映模式而存在。这种模式反映的是艺术事件的客观化了的背景出现的。例如，长篇小说的情节，通常是在小说家的头脑里构建过的概念的时间和空间中展开的。而外部的真实时间和空间仅仅是构建形象的手段，艺术形象从来也不囿于概念的时间和空间中。

为什么这么说呢？因为艺术形象是作品的基本内容，是在作家，也就是在主体的知觉时间和空间框架内实现的，更准确地说，是在概念时空中实现的。创作主体是在概念时空的框架内创造和知觉艺术作品的。艺术形象与外部真实的联系，往往是间接的，这是知觉时空的本性决定的。因为这里渗透着艺术家的思想、表象、幻想、情感、甚至梦幻。

如此阐释艺术形象，使得艺术家总是考虑到自己知觉时空的荒诞性，以及激情因素。反映在艺术形象中的是一种客观的和主观的，现实的和幻想的，实体的和审美的一种融合。如果撇开其他艺术只谈文学作品的话，那么，要想区分这两种因素是比较方便的。文学作品的概念时间和空间反映了那一时代的历史的真实的时间和空间。书中描绘的事件也是那一时代发生过的事件，特别是那些现实主义小说。但绝不是作为物理客体的该书存在于这一空间和时间内，并在其中老化。而概念时间和空间，则是大大不同于一般的属性，只要看一看科幻小说就足够了。文学作品的概念时间和空间是流动的，有自己的长度和结构，不像绘画和雕塑那样，是瞬间的凝固。

文学作品的时间不同于编年史时间，因为其载体是艺术形象。这一形象是把真实的和想象的场景用实体表现出来的情节、事实和事件组成，并存在于知觉的时空里。因此，知觉时空对理解、阐释艺术作品和艺术形象，具有本质的意义。这首先表现在知觉时空在何种情况下都是真实时空的某种程度的反映。而这种反应对知觉时空本身来说又具有某种相对的独立性。这种独立性特征首先表现为与人的心理，与他对别人、对自然的激情有关，与作品的结构有关。西方文学结构主义对作品的结构研究体现了这一特点，而知觉时空恰恰也是结构的组成部分。

这样，就可以谈及艺术环境（或作品的艺术结构）中知觉时空的特点了。首先是知觉时空的能动的易变性质。它的不稳定性既表现在外部（感觉器官的示度，某一时代的性质等等），也表现在内部（个体构成的层次、他的神经系统的特征等等）作用下连续不断的变化。因而，知觉时空，类似于概念时空与真实时空，也具有结构元素的广阔天地。这就是说，在该领域内，比起它们在真实的现实中的存在来说，其结构的数量及多样化无可比拟。比如，知觉时空中的回想成分，时间间隔的大小，空间关系的变形，各种梦境状态，等等，在现实时空中是不可见的，但在知觉时空中都可存在。一些大艺术家利用这种时间空间的变形来创造独特的艺术的审美世界。例如，陀思妥耶夫斯基让主人公进入特殊的场景来揭示、探索人的心灵奥秘。

从上述分析中可以看出艺术网络的三种时空类型，以及它们之间的关系。然而说到这里，我们认为问题还远远没有结束。因为上面所涉及的是艺术作品的现实，是作者——创造者用材料（符号）固定下来的现实体系。这个现实体系，在还没有被读者参与接受之前，依然是潜在的现实，还得经过读者的接受方能成为活生生的艺术现实。萨帕罗夫这样写道："然而，只有把艺术作品看作它在人的接受中实现自身来研究，是合乎逻辑的，也是十分自然的。要知道，艺术作品旨在为人而生，而不能是无人称地、客观地'观察'，打上印记以及'改造'人们面前的东西的那种自动视觉控制器。在人的接受之外，艺术作品仅仅作为一个客观的可能性而存在、一个作品的审美真实而存在。这一审美真实的客观性为历史文化存在的总和所制约，而不是只为人工制品的物质不变所决定。这一审美客观性只有在与相应的历史文化的同一性参与的接受中才能实现。"① 萨帕罗夫的这一观点与前面卡冈的系统论中的某些问题，特别与本体论和认识论中的某些问题有些向左。在同一本论文集中出现意见交锋，而且是指名道姓，表明了学术的自由民主以及追求真理的氛围。

这里具体谈一下他们在这方面的不同看法，对我们理解艺术时间和空间，不无益处。对艺术时间和空间的不同看法的起因，首先是对时间艺术与空间艺术的划分上。上面已经说过在卡冈的系统研究中，认为要研究艺术作品的三个层面：本体论层面、认识论层面和心理学层面。对艺术作品的这一区分，首先受到萨帕罗夫的异议的是本体论和认识论层面。

---

① Ритм, пространство и время в литературе и искусстве. Л., наука, 1974, стр.92.

卡冈在谈及本体论层面时说："现在说的是每一部艺术作品，作为某种精神内容的物质化，因而也进入时空坐标。一切物质的东西都真实地存在于这一坐标里。"以此他认为应该把艺术作品区分为三种门类，即空间艺术、时间艺术和时空艺术。他认为这是对艺术科学分类的必不可少的、无法排除的第一步。他批评反对这一划分的人在理论上是基于唯心主义立场的，而且艺术发展史也证实了这种划分的正确性。而对认识论层面上，卡冈说："这里所说的，一方面是关于艺术的反映，作为认识真实世界，它的空间和时间关系的一个特殊方法，而另一方面，是关于与艺术把握世界特殊性相适应中对这些关系的反映。"正是在这一意义上我们常常谈及"艺术空间"和"艺术时间"。他认为，艺术时间和空间是观念的、幻想的。它们不是真实世界所固有，也不是作为现实组成部分的艺术作品本身所固有，而是为艺术作品中创造的现实的形象模式所固有。这是对艺术时空（在形象模式中时间和空间是不可分的）的双重决定，使得艺术时空变了形。

问题争论的焦点也正是在这一点上。萨帕罗夫认为，卡冈把艺术分成时间艺术和空间艺术时，没有说明这一概念的基础是什么，未说明什么内容包括在时空连续统中。他在本论文集中只是强调这样一个概念："每一部艺术作品作为某种精神内容的物化，因而进入时空连续统，在连续统中存在着一切物质的东西。"①而他在《艺术形态学》（此书有中译本）一书中也同样持这一观点："时空连续统只能纯粹是一种物理现象，就是说，与审美环境没有直接关系。"萨帕罗夫认为，卡冈对时空连续统的这一看法，把它看成是只容器，是只空壳子，艺术的物质客体进入其中，而且，与这些客体相联系的精神概念与真实的时空连续统没有关系。对时空连续统的如此理解，在萨帕罗夫看来，直接出自牛顿的概念以及康德的时空观。长期以来的传统观念把艺术分成空间的和时间的，是来自对牛顿和康德时空观的解释，卡冈就是这种解释的拥护者。萨帕罗夫把它说成是老生常谈、是教条，自物理学上出现非欧几里得几何学和爱因斯坦相对论后，它在科学上就已经立不住脚了。

萨帕罗夫认为卡冈把艺术分成时间艺术和空间艺术的本体论根据，带有自身的审美缺陷。因为这种本体论观点是把艺术作品看作是与审美知觉和感受的毫无干系的物质现实了。这样，在他看来，艺术作品的客观性，按问题的本质来说，与其他物体的客观性视为同一了。这是不正确的。正

---

① Ритм, пространство и время в литературе и искусстве. Л., наука, 1974, стр.89.

确的观点是把艺术作品作为它在人的知觉中发现自身来研究是合乎逻辑的。因为艺术作品为人而生，而不是那种自动视觉控制器，能够无人称地、客观地"观照"，打上印记，改变人们面临的东西。在人的知觉之外，艺术作品仅仅作为一个客观的可能性而存在，作品的审美真实而存在。因为他认为，作为"物"的艺术作品存在于其中的时间，与作品中由其内部成分及组织决定的时间没有直接的关系。① 卡冈把这两种时间混淆在一起了，或则看到前一种时间，忽视了后一种时间。但我们若从全文来看，事实恐怕并非如此。他的心理学层面就是研究后一种时间的。

不过，萨帕罗夫坚持认为，这里不存在艺术本体论层面和认识论层面的混淆，像人们常常想象的那样。艺术作品的存在不同于物理客体的存在，艺术作品的存在要求它与艺术主体的融合，这个主体是在与人的知觉和人对审美体验的能力相适应中作为组织、形成材料的原则出现的。他引用了班克的一段话来证实自己的观点："在界定艺术对象时，采取那种主体和客体、真实的和想象的传统的分割开来的做法是不可思议的，即艺术形式同时是外部对象、物体，又是与它内部完全等同的观念的准对象、意识的人。能足够保障艺术形式的东西，不可能是'存在'，或者是'意识'，而是在物体直接客观化中诸因素统一体中的自身，'自我意识'的总和，换言之，社会客观的文化现象，一方面是人化自然的对象形式中的客体，而另一方面是有一定能力的，主体人的感性形式的主体。"② 也就是说，在界定艺术对象时，不能按传统的做法，把主体和客体、真实的和想象的分割开来的那种主客观合一，而应是主观的。

萨帕罗夫与卡冈的争论，在我看来，是如何看待艺术作品问题。卡冈从本体论、认识论以及心理层面来分析，把艺术作品看成是一个主客体相结合、相融合的东西，他是站在两点论这一角度上来进行研究的。而萨帕罗夫就看作是一种主观现象。所以，上面提及是卡冈批评有些学者站在主观唯心主义立场上，说的就是这种观点。指的是萨帕罗夫等人。至于艺术时空观，无可置疑，卡冈继承了莱辛的理论，而莱辛是以牛顿的时间和空间理论为依据的，而萨帕罗夫则从爱因斯坦的不可分割的时空观立场出发。倘若从科学的角度上说，无疑萨帕罗夫较为正确，因为牛顿的时空观已经不符合客观世界画面了，但我们知道，艺术不是科学，艺术现实画面不是真实现实画面，而且，处在宏观世界中的人、作者、读者等等，他们的感觉是一种直观的感觉，这种感觉与体验是对真实现实，即宏观世界

---

① Ритм, пространство и время в литературе и искусстве. Л., наука, 1974, стр 91.
② Там же, стр 93.

中的人、社会和自然，无须顾及宇观世界中的情况。所以，艺术文学研究不是科学研究，不能囿于科学的时空现象，如非欧几里得空间，即弯曲空间，物体在时空中运动要造成时空变形的。这么看来，卡冈的系统研究（我在上面没有对他的全部论点加以介绍）还是可取的，当然，也不能说萨帕罗夫要在时空连续统这一功能场中来看文学艺术作品有什么不对。立场不同，视角不同，观点自然有别。不过，在我看来，客观情况虽然不可分割，但抽象思维还是可以把它们区别开来加以分析的。因为人具有这种抽象能力。从这一观点上看，卡冈的时间和空间的系统论分析法，无可厚非。

卡冈在《论艺术对时间和空间关系的哲学层面分析》[①]一文中，对时间和空间的系统分析方法作出另一种解释。此文写于1988年，是这位哲学家对时间和空间问题的新思考。他认为，对时间和空间的理论研究有四个不同层面。对这四个方面的研究，决定着理论分析的成就，不但能有效地梳理现有的知识，而且在进一步研究中获得新知识。在这里，在我看来，总的前提和基础还是哲学上的反映论在艺术分析中的运用。我想提一下这几个方面的问题，对于研究时间和空间是有所裨益的。

第一，分析它的艺术学层面。它是在每一个艺术门类内研究艺术对时间和空间关系的特殊性；或者在更加狭窄的范围内，即在一定的体裁或某个艺术家的创作范围内研究该具体的艺术现象中真实世界的时空关系的反映，以及艺术时间和空间的构成。

第二，艺术家创作中的时空特征以及每一种艺术门类和体裁的时空特征，通过时间和空间作为对艺术创作的共同原则的表现和折射。这一层面，可以叫做审美层面。然而，美学在提出和解决这个专门性问题时，是超出艺术学范围，但依然属于文化学层面的问题。

第三，艺术文化史是人类文化史的共同进程中的有机组成部分，在其不同阶段上，艺术中的时间和空间反映，就整体来说还是具体门类来说，都在不断变化着的。这是由于艺术在其发展过程中受其真实存在的那个文化的性质所制约。这就涉及在文化学层面上对艺术史的不同阶段的研究进程中进行考察，如，中世纪文化中、文艺复兴时代文化中的时间和空间，也可以从整个世界艺术文化史角度上来研究。

第四，可以称其为共同的哲学层面。其本质是阐明作为人类活动的不同形式体系的艺术对时间和空间的关系一般是什么样的。由此，真实世

---

① М.С.Каган.О философском уровне анализа отношения искусства к пространству и времени.В кн.：Пространство и время в искусстве.Л.уни.，1988.

界的时空关系的特殊概念,是从艺术所固有的把握现实的方法中推导出来的。这一方法的特殊性决定着艺术在文化中的地位。卡冈认为,这一问题很少有人研究。所以他从马克思主义哲学的立场出发来对这个问题作进一步探讨。

在卡冈对这个问题的分析中,我们可以看到,他还是从列宁的反映论来看待这个问题的。这里有着两个层面:存在层面以及在文化中,在社会意识和个人意识中被反映的层面。时间和空间首先是物质运动的形式——自然界的和社会的物质运动的形式,真实存在的描述,它不依赖于人的意识的反映,对它的认识、思考、感受。所以,时间和空间,一方面是自然界存在的形式,而另一方面是人在自然界中、人在世界中生存的形式。由于人的存在同时是物理的人和精神的人。这与动物不同。对动物来说,同时间和空间的关系只是一种适应关系(即适者生存),不存在对时间和空间的本身关系问题;而人则不同。这里,人除了对时间和空间的不可分割性的连续统外(一种适应关系),还有以"此地和此刻"形式表现出来。这意味着人的生存的每一瞬间只能在空间的那一点上,在时间的那一时刻上。这是一种客观规律,不让人跨越过去。然而人力求跨越这些界线,想方设法克服这种客观的注定性,于是出现了空间和时间的本质不同:一是作为人的外部存在形式,二是作为人的内在的存在,人的精神生活的形式。这就是我们常说的人的肉体存在与精神存在问题。

人对时间和空间的关系的表现证据,就是人的意识史和自我意识史。最早便是神话,是原始人对真实的时间和空间的反映。这种反映是紧张的,戏剧性的,表现为对自然现象的恐惧上。随后的发展是与时间的"昨天""今天""明天",以及空间的"远""近"打交道。对时间和空间的思考,人类生活把它与最后的时刻、瞬间相联系。当个体生命越接近完结时,对他来说,时间问题就显得越发重要。(巴赫金也谈到这个问题,巴赫金说过,对"死"这一时间现象来说,人在年少时与年老时对它的价值、意义的理解大不一样。)许多科学技术的发展,都与这种时间的时刻点相联系,如宇宙学的发展。

其次,人的意识是对时空关系现实的反映。这实际上是科学理论的认识问题。各个学科,如物理学、生物学、人类学、历史学、以及哲学,都在思考时间和空间,是对时间和空间的本质问题的思考。

而接下人对时间和空间关系的思考是艺术和宗教方法。这是一种形象的把握时间和空间,用形象来思考它们对人类生活的意义。

这里存在着对时间和空间的实践把握。我们人类科学技术上的发明和创造，可以说，都是对空间和时间的把握，如，过去的轮子、日晷，现在的飞行器、电子计算机等等。但这种把握，实际上是一种对时间和空间的"量"上的把握，而不是"质"上的把握。因为这种改变和改造只在自然界中展开，自然规律本身不会改变。从"质"上要"征服"自然，即改变自然存在的时间和空间的规律，是不可能的。无论何时都是如此。这就是说，人们的发明创造只能在时间和空间的"量"上做文章，不能改变时间和空间的"质"。这就要求我们遵循自然规律，尊重时间的"质"。把这两者联系起来的见解，在学术上是独具特色的。

此外，还应看到，人对时间和空间的另一种关系。因为人的头脑，能思维、想象、幻想、愿望、记忆等等心理活动机制。这便在精神-实践上把握时间和空间提供了依据，产生了艺术与宗教对时间和空间的把握，也就是文化层次对待时间和空间的关系。这里，宗教是用神秘化了的反自然的形式来实现人战胜时间和空间的权力，把那种心理机制客观化；而艺术则把想象游戏从对幻想形象的真实性中解放出来，肯定艺术现实。艺术时间和空间是一种不切实际的虚构。它们都可以对真实的时间和空间采取任何方法，按自身的随意性改变对时间和空间的关系，把人变石头，把死人变成活人等等，其实这只是一种心理活动而已。

艺术具现了想象、幻想、愿望、记忆等心理活动的成果，把心理活动客观化在绘画的"暂停的瞬间"形象中，在建筑形象中体现出永恒，在文学中让时间倒流，复活过去，而未来的事儿活灵活现出现在眼前……艺术真正地把人从真实的时间和空间的控制中摆脱出来，在真实的世界中是不可能的事儿，却在艺术的真实中成为现实。

第五节　节奏是艺术统一体时空组织的基本形式

1974 年出版的《文学和艺术中的节奏、空间和时间》一书中，节奏范畴作为全书的一个主要问题予以研究。这不但是因为节奏问题重要，而且因为它与时间和空间有直接关系，是"艺术统一体的时空组织的基本形式。"① 苏联文艺学把节奏问题与时间和空间问题放在一起研究，是合乎情理的，是综合研究的基本形式。

我们知道节奏有诸多类型：有艺术节奏、自然—物理节奏、心理—生理节奏、社会生产节奏以及社会交际中定期重复节奏。艺术节奏是有别于

---

① Ритм, пространство и время в литературе и искусстве. Л., Наука, 1974, стр.101.

其他节奏而表现出自身的特色。

艺术节奏或曰审美节奏是美学中最古老的一个问题。古典美学，首先指出了它在现实与艺术不同领域中的关系问题并赋予它以普遍性意义。例如，亚里士多德说过："节奏和韵律在反映愤怒与温柔，英勇与柔弱，以及它们一切对立属性，还有其他道德属性，比什么都更接近真实的现实。"① 作为审美客体的节奏现象，既是自然的又是人工创造的，那时，它们的一个共同的特点是把节奏作为美的标志之一，而节奏现象本身被作为公理性，无可置疑的问题来考虑。这样，对它的研究，完全能予以精确的客观化，可作统计学的研究。② 但到了19世纪下半叶，情况有了一些变化，节奏开始在主体的知觉层面上予以研究。在费希纳和赫尔姆霍尔茨的著作中，把节奏作为心理 - 生理和审美现象。这样，节奏的单调性被涂上了一层主观的创作者个人色彩，显现出节奏的多样性来。后来节奏在实验美学层面上得到深化，在心理学和生理学领域内被作为独立科学来研究，与此同时，节奏为艺术学所关注，特别在诗歌、音乐和建筑领域里。到了20世纪中期，节奏成为许多学科研究的对象，既有自然科学的，又有人文科学的：教育学、社会学、医学、数学等等，但对节奏研究贡献最大的是艺术学和生物学。不过，这些学者的研究，可说各干各的，各自在自己的研究领域中勤奋耕作，可谓是一种"鸡犬之声相闻，老死不相往来"。

1970年12月在莫斯科举行的《文学艺术中的节奏、艺术时间和空间问题》的讨论会，在这方面的研究迈出了最有意义的一步。在艺术学上确立了以马克思列宁主义方法论为研究依据，建立了不同的艺术学科的理论和方法之间的联系，建立了艺术学和逻辑 - 哲学知识之间的联系，使得节奏的研究达到新的水平，"节奏成为一种普遍的艺术规律性"③，"作为审美的规律性"④。

以上是对节奏问题的历史回顾。现在就艺术节奏的本性和功能的基本情况作一论说。

把节奏作为"艺术的生命"，作为"真正艺术的绝无仅有的属性"来对待的是英国作家霍尔苏欧尔希。他说："艺术最重要的属性可叫作节奏，也是最合适的。而节奏是什么，当然是隐藏在部分和整体之间的和谐，创造着可谓称之生命的和谐；当我们照观着生命如何离开朝气蓬勃的造物主时，当各个部分必不可少的相互联系相当程度地遭到破坏时，则相当容易

---

① 《西方文论选》，伍蠡甫主编，上海译文出版社，1984年，第75页。
② Ритм, пространство и время в литературе и искусстве. Л., Наука, 1974, стр.6.
③ Там же, стр.76.
④ Там же, стр.75.

地把握这一精确的关系以及这一关系的秘密。而我同意这一观点，这是各部分自身以及各部分与整体之间的节奏上的相互关系，换言之，是生命力，也是艺术作品的不可分割的唯一属性。"①

霍尔苏欧尔希对把节奏当作生命力的这一解释，遭到不少人的异议。反对者认为，此说没有对节奏的意义予以界定，再则带有公开的比喻性质。例如，威利就持这一观点，他认为"节奏"这一术语，在其应用中出现了某种程度的非确定性和模棱两可，犹如该问题没有解决还在猜测中一样。同时，作为节奏此词的一般涵义，是"一般的生命现象"，可在有机体和宇宙生命中见到（例如，德国心理学家和哲学家克拉格斯（Клагес，1870—1956）把它界定为"偏振运动"以及自然界和心灵生命的原生态"击浪声"），在文艺学中，这一概念往往作了生硬的限制，变成一定的结构性质的术语，特别在诗歌学中……凯泽（Кайзер，1906—1960）认为把这一术语限制在诗歌领域较好，然而没有提出一个散文的特殊术语。可是"节奏"术语应用在最一般的意义上，这种应用使它在艺术作品中变成与风格相等同，成为如"动与静一致性的理性融合"（什别理），"生存的原始运动"（什泰格），"变与不变的统一体"。②

在文艺学中，研究者把节奏这一概念通常应用于舞蹈、运动、音乐领域中，如果把它移植到空间领域中，则表明是一种隐喻。然而有人否认或对这种比喻持怀疑态度。贝慈丽说过："当'节奏'概念应用到绘画中，'平衡'应用到音乐里，而'对位法'应用到文学中时，总是导致模棱两可，不赋予任何东西。"③

然而，如果时间艺术与空间艺术之间的界线是不可逾越的话，贝慈丽的话是正确的。但是，我们在前面已经说过，这两种艺术的界线，不是不可逾越的，我们要摒弃真实的纯时间的和纯空间元素的概念，承认时间和空间是物质存在的基本形式，它们两者原则上是不可分割的。"……时间之外的存在是如此的荒谬，就像空间之外的存在一样。"（恩格斯语）作者问道，怎么能怀疑声音的空间性或者石头的完全时间性存在呢？显然是不能怀疑的。特别在发现相对论之后，时间和空间成为"时空"连续统，无须怀疑。如此一来，把节奏概念应用到绘画中、建筑中，犹如在文学中的"对位法"一样，复调一样，不是没有任何意义的东西。节奏概念已为文艺学家所接受。

---

① Ритм, пространство и время в литературе и искусстве. Л., Наука, 1974, стр.86.
② Там же, стр.86.
③ Там же, стр.87.

那么艺术节奏，又称审美节奏是什么？苏联学者萨帕罗夫认为，艺术节奏是艺术统一体中时空组织的基本形式。艺术节奏不是时空组织，但它处在时空之中。艺术作品中的节奏，应该看作是一种活生生的机体的节奏，而不是机械的简单重复，如平时所说的那样。把节奏与一字一字的重复以及同一成分的经常反复联系在一起的理论，杜威（J. Dewey）风趣地称作"滴答"理论，是对节奏的一种机械理解。单调的、机械的重复分散了注意力，破坏了印象的整体性。艺术节奏不是用某种富有表现力的因素的一板一眼的重复创造的，而是把这种因素变成新的、时时鲜活的艺术整体，用它的语调和重音来创造。从这点上说，节奏是艺术涵义构成的范畴。这样，艺术节奏不是某种成分的简单交替，不能归于交替的规律性。艺术作品结构中的节奏是一种新质的积累，涵义的变化，故节奏不是同义反复，更不是重复。

这样，发展和变化就成了形成节奏范畴的基础。没有发展与变化，就没有节奏。关于这点，弥霍埃尔斯（С. Михоэлс.1890—1948，苏联名剧作家，导演）说得好："节奏正是在有发展和变化的地方开始的。节奏有一定的意向性。只有存在着过程，当我们看到现象的发展时，才能谈及节奏……节奏要求对立现象，克服障碍而不断发展：节奏是斗争的表现，辩证的感觉。所以，如果节奏脱离开思想，脱离开使你鼓舞的东西，脱离开让你高声阅读莎士比亚、奥斯特洛夫斯基、所罗姆·阿列伊海姆的作品，去思考什么突然灵光一现而献身于节奏，那是痴人说梦。"①

众所周知，艺术作品是主客观的辩证法，是创作主体对客观现实的创造性反映（不是镜子般反映）。这两种主观的和客观的因素的对立与统一也构成了节奏的本质。这种情况下，艺术节奏不可避免地要求主体的积极性。在这一积极性之外，是不可能正确地认识节奏的。主体的积极性形成了节奏的多样化。下面将要谈及的节奏多层次，便是这种多样化的表现之一。

同时还要看到，在艺术作品中，除了主体的积极性外，还应看到语言符号的指向性（巴赫金对此有出色的论述），这就使得节奏与未来、与期待有关。因为作品结构的实现是过去和未来的一种自动交互作用的结果。在一种事件之后期待着下一个事件，这是节奏的准则。当然，这种期待不是必然的出现，期待是希望、是偶然，因而有人把处在这种节奏作用的人称作在"下赌注"，在可能的那一时间间隔的末尾现象的重复。这样一来，

---

① Ритм, пространство и время в литературе и искусстве. Л., Наука, 1974, стр.102.

节奏不仅仅是形式（形式主义者仅仅把它看作是手法），"节奏是一种相互作用，是涵义、语调与无意义的、机械的韵律示读点之间的相互作用"。①

在节奏的分析中，我们还要注意到，艺术节奏或者称为审美节奏是有层次的，梅拉赫认为，节奏是多层次的，它像情节那样地展开。②绘画中的节奏表现在整体方面：从颜料的涂层到结构原则，而音乐的节奏则是音乐的整个时间组织，而节奏只为韵律所调整。而在文学中，节奏表现在一切层面上：语调的、句法的、词汇的、分节段落的、情节形象的等等。梅拉赫在谈及契诃夫《草原》中的创作手法之创新，为海明威所惊叹。他说，草原空间形象的变化的灵活性，叙述节奏上的多层次，激情状态之交替变化的无与伦比的能动性，达到令人惊讶的程度。在这个中篇小说中，节奏忽而很快，忽而又仿佛停滞不前，有时不仅土地也仿佛石化了，而且时间也止步不前了。所有这一切都从属于对当时现实的非和谐的揭示，以及人对和谐的永恒追求。③

节奏和韵律是诗歌最重要也是最明显的组织因素。然而，在如何对待节奏或韵律问题上作家在创作诗歌时往往莫衷一是。有的作家专心于节奏与韵律，如我国讲究平仄和韵律的古诗，然而有的作家却不把它们作为一项专门性任务来考虑。歌德就是这么认为的。他说："诗格从诗歌结构中流露出来，是无意识的。但如果你在作诗时，开始考虑诗格，那么你肯定发了疯，当然，也写不出有用的东西。"当然，可以把它当作一家之言，也不能把它绝对化。有的作家就不这么看，例如，郭沫若把节奏看作是诗歌的生命，没有节奏也就没有了诗歌。特别是我国古代的诗歌格律，不去认真考虑诗格和平仄（构成节奏的基本要素），不去拧断几根须，是吟不出几个字的。这种对平仄的过分要求，束缚了诗人创作的自由，使古典诗词进入一条死胡同。鲁迅先生就对这种做法作过批判（如对杨雄）。抒情诗歌是抒发作者自己的情感的，应该是情感的自然流露，易记、易懂、易唱、动听、有韵、只要顺口就好。现代诗歌就沿着鲁迅指出的这条道路发展前进，没有平仄方面的严格要求了，即使有的热衷于古典诗词的作者，也难以顾及平仄的严格格律了。

节奏问题，许多国内外研究者对它进行了研究。在本论文集中，做得较为突出的是埃特京迪（Е. Г. Эткинд）。他对诗歌的节奏层次作了分析。根据他的观点，诗歌节奏是"词汇语音材料的一切正常的结构上有意义的

---

① Ритм, пространство и время в литературе и искусстве. Л., Наука, 1974, стр.102.
② Там же, стр.77.
③ Там же, стр.9.

重复"。① 他把诗歌作品列出9个节奏的重复层次。由于语言的不同,他所归纳的节奏层次与我们的诗歌大相径庭。不过,这里胪列一下还是必要的:(1)等同的或类似的音节群(重音节奏);(2)同样长度的诗行(诗行节奏);(3)一个或几个相关的诗行内的句法结构(句法节奏);(4)诗行结尾的音(韵律);(5)诗行内部同样结构位置上的音(内韵律);(6)有诗歌末尾的重音节所形成的韵脚交替——阳性的和阴性的,阳性的和扬抑抑格的,阴性的和扬抑抑格的(行末韵律);(7)内部和诗行结尾的停顿(诗行中间停顿);(8)句子的句法结构和诗的韵律基础之间的相互关系(语调节奏);(9)等同的或类似的诗群——从简单的双韵律二行诗到复杂的单一和多种韵律结构(音节节奏)。② 作者认为,这仅仅是列出最重要的节奏式样,并未穷尽它的全部。随后,他对上述节奏层次,以茨维塔耶娃的组诗《学生》为例,从节奏形式、多节奏到结构节奏逐一进行分析。

在艺术作品的研究中,对诗歌的节奏研究为最。除了上面埃特京迪外,本集中还有小说散文的艺术节奏,音乐作品的节奏;此外还有叶赛宁的诗歌节奏研究,基尔萨诺夫论诗歌节奏,等等;而80年代切列德尼琴科的《抒情诗中的时间关系类型学》一书,把节奏问题作为他的一项重要内容来阐释。

节奏在艺术作品的重要作用,不言而喻。德国哲学家谢林说过:"节奏是属于自然和艺术的令人惊讶的秘密"③ 著名的音乐理论家扎克斯(K. Закс)在《节奏和速度》的前言中说过,几乎有50多个节奏定义,但不存在令人满意的分类。④ 可见,什么是节奏问题,既是个老问题,又是个难于解决的问题。今天,我们在论述艺术时间和空间时谈及艺术节奏问题,原因是它们都是组织艺术作品的形式,是作品的结构内容。我们说,在文学中,叙述节奏的快与慢,在绘画建筑艺术中,节奏问题都与作品的结构布局有关,都与艺术时间和空间紧密相关。简言之,可以认为,艺术节奏也与时间和空间一样,从功能上说是艺术作品的组织者。而我国文艺学,由于种种原因对节奏问题的认识与研究略显苍白,仅仅因为它是一种形式,被认为与内容的研究背道而驰,如果也像巴赫金那样,认为内容与形式是一枚硬币的两面,没有不存在形式的内容,也没有不存在内容的形式,把它们放在同等重要的位置上予以研究,才是明智的做法。今天故对它作了如上的简单阐释,希望引起学人的关注。

① Ритм, пространство и время в литературе и искусстве. Л., Наука, 1974, стр.105.
② Там же, стр.105.
③ Там же, стр.3.
④ Там же, стр.6.

第六节　自然科学方法观照下的艺术时间

首先应该注意到，在苏联的综合研究艺术创作中，对时间和空间作自然科学方法的研究，值得我们注意。因为，在我国，自改革开放以来，也出现了一些以系统论、信息论、控制论等观点和方法来研究文学艺术的。尽管是起始阶段，却令人耳目一新。因为这种研究不但扩大了我们的研究视野，而且对艺术的本质有了进一步的深刻认识。然而，用自然科学的方法来研究艺术时间和空间方面，却不无遗憾地指出，仍是凤毛麟角。所以，现在我们来看看苏联文艺学这方面的研究情况，不无益处。

苏联学者卢迪和朱凯尔曼的《艺术和信息论》[①]，以及《论艺术中的时空改造》[②]等文章中所谈及的问题，颇能引起我们的兴趣。在他们看来，艺术中的时间和空间，也与自然科学中时间和空间一样，需要对其进行改造，方能适应自然科学和艺术的需要。而在这种改造中，作为时间艺术的文学作品与作为空间艺术的绘画是完全不同的。文学作品所呈现出是对时间流程的改造，而绘画是空间的点的呈现不同。

他首先举了一个外空间的宇宙车的工作原理为例。宇宙车的能量贮存是有限的，而从遥远的星球向我们地球发射传送信号时，中间要克服许多干扰，消耗能量是十分巨大的。在这种情况下，要保证发射器持续不间断的工作所需要的能量是不可能的，而这种不间断的每时每刻的传送，其实也没有必要。信息十分丰富。绝不是宇宙车时时刻刻都要把这些信息发射到地球上来。对宇宙车的联系时间，在不影响研究工作的情况下，是可以作出压缩的，把必需的信息发过来就可以了。这样，就需要对宇宙车的工作时间和发射信号时间进行控制。如图1：

图1中的坐标线上，纵线是宇宙车的工作时间，如从七月到十月初，横线是发射器的工作时间（就是从某星球向地球发射传送信息的次数）。发射器的一般工作时间要比宇宙车的工作时间少许多倍。从图中

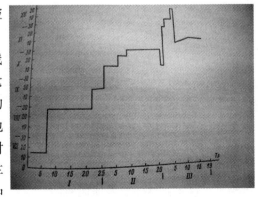

图1

---

① И.Д.Рудь, И.И.Цукерман. Искусство и теория информации.В кн.: Художественное и научное творчество Л., Наука, 1972.

② И.Д.Рудь, И.И.Цукерман. О пространственно-временных преобразованиях в искусстве.

可以看出，整个八月份，对研究者感兴趣的只是月末的最后一天。原先是长时间的沉默的发射器，只是这一天开通了15次。然后又关闭了，接着接通了一小段时间（两天4次），再次不发信号，如此等等。在真实的流动着的时间与发射器的工作时间之间产生了复杂的非线性的从属关系。

宇宙车的时间在发射之后呈现出不连贯的，不均衡的时间态势。没有占满信息事件的时间间隔，留下了空白处，仿佛存在于联系渠道里。而信息流是平稳整齐的。显然通信联络被"压缩"了。

然而，上述所研究的图表并非某个宇宙车，如发射到火星探测器的"好奇"号的发射记录，其实，上图表明了列夫·托尔斯泰的《战争与和平》中第一卷，第一部和第二部实际时间与文学时间之间的联系（这两种时间，在有的研究家那里，表明的是史诗时间与小说时间的关系，因为，托尔斯泰的这部小说是史诗。我们在下面论及陀思妥耶夫斯基的时间时提到了这点）。文学时间是由横向坐标线来表示的。上面的数字指明的是章节的编号，真实的时间是纵向坐标线。这两部分小说的行为包括几个月，从1805年7月的一个晚上在安娜·巴甫罗芙娜·舍雷尔家直到同年11月初，沈格拉本战事爆发为止。

"真实时间与文学时间"的关系在这里可以看出是非线性的。从7月到娜塔莉亚命名日所发生的事件，只在第七章开头用一段话作了交代。但整整15章，包括第二十一章在内，则详细地描述了罗斯托夫和别祖霍夫伯爵家8月末的那一天。

时间的这种改造不仅对文学是这样，对电影和戏剧（这里显然排除了话剧，话剧可看到它在时间上的一致性）也是如此。时间的改造除了压缩多余的信息外，未必有其他目的。这里，令人感兴趣的是，技术上压缩联系的手段，要比文学晚得多。我们知道，这一手段的许多变形，在信息理论上是与时间改造或变化速度相关的。如果我们研究文学时间的微观结构，要更加复杂。我们可以碰到不仅是图1的曲线，而且是跳跃和间断。小范围内时间的变化是以追求大范围变化为目的的，而且不同作者的离题插述，脱离情节时间的议论，风景的描写等等都是破坏文学时间的持续的一贯性流程，而这种对时间的破坏，是对文学空间存在的肯定，是下面我们常说的时间"空间化"的表现手法。而许多按文学叙述的特征来说是先后顺序，这点是任何文本所固有的，但我们知觉时实际上是同时的，出现了文学文本的"量子"或"原子"（用通常的文学术语，即为我们上面常常提及的"瞬间""刹那"）。在这些"量子"或"原子"内部再分成时间片段是不可思议的，恐怕也没有必要了。

然而，我们也能看到，在文学作品中常常有这样的片段，这时文学时间和真实时间的时长几乎相等，这就是在作品中出现的对话。这种均等的对话范围无疑极大地影响着知觉，使读者更容易注意到叙述的行为，同时也出现了同情和共感，加深了对文学作品的印象。

压缩信息量，不是把压缩变成摘要。有时真实时间在没有范围的变化下保存了下来，这对艺术反映是十分重要的。电影和戏剧就是利用真实时间和艺术时间的这种判断的相应性。然而这只是问题的一个方面。

我们应该看到，文学时间的另一方面。那就是文学时间与真实时间的关系不是那种相应地发展、增长的关系，而是对文学时间的改造，文学时间的回流，让读者去关注过去的事件。文学时间不是像真实时间那样是从过去——现在——将来流逝，作者可以从事件进程的任何地方开始自己的叙述。也就是说，文学时间可以从任何地方开始。我们仅举一例。布宁的小说《轻轻的叹息》，如果转述欧丽雅·曼谢尔斯卡娅的故事的话，其事件的时间顺序是这样的：

A. 童年。B 青年。C. 沈胜的故事。D. 有关轻轻的叹息的谈话。E. 马留京的到来。F. 与马留京的关系。G. 日记。H. 最后的冬天。I. 军官的故事。J. 同首脑的谈话。K. 谋杀。L. 出殡。M. 审讯。N. 墓地。

然而，小说中的叙述顺序与上面事件的时序大不一样。作家作了这样的改造：

N—A—B—C—H—J—K—M—I—G—E—F—L—D

这就是我们在前面谈及的本事时间与情节时间的区别。苏联著名心理学家维果茨基在解释布宁这种安排情节时间的意义时说："这不是一篇有关欧丽雅的故事，而是解释轻轻的叹息，它的基本特征是一种解脱感，轻松感，寻求生活的完全透明。这种情感不可能从它的基本的事件中推导出来……作者为此而勾勒了一条复杂的曲线，为的是清除生活中的习俗渣滓，为的是把生活变得透明，把生活从现实中摆脱出来，把水变成酒，就像艺术作品所做的那样。"①

这里提出了作家的创作目的问题。所以说，小说的情节安排，时间的重新配置，无论是现实主义作品还是现代主义作品，都是为作家的创作目的服务的。布宁的这种时间安排，有的更加复杂，更加眼花缭乱。这点我们在前面已经多次提到了。

第二，现在来看看绘画、戏剧、电影中空间关系往往被改造成时间的

---

① Ритм, пространство и время в литературе и искусстве. Л., Наука, 1974, стр. стр.202，203.

先后顺序问题。

我们在知觉一幅画、一个电影镜头、一个舞台场面设计时，是同时的。这对复杂图像的其中某一成分是这样的。观众同时接受信息的范围是相当的小的。眼睛只对画面的一小部分看得清楚，也就是说只从一个不大的角度来观察，其他的只能靠视觉的记忆，也就是早先看到的并保存下来的对某个东西的印象。一切视觉清楚地呈现出来的东西都是这两者的同时结合。如同记忆的组织一样，这里也是一种信息流的组织原则在起作用。视网膜的中心区域向大脑中枢传递许多信息中不多的东西，而视觉末梢则反之，它传递的是不多信息中的许多东西。

视觉的这种同时又先后的知觉，视网膜的非同时性结构，目光的左右上下顾盼是由画面的信息的分布的非同时性、图像的丰富多彩造成的。眼睛的运动仿佛是在图像与视觉渠道作一种统计学上的平衡处理：眼睛停留的地方越长，那地方的信息量就越多，反之，眼睛就会一扫而过。目前常见的是艺术家利用电影中镜头的交替（有时快得目不暇接，说明信息量不多）、特写镜头（有大量的信息）、戏剧舞台灯光的明与暗（暗者无信息可言）、演员的进进出出来驾驭这一过程。

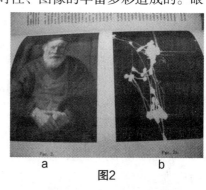

图2

艺术家就是用这种手段来达到自己的目的。例如，荷兰画家伦勃朗（1606—1669）的肖像画，总是突出人的脸和手。他认为，脸和手是人身上最主要的，最有表现力的部位。把观众的目光吸引到这两个部位上，他就达到了放弃接受大部分信息量的目的。图2a是自由观看伦勃朗的画像《穿红衣的老头》（图2）时观照者目光着力点。这些视点集中在脸上、手上，而衣服的细节上只有几个固定视点。

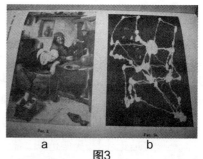

图3

图3a是杨·斯坦恩的画像《游手好闲的女人》（图3）的视觉固定点。这里整个画面固定点的分布比较均匀。这

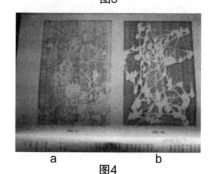

图4

无须奇怪，艺术家要把观众的注意力吸引到一些细节上。

而杨·王·海伊苏姆的静物写生《花朵》（图 4），在自由观赏时的注意力更加分散，这里，所有细节对观众来说信息量上几乎具有同等意义（图 4a）。①

在动态画面（电影、电视）上，时空改造是在速度方面，它不能超出视觉能接受的程度。它的极限速度是电影中对蒙太奇的限制。虽然眼睛捕捉画面的变化比较快，但情节变换的频率要比镜头慢得多。电影和电视里一个镜头的长度是 0.04 秒，即要比固定目光的中间值（跳跃之间的时间）短许多倍，用十分之几秒来计算。而情节变换之间的时间，即使在动态场面，像纪录片，也是用秒来计算的。当然，情节内部的变化是在时间里进行的，如近景镜头，全景拍摄，人的走动，物体的移动。但后一个镜头与前一个镜头紧密相连。观众所得到的信息的多少，取决于每一个镜头的内容以及情节变换的速度，仿佛深入到某种节奏之中，这节奏好像与目光能捕捉住的变换过程相关。

电影中的特写镜头，我们认为，它不仅是用大小范围的变化来把画面的新细节呈现在观众面前。目的在于剔除多余的东西，把注意力限制在该时刻的较大信息量上，避免把目光分散在次要的物体上。特写镜头在技术上不仅是用范围的变化来完成的。由于镜头的景深不够，背景是散焦的，因而也是模糊的。这是对目光所及有限的一种补充，其关键是导演和摄影师想把观众的注意力引向的地方。剧院里特写镜头的目的就是这样。就连古希腊悲剧里，抬高主要人物的厚底靴，也可以看作是一种特写镜头的技术手段的应用。同样，我国古代戏剧舞台上主要人物的厚底靴也具同样的目的（大家知道，出场的次要人物是没有厚底靴的）。

第三，音乐以它的时间上的先后顺序与画像相对立。这种先后顺序是保留在记忆中的。众所周知，在某些神经外科手术中，用电流对大脑皮层区域进行刺激，在病人那里会引起过去曾经听到过的一连串声音，后来忘记了，此刻再次又听到了。例如，媒体上时有报道的对植物人的治疗，由于让他听他所熟悉的音乐，苏醒了，许多已经忘却的东西又记起来了。对音乐的一连串知觉，其基础是预告，把听到的音乐作为一种时间过程使其变成自然的东西。这一过程的传统规律性是一种交互联系，把可能的随后预告按先前的方式创造和具现出来。这种联系表现为主题的多次实施，期待它，认识它；表现为在作品中用模仿和多声部的复调方式作不同的声

---

① 上述图片均来自 Ритм, прострнство и время в литературе и искусстве. Л., Наука, 1974.

部、不同音阶的主题重复；表现为保留在长短不一的章节形式（即排除多余的各种成分）的结构中；表现在节奏韵律明显的音乐材料的组织中。主旋律原则的展开和深化，曲调的不稳固向稳固趋近，而非谐调向谐调音的解决，甚至韵律的基本规律（例如，突变后来要求慢慢地逆向平复）——所有这一切都表现在时间中，加倍扩大作用于知觉音乐信息速度，在于更快更好地理解它。

但依然不能认为音乐的知觉是纯粹按先后顺序，而音乐作品的结构注定是时间轴线，像另一种电子信号那样。实际上音乐知觉是一种特殊的同时性。我们看到，不仅乐队指挥要立即掌控两页。总谱的维度，而且任何一个出色的音乐听众要接受韵律、和音、节奏、音色，捕捉按对位法谱定的声音，不可避免地表现出同时性接受大段音乐的能力。这就是时间音乐的空间性接受。

音乐（还有其他声乐联系，如言语）的联络，不是单维的，而是双维的，即不是只有一个时间功能的特征，而且还有频率特征。这特别鲜明地用光谱方式表现出来的音乐（光谱的移动变化，既是时间的也是空间的）。这种方法类似于"可视言语"，也可称作"可视音乐"的方法。

"可视音乐"是用图形来表示声音的音乐，与光谱图的先后顺序相适应。按一个维度（如，水平轴线）展开，而另一维则按频率（即上下轴线）展开。该点上的亮度表明，在该时间小间隔与频率波段的小间隔之间的能量是怎样的，换言之，就是该时刻该频率的强度是多少。

这样一来，"可视音乐"要比其他音乐的表现形式更具有表现力。它更能表明，为了分析音乐传送是如何进入听力系统的最高部位。显然，声音也像声乐过程一样，不是直接地保留下来的（虽然，以后可以借助于记忆来再现），宁可说，是大脑改造了在时间中展开的音乐传送，即时间上的先后顺序而变成某种空间结构，其原始形态可能就是"可视音乐"——一种时间中的光谱图。以记忆保存下来的"空间"记录形式与预定的展开序列一起，音乐发现了许多东西：什么东西关系到它的结构，以及与建筑的类似性。这种类似性表现在各部分的相互关系的规律中，结构的各个成分之间的远近联系以及建筑作品和音乐作品所固有的韵律轮廓中。有关医学资料证明，由于大脑受损，在认知音乐方面的障碍，伴随着的是对建筑形式十分典型的空间结构的知觉，也就丧失了。

换言之，音乐不仅是时间结构，而且是空间结构。把时间先后顺序改造成空间结构，不仅是由作曲家来实现的（作曲家是在线性的、单维的先后顺序的旋律基础上创造双维的通信，第二维度是由和音和选择的音质决定的），而且也由听众来实现的。在观众的记忆里，时间信号变成空间配置。这种改造创造了分析以大集团方式传导整体的前提，而且提高了利用信息加工渠道的效率。

总之，艺术中的空时改造，不管其门类各不相同，也不管其形式多样，一般来说，从属于一个任务——提高利用知觉渠道的效率，作家的创作目的是这样，而同时也强化了艺术作品对观众、听众、读者的感染力。小说的"空间化"，音乐的空间配置，以及绘画、雕塑、建筑对某一部分的特写、强调，都是为了这个目的。

苏联用科学技术方法来研究艺术作品，我们在这里只对其中的一部分，即以信息论来研究艺术和文学作品作了阐释。从这里可以看出，艺术作为与科学并存的学科，对它的研究有其共通之处，而在艺术各门类，即我们常常区分为时间艺术和空间艺术之间的共性和个性，要辩证地看待它们，既要看到它们之间的不同又不能把它们人为地绝对地割裂开来，上面的研究表明它们之间的相通性：时间艺术的小说的"空间化"，音乐接受时的空间性质，而空间艺术绘画画面知觉时应用记忆的时间手段，即接受的"时间化"。艺术各个门类的划分，以及用自然科学方法对艺术的研究，其目的都是为了更加深入透彻地探求艺术的本质和属性。

第七节　艺术形象中的时间

在苏联文艺学中，如果只对文学作品中的时间和空间进行研究，而不把它们与艺术形象的时间和空间的研究结合在一起，就有形式主义研究之嫌。因为，把艺术作为是对现实的艺术反映这一观点来说，真实的现实中，存在着人、时间和空间三大要素。因此当文学作品反映现实时，就必须反映现实中的人。在传统的美学中，如高尔基所说，文学是人学，一语道破了问题的症结。当然，我们在这里，首先应声明，这种反映不是镜子般的反映，即使是人，也不要求与现实的人相一致，而要求在艺术真实中他们之间的类似性。没有这种存在于形象中的类似性，形象就不可能实现，无论是描绘、雕塑的造型艺术还是话语艺术，或被认为是抽象的音乐艺术。

类似性是一种相关概念，即相互关系原则，它是现实真实成为艺术真实的基础。如果完全等同，艺术家就无话可说了，只是重复而已。相反，真实与艺术参数之间的等同性基础没有了，无论在时间中，还是空间中就不会有什么存在了。与此相关，自然主义形象似乎是"对某事无话可说"，而抽象艺术似乎又说了些什么。

存在、时间和空间范畴是这种类似性的三大要素。而在这里，空间透视是我们对艺术形象作鲜明把握的基础。它能给予我们三维空间的一种错觉，同时传达了运动，使得静止的形象栩栩如生起来。而时间的动态描写（即表明过去、现在和将来）同样起到如此的功能，他们是作家洞察描绘现实真实的秘密。因此，艺术形象中时间的动态前景描写以及空间的透视描写，其意义是无可估量的了。他们直接转变成艺术本质及艺术对现实的关系，而同时也把艺术内在的一切可能性、艺术直接内容、表现力变成为现实。

我们在前面说过，在原始社会，绘画只能简单地排列，不使形象重叠就是目的。这里没有透视。因而这种形象也表现不出空间来。而时间在古代文学中也不存在动态描写，例如，史诗只是"绝对的过去"（黑格尔、巴赫金语）。艺术家组织复杂的时间体系，只是后来的事儿。然而，时间进入形象，要比艺术家对它的意识以及文艺学家对它的分析研究要早得多。在这里我们不作历史回顾。只说说与苏联文艺学研究中的有关情况。

巴赫金早在20世纪20—30年代就说过，"作为形式兼内容的范畴，赫罗诺托普在很大程度上还决定着文学中的人的形象。这个人的形象，总是在很大程度上被赫罗诺托普化了的。"这一语道破了形象与时空是不可分割的。在同一篇文章中，他还认为，即使是最抽象的涵义，也要经过赫罗诺托普这扇大门，打上时空的烙印。巴赫金写于20年代的《审美活动中的作者与主人公》一文中，对主人公的空间整体、时间整体以及涵义整体作了审美阐释，表明在作者与主人公的关系背后，实质上是人与人的关系。所以，在我看来，巴赫金的这些思想（特别是"内在之人"的理论）虽然受到柏格森的影响，但就实质上，是符合马克思主义的美学观的。在这里值得指明的是，把人与时间和空间结合在一起，是苏联文艺学时间和空间研究的一大特色。我们豪不夸张地说，这一特色是由巴赫金确立起来的。

我们从上面的论述中，无论是亚里士多德，还是后来的奥古斯丁、莱辛还是黑格尔等人，在论及时间和空间问题时，都没有把人物形象问题作为一个重要问题来阐释，或者相反，在论及形象时却不去研究形象中的时间和空间问题。在后来的苏联文艺学中，也不免有这方面的不足。例如，一些研究信息论的学者，如洛特曼等人（巴赫金把自己的思想与他对立起来），在研究艺术作品时，仅仅把它作为人把握的一种蕴含着内容丰富的信息体系来研究。这当然是正确的，但从信息层面上来研究艺术形象，其不足之处是，只能确定形象的形式结构，不能涉及形象的具体内容。

信息研究者的这一不足，为艺术形象审美层面的研究所克服。审美研究往往把艺术形象界定为一种辩证的统一体：如感性和理性的统一，内容和形式的统一，个别和一般的统一，客观和主观的统一，物质和精神的统一，等等，这一研究无疑是对的，因为涉及形象的内容方面；但它依然忽略了艺术形象的另一些重要方面，其中包括艺术时间和空间方面。

随后，在苏联文艺学中，一些学者对艺术形象的结构分析在这一方面取得了长足的发展。我们在他们对艺术形象的结构分析中可以看出两个研究走向：作为客观存在的物体的艺术形象以及作为过程的艺术形象。前者强调艺术形象结构的这些因素：如情节，本事，表现手法，物体细节等等，如在科日诺夫、波斯彼洛夫的著作中；后一种则强调，只有把艺术形象作为艺术家、艺术作品以及接受者的不可分割的辩证统一体来研究，如在卡冈、伊利亚迪等人的著作中，这一艺术形象的结构分析方法才能表现出艺术时间和空间的研究前景：它不仅能揭示艺术时间和空间的本性，而且能揭示艺术时间和空间的形成过程和知觉过程，从而也能正确地获得艺术形象的时间和空间的本质。

我们在前面谈到艺术时间和空间是对现实的时间和空间的反映，是一种具有审美意义的艺术反映。但因为在现实中存在着两类客体：物质材料客体（物、基本过程和现象）以及观念客体（人的意识产品），所以艺术形象反映时间和空间，既作为现实的物质客体，也作为现实的观念客体。

首先，艺术家对所描绘的客体和事件的态度，在形成艺术时间和空间时起到巨大作用。例如，作家在描写出场人物的外部特征时，不是信手拈来的，而是经过深思熟虑，结果产生了形象的时间和空间特征。这些特征不仅受被描绘的客体的制约，而且受艺术家对这一客体的态度的制约。这一点是无可置疑的。然而，在这里，决定艺术家的态度的因素，是我们不能忽视的。这里包括艺术家的性格、身份、地位、知识程度（这里特别是自然科学对作家的影响，如没有爱因斯坦相对论的出现，就不可能有现代派作家那种对时间和空间的态度与技巧）等等个性方面的因素。

与此同时，艺术间和空间的形成，还与不同艺术门类所利用的材料的特性有关。但指出这点时，不能把它作为主要的因素来看待。在创造艺术形象时，材料不能决定它，而是形象的思想内容，但两者不可分割；否则，就会如巴赫金所说的那样，会堕落成为材料美学之水准（巴赫金在20年代就提出"审美客体"这一术语，把形式、内容、材料统一在其中，正是对只看材料的美学观的反拨。关于这点，我们在后面论及巴赫金时再讨论）。

我们在分析艺术形象时，艺术形象的具现（具体化），由于不同艺术的特性，初看起来，会导致时间特征或者空间特征的消失。例如，绘画作品存在于二度空间里，不会在时间中发展，而雕塑只存在于三度空间里，而音乐和文学只存在于时间中等等。这样是否可以认为，以某一材料而具象化了的艺术形象，要不在二度空间，要么在三度空间，要么在时间中存在呢？显然不是这样的。这里，存在着时间和空间的一种相互"重新编码"问题。就是说，在绘画和雕塑中，艺术形象的时间特性编码为空间特性，而音乐和文学中，空间特性编码为时间特性。雕塑的主体是动态的，虽然其材料是静态的，而小说的主体是静态的，虽然它的材料（语言）是动态的。在雕塑中，动态转变成静态形式，然后在观众对作品的创造性接受过程中予以具现了，即还原为动态，如我们在古希腊的雕塑《掷铁饼者》那里所见的那样。而文学中，不动的对象重新编码为能动过程（描写），然后被读者加以具现。当我们读完了一部作品后，书中的人物仿佛栩栩如生了。换言之，这就产生了这样一种链条：时间——空间——时间；空间——时间——空间的相互转化，把这一链条中任何一个环节隔绝起来，把它们予以绝对化，都是不可取的。

接受者（读者、观众）对艺术作品中物质化了的艺术时间和空间的现实化过程，不是简单的、机械的、线性的过程，而是一种活生生的创造过程，一种对艺术家所创造的观念的艺术形象作再创造、再思考的过程。这里首先必须强调在艺术知觉时的既有联系，但质上又有区别的两个方面。观众在照观艺术作品时，同时地既把它作为存在于真实的物理时间和三度空间中的物质客体，又把它作为一种存在于观念的艺术时间和空间的，具有观念的艺术形象的材料的模式来对待。正是以第一种序列为基础的第二种知觉序列过程，才能把观念的艺术时间和空间作为审美因素来接受、来再创造。

这就涉及知觉心理学层面了。这个过程与一个人的心理活动有关，因为，人对周围世界的感知是把人的单独的感性的知觉整体化为完整的形象。这时所有的感觉器官都处在相互作用、相互补充的行动中。恩格斯曾经说过，各种不同的感觉器官所获得的不同印象，"最后，同一个'我'把所有这些感觉的印象囊括进自身中，锤炼它们，这样，融合成一个整体"，创作出整体形象的美。这里，由于人的个性的不同，会产生形形色色的不同感觉，因而也就融合成一个个性格各异的鲜明的人物形象来。我们认为，这就是当代接受美学中所津津乐道的"一千个读者，就会有一千个哈姆雷特"的现象。

根据上面的艺术知觉的两个方面，我们可以说，与其说是把艺术时间和空间作为真实的时间和空间的再现，不如说是对不同的社会关系和联系的模式化，这里有经济的、政治的、伦理的等等。借助于不同的文学手段，如情节、结构、隐喻等等来实现这一模式。

从这里可以得出，艺术作品（一幅画、一座雕塑、一幅版画）还不是我们所说的艺术形象吗？答案是肯定的，虽然这里的情况有些复杂。以造型艺术为例。这是因为，谈及造型艺术形象的时间和空间，不能局限于一个艺术作品的框架内，我们在知觉时必须考虑到其他种种因素。

我们以造型艺术中的最为静态的种类照片为例。初看起来，照片完全没有时间特征。然而，我们应该看到，艺术家的劳动是在时间中进行的。在这一时间里，对象（模特）是在不断变化着的。所以艺术家倘若把人照得严肃时，就要牢记他微笑时的形象，强调他的性格偏重理性，牢记他的幻想情况，等等。结果出现的照片，是综合了此人表现在不同时间段中的不同性格的特征，所产生的此人的艺术形象揭示了他的本质，他的性格特征的辩证性。虽然造型艺术作品本身丧失了自身的时间特征，但它却构成了形象的时间特征。当然，接着造型艺术作品还要接受观众的检验（欣赏），上面提到观众又把空间的特征重新编码为时间的，或是时间的重新编码为空间的。这样，可以谈及造型艺术作品与艺术形象的某种程度的不同。造型艺术作品带有空间静态性质，但艺术形象是艺术家、艺术作品和接受者的辩证统一体，是具有空间和时间双重性质的，更确切些说，是时空统一体。

电影艺术的空间和时间，也像其他艺术一样，可以看作两种交叉的但也不是等同的层面上予以研究：真实的时间和空间与艺术的时间和空间。银幕上的放映是在真实的二度空间和真实的时间中，通常为一个半小时。但真实的时间和空间特征，对理解电影艺术的形象的特殊性，并无多大帮助。电影的艺术时间和空间是受作品的艺术网络本身决定的，也就是说是受艺术形象的内容决定的，借助于特殊的电影艺术拍摄手段形成的（如，蒙太奇，光电特技手段）。

与此同时，我们还应该看到，社会的时间和空间对艺术时间和空间的影响。这里用不着多说。想一想在纵向上说，在历史的长河中艺术家们所创造的形形色色的形象，即使是同一时代里，不同国家，不同社会，不同区域，不同的艺术家（这里由于个性不同，地位不同，知识程度不同，心理素质、审美趣味不同）所创造的艺术作品是多么的不同，他们塑造出多少个个性各异的艺术形象啊！社会时间和空间对艺术时间和空间的影响以及对艺术形象的时间和空间的影响是多么大啊！巴赫金说，艺术作品所有的东西，即使是最抽象的东西，都要经过时间和空间这扇大门，而后来，盖伊（苏联的著名文艺理论家）说，时间进入形象之中。不管多么简单地表明一下行动的时间和地点，没有它们，形象就不能实现自身，不管是绘画、雕塑、还是话语艺术。

综上所述，形象的艺术时间和空间的形成是制约于一系列客观因素，如被描绘的事件的性质，艺术家对这一事件的态度（这里应包括艺术家本人的个性在内），不同艺术门类利用材料的特性。艺术家在对周围世界的知觉后把不同的感性知觉整合成一个整体的形象。这样，艺术形象的时间和空间本质在于，与其说是艺术家对真实的物理的时间和空间的再创造，不如说是把社会的各种不同关系和联系模式化，结果是使艺术形象的时间和空间具有深刻的意识形态性质，特别表现在话语艺术的艺术形象之中。

可是，在我国，文艺理论界，把时间和空间研究与形象研究割裂开来，隔绝开来，是基本的研究方法。传统的概念把时间和空间研究统统归纳于形式研究。在传统的文艺学研究中，在对形象进行研究时，忘却了还有时间形象和空间形象，只研究人物形象的内容，对时间和空间形象不屑一顾。这是十分错误的。形象、时间和空间是不可分割的一个整体。（亚里士多德把时间与事件的运动结合在一起，相互印证，恐怕大家记忆犹新。）没有了时间和空间的存在，哪有形象的存在？这就是我们今天要得出的结论以及要提醒的注意。

第八节 利哈乔夫的艺术时间诗学

苏联文艺学对作家作品的时间研究，应该说与对艺术时间的理论思考是同步进行的。在 20 年代，就出现了对陀思妥耶夫斯基作品的研究，如前面已经谈及的采特林的文章。后来有对托尔斯泰的，果戈理的，普希金的等经典作家的作品的时间研究，以及近代的作家的作品研究。在这方面，我们在上面也有所涉及。这里还要简述一下利哈乔夫关于时间诗学的研究，他正是对从古代到 19 世纪的俄罗斯文学作品作了比较详细的分析，使得时间诗学有了一个整体的概念，从而，也与巴赫金的艺术时间的论述形成鲜明的对照。

Д.С. 利哈乔夫是苏联科学院院士，一生从事文艺学研究，是著名的文艺理论家。他的艺术时间研究主要是在他的《古俄罗斯文学诗学》（此书再版三次）一书以及他的一些相关文章中。他认为，"艺术时间不是对时间问题的观点，而是时间本身，它是如何在艺术作品中被再现以及被描绘的。正是对作品中这一艺术时间的研究，而不是对被某个作者所表明的时间观念的研究，才对话语艺术的审美本性的理解有着极其重大的意义。"① 这样他把艺术时间研究与作品中其他时间研究（如对语法时间、作者时间观的研究）明显地区分开来。

那么究竟什么是不同于语法时间以及作者对时间的哲学理解的艺术时间呢？利哈乔夫认为，"艺术时间就是文学作品从属于自身艺术任务的艺术网络现象，而语法时间也好，作家对时间的理解也好都是从属于这一任务的。"② 这样，雅克布森对抒情诗中的语法时间的研究，以及迈耶科夫对作家在作品中所表现出的时间所进行的哲学研究，尽管他们的研究都卓有成效，但从他对艺术时间的界定来说，都不属于艺术时间研究的范畴。有关迈耶科夫的《文学中的时间》一书，我们在上面已经作过分析。利哈乔夫对迈耶科夫一书的评价还是很高的。他说："迈耶科夫分析了文学和科学中理解时间的表现，确立了现代文学中对时间问题的兴趣与日俱增，并建立了文学中、科学中、哲学中有关时间意义的假说。"③ 但他认为，对研究文学来说，最最重要的是艺术时间的研究，而不是他迈耶科夫的这种研究。但是我们在迈耶科夫的书中仍然看到他对20世纪的作家，如普鲁斯特、乔伊斯、伍尔夫、司各特、托马斯·曼等人的作品的时间的分析。这种分析可以而且应该包括在利哈乔夫所界定的艺术时间之内的。

利哈乔夫就是依据这种观点来研究从古俄罗斯的民间（口头）创作一直到19世纪陀思妥耶夫斯基和谢德林的作品中的艺术时间和空间的。苏联的艺术时间和空间的研究也是沿着这条路线进行的。

这样，艺术作品的艺术网络现象，在利哈乔夫看来就是长篇小说的时间、被作家描绘的事件时间、叙述时间或曰情节时间。这种时间是作家的主观时间，由于作家自身的立场、观点、审美、知识水平、个性的不同，由于时代经济、科学文化发展的不同，作品中的情节时间与真实的历史时间形成错综复杂的关系。利哈乔夫就是根据这种复杂的关系来描述古俄罗斯艺术时间和空间的。现在只能简略地谈一下他的《古俄罗斯文学诗学》中的艺术时间问题。

---

① Д.С.Лихачев.Поэтика древнерусской литературы.Изд.3-е，1979，стр.210.
② Там же，стр.211.
③ Там же，стр.210.

民间文学中的艺术时间

1）民间文学中的民间抒情诗的时间,是一种演唱者的时间,即行吟诗人的时间。这种时间是作者本人就是演唱者、表演者,作者的时间与演唱者的时间不存在差别,是一致的。作者时间与读者时间是结合在演唱者的时间中。这种时间的本质是现在时间,是抒情歌曲演唱者此刻的时间。不管抒情歌曲中的时间在语法形式上是过去还是将来,但就艺术时间来说都从属于现在。

2）民间文学中的童话时间是封闭时间。童话时间与抒情歌曲的时间全然不同：抒情歌曲歌颂的是现在,而童话说的是过去,说的是过去存在的某件事儿。童话时间与情节时间紧密相连。常常用时间副词来表现某一时段,如"一年后""一天后""第二天",时间的间断是情节发展过程中的停顿。童话时间的情节发展方向是一直向前的,没有回流、逆转。因此在童话中没有静态描写,即使在描写大自然景色时,也是在运动中。关于此点,利哈乔夫引用阿扎多夫斯基的话说："童话中的风景描写,自然形象相当贫乏。在传统的童话诗学中风景描写的作用十分渺小,一般只是点到为止。有的研究家甚至指出,'自然风景描写与民间诗歌格格不入'。"① 这种情况完全是因为童话时间是封闭的,它囿于自身的情节中,与历史时间关系甚少之故。

3）壮士歌的史诗时间。壮士歌也与其他民间文学体裁一样,没有作者时间。它们也只有行动时间和执行者时间。壮士歌的行动时间也像童话时间一样,只关注过去,也是封闭时间。但壮士歌的封闭时间与童话不同。其主要区别不仅是封闭,而且具有双重封闭性。利哈乔夫这样写道："第一,史诗时间本身是封闭时间,它在俄罗斯历史中仿佛是座'孤岛',没有任何过渡,没有与其他俄国历史相联系；第二,壮士歌的行为也是封闭的。它像童话一样,这一故事情节始也以这一故事情节终。在大多数情况下,壮士歌以这位壮士的功勋作为结尾。"②

4）哀歌的仪式时间。哀歌的仪式艺术时间是现在时间。它是举行各种仪式的一个组成部分。仪式虽然有缅怀过去（如葬礼,缅怀死者的生平）,也有期待未来（如各种欢快的节日仪式,祈求丰收）,但仪式中的基本的东西是此刻进行的,有众多人员参加,虽然因某一事件,即使是死,在过去发生,也由此而进入现在这一时刻。

在诗歌仪式中占统治地位的现在时间,是它的即兴性。它不像其他

---

① Д.С.Лихачев.Поэтика древнерусской литературы.Изд.3-е,1979,стр.226.
② Там же,стр.230.

民间诗歌那样有固定的文本。婚礼仪式的文本比起葬礼来要固定些，因为婚礼大同小异，而葬礼各式各样，要求多种文本，才能说起人生的悲哀事件。所以，葬礼哀歌文本中的现在，是伴随着现实的变化，是最即兴的一种形式。这么看来，哀歌的艺术现在时间是反映着现实的现在时间。这个现在时间不是假定的现在时间，而是真实时间，它也不是现在时间的错觉，而是现实。因为它服务于此刻发生的事件。

至于祈求仪式中颂歌的现在时间，针对的是确定的主人。"新年前夜表演的祈求五谷丰登的颂歌，是针对每一个主人。"利哈乔夫引用科尔帕科娃的话证实道。这些颂歌为的是祈求今年丰收，这些主人的丰收，他们的庄稼有个好收成。不管祈求颂歌的形式是多么传统，它们的每一位新的表演者都是一种即兴表演，也不管其文本没有任何变化。即兴把旧文本应用到现在的一个完全具体的、个体的新情况。

从上面四种民间文学的体裁中可以看出，它们的艺术时间是封闭的，封闭在自身的情节时间中，封闭在即兴中，即兴的哭泣，即兴的祈求。由于封闭性，这种艺术时间是可重复的，即循环性。这样，它与历史时间没有多大联系。不可能转化成历史时间流，即使后一种的祈求，这种未来性也严格地限制在现在当中。

这就是民间诗歌的艺术时间的特点。

古俄罗斯文学中的艺术时间

1）文学体裁艺术时间的封闭性。古俄罗斯文学中的艺术时间与新时代文学中的艺术时间有着本质区别。利哈乔夫认为，在古俄罗斯文学中，时间的主体层面还未开发。（我们在前面已经提过有的学者对此提出异议，在中世纪，即古俄罗斯文学时期已经有了时间的主观层面。在这里，我们只阐释利哈乔夫的观点。）他认为，古俄罗斯的作者力求客观地描写存在的时间，不依赖于这个人或那个人对时间的知觉。时间在客观现实中是存在的，即使现在发生的时间也被看作与时间的主体毫无关系。在这种情况下，时间不是人的意识现象，因此在古俄罗斯文学中也不存在通过改变故事的进展速度来创造叙述"心情"的企图。这么看来，利哈乔夫似乎看不到作品中叙述的快与慢？不是的，只要阅读任何文学作品，都会遇到叙述速度问题。但利哈乔夫却是这么看待的："叙述时间的快或慢，取决于叙述自身的要求。"①他接着说，当叙述者力求传达事件的全部细节时，叙述仿佛是慢吞吞的，当对话进入行动，当出场人物独白或这个独白变成内

---

① Д.С.Лихачев.Поэтика древнерусской литературы.Изд.3-е,1979,стр.248.

省时,当叙述式祈祷时,它就是缓慢的。因此他得出"古俄罗斯文学的叙述速度在很大程度上取决于叙述本身的充盈程度,而不是依赖于作家创造某种心情的愿望,不依赖于为创造各种不同艺术效果而驾驭时间的努力。"所以,古俄罗斯文学带有更多的客观性和史诗性、历史性。利哈乔夫的这一观点是站得住脚的。我们常说的"有话即长,无话即短"也是这个道理。但完全排除主体的激情,恐怕大有商榷之处。

任何文学作品都在时间中展开。我们在阅读作品时,也是从开始向结尾运动。

这是文学作品最本质的特征之一,是读者对作品的知觉。然而,这一原则常常被打破。原因是还存在着另一个原则:文学作品对读者来说,同时又作为一个统一体而存在。这种统一体的出现,往往是在读者最终读完了作品之后才出现。而多次的重复阅读只能加深对这个统一体的知觉程度。所以这么说来,文学作品由于自身在时间中的存在而具有了非时间性。非时间性是对时间性的破坏。这表现在以纵向结构原则进入文学中。与此相关在古俄罗斯文学中,极为常见的是编年史、年代记事、圣徒传、日读月书、帕利亚书等等,这种纯粹工匠式的把作品机械地组合在一起的做法,使得古俄罗斯文学作品的封闭性,被撕开一个缺口。利哈乔夫认为,古俄罗斯文学作品的时间与民间文学的史诗时间的不同,就在这里。

不管利哈乔夫如何阐释,古俄罗斯文学作品中的时间的快与慢,停顿与重复、循环等,其时间技巧是存在的,不像民间文学那样一味的囿于自身的史诗时间。无可置疑,这是文学发展史上的一种进步。

2)编年史时间。文学体裁首次进入与情节时间的封闭性作剧烈冲突的是编年史。编年史中的时间不是统一的。不同的编年史,编年史的不同部分,在其多世纪的存在过程中反映着形形色色的时间体系。在俄国的编年史中,存在着两种时间观,一是史诗的时间观,二是新历史中的时间观,也就是编年史的时间观。利哈乔夫认为,这两种时间观的斗争持续了几百年,只有到了16世纪,作为一致性的时间新意识才战胜了史诗的时间观,统治了整个俄国大地和整个世界史。在16世纪之前,史诗时间仿佛囿于情节,为情节所限。时间的线路是在统一的通常只有一个壮士歌情节界线内发展。与历史时间的联系也只是指出时代:壮士歌的行为也只发生在某种假定的俄国国家里,因而时间也是假定的时间:在什么遥远的过去,与那一时代没有任何关系,没有任何过渡。而到了16-17世纪的历史歌曲中已经不存在这种史诗时间了,历史歌曲反映着阶段性的更加新的历史意识。民间文学时间的封闭性在历史歌曲中已经开始破坏。其事件与那个时代结合起来了。

作品中的艺术时间走出史诗时间的过程中首先遇上"地域时间",这种地域时间仿佛为王公领地所分割。因而这种时间表现在文学作品中是各不相同的时间序列的共存,而且具有历史的、具体的、开放的、多样性性质。然而,在封建割据的情况下,全俄编年史中的时间的一致性,往往是机械的,硬凑在一起,有时会出错,不过这种编年史时间反映了那一时期封建国家的离心力和向心力之间的矛盾。

3) 布道文学的"永恒"时间。中世纪俄国的布道文学,特别是教会文学,其艺术时间往往具有"永恒性"。因为,这种时间与圣经时间、教会时间、异教时间、还有神话时间(我们在论述中世纪的时间概念时均已提及)都有千丝万缕的联系。"永恒性"是一种非时间的形式。我们在谈及古俄罗斯文学时已经谈到,这种文学不描写现实的变化,虽然也描写了各民族之间风俗习惯的不同,但没有注意到在历史发展过程中它们的变化。非时间性的另一个层面就是统一的、历史的和时间的现象的永恒涵义。从古俄罗斯作者的观点看来,世上存在着两个世界——天堂与人间的相关性。人间的时间世界具有非时间性的超涵义。而这种涵义,在那些作者看来,是具体的,真实存在的。所以,作家在偶然的暂时中,看到了永恒,而对不变和恒常中没有注意到时间的和地域的变化,其具体表现是对"现在"的迷恋。如圣经中的事件,虽然指的是过去,但同时又说的是现在的事实。我们在基里尔·图洛夫斯基对复活节后第一个星期的布道词中,强调一切发生的事儿都是现在,这一天,这一时刻:

"Д н е с ь ветхая конець прияша...Н ы н е небеса просветишася...Н ы н е солнце красуяся к высоте въсходить и радуяся землю огреваеть...Н ы н я луна с вышняго съступивши степени болшему светилу честь подаваеть ...Н ы н я зима греховная покаяниемь престала есть и лед неверия богоразумиемь растаяся...Д н е с ь весна красуеться оживляющи земное естьство .и бурьнии ветри тихо повевающе плоды гобъзують, и земля семена питающи зеленую траву ражаеть...Н ы н я новоражаеми агньци и уньци быстро путь перуще скачють и скоро к матерем възвращающеся веселяться...Н ы н я древа леторасли испущають, и цветы благоухания процвитають..."①

---

① Д.С.Лихачев.Поэтика древнерусской литературы.Изд.3-е, 1979, стр.272.

从上述引文中可以看到，虽然说的是一连串事件，过去的一天结束令人高兴……天已放光……红日东升，大地和暖……月儿从草原上升起，月光如洗……烦人的冬天已经退去，坚冰也在融化……这一连串先后事件的前面都加上一个副词：今天，此刻，现在等等。可见，创世纪的事件被作者赋予了现在正在完成的涵义，解释着宇宙的状态以及人类对上帝的虔诚。这些事件是在"永恒"的标志下完成，并将永远存在。圣经时间对布道文学时间的影响可见一斑。

4）陀思妥耶夫斯基作品中的"编年史时间"。19世纪被利哈乔夫看作是新文学时代。这一时代文学作品中的艺术时间问题，作者论述了冈察洛夫、陀思妥耶夫斯基和谢德林三位作家的作品。在这里我们只想对陀思妥耶夫斯基作品作一介绍。因为，下一编论述的巴赫金的艺术时空观，对陀思妥耶夫斯基的作品的阐释是重点，我们可以加以对比，更能理解陀思妥耶夫斯基的艺术时空观。

我们知道，对陀思妥耶夫斯基作品的艺术时间的研究，开始得很早。20世纪20年代就有学者对他进行了研究，如采特林的《陀思妥耶夫斯基长篇小说中的时间》，还有，巴赫金在《陀思妥耶夫斯基的创作问题》中也谈及时间问题。利哈乔夫认为采特林的文章中所得出的结论是正确的，且有十分有趣。采特林在文章中谈及陀思妥耶夫斯基作品中时间的长度，论及叙述速度以及行为的速度，而且计算出天和小时。而利哈乔夫认为，一个作家如果对时间问题兴趣不大，那么他只能满足于艺术时间的传统形式而已，而陀思妥耶夫斯基不是这样的人，他认为艺术时间是他艺术描绘最本质方面之一。他常常寻找新的形式来描绘一个点向另一个点的转化过程、行动和长度，来创造一种戏剧性的紧张度。对他来说，时间问题是与永恒、非时间性问题联系在一起的。时间是他实现永恒的一种形式。通过时间来猜测永恒，揭示永恒和非时间性。利哈乔夫就是如此来论说陀思妥耶夫斯基的作品的。他想以此把陀思妥耶夫斯基与古俄罗斯作家描写时间的原则联系在一起，即把继承与创新结合在一起。因此，他把陀思妥耶夫斯基作品中的时间界定为"编年史时间"。

我们在上面的古俄罗斯文学中得知编年史时间的特性不是统一的。不同的编年史，各编年史的不同部分，都反映着其存在过程中形形色色的时间体系。编年史的这种时间特性，被陀思妥耶夫斯基拿来为己所用。所以我们看到，利哈乔夫在陀氏的编年史时间上打上了引号，这说明了陀氏的编年史时间是与古俄罗斯文学中编年史时间具有不同的性质。

下面我们来看看它们的异同点。

我们知道，所谓编年史，就是把现实中发生的事件，尤其是重大事件及时地、迅速地记录下来，形成一种以记年方式的历史记事，一切都处于现在、当下之中（如前面引过的布道文学的"现在"那样）。这是编年史的最大特色。这似乎与陀氏的长篇小说大相径庭。因为我们知道，陀思妥耶夫斯基是以描写心理现实著称，是心理现实主义小说的开拓者。这种心理主义是与对历史事件的写实主义大相径庭。因此，把陀思妥耶夫斯基的小说时间看作是编年史时间，实为牵强。不过，我们看到，陀思妥耶夫斯基在其作品中，往往创造了一个想象的新闻栏编辑或编年史编撰者，来把尘世间刚发生的或正在发生的事儿记下来。行为发生的时间与记录下这个行为的时间间隔十分小，有的可以说是紧随其后，"接踵"而作。即使以前发生的事儿，他也以"现在"的形式记录下来，例如，在《被侮辱和被损害的》中，他写道："我现在不能像先前那样按照顺序往下叙述了。我现在记述的所有这些往事，都发生在很久以前，然而时至今日，我依然怀着如此沉重而揪心的苦恼回忆着这个苍白憔悴的小脸蛋……"就这一点而论，也就是用"现在"，即刻记录事件而论，与上面提及的布道文学的编年史时间颇为类似。

《穷人》是书信体长篇小说。书中两位主人公相互间往来书信一天一次，有时一天二次，这就使得他们交换信息不是遥远的过去，而是写信发生时刻的事件。每一封信都成了内心独白。两个主人公都处在不断的对话状态中，这种对话时间伴随着行为，就是这一行为的组成部分。当然，这种交换信件不是真实的，再者主人公们也没有这么高的文化水平和修养。毫无疑问，是陀思妥耶夫斯基借用他们的嘴说出自己的心声。在《少年》中，他通过一个想象的作者，一个喜欢记日记的业余作家，力求记下接近发生时刻的事件。在《普罗哈尔琴先生》中的想象作者，称自己是一位"传记作者"，《诚实的贼》的副标题是"陌生人手记"，《圣诞枞树和婚礼》的副标题也是"一个陌生人的手记"，而《白夜》的副标题则是"一个幻想家的回忆"，《小英雄》的副标题是"出自陌生人的回忆录"，《涅托奇卡·涅兹娃诺娃》是她本人的手记，《舅舅的梦》的副标题是出自摩尔多索夫的编年史。这篇十分典型，这些编年史作者用简洁的形式记下了一些事件，为的是以后用作文学形象。在《被侮辱和被损害的》是一个倒霉的作家的手记与杂志，《赌徒》的副标题是"一个年轻人的看法"。这些看法写于不同时代，大部分是事件后即刻写成的，有的是即时的（"令人吃惊的信息：此刻我刚从保姆那儿听到的……"），使小说具有新闻性质。

陀思妥耶夫斯基利用这些手法来创造自己的艺术画面，创造自身新的艺术手法。这是主要的、本质的。古俄罗斯文学的编年史作者只是记录下发生的事件，而陀思妥耶夫斯基创造一个个想象的叙述者，新闻撰稿人，记录人，是为了阐明自己的观点。在这里作家本人与主人公的观点互为渗透，互为对照，如果用巴赫金的话说，是一种对话关系。不过，利哈乔夫没有提出这一论点，但他说到了陀思妥耶夫斯基作品中的复调（来自音乐用语）性质，但不同意某些人用绘画中的"逆透视"来作比；他宁可用多视点来分析陀思妥耶夫斯基作品的结构。

他认为陀思妥耶夫斯基采取"作者语言"与"叙述者语言"作快速的隐蔽性交替，把两个说故事的人混合在一起，是要对事件创造两个视点；让这两个视点"紧随"事件时，可以近观，也可以远眺，作视点间的转换，犹如电影艺术中采用的"叠化"手法，缩短或放大说故事者与他所说的事件之间的距离。这种艺术手法，是陀思妥耶夫斯基借用于文艺复兴时代之前的意大利绘画，以及拜占庭，还有俄国圣像中的手法：多视点，对整体绘画结构不存在一个视点。这让人想起气势恢宏的我国古代画家张择端的《清明上河图》的艺术结构，也是这种高超的手法。

利哈乔夫认为，与陀思妥耶夫斯基同时代的作家们，不是这种艺术手法。他们采取的只从一个视点上去描绘事件。在这种情况下，时间是不动的，说故事者（作者本人或叙述者形象）仿佛舒舒服服地坐在读者面前的一把椅子上，娓娓动听地讲述着已发生的事件。作者占有一个固定的不动的立场，一个从头至尾的见证人的立场。而陀思妥耶夫斯基的叙述者不是这样的，他全城乱跑，打听着发生的事儿，观察着，有时甚至躲在幕后窥视（如《少年》中的叙述人），有的边走边写边描绘。所以陀思妥耶夫斯基采取两个或两个以上的视点，用一种"立体视镜"，对发生的事件进行鸟瞰或作近距离观察，创造一种忙碌而混乱的效果，似乎正在发生的效果。

陀思妥耶夫斯基的这种艺术手法所创造的时间，是对时间的追寻，而不是去"消除时间"，像随后的普鲁斯特那样，对过去的事儿的回想。陀思妥耶夫斯基追寻现在，追寻正在发生的事儿。所以他写的事儿，还没有凝固了的成为过去的事儿。因此，利哈乔夫称陀思妥耶夫斯基的编年史是"一种快速的编年史""一种抒情编年史""一种现代的文学形式"[①]，不是机械地恢复艺术时间的遗忘形式，不是一种复古、仿古的叙述形式。利哈乔夫把编年史与"抒情"联系起来，是很独特的见解。

---

① Д.С.Лихачев.Поэтика древнерусской литературы.Изд.3-е，1979，стр.317.

这里，应该提一下，利哈乔夫对编年史的编撰者与陀思妥耶夫斯基的编年史对时间的本质不同作了界说。前者的编年史时间是对历史、那一时代性、事件世界的自然表现。这是一种时代的史诗的集体的意识。而在陀思妥耶夫斯基那里，编年史时间是描绘世界的艺术手段，他艺术地再造了编年史时间，像艺术家一样，在创造编年史编撰者、新闻栏记者的同时描绘了编年史时间本身；在编年史编撰者那里，编年史时间是他们的本性，他们看待世界的本性，因而在陀思妥耶夫斯基那里是大艺术家所描绘的自然风景。因此，在这种情况下，陀思妥耶夫斯基不刻意追求再现编年史编撰者的编年史时间，他只是把这古老的方法拿来在永恒的视角下叙述事件。他创造性地改造了这一方法，把它变了形，变得更加灵活机动。因此，尽管利哈乔夫没有说，实际上陀思妥耶夫斯基作品中出现了时间的狂欢化现象，时间的空间化形式。巴赫金与利哈乔夫两人对陀思妥耶夫斯基的艺术时间作了不同的阐释，但实则都归于一种时间：利哈乔夫所说的编年史时间和如巴赫金所说的历史时间，是相一致；但是，就陀思妥耶夫斯基的作品来说，利哈乔夫看到了编年史时间，强调了紧跟历史的步伐，而巴赫金则看到了陀思妥耶夫斯基作品中的时间"空间化"和"狂欢化"，"狂欢化"的实际含义是"并列"：把不同时代，不同空间的事物汇集在一起，如"加冕与脱冕""生与死"，当然，具有"现在"性质，或言之，变时间为"非时间"，或"神话时间"。巴赫金在陀思妥耶夫斯基身上看到了文学艺术发展的规律性东西，而利哈乔夫十分中肯地论述了陀思妥耶夫斯基时间观，但没有发现陀思妥耶夫斯基的那种创新性以及他对世界文学的影响。

5）最后，利哈乔夫对文学作品中的艺术时间作了总结式的论说。这点很重要，我们可以明白无误地看出他的艺术时间观。利哈乔夫认为，上述我们研究的话语艺术作品中艺术时间的不同形式，是它们与时间作斗争的形式。艺术时间力求把艺术作品排除出真实的时间，创造自己的不依赖于真实的时间的时间（是利哈乔夫最早提出"艺术时间"这一术语）。而这种斗争是为了在文学中创造"自己的"自身时间。因而从整体上说，这是一种为艺术作品永葆青春的斗争，为克服真实时间的斗争。这里，利哈乔夫提出了艺术时间对艺术发展的重要性，同时，也可以看出，他对西方现代文学对艺术时间的各种试验的赞同。不过，我们应该看到，尽管创作者力求在自己的作品中排挤掉真实时间，但由于文学作品的本质属性，真实时间是难于排挤掉的。因为我们认为，我们只能在时间的"量"上大做文章，也就是如时间的逻辑研究中对时间的 B- 序列上做文章，而对于时间的"质",对于时间的 A-序列,也就是客观规律性,是难于撼动的。科学是这样,艺术恐怕也是这样。

他还认为,艺术时间与作品的体裁关系密切(顺便提一下,巴赫金就是以时间来划分作品体裁的,我们将在下篇阐释),与艺术方法、文学观念、文学流派关系密切。所以,艺术时间的形式在不断地变化着的,而形式是多种多样的,但这些变化都与整体的话语艺术发展的共同路线紧密相连接。艺术时间的这种发展变化是朝着一个形式,那就是艺术现在时的形式发展。

与此同时,他认为,单独作品和体裁的艺术时间,目前做了众多的研究,但也必须认真对艺术时间史的研究,对时间观念史的研究以及这些观念反映到艺术作品中、文学史中的发展史的研究。原因是艺术时间是作家在他的作品中创造的那个世界的重要方面。利哈乔夫的这一观点,是他撰写《古俄罗斯文学时间诗学》一书的动机和目的,也是他对艺术时间发展史的尝试。

小结

苏联文艺学对时间的研究,其规模之宏大,范围之广泛,深度之厚重,在世界文艺学中属实罕见。我们从上面的简要论述中可以看出,他们对艺术时间的研究,触及方方面面。对艺术时间的哲学研究、诗学研究、信息论研究、系统论研究,一直到运用自然科学手段的研究,给艺术时间的本质作了深刻的解读。苏联文艺学的时间研究,竭力超出结构范畴之列,把内容与形式结合在一起。所有这些研究,可以说,是处在世界文艺学研究之前列。

我们应该首先注意到,艺术时间这一术语的确立,有着极其重大的现实意义。首先,他是在列宁的反映论原则下形成的。因为文学艺术是社会生活的一种反映。人类社会是处在时空之中的,因此把文学艺术世界置于艺术时空的框架下是合乎这一人类知识的普遍原则的。我们认为,只有在这一原则下研究艺术时间,方能正确地把握艺术时间的本质特征。其次,人处在现实时空中,毫无疑问,文学艺术的主人公也要通过艺术时间这座大门进入到艺术世界之中,都要被时空化,即巴赫金所说的赫罗诺托普化,也就是我们常说的打上时代的烙印。因此,绝不能把时间研究看成是一种纯形式研究,时间要进入主人公的形象之中。这是苏联文艺学研究所得出的正确结论。在这种情况下,我们再通过各种研究手段,运用最新科学方法,去把握它的本质。

艺术时间是人为的，人创造的，不是真实的自然时间。艺术时间打上创造者主观的烙印。因此，艺术时间具有审美性质，为审美服务，为人类服务，为社会服务。但同时，它又具有客观性质，是一种有着自身逻辑的独立的主客观结合体。过于片面地强调其中的某一方面，而忽视其中的一面都有损于对这一问题的研究。

第五章　我国文艺学的艺术时间研究

第一节　我国文艺学艺术时间研究概述

我国文艺学对时间研究，可以说是与古希腊哲学家同步进行的。我国也像西方文明史一样，有着丰富的史料。关于这点，我们已经在第一章中有所提及。

在文学艺术领域中，别看我们未像西方艺术史那样，提出眼花缭乱的时间术语，而在专门论述文学作品的时空理论方面的著作，也有待进一步发掘，但在作品的情节结构中所显现出的时空思想，仍闪烁着光芒。但因本书是研究巴赫金的艺术时空思想为主旨，因此不能像论述外国文艺学那样较为详细地涉及。对我国的情况，只能简单地谈谈。

纵观一些文艺学家的论述，对艺术时间可归纳为两个方面。其一，他们强调作品时间的整一性、有序性。如刘勰说："整派者依源，理枝者顺干""首尾周密，表里一体"（《文心雕龙·附会》）。李渔也提出"编戏有如缝衣"论，"一节偶疏，全篇之破绽出矣"（《闲情偶寄》），王骥德的"作曲，犹造宫室者然"论，"颠倒零碎，终是不成格局"（《曲律》）。但他们也反对平铺直叙，要像江河一样，总的趋势是奔向大海，内中却有回流现象，而文章的布局，要像"一大园亭然，亭台楼阁，全要人工结构矣，而疏密相间中，其空处不尽有结构也；然此处何以要疏，何以要空，即是不结构之结构。作诗亦然……"（陈衍：《石遗室诗话》）这里虽然提出回流现象，疏密相间，不结构处有结构的存在，但在时间上以及空间上的整一性、有序性，毋庸置疑。

其二，也有强调另一面的，提倡切割时间，打乱时序。清人王源在《左传评》中说："叙事之法，切不可前者前，中者中，后者后。若前者前之，中者中之，后者后之，印板耳。"如果把时序打乱，使"中者前之，后者前之，前者中之后之，使人观其首，乃身乃尾；观其身与尾，乃首乃身，如灵蛇腾雾，首尾都无定处，然后方能活泼泼也"。

从上面两个方面可以看出，我们古代在文艺理论，虽然没有提出艺术时间和空间问题，但对结构（其实时间和空间也是结构之一种）方面的研究，有独到之处，言简意赅，深刻异常，闪烁着智慧的星光。

新中国成立以来，由于我们重视对文学作品的内容研究，而忽视了形式研究。在有些文论学家看来，形式就是形式主义，马克思主义的文艺理论是反对形式主义研究的，殊不知形式与内容是不可分割的一个整体。没有内容也就无所谓形式，反之，没有形式也无所谓内容。这犹如一块硬币的两面，可以分析清楚，可以注重正面，但不能否定背面。如果真的分开，就不成为其硬币了。更何况，文学作品不是这种现象。自古以来，从辞、骚、赋、乐、歌，到后来的唐诗、宋词、元曲、小说等等的变化，在我们看来，无不是一种形式的变化。由于形式的不同，于是就有上述的区别，也造就了文学的发展历程。这样看来，文学发展史，可以说是一种形式发展史。再则，如果把形式与内容在某种程度上可以分开的话（抽象的理论思维分析可以把它们分开的），形式则占很大很重要的部分。这种情况在文学上左倾思想占统治地位的年代里是无人敢去探讨的。原因是，仿佛这是与所谓的马克思主义文艺理论相对立的。

由于这种认识论上的片面定势潮，1949年后的文学创作以及文艺学研究，在形式方面，特别是对艺术时间和空间的研究，便很少有人涉足了。文学创作方面，千人一面，而文艺学研究方面，万马齐喑。而在科学方面，物理学、生理学等自然科学对时间和空间研究，仍在紧跟世界步伐，这就使得哲学文艺学对艺术时间和空间的研究大大滞后于世界的进程。

随着改革开放之春风，西方文学以及文艺理论各种学派流入我国。首先是现代派文学，如意识流小说进入我国文坛，随后，外国文论研究者也开始对各种文艺理论流派进行介绍、批评与研究。最为明显的是对法国的新小说、叙述学、文学结构主义、解构主义以及对英美各国的文学流派，如新批评、分解主义、接受美学、阐释学、现象学等等的介绍与研究。由此一些对现代派小说，如意识流小说的时间和空间进行研究的文章，也见之于报章。很多人对普鲁斯特、福克纳、乔伊斯等人的著作中时间的切割、空间的跳跃进行了精心的分析和研究，还有对古代的如荷马、但丁等人的作品中的时间和空间进行分析等等，日益活跃，这是一方面。另一方面，原来一些从事苏联文学和文艺理论的学者们对苏联文学作品，如陀思妥耶夫斯基、托尔斯泰等人作品中艺术结构的研究以及对文艺学中对俄国形式主义的研究与介绍，对艺术时间空间研究进行研究与介绍也随之开始。这里，特别是对20世纪重要思想家巴赫金的研究与介绍……所有这些，给我们的文艺理论界带来了新气息，活跃了我国的文艺研究的氛围。因此，可以说，外国文论研究者在这方面表现得比较积极，有的研究可圈可点。而另一方面，从上个世纪80年代起，由于改革开放，现代派作家作品也进入我国文化园地，国内的一些作家纷纷效仿，采用新的写作手法和技巧，特别是对小说的布局——艺术时间和空间作了精心的安排。使得我国的文学现实画面呈现出多种形态。一些文艺理论家也对这些小说作了一些文艺学上的有益探讨。但相对来说，在有关艺术时间和空间的研究（也就是作品的结构分析）方面落后于作家的创作这一现象并未改观。我查阅了自改革开放后至90年代初的《文学评论》《外国文学研究》《外国文学评论》《文艺理论与批评》等重要刊物，发现有关时间和空间的研究的、结构研究的、节奏研究的文章属实凤毛麟角。

尽管如此，80年代以来的我国文艺学界，在艺术时间和空间的研究中，依然存在着值得我们关注的篇章。如金健人的《小说的时间观念》（《文学评论》，1985，2）一文，对我国文学作品中的时间作了分析，提出处理时间的三种方式：时序、时差、时值的分割方式。这里的时序是指时间的过去、现在和将来，他采用的术语是"叙事时序"和"事态时序"（按：其实是"情节时间"与"本事时间"）之间关系的处理；时差是指物理时间与想象时间之差异，如，对"洞中方一日，世上已千年"的描写（按：把它看成"时差"，实属牵强，其实是一种神话时间）；时值是指心理知觉时间之长短，如同一时间，有的人觉得瞬息而过，有的人觉得度日如年（按：其实，这是一种心理时间）。而作家对某一事件的描写，有时一笔带过，有时则洋洋数十页的冗长描写也包括在内（按：其实是叙述节奏问题："有话则长，无话则短"）。与此同时，他还在时间的多层次上提出作品中存在的"向心时间"与"离心时间"，"内部时间"与"外部时间"（其实是情节时间与本事时间）的区别。一言以蔽之，文章不失为新鲜感。但其中有的论说却难免失之偏颇。我们应该知道，小说中的时间全部是观念时间，即使里面有具体的日期，如他对《包法利夫人》中外部时间的分析，也是一种象征意义，不是像他说的那样真的是物理时间；再者，作者把日期说得越具体，就越带有象征意义、隐喻性质，"激情效应"，也就是越在打马虎眼，越在愚弄读者。即使有的作家隐蔽了日期，如我国的古代小说，但在读者的眼中也未必没有反映出作品的时代，没有与历史时间相联系。具体的日期不是表明真的就是历史上的那个日期，因为，那是虚构的小说事件，不是真实的历史事件。这里的时间除了其在作品中组织叙述功能外，只能是起个象征与寓意的作用。无论是《红与黑》、巴尔扎克的作品，还是没写明日期的别的小说，小说家的作品中的事件是虚构的事件，不能具体地与当时的情况对上号，否则，是犯了个庸俗社会学的错误。即使是科幻小说，虽然描写的是未来时光，日期更是个象征意义，如许多科幻作品依据的是爱因斯坦的相对论时空观，而在相对论出现之前的作品中，常常见到异常时间，只能说它是一种想象时间、神话时间，与爱因斯坦的相对论时间毫不相干。不能与相对论时空观联系在一起。还有1981年《文学评论》第三期《探索生活意义的隽永诗篇——谈〈人到中年〉的结构艺术和典型创造》一文中，谈到"作者通过在上下章之间，设置环扣——特定的话语、物件、音响——前后呼应的办法，把时间顺序并不相衔，情节逻辑上并不连贯的一系列生活图景，巧妙地经纬穿插，网络编织……"（按：其实是时间的"空间化"，时间的并列）；还有徐志祥的《小说节奏试论》对节奏问题、时间问题作了有益的探讨。《外国文学评论》（1988，2）中，赵毅衡的《小说中的时间、空间与因果》一文，把时间和空间放在叙述学视角下进行研究，对小说中的时间变形、时序与因果，非时间化等手法，结合国内外文学作品作了分析，值得一读。

在这里，还值得一提的是一生从事我国古代诗词研究的学者张国伟先生的文章《杜甫诗中的艺术时空》[①]一文。我们知道，抒情诗中的时间是一种十分心理化的时间，正是在诗人的笔下，变化无常的东西被赋予了永久性的恒定的东西，而不变的东西在这里，却是变化异常。因此，对它的时间很难捉摸，对它的研究和把握也是十分困难的。因而在我国的文艺学界，很少涉及抒情诗的时间研究。因此，我们可以说，张国伟先生的这篇文章，是具有创新性的、难得一见的文章。此文对杜甫诗中的时空形态所作的描述，颇具精到，也颇具特色。作者结合杜甫的创作实践，认为在其诗作中具有下列特征：第一，超越有限，延伸到无限；第二，对时空自由调动，任易伸缩；第三，对时空灵活转换，巧妙组合；第四，虚实相生，疏密相间。作者以杜甫的诗句来印证上述特色，并认为，这是杜甫巧用心理变化，善用鲜明对比以及"埋没意绪"的结果。因此，我认为，这是一篇有理有据、令人信服的研究古代诗人诗歌的时空方面的文章。对这一问题感兴趣的受众，不去读它，实有遗珠之憾。

然而，我们认为，杜甫在文艺学界被视为是现实主义诗人，而不是像李白那样的浪漫主义作家。尽管如此，只要是诗人，即使他所写的是叙事诗，也是以心理时间或曰想象时间来组织文章画面或抒发内心情感，更不用说抒情诗了。心理时间或想象时间是抒情诗创作的专利。我们也可以把这种想象时间具体到作品中时，可称作时间的"空间化"，就是以

[①] 《杜甫研究学刊》，1992年，第一期。

"点""先与后""早与晚"、瞬间等时间范畴来组织作品。因此,这种画面上表现出时间、空间的转换、变化、切割等等不一定都是"随心所欲"的。因为,作为现实主义诗人,恰恰使这种"随心所欲"受现实时间的制约,使得作品中的艺术时间呈现出开放性的、历史的、自然的、社会的、日常生活的时间形态,不像浪漫主义诗人那样,表现出囿于自身、封闭性的想象的时间形态。而在杜甫那里,心理时间与现实社会时间、历史时间互为渗透,有时不分你我,有时此强彼弱,有时此弱彼强,呈现出五色缤纷的时间形态来。笔者认为,恰恰在这里,表现出杜甫诗歌中的这种历史时空形态,让他在我国的诗歌史上独树一帜。在杜甫的抒情诗歌中,现实的日常时间制约着他的创作思维。也就是说,作品中的艺术时间受到日常时序的制约。我们可举一例,如,《后出塞五首》中其二的诗篇:

朝进东门营,暮上河阳桥。落日照大旗,马鸣风萧萧。平沙列万幕,部伍各见招。中天悬明月,令严夜寂寥。悲笳数声动,壮士惨不骄。借问大将谁,恐是霍嫖姚。

从此篇可以看出,作者以日常时间为序,依次画出了日暮,傍黑,月夜三幅图景,时间层次井然,步步生辉,写景抒情。真乃"千古不可得"的绝唱。这种时序,我们若与别的抒情诗相比,可相对地称为"强"时序,画面是按时序的先后来建构的,虽然它隐而不见,作空间的描绘,仍然见出时间的流动。这种心理时间是受日常生活时间所控制,未见空间的变换见出时间的"早—晚"或"晚—早"的频繁变化而打乱了时序。更不用说那些直面现实的诗篇,如"三吏""三别",如,《茅屋为秋风所破歌》:八月秋高,北风肆虐,卷去杜甫草堂上的三重茅草,而此时茅草又为村中顽童抢走,杜甫老人回屋只能自叹息。身无住处的他感慨万分,倘若天底下有千万间大厦,让天下寒士不受寒冷,即使他自己冻死也无足惜!这种现实的画面,现实的时空,在杜甫的诗歌中比比皆是。这是一种超强时序的艺术时间形态,其实,变成了一种叙事抒情诗。在唐朝,我们还可举其他诗人的抒情作品,虽没有杜甫那种超强时序的艺术时间,但时间的统摄作用是存在的,这也可以认为是一种较强的时序。例如,在王维的《山中送别》中也可以看到这种时间的存在:

山中相送罢,日暮掩柴扉。春草明年绿,王孙归不归?

这里,对人的思维控制,头等重要的是时序。这种时序是生活时间、社会时间、习俗时间。作者因离别时想到能否再相逢，心理时间符合日常生活时间的时序，而且十分明显：在山中与友人告别，后回家，想到明年是否再来。即使是浪漫主义诗人李白，现实的时间是主线，依然制约着他的思维，贯穿于诗中，如他的《下终南山过斛斯山人宿置酒》：

暮从碧山下，山月随人归。却顾所来径，苍苍横翠微。相携及田家，童稚开荆扉。绿竹入幽径，青萝拂行衣。欢言得所憩，美酒聊共挥。长歌吟松风，曲尽河星稀。我醉君复乐，陶然共忘机。

李白的这首饮酒诗，是抒发情感的诗篇，但我们只从时间上分析，是一篇贯穿始终的两个字，就是时间、日常生活时间。从日暮写到夜间。时间在这里，依然是诗篇的主脉。当然，这种时间是用空间场景的转换来实现的，从山上一路走来到了田家，画面随时间的推移而变化，而时间因场景的变化而显现。抒情诗歌的节奏和布局结构是由日常生活时间来控制的。

以时间为主线而进行的抒情诗构思，令人感兴趣的，我们还能在唐朝诗人孙逖的《宿云门寺阁》中可见一斑：

香阁东山下，烟花象外幽。悬灯千嶂夕，卷幔五湖秋。画壁余鸿雁，纱窗宿斗牛。更疑天路近，梦与白云游。

读者如果仔细分析，便可看出，这里虽然涉及时间用语的词儿不多，只有一个"夕"，但以时间、日常生活时间为主线、为时序的十分明显：依次叙述作者未到云门寺，入寺阁，睡下前及入梦，写足投宿全过程的景色描写和抒发自己的感受。其实，相比而言，这也是一篇"强"时序的作品。当然，这种时间的变化与空间的转换紧密结合在一起的，也可以说，时间是以空间为特征的。诗人开始时勾勒出一幅云门寺的远景图。一座阁楼坐落在东山下，那儿地势高峻，云雾缭绕，处在一片苍茫暮色的雾霭之中，后入阁后凭窗远眺，想象起窗外的景色。这里，主要是想象，在悬挂的灯笼之中壁立的千重叠嶂和浩淼的五湖（即太湖），紧接着在未沉睡之前，所见室内墙上壁画剥落，尚能见到大雁飞舞，而天空中闪烁的繁星，则似镶嵌在窗口一般。这时，诗人昏昏欲睡，进入梦乡，遨游天空，与白云作伴。抒情诗的叙述和天马行空的想象，依然摆脱不了日常时间的束缚。

我们简单地引用上面几首诗歌，无非想说明，在有的抒情诗中，尽管是心理时间在流动，但有时也与日常生活时间、社会时间、历史时间相结合，日常的社会的时间在作品中是难以抹杀的。但我们应该看出，在抒情诗中更多的是存在着不与历史时间、日常时间相关的心理时间、想象时间、神话时间等等非现实时间，这是一种"弱时序"的时间。我们再强调一次，诗歌时间往往是由空间的转换表现出时序的。时间的"空间化"在抒情诗歌中则分外分明。

从这里我们说，包括诗歌在内的文学是时间的奴隶，时间也是文学乃至诗歌的生命。有的学者说，如果没有时间的参与，连一句话也说不成。这是千真万确的，世上的一切都摆脱不了时间的控制。当然，我们说精神不死，心灵不灭，似乎摆脱了时间的羁绊。但我们认为，这则是以另一种方式的时间束缚，也就是时间中的非时间形式的存在，而不是零时间，没有时间，也就是下面在论及巴赫金对陀思妥耶夫斯基作品的特点是要谈及的：时间的"空间化"手法。

从20世纪80年代开始，我本人在研究巴赫金之前一直关注艺术时间和空间问题，对文学作品中的时间和空间作了一些探讨与研究。当时曾设想，从苏联文艺学的时间和空间研究入手，再到西方的，再回到国内的；不但要关注文艺学中的时间研究问题，而且更要研究具体的文学作品中的艺术时间问题，以及作者的时空哲学思想问题。若如此，就能使得该研究形成一个庞大的时间和空间的结构体系。不过，几十年来，笔者只发表了一些研究文章，诸如：《观古今于须臾，抚四海于一瞬——关于艺术时间研究的思考》《苏联文艺学中的艺术时间研究》《巴赫金的"赫罗诺托普"理论》《巴赫金的"赫罗诺托普"理论根源初探》《文学作品中艺术时空结构类型刍议》《叙事作品的时间层面》《关于艺术中的时间问题》《文学作品能指时间与所指时间研究》《西方文艺学艺术时间研究模式刍议》等等，并且，对艺术时间和空间的一些本质、属性，以及作品画面的时间作了初步的有益的尝试性分析和探讨。尽管如此，未能构筑成一个庞大的分析时间体系，本研究试图竭力去弥补这方面的遗憾。

综上所述，我国的艺术时间研究还是处在一种零敲碎打的态势，只凭一些研究者的个人兴趣和爱好出发，没有形成一股合力；在文艺理论界，对这一问题的重要性，还没有得到足够的认识，像苏联文艺学在60年代之后所做的那样。对艺术时间和空间进行有组织有系统的综合研究，还得假以时日。

下面，就我国进入改革开放以来，鄙人在各刊物上发表的有关艺术时间研究作一番梳理。

第二节　艺术时间的组织和描绘功能

艺术时间在作品中的组织功能和描绘功能，与哲学层面上处理时间的两种方法是遥想呼应的。我们在第一编中对马克塔伽特、莱亨巴赫等人的时间逻辑问题作了分析。他们提出时间在哲学上的两个层面，即 A-序列和 B-序列，是作为时间本质来对待的。A-序列的特征是时间的顺序，即过去——现在——将来的流程；而 B-序列的特征则说的是时间的先与后，早与晚，是时间的点。一个是动态的，一个是静态。若同文艺学中的艺术时间联系在一起，那么，前者是时间，后者则说的是空间，也可以说，是时间的"空间化"。20 世纪的文学文本的时间研究，都可归入 A-序列与 B-序列。这样，我们可以归纳为，第一是时间的组织情节的功能，即作为叙述进程的加速器和减速器的功能；第二，时间的描绘功能，即对读者的知觉的直接和间接作用的激情功能；第三，空间的组织功能。这是对时间组织功能的否定。在这里，爱因斯坦的把时间作为空间的第四维的相对论观点不具本质作用。

现在来看看第一功能，即时间组织作品的功能。这个功能一直是作家、文艺学家所关注的对象，特别是 20 世纪作家、文艺学家对作品的结构做了精心而广泛的研究。我们在前面已经谈及的作家的作品和学者的研究成果（如作家有菲尔丁、斯特恩、新小说派作家，以及许多文艺学家）中，多多少少均触及这个问题。在这里，我们只想进一步明确一下托马舍夫斯基的《诗学》和托多罗夫的《诗学》中对时间组织功能的论述。

在 20 世纪 20 年代，俄国学者托马舍夫斯基就提出了时间和空间的组织功能，认为这是构成作品的原则性手段。托马舍夫斯基在其《诗学》中写道："题材资料的配置有两个最重要的类型：一是资料之间的因果—时间联系；二是被叙述东西的同时性，或者题材的另一种混合是在被叙述东西没有内在的因果联系。"第一种是文本的时间—逻辑组织，第二种，托马舍夫斯基把它界定为是对"第一种的否定"，这是空间组织。当然，也存在着其他说法，有的学者把第一种的时间逻辑关系称作"强时序"，而把第二种时间关系叫作"弱时序"。如果要对作品中的时间分析，都是行得通的。

托多罗夫接过托马舍夫斯基的思想也对这个问题作了进一步的阐释。这反映在他的《诗学》一书中。现在我们来看一下托多罗夫的阐述。

第一，逻辑和时间组织。我们知道，过去的大多数艺术作品都是按时间和逻辑同时来组织的。当然，这种逻辑关系是蕴含性的，即表现为因果关系。因果关系与时间关系紧密相连,很容易混淆,一般来说,直观不以区别,只在抽象分析时才能廓清。英国文艺学家福斯特在上世纪20年代的《小说面面观》中便作了鲜明的界定,可能已成为经典,为大家所公认。他认为,任何长篇小说的因果联系构成它的情节,而时间构成叙述(故事)本身:"国王死了,随后王后也死了。"——这是叙述(故事);"国王死了,随后王后也悲伤而死。"——这是情节。这表明,在情节中,强调的是因果关系,而时间关系却被因果关系掩盖了。然而,在因果关系中,存在着时间关系。不管在每一个以因果联系建立起来的叙述(故事)中,存在着时间关系,但时间关系往往感觉不到。这是因为与这种叙述(故事)相联系的是我们不由自主地对事物的决定论目光。所以,我们一般的只见因果联系而不见时间,即使两者都存在于叙述(故事)中(从福斯特所举的例子中也可以看出,无论是叙述还是情节,都存在着时间用语"随后")。罗兰·巴尔特在谈及这点时,也是这么认为的,叙述过程的推动力既是时间流程,又是因果联系,是两者的合力,但在此后发生的阅读时,往往作为这事的因果关系来看待。可以说,类似的叙述时建立在系统地接受虚假的逻辑结论上的,把"此后"(是时间关系)看作是"因而此后"(因果关系)。在读者的眼里,逻辑关系要比时间接续强烈。如果在叙述中存在着这两者,读者只看到逻辑关系、因果关系。然而,在艺术文本中都存在着这两种联系。如果它们以纯粹形式出现,便不是文学文本了。我们知道,大事记、编年史、私人日记还有法庭文本都是以纯粹时间来组织的,显然它们不能认为是文学文本;以纯粹的因果联系组织起来的文本,如逻辑学原理体系,律师和政治演说家的理论文本。但文学是否有纯粹的时间或因果组织起来的文本呢?托多罗夫的回答是肯定的。他举了一例,如卡夫卡的《小妇人》,就是以因果联系(不是时间联系)组织的文学文本,认为它是一种照片体裁,还有其他描绘体裁(注意,既然是文学文本,就存在着时间联系,没有没有时间联系的文学作品,托多罗夫的说法值得商榷)。而纯粹以时间接续组织起来的文学文本,在他看来是乔伊斯的《尤利西斯》。他认为,《尤利西斯》中事件之间唯一的、或最重要的关系是时间的简单接续。我们时常、每分每秒被告知某地或某人意识中发生的事儿(他的这一观点也值得商榷,因为在乔伊斯的作品中,时间表现为B-序列的特征,也就是说以先—后,早—晚的时间点来构筑,这是时间的空间化小说。托马舍夫斯基就持这一观点。从哲学上说,时间逻辑学谈的也是这一问题)。经典文学中那种传统的插叙已经不存在,因为插叙要求作品中有不同纯粹时序的结构,这里的插叙只是人物的梦幻和回忆。

托多罗夫还认为,在因果联系中我们可以区分出两种对立的类型:因果组织的最小单位相互间是否有关联,或者,通过某些一般规律的方法,这些最小单位能否表现出这一规律来。他把第一种类型占优势的称之为神话叙述(故事),而把第二类型叫作意识形态叙述(故事)。第一种类型受到文学结构主义的青睐。他们认为,直接的因果关系不一定非得要归于诸事件、诸行为之间的联系。行为招致某种状态,或者相反,行为是由某种状态引起的,这些都是可能的。这时我们可以叫作"心理"叙述。而第二种意识形态叙述(故事),是指构成叙述成分没有进入相互间的直接因果联系之中。这些成分是以恒常的观念、统一的规律表现出来,有时是十分抽象的。其目的是为了表明这两种行为处在什么样的关系之中,它们的比邻关系初看起来是偶然的。但实际上,这种看起来独立和孤立的行为中,存在着意识形态的一致性。托多罗夫的这种分析,即把意识形态(或思想)引入对作品的因果分析之中,与巴赫金的观点十分接近,把他与俄国形式主义区别开来。但,在我们看来,也不存在没有思想观念的文学作品。因为,无论哪位作家,在写作时都持有一定的立场、观点。无论是神话叙述还是意识形态叙述。当然,我们也不否定它们之间的不同。

　　把因果性让位于时间性来组织布局叙事文本的手段,是作家在创作时必须考虑的事儿。这里简单提一下,如上面已经说过的18世纪的菲尔丁的《弃儿汤姆·琼斯的历史》,全书十八卷的标题都是以时间来划分的。紧接着斯特恩的《项特传》亦是如此。这两篇作品我们在上面已经作了论说。19世纪,如俄国的普希金和果戈理的文学作品,在时间上也作了创新。但是大部分传统的文学作品,虽然时间因素明显,但上面说过,由于读者的知觉原因,因果性往往掩盖了时间性。到了20世纪的文学,对早先的因果性概念作出了重大修正,也就是说,意识形态的因果性叙述淡化了,甚至想摆脱因果关系的控制。这是由于从19世纪末期开始,创作题材大大缩小,过去惯用的那些题材,如建立丰功伟绩、爱情、死亡等重大题材让位于日常生活琐事(这种情况在世界文学中是从福楼拜、契诃夫、乔伊斯开始的,但在我国恰恰相反,新中国成立后,出于政治的需要,1949年后的文学,描写的是高、大、全,充满了过分强烈的意识形态色彩,那时对中间人物论、小人物论的批判,就可证实。只是到了改革开放后,情况有了剧变),而因果性也变成了对因果性的讽刺。再者,作家,应该说那些先锋派或新小说派作家,用某种非理性的因果性来取代"健全理智"的因果性,如卡夫卡的小说,还有最新的荒诞文学。

　　诚然,时间问题实质上是因果性问题。但作家在具体应用上不能视为同一，不分轻重。从因果性方面说，我们反对的是极其鲜明露骨的因果性，而主张隐蔽的因果性。例如一个简单的句子"他扔了一块石头。窗上的玻璃碎了。"与"他扔了一块石头把窗上的玻璃打碎了。"这两个句子都存在着因果性，当然，也存在着时间性。但第一句是时间叙述，而第二句则把因果性图形化了。文学作品应该采取第一种（即时间性，而不是图形化的因果性），托多罗夫把它们看作是天才作家与庸才的分界线。这有一定的道理，但对此也不能一概而论，如侦探小说和科幻小说所采取的是第二种形式（因果性）。这种情况说是因小说体裁造成的，侦探小说如果写得隐晦，即因果性不清，会令人不得其解的。所以，经典的侦探小说有强烈的因果性，它必须阐明犯罪的动机和结果。目前，一些评论家把天才的陀思妥耶夫斯基的一些作品，如《卡拉马佐夫兄弟》，还有天才的巴尔扎克的小说，也视为侦探小说。应该说，不是什么体裁在决定小说家的才能，而是作品的叙述深度和广度。再者，无论怎么说，文学作品中的时间联系也存在着因果性关系，两者对文学作品来说都是必不可少的。因为文学作品不是自在存在，它总要说明一件事儿。文学作品的功能要求叙述建立在因果联系上。不过，作者要把因果性隐蔽起来，而读者在阅读时要寻找出因果性来。他们的关系处于相反相成之中。一部好的文学作品，还有一个天才的作家，应该让读者和作者（叙述者）在时间关系上共同来保证叙述的因果性，即完整性。

当然，叙事文学作品中的时间关系，是与事件时间紧密联系在一起的，因为，它要讲一个故事。这时的故事有开头、中间、结尾，而时间也就有过去—现在—将来。当然，这种时间连续性的程度是不同的，形形色色的。它常常是以"早些—晚些"的时间段来呈现。时间的这种组织文学作品的功能，我们简单地归纳一下，有下列几种时间关系的形式：

第一，连续性（即过去—现在—将来明显），也就是呈现出"早些—晚些""早些—晚些—晚些"的形态。这里又可分成两类：1.强连续性，它失去了事件的时间联系，仅仅表现为时间联系；2.弱联系，它存在着事件的因果联系。前者以一般传统小说为范本，后者以侦探小说为范本。

第二，非连续性（即过去—现在—将来不太明显）。它表现在时间示读点的不同，即晚些与早些的不同形态的前后安排，复调小说，诗化小说，空间小说，或曰教堂式小说。以普鲁斯特的《追忆似水年华》为范本。如果深究下去，还可以分出许多亚类型。这里不作详述细分。但是，无论哪一种，都存在着时间联系。没有时间联系，就没有任何叙事小说，即使诗歌也不例外。

时间组织作品的功能，简而言之，就是如此。

第二，时间的描绘功能。在时间的描绘功能上，可以谈及时间对读者的戏谑效果。这一效果是作家孜孜以求的目的。当然，这一效果和功能是与作家越来越关注读者参与文本的共同创造的作用紧密地联系在一起的。然而，由于种种原因，对作家的这项任务的研究，在文艺批评界尚属少见。因此，在这里有必要谈一下。

在苏联文艺理论界，对这项工作予以关注的首先是著名导演爱森斯坦（С.М.Эйзенштейн）。他在对莫泊桑《俊友》(又译：《漂亮的朋友》)的解读中，利用时间的描写功能，给读者产生了两位男女主人公（杜洛阿和西茶恩）的私奔前的强烈意识，提出了时间的"激情效应"，也就是对读者产生一种强烈的错觉感来戏谑、愚弄读者。故事是这样的：男女主人公商量好，由西茶恩去与父母说清，她非杜洛阿不嫁。若遭到父母反对，就商定当夜12点私奔，杜洛阿要求西茶恩从家后门偷偷溜出，到协和广场来找他，而他在一辆停在海军部对面的出租车里等她。在他们分手后就去准备私奔事项。在小说中莫泊桑这样写道：

在略略吃了点东西之后，他（杜洛阿）如同将要出远门似地把自己那些纸片儿整理了一番，烧掉了好些可能惹是生非的书信，又留下了另一些，末后写了几封给朋友的信。

他不时地望着那座时钟一面想着："在洼勒兑尔家里，事情应当闹翻天了。"后来他心里很着急。倘若他将来搁浅了呢？不过他能害怕什么？他将来始终是能够给自己解决困难的！然而，这一晚他正赌着一个大得了不得的输赢！

11点将近到了，他重新出了门，在街上逛了些时候，便叫了一辆马车，教它在协和广场沿着海军部的那排廊柱停下。

他不时划燃一根火柴去望自己表上的时刻。看见了12点快要到的时候，他的焦躁心简直难以控制了。他不断地从车门里伸出脑袋去望。

远处的一座时钟报着12点，随后一座比较近一点的，随后同时又有两座，末了最后一座很远的都次第报着。这最后的报完之后，他想道："这下完了，事儿弄糟了。她是不会来了。"

然而他下了决心准备等到天亮。在这类情况下应当有点耐心。

他又听见报一刻了，随后是半点，随后又是三刻；最后，所有的时钟如同刚才报12点钟一般先先后后又都报过了一点。他不能静候了，正挖空心思去猜想种种可能发生的事儿。忽然一个女人脑袋从车门口伸进来问道：

"是您吗，俊友？"

他吃了一惊,嗓子噎住了一下,后来说道:

"是您,西茶恩?"

"对呀,是我。"①

莫泊桑在这里对时间所作的如此精细的描写,根本不是天文学的时间。他所描写的时钟打了 12 点,1 点,是造成一种子夜的情绪氛围。爱森斯坦在这里提出时间的"激情效果",它作用于读者的意识和感觉,给读者以强烈印象,产生同样的焦急感受和情绪,来跟着作家走。钟声已不是对真实时间的切割,钟声不是对天文学时间的报时,它是一种功能,排调读者的功能。钟声变成一种内心感受,成为心理时间。

现代西方小说用时间来游戏读者可以说很多。我们举阿根廷的著名作家博尔赫斯的《骗人的巫术》为例。他的时间在嬉戏读者方面是十分出色的。如我国大百科全书外国文学卷中指出的:"他的小说的结构不受时间和空间的正常顺序的约束,故事在'心理时间'内展开。迷宫式荒诞离奇的情节和现实并存,虚实、真假混合,造成以虚带实,以假见真的效果。"②这里的说法仅仅讲了他的结构,即时间和空间的组织作品的功能,没有涉及它们对读者的游戏功能。作者对时间的认识是独特的,把时间看作是一种实体,一种东西,所以能用来戏耍读者。他在一篇论文《时间新论》中这样说道:"我们感到来自外部的绝望,便偷偷地安慰自己,同时否认我们行为的先后承续和天文学的宇宙。我们对个人的命运感到恐怖,不是因为它不真实,而是因为它不可逆,并且嘲弄人。时间是实体,我由它而成。时间是裹卷着我而去的河流,但这河流是我自己。时间是叼着我的猛虎,但这只猛虎是我本人。时间是吞没我的烈火,但这烈火是我自己。不幸的是,世界是真实的,而不幸的是,我是博尔赫斯。"③博尔赫斯的这种时间观,把时间看作是实体,是我本人,是事件,是一种正确的比喻。时间不是游离于事件之外的东西,时间在小说中是事件的时间,是与我,与主人公整整结合在一起。因此,可以对这一时间的再创造与其他事件结合在一起的。现在来看看已在上面提及的小说。

小说的情节是这样的:教堂的一位神父想学魔法,于是他去找多伦多的一位著名的术士唐·依兰恩求教。后者对神父说,他十分乐意教他魔法,但担心他一旦得到高官厚禄,就会背信弃义。于是神父对天发誓,一辈子

---

① 莫泊桑:《俊友》,上海译文出版社,1980 年,第 455-456 页。
② 《中国大百科全书》外国文学卷,中国大百科全书出版社,1980 年,第 169 页。
③ Ритм, пространство и время в литературе и искусстве. Л., Наука, 1974, стр.204.

也不忘恩负义。那时依兰恩就把神父领到自己书房,吩咐仆人准备晚饭用的一只山鸡。但在没有得到他的指令前不得私自烹调。这时书房里突然进来一个信童,告诉神父说,他的主教叔叔不幸突然去世。他留下遗嘱要把主教位置让与他。术士依兰恩祝贺神父高升,请求神父把他空下的缺儿留给他儿子。主教说,早先他已经把这个职位许诺给自己的弟弟了。但他马上答应术士,他不会忘记他的恩典,就带他一起去圣地亚哥。过了6个月。主教得到教皇的任命,去图鲁泽当大主教。这时,唐·依兰恩又请求神父把那个职位给他儿子。但曾经是主教现在是大主教的那个神父,找了个理由又回绝了他。两年后,大主教被任命为红衣主教。四年后红衣主教被选为教皇。唐·依兰恩再次向教皇提出他答应的事儿。那时,教皇极为愤怒,并以他当时从事魔法为由威胁要把他送进监狱。不幸的唐·依兰恩央求教皇放他回西班牙,上路前能吃点什么。但教皇连这点也不答应。那时唐·依兰恩郑重宣告,无论如何也应吃点他今天为他准备的那只山鸡。仆人进来,术士命令他去烹调山鸡。说了这话之后,教皇的大厅立即变成术士的书房,而教皇本人也成了先前的神父。

博尔赫斯用十分精确的时间,渐渐地让读者丧失了警觉性,然后一下子(让仆人去烹调山鸡)摧毁了读者的时间错觉。于是他达到了一定的效果:事件上严格的时间先后顺序,在读者的眼里是比时间里突然的位移更加虚幻。这个故事与我国的黄粱梦极为相似,是一种梦幻时间、神话时间。在这一时间中,作者揭示出人性的贪婪、背信弃义等恶习。

这种时间上的捉弄人,我们在卡夫卡的《变形记》中也能看到。卡夫卡也把精确的时间点拿来让读者相信,商品推销员格里高尔·萨姆沙变成了一只可悲的甲虫。小说的开头第一句话是

一天早晨,格里高尔·萨姆沙从不安的睡梦中醒来,发现自己躺在床上变成了一只巨大的甲虫。他仰卧着,那坚硬得像铁甲一般的背贴着床,他稍一抬头,便看见自己那穹顶似的棕色肚子成了好多块弧形的硬片,被子在肚子尖上几乎待不住了,眼看就要完全滑落下来。……

"我出了什么事啦?"他想。这可不是梦。

卡夫卡让读者相信,这不是在做梦,而是在白天。因此,作者故意用钟点来提醒读者。

他看了看那边柜子上滴滴答答响着的闹钟。"天哪!"他想。6点半,指针正在悠悠向前移动,甚至过了6点半了,都快6点3刻了。闹钟难道没有响过吗?

从床上可以看见闹钟明明是拨到四点的。……怎么办？下一班车7点钟开，要搭这一班车他就得拼命赶。……

他飞快地考虑着这一切，还是未能下决心离开这张床——闹钟恰好打响6点3刻，这时有人小心翼翼敲他床头的房门。"格里高尔，"有人喊——是母亲在喊——，"现在6点3刻，你不想出门了？"好和蔼的声音！……

"已经7点了，"方才闹钟响时他暗自思忖，"已经7点了，可是雾一直还这么重。"……他心里想："7点1刻以前我无论如何也要离开这张床。……"①

但一直没有离开。在恍惚中听到父亲、母亲、妹妹的谈话，听到公司主任秘书的到来。于是解职、失业……通篇是一种呓语，真实时间和病人的心理想象时间糅合在一起。这里，卡夫卡是用时间——钟点来为读者创造一种真实性印象，目的是为了平衡主人公格里高尔·萨姆沙变成甲虫的那种超自然性。达到了明显的错时效果，产生一种激情效果。

时间帮助作者创造对读者的激情效果，还能举出一些例子。这些作品带有科幻成分的小说，但"不是实现科学假设的可能性"，是一些幻想故事，是一些"心想事成"的童话故事。它们的时间往往是起主导作用，不讲求其他原因，时间的进展就是情节的发展。如英国小说家威尔斯的《时间机器》《隐身人》等等。

时间的"激情效果"是时间组织文学文本的功能之一。不过，在这些作品中，时间的重要性被作者更加强调罢了。

第三，空间的组织功能。以这一类型关系为基础的艺术作品，被托马舍夫斯基看作是对时间组织的否定。从文学体裁上说，通常是指诗歌而不是小说。它所呈现出来的逻辑或时间关系退居二线，而组织文本完完全全有其成分的空间的相互关系来确定，即变时间的逻辑关系"A-序列"为"早些""晚些"的B-序列（但在新时期，文学的发展呈现出一种倾向，也就是文学结构的"诗化""空间化"，其描绘手段，不仅仅是诗歌作品了）。托多罗夫认为，对文学文本作这种系统研究的是雅各布森。他对话语的一切方面，从音位到语法再到语义转义等层面的研究，形成了一个复杂的以对称、增长、对立、平行等等为基础的结构。正是这种结构在诗学意义上说可归结为空间结构。把这种结构应用于小说之中的典型例子，是普鲁斯特的作品。他称自己的那部《追忆似水年华》的结构是大教堂式的。然而，今天的文学作品，由于时间和空间叙述，都对因果性叙述产生影响，

---

① 《卡夫卡全集》，河北教育出版社，1996年，第一卷，第106—156页。

也不管作家如何想摒弃时间、因果性，那种以纯粹的这三种形式出现的文学作品是不可能存在的。我们只在纯粹事务性文本（如法律文本）中见到因果联系，在简单的历史文本中见到时间联系，而在纵横字谜中见到空间组织的形式。因此，我们可以说，无论是上面提及的被托多罗夫认为是因果联系的卡夫卡的《小妇人》，还是乔伊斯的《尤利西斯》，更不用说普鲁斯特了。尽管普鲁斯特的《追忆似水年华》被作者自己视为"教堂式"的空间结构。在我看来，摆脱不了时间的干系，就连他的书名以及书中的标题也少不了"时间"二字。

不过，存在着"空间"结构形式的文学作品。在一般的文学批评著作中，通常把但丁《神曲》的结构视为垂直的空间结构形式，而不是时间的横向水平结构形式。我们从全书的结构来说，这里可以分成地狱、净界、天堂三个世界。地狱分成九层，炼狱分成七级，天堂也有九重天。主人公在古罗马诗人维吉尔的引导下游历了地狱、净界和天堂。最后，升入超越时间和空间的净火天，同上帝一起，成为超凡入圣者。从这里可以看出，《神曲》的结构原则是空间而不是时间，我们认为，这是一种由空间组织起来的小说（更正确地说，时间被隐蔽起来了，但仍然存在着时间）。还有如《十日谈》等小说，也可归于此类。整部小说是由一个个独立的小故事组成，形成了结构上的空间化形式。

我们还可以举出两个例自来说一下他们之间的不同。我国古代的四大名著之一《西游记》，在我看来，也可归入由空间组织起来的小说。这是因为，唐僧师徒在去西天取经的路上所遇到的传奇经历，不是由时间串联起来的。这里除了开头的交代，以及一路上收服悟空、悟净、悟能，白龙马，有一点时间的方向外（其实这里的结构也是由一个个故事组成，唐僧收服孙悟空，猪八戒，沙僧，白龙马的一个个故事，它们之间没有时间上的前后承续关系，只有并列关系，是一种复调的组织原则），后来所遇到的一个个妖怪，他们的一个个故事都是自成事件，各个故事间没有前因后果，都是由不同的地点并列起来，而不是由时间组织起来的。说得极端一点，如果把后面发生的一个个故事打乱重新编排一下，并不十分影响整篇小说的总体结构，也就是说，先遇上白骨精或是别的什么妖怪，在我看来，关系不大。最后的结尾到达西天，取了经就是这本神话故事的目的。当然，这里也存在着时间，因为它是文学小说，但这里的时间，是一个个小的事件的时间，而事件有开头有结尾，也就是说，有时间。这里的时间，犹如苏联诗人马雅可夫斯基所说，是用空间的转换来表示时间的。这里的空间，也与《神曲》相似，是垂直的空间：地狱、天堂、水底龙宫，人间自然环境，妖魔洞天。这里的时间（不是某一个故事事件的时间，而是指总体的时间）是静止的、凝固的，囿于小说自身的时间。这种时间可以说没有时间上的变化，即过去、现在、将来的变化。这不但表现在故事的前后安排上可作更改（哪个前，哪个后，相对地说，可以更换），而且还表现在人物性格的变化上。唐僧师徒的人物性格，各路妖怪的性格，从他们一出场就定了形的，就由命运安排好的（这里是由观音菩萨安排的）没有发展变化的时间概念，唐僧师徒经过九九八十一难，费了多少年，多少精力，但没有在他们的生理上、生物学时间上表现出来，从这里也可以看出，时间是凝固的，人物是脸谱式的。这也是神话小说时间的一般规律。总之，《西游记》与其他神话小说的时间一样，其时间是超时间的，非时间的，是永恒的时间，是神话时间。这种时间就是空间。如果我们用时间逻辑来阐释，A-序列是时间的过去——现在——将来结构，那么，B-序列来强调时间的早些——晚些结构，那么，神话时间是属于B-序列结构的那类小说。而B-序列时间结构的小说属于空间小说（也可称为时间"空间化"小说），《西游记》是属于这样的小说，如同《神曲》一样。

　　这样，对文学作品来说，在因果性、时间性、空间性关系中，我们认为，应奉行这样一种递增的原则关系：因果性是底层，时间性次之，空间性最高（指的是时间的"空间化"形式，这里也有等级差别，如底层是《天方夜谭》《十日谈》等，更高一级是复调小说，如普鲁斯特等小说）。现代文学的"文学性"准则，大概就是这样。因而可以说，如因果关系明显的或称为图形化的，被看作是娱乐性的作品，而时间性明显的或强烈的，过去的经典作品是如此，而现代的复调小说，被看作是时间"空间化"了的作品，是长篇小说发展的方向，是更高一级的文学作品（巴赫金就是这样认为的，他对陀思妥耶夫斯基与对托尔斯泰的褒贬不一就是例证。即使在"空间化"作品中，也具有递增关系，《十日谈》的空间化是初级的，而陀思妥耶夫斯基的作品是更高一级的"空间化"）。而在文学作品中，这三种联系不可分割，三者也不可或缺，三者结合在一起构成艺术整体；但哪个主，哪个次，重点不一则形成了形形色色、千变万化的作品的结构画面。一些西方作家的创新性小说，在对待这三项原则上，把重点放在小说的"空间化"上，因而出现了许多"诗化"小说，B-序列结构的小说，是一种创新性的发展。它繁荣了小说的宝库，构成了小说发展的一定方向。我们有理由这么说。

第三节　作为被描绘的艺术时空结构类型

谈及作品的三种组织形式之后，现在来谈谈，呈现在文学作品层面上的时空结构类型，便是顺理成章的了。

艺术世界不管被描写得多么五彩缤纷、光怪陆离，它是客观世界的某种反映；不管这种反映是多么得荒诞不经，有时不可思议，也是对这一客观世界的一种审美把握。因此，艺术世界与客观真实世界存在着一定程度的类似性、可比性，这是毋庸置疑的。我们认为，这种类似性首先表现在对时间及其本质的认识与描写上。客观世界的时间是一条永远向前、奔腾不息的"河"。我们对客观时间的这一矢向的主观心理感觉以及对这一时间和空间的描绘，构成了本世纪前文学作品中艺术时间的基本特征。

20世纪自爱因斯坦相对论发现以来，时间的真实情况发生了本质性的变化。正如相对论改变了客观世界的真实时间一样，文学作品中的时间形态也随之而改变（其实，文学中的艺术时间的变化要早于相对论的发现）。时间不再是一个统一平稳而均衡的历时性的时间流了。时间的流动快与慢、停顿与倒流、断续与绵延，过去、现在、将来的时间层面的不断变化与交替跳跃，构成了艺术作品中眼花缭乱的时间形态。这就是艺术时间的特征，是作家对真实时间的审美把握的结果。

因而，呈现在艺术作品中的艺术时间不是真实的客观时间。它是一种人化了的具有审美意义的主观时间，是一种被描绘的时间。就其性质来说，艺术时间是作家头脑中的观念时间。因此，文学作品中的时间是一个观念的、审美的、为作家的头脑所重新组织加工过的、变了形的、主观化了的"真实"时间。然而这一时间和空间又具有相对的独立性，也就是说，相对地独立于客观真实的时间和空间。因此，这一时间和空间表现出一种主客观性质在结构上的整一体、不可分割性。客观的内核被主观化了，主观的东西包含着渗透着客观的成分。从直观上它是不可分割的整体，然而，若从抽象的思维角度来说，这种整一性的艺术时间又可分解的。它明显地可以分成两大成分：主观的与客观的。本文对艺术时间类型的分析，就是以这一方法论为基础的。

基于上述方法论基础，我们有条件地区分出作品中被描绘的时空的形态类型。

1）人化了的物理时空和宇宙时空

这里所说的物理时空，不是指作品（例如，一本书）作为存在物体存在于真实的物理时空中，而是指文学作品的艺术世界对客观历史事件作了真实反映的那一时空。显而易见,这一真实是概念上的真实。所以,这里所说的物理时空,更准确一点说,是概念时空。这种在概念层次上所反映的物理时空,特别在一些描写真实的历史事件的小说中,是一种常见的时空形态。作家在构建这种小说的艺术世界时(如,历史小说),往往与当时的事件相吻合。显然这种艺术时空也与真实的物理时空相吻合(当然不能完全吻合,否则,成了历史著作)。

我们可以把日常生活时空归入物理时空之中。因此,我们在作品中常见的某某年、某某月、每一天,甚至小时或早些、晚些等等时间副词所表示的时间示读点,都可归入日常的、自然的时间之中。因为,作品中的主人公就是以此为依据生活在作品世界中。这里,当然也包括在文学作品中出现的历史时间、编年史时间,尽管它们的示读点十分具体,作家要在这里营造一个具体的假象让读者相信确有其事,但这不是真实的时间和空间而具有象征符号意义而已(实质是属于后面所说的艺术符号时空)。例如,我们如果阅读作品时置身于草原之中,便身临其境,沐浴着自然风光,享受着草原气息,经历了真实的时空一般的感觉。请看下面一段屠格涅夫在《猎人笔记》中对草原的描写以及我们读后的感觉:

这是七月里的晴朗的一天,只有天气稳定的时候才能有这样的日子。从清早起天色就明朗;朝霞不像火一样燃烧,而散布着柔和的红晕。太阳——不像炎热的旱天那样火辣辣的,不像暴风雨前那样暗红色的,却显得明净清澈,灿烂可爱——从一片狭长的云底下宁静地浮出来,发出清爽的光辉,沉浸在淡紫色的云雾中。舒展着的白云上面的细边,发出像小蛇一般的闪光,这光彩如练如银。……但忽然又迸出动摇不定的光线来,——于是愉快地、庄严地、飞也似地升起那雄伟的发光体来。到了正午时候,往往出现许多有柔软的白边的、金灰色的、圆而高的云块。这些云块好像许多岛屿散布在无边地泛滥的河流中,周围环绕着纯青色的、极其清澈的支流,它们停留在原地,差不多一动也不动;在远处靠近天际的地方,这些云块相互移近,紧挨在一起,它们中间的青天已经看不见了;但是它们本身也像天空一样是蔚蓝色的,因为它们都浸透了光和热。天边的颜色是朦胧的、淡紫色的,整整一天都没有发生变化,而且四周围都是一样的;没有一个地方暗沉沉,没有一个地方酝酿着雷雨,只有有的地方挂着浅蓝色的带子:这便是正在洒着不易看出的细雨。傍晚,这些云块消失了;其中最后一批像烟气一样游移不定而略带黑色的云块,映着落日形成了玫瑰色的团块;在太阳像升起时一样宁静地落下去的地方,鲜红色的光辉短暂地照临着渐渐昏黑的大地,太白星像有人小心地擎着走的蜡烛一般悄悄地闪烁着出现在这上面。在这些日子,一切色彩都柔和起来，明净而并不鲜艳；一切都带着动人的温和感。在这些日子，天气有时热得厉害，有时田野的斜坡上甚至闷热；但是风把郁积的热气吹散、赶走，旋风——是天气稳定不变的确实的征候——形成高高的白色的柱子，沿着道路，穿过耕地游移着。在干燥而清静的空气中，散发着苦艾、割了的黑麦和荞麦的气味；甚至在入夜以前一小时还感觉不到一点湿气。这种天气是农人割麦所盼望的天气。……①

物理时空，通常是指我们赖以生存的客观世界，即宏观世界，还包括宇观世界。因此，作为文学作品的另一类十分真实的时空，我们称其为宇宙时空。

宇宙时空是指作家对星空天体的艺术描写。这种描写在物理学涵义上说是相对真实的。但我们必须看到，这种真实的描写往往带有假定性、寓意性，作家往往为抒发自己的情感或赋予这种描写的美学理想和追求而移情。故就其本质而言，宇宙时空是一种艺术抽象，诗学上的思辨。宇宙时空在歌德、雪莱、莱蒙托夫以及我国早期诗集《楚辞》等浪漫主义作家的诗歌中，均有出色的描写。

2）神话时空

神话是早期人类对世界的思考，是人类经验的总结，正因为它是人类早期的产物，原始思维的神话时空意识不同于现代意识，它首先表现为一种非世俗的时空结构。卡西勒认为，神话意识缺乏在纯粹'描述'和'真实'感觉之间、意愿和实现之间、影像和物体之间的确定界线，这样，在神话中，无微观、宏观、宇观的空间之分。它们是浑成一个整体的。②而在时间上，也无过去、现在、将来之别，没有发展与变化，时间几乎被取消，瞬间即永恒，有限即无限，生即死，死即生，循环而往复。神话时间是一种非时间性现象。这种非时间性便构成了神话时空结构的本质特征。

这种早期人类的时空意识，在神话及神话小说中得到充分的体现。我国早期的神话故事集《山海经》，有着许多荒诞不经、怪异诡秘的记载，无不是这种时空意识的反映。神话小说《西游记》里的故事，空间的垂直结构（天堂、人间、地狱、龙宫）的分立以及微观、宏观、宇观浑然一体的结合，时间的取消（悟空的长生不老以及人物性格的静态描写），便是这种意识的绝妙表现。

---

① 屠格涅夫：《猎人笔记》，上海译文出版社，1983年，第94-95页。
② 卡西勒：《语言与神话》，西方学术文库，生活・读书・新知三联书店，1988年，第37-44页。

神话时空的这一特征，构成了神话小说的本质，成为界定神话小说的准绳。目前世界文学中一股小说神话之风悄然兴起。在苏联，有艾特玛托夫、舒克申、基姆等人。拉丁美洲的魔幻现实主义小说，不乏例证。正如马尔克斯为自己小说的神话化辩护时所说的："如果马利亚神话的文学结构是其灵魂和肉体升天，那么，我的女主人公一生的文学结局为什么不能这样呢？"① 于是，我们步入了一个人与世界、人与人、人与鬼、人与神相互交汇、扑朔迷离的艺术世界。现代文学中对神话时空的热衷和回归，除了深刻的社会因素（社会矛盾、核惨祸等）外，美学和文学本身的规律也不可忽视。美学创造活动是"通过揭示出共同的结构来显示一个整体性的特征"②，而神话时空则十分出色地体现了这一整体性的共同结构。因此，正如艾特玛托夫所说，在神话背景上来考察这个生活，是艺术创作的支柱问题。③ 看来，试图通过神话时空来阐明某些现实生活中的重大问题，是艺术本身的要求。

3）知觉时空

"知觉是感性直观的非自然形式"，这是康德给知觉所下的本质定义。它表明，知觉时空是人们通过听、视、触等感觉器官的交互作用而形成的一种感性的、直观的、非自然的时空。故这种时空的主观性质十分明显，带有主观感觉的一切特征，受知觉主体的情感因素的直接制约。艺术作品中的知觉时空是通过艺术家的知觉与真实时空的交互作用而形成的。

由此可以得出，知觉时空首先作为整体结构的形式存在于文学作品之中。一篇小说，一首诗，首先在结构上体现出创作主体知觉时空的存在。一篇小说的布局，即它的时空结构，是此一形式而非彼一形式，都显示出创作主体的知觉特色，反映出知觉时空的个性化特征。

文学作品中的知觉时空，还表现在主体的想象上，故有的研究家认为，知觉时空首先表现为想象时空，然后才是视觉时空。一篇小说的布局，一幅画的构思，首先是想象的产物。想象，并非纯心灵的表现，康德认为，想象既是主体外部的，又是主体内部的经验之条件。此语表明，内心的想象，是带有客观的外部成分的。因此，我们可以读到诸如"乾坤万里眼，时序百年心"的夸大了的想象时空，也可以读到"会当凌绝顶，一览众山小"的缩小了的视觉时空。在我们古代的诗歌史上，这种随主体的激情而随心所欲的知觉时空之变化，俯拾皆是。"寂然凝虑，思接千载，

---

① А.Белорусец.Интерес к вещности.Новый мир.1986，No 3.
② 列维—斯特劳斯：《野性的思维》，商务印书馆，1987年，第33页。
③ А.Белорусец.Интерес к вещности.Новый мир.1986，No 3.

悄然动容，视通万里"。这时，知觉时空与心理时空合而为一了。

4）主观心理时空

这是与知觉时空不尽相同的另一类时空。按本质说，知觉时空属于主观时空，因为它是通过主体的感觉来反映客体的，所以，它是观念化了的。但知觉时空带有客观性质是毋庸置疑的，正因为杜甫登高远眺，方显"一览众山小"之感觉。而主观心理时空，正是作为与客观现实时空的对立面而提出的，是一种纯粹的心理表现的时空。所以，主观心理时空在艺术世界中有一种奇怪而荒诞的逻辑。我们在文学作品中，特别在诗歌中，可以看到"我走遍了整个世界，但没有找到亲爱的人""瞬间的永恒"等等这种不合逻辑的主观心理表现。

我们从歌德的一首诗句中也可以看出这一时空来："全世界都是我的世界。"主观心理时空，也像知觉时空一样，有自身的相对性，即主体的心理活动、心理节奏往往影响着这一时空的形态。当心情舒畅从容，时间流逝得不忙不慌；当主体心急如焚，连时间也难以忍受，"度日如年""一日不见如三秋兮"的名言绝句，妇孺皆知。"宝儿的一呼吸，几乎长过一年"（鲁迅），"三十分钟，便是一个轮回"（张辛欣），"一日长于百年"（艾特玛托夫），"同你一起，疯狂的年代，我已再翻阅一遍人生"（里托利尔斯基），等等，皆是主观心理时空的典型表现。

5）艺术符号时空

艺术作品是由艺术符号组成的，作家的创作一旦结束，艺术符号就被凝结，艺术时空也得以确立。那么，这一时空的特点是什么呢？

首先，从文化学角度上看，区别内部时空与外部时空是十分必要的。我们把客观世界界定为外部时空，而把作家在作品中所构筑的艺术世界称为内部时空。外部时空是作家赖以生存的时空，而内部时空则是主人公得以生存的艺术时空。内部时空从属、依赖、反映、表现外部时空，内部时空带有创作主体的道德、伦理、价值、哲学、审美、意识形态等内容。

我们必须正确理解这种内外时空的辩证关系。这是两种不同性质、不同形式、不同内涵的时空，不可混为一谈。但在它们之间的原则性界线不可抹杀的前提下，又是不可分割的。它们之间的关系就像活的有机体同周围环境的关系一样，当机体活着时，不与这一环境融为一体，似乎是"独立的"，但一旦脱离这一环境，就会死亡。因此，我们用鱼水之间的关系来比喻内外时空之间的关系，并非过喻。内部时空的发展与变化，例如，古典主义向浪漫主义的演变，后又向现实主义发展，现实主义向后现实主义，现代主义向后现代主义等等的变化，固然是文学艺术内部符号时空的变化，但它首先是在历史上发展着、变化着的社会中完成的，没有脱离开变化着的历史时空。因此，那种只看到文学内部时空的变化的观点，正像把内外时空视为同一的观点一样，是片面的。

其次，艺术符号时空的镶嵌性质。

我们认为，镶嵌是把艺术作品作为一个结构所得出的必然结果。镶嵌是构建艺术作品的手段，它与组织、安排、组合、配置一起揭示出作品的共同结构。列维—斯特劳斯在《野性的思维》中认为，"艺术家（他把他称作'修补匠'——引者）通过把事件，或者更准确地说，把事件的碎屑并合在一起来建立结构"；他还认为，"对于艺术作品来说，起始点是包括一个或数个对象和一个或数个事件的组合，美学创造活动通过揭示出共同的结构来显示一个整体性特征。"[①]

当然文学作品也不例外。文学作品的这一特征，在结构主义文论中作了详尽的研究。

然而，我们更应该知道，文学作品的镶嵌本质，也是外部客观世界的结构所决定的。因而，这与其说是手法问题，不如说是艺术观问题。巴尔扎克的现实主义，首先是深深地植根于对现实的深刻认识之中，他说："我们的世界上没有整块的东西，它们都是镶嵌而成的。"这种由客观世界结构来决定艺术世界结构的观点，无疑是洞悉了艺术的真谛。我国伟大作家鲁迅对艺术形象的镶嵌本质，是大家所熟悉的。他说："人物的模特儿也一样，没有专用过一个人，往往嘴在浙江，脸在北京，衣服在山西，是一个拼凑起来的角色。"这里的拼凑，实为镶嵌，是作品画面按一定结构比例的组合，也是艺术时空的组合。

艺术时空符号的镶嵌本质还体现在语言结构之中。这点，我们可以引巴赫金对陀思妥耶夫斯基小说的对话性语言结构的研究来加以说明。上面说过，所谓镶嵌，就是把独立的、平等的成分加以组合或配置而构成一个整体的手法。例如，绘画艺术中镶嵌艺术工艺学，以及电影艺术中的蒙太奇，均是这种手法。那么，在话语艺术中的复调小说（不仅仅是复调小说），用对话工艺来构建的小说结构亦是如此。根据巴赫金的观点，可把对话分成"大型对话"和"微型对话"。在大型对话中，作者、叙述者与主人公的关系是平等的、相对独立的，作者把主人公看作是"自在的你"，因而小说结构的一切因素处在对话之中，"全盘对白化"了。同时，这种对话也表现在主人公的内部语言之中，即"微型对话"中。这时，主人

---

① 列维—斯特劳斯：《野性的思维》，商务印书馆，1987年，第33页。

公把自己的话语与他人话语加以"并列""对立""聚拢""靠近""部分交叉"而构成同一意识。形成这一语言内部的"多声部"与"不协调",就是说,把他人话语"塞进"自己的话语中。这种"塞进",也就是镶嵌。巴赫金分析文学语言的这种镶嵌性,表现为"一个主题如何通过不同声音来展示",显示出"不同声音的配置及相互关系",形成了"一定数量的观点、思想和语言,合起来由几个不相融合的声音说出,而在每个声音里听起来都有不同"的观点。①

再次,接受者时空的奇异性。

一部文学作品是某一特定历史社会的产物,总是属于过去和异地,即像其他东西一样,进入真实的物理时空,接受存在于客观的物理时空中的接受者(即读者)的检验。由于作品原作者所创造的符号时空,与读者的时空是不同性质的时空,读者很难直接进入作者所创造的符号时空里。读者时空与作者时空是处在犹如两个圆圈相切的位置上。再则,作者在创作自身的符号时空时,或许故意留下了许多"空白"(即引发阅读者想象之空间),以及各接受者之间的个人品质、文化、伦理、道德、美学、哲学、意识形态、思维方式等的不同,即读者所处的时空的不同,便产生了对作者时空接受的奇异性。这里有不同程度的"透明性",即读者对作者意图的洞悉,也有不同程度的"创造性背离",即违背作者愿意的创造性解释,还有自诩为绝对正确的"批评性阅读",即寻找原文"客观上"是何物。因此,接受的奇异性表现为对原文的不同解释。应该看到,一切解释,只要在文本中能找到相应的理由,便是合理的,哪怕与最初的或权威性解释相对立。这里不存在对某一文本的唯一正确的阅读。一切解释都是互补性的,都是对该文本的丰富,都是对"冰山"理论的充实,都趋于对文本的完整性的把握,都是读者的自身时空尽力而去与作者的符号时空相吻合(若不是有意曲解的话)。

6)相对论时空

20世纪初期,爱因斯坦相对论的提出,打破了牛顿的绝对的时空观念,改变了真实的物理世界的画面,是时空研究步入新阶段。这一变化同时也推动了文学艺术世界时空结构的创新。一批批以爱因斯坦相对论时空观为理论依据的科幻小说及社会小说也应运而生了。

爱因斯坦相对论时空观的特征之一,是"时慢",就是说,运动着的钟表比静止放着不动的钟表走得慢。当运动着的钟表速度达到光速时,钟

---

① 参见:《巴赫金全集》,河北教育出版社,2009年,第五卷,第三章、第五章。

便不走了，时间便停止不前了。爱因斯坦说，如果把一个活的机体放在飞船里，这个小生命在作了长途高速飞行后回到原地，只起了一点小小的变化，同时，还有一个留在原地的同样的活机体，早就让位给后代了。爱因斯坦所阐明的这一原理，不但给宇宙航天学开辟了前景，使人类向宇宙进军提供了理论依据及实践的可能性，而且给一些科幻作家的创作注入新的活力，一大批科幻小说在文学舞台上出现，皆得益于此。此外，由于作家的丰富想象力，有关时间倒流（根据相对论时空观，目前世界上最大速度为光速，超光速还不存在，倒流现象还没有科学依据）的描写，也在一般的社会小说和影视剧中屡屡出现。目前我国荧屏上的穿越剧的出现，现代人穿越到古代、到清朝、秦朝，与宫廷人物相会，便是一例。这从文艺理论上说，电影艺术时空上的这种变化，是得益于巴赫金提出的复调小说理论（不同时空的并列）的直接结果，是艺术时空在这一领域开出的奇葩，使得这一领域呈现出百花争艳的景致，值得点赞。虽然在文学艺术上时空的这种形变是无可厚非，但就物理学理论上说，就有点反相对论的意味了。

在国外，相对论时空观渗入到社会小说中，可从苏联著名作家艾特玛托夫的《一日长于百年》中看出，作家在书中插入宇航员与外星人的会见。还有杰特里亚科夫的中篇小说《春愁》中，一些学生有关"猫时间"和"人时间"的对话，便是以相对论时空观为依据，表明时间的众多性。请看下面一段描述：

"在地球上大家都是同一时间。"

"怎么会是同一时间呢？我今年30岁，还年轻，猫到了30岁，就成了老太婆。既然年份对人、对猫不同，那么，秒也应是不同的。"

列夫卡对此早已深思熟虑，对这位学生的别出心裁的见解，作了有趣的归纳：

"一切都明白啦……我正在思考你的猫秒哩。在生物学里，什么东西与时间混在一起了。熊和马同样活在世上，但熊整个冬天冬眠。当你睡觉时，时间是紧缩的，甚至消失了。这样，马一生的时间要比熊多。如果换到人身上……我偶尔听说，兹纳老大娘与爱因斯坦同年生，爱因斯坦已经去世，而这位老大娘还活着，或许，不止一年哩。比比他们的时间，这里也有相对性——昏了头啦，仔细研究研究，会发现一般规律的。"

这段描写，提到了时间的"相对性""两种时间""同时性"，时间的

"紧缩""消失",可以看出,若没有爱因斯坦相对论时空观的知识,是难以想象的。但也应该看到,作者在小说中应用这种时空观(不管是科幻小说还是社会小说),都是为了表明作者的人生哲学和社会理想。

不过,我们应该注意到,有人利用爱因斯坦的相对论来玩弄时间,愚弄读者。这表现在对一些所谓超光速的描写上。有的文章这样说道:"倘能以超光速运行所导致的将是时间的倒流和因果的颠倒:女儿生出了母亲,死人爬出了棺材,弹片从爆炸地点聚拢来还原成炮弹飞回炮膛……","这并非全然妄为,内中有一定的现实基础和科学根据"。

真的有科学根据吗?我看未必。因为在宏观世界里,这是不可能的,在宇观世界里,也只有天晓得了。在宏观世界里,著名时间问题哲学家罗素说过,如果两块物体相遇、分开、再相遇,即使相对速度很大,但哪一次"早些",哪一次"晚些",是明确而没有异议的。由于在宏观世界中,两块物体的相对运动根本出现不了像光速那样的速度,因此,在空间和时间的心理学研究中,可以不必把相对论考虑在内。① 在文学中,在电影里,有时出现了奶奶比孙女还年轻的情况,但在"早些""晚些"这个界线上,仍然是清楚的。时间的本质问题,是毋庸置疑的。在文学研究中,如果摒弃时间的客观性,企图给"女儿生母亲"这类呓语冠以科学根据,势必把文学研究引入歧途。在这里,我认为,苏联文学批评家苏罗夫采夫的忠告是及时的:文学作品的时间研究,应在于"深化我们关于被分析的作品的人学内容时,才有意义。"②

7)文学假定性时空

文学时空,通常都可归入假定性时空。我在前面分出的一类"物理时空",也不过是概念上的真实时空,并非真正的物理时空,也具有某种假定性质。因为,艺术(文学)的假定性,是指艺术对现实的那种非真实的关系,即"形象对反映客体的非等同性"。③ 因此,在文学中,其假定性常常采用想象、象征、夸张、怪诞、幻想、寓意等不同表现手法。在漫长的文学发展过程中,发生着艺术参数、风格、流派的兴衰与嬗变,故而也形成了一种复杂的、带有一定特征的时空体系及类型。这里根据不同的文学流派可以归纳出相应的假定性时空类型,其主要类型如下:

A)古典主义文学的假定性时空

西方古典主义文学理论对艺术时空的要求,源于亚里士多德的时空

---

① B.Russell. *Humam knowledge, sinon and schnstery*, NewYork, 1948, p.291.
② Ю.Суровцев. Время в композиции романа. Дружба народов. 1971, № 9, стр.246.
③ Н.Г.Медведева. Художественная условность и проблема сюжетосложения.Филологические науки.1992, № 5, стр.10.

观。亚里士多德把时间作为被数的"数",所以,他眼中的时间是严格地与事物的变化和运动相适应。由于这一哲学上的时空理论,他在《诗学》中突出悲剧时间的"完整性"要求。所谓"完整性"就是指"事之有头、有中段、有尾"。同时他又提出史诗时间的"延伸性",即史诗时间要有长度。这长度"使人从头到尾一览而尽",不能只见头而不见尾;要用不同穿插点缀其中,使史诗起变化。后来,古典主义文艺理论家布瓦洛进一步发展了他的"完整性"思想,确定时间、地点、人物的整一性,即我们通常所说的"三整一律":

"我们要求艺术地布置着剧情发展;
要用一地、一天完成的一个故事,
从开头直到末尾维持着舞台充实。"

古典主义文艺批评家贺拉斯提倡模仿自然时可以虚构,但须合乎情理,切近真实,达到整体与和谐,"不论作什么,至少要做到统一、一致"。他要求诗人、小说家在作品布局时,在时间的前后不能矛盾:"他的虚构非常巧妙,虚实参差毫无破绽,因此开端和中间,中间和结尾丝毫不相矛盾。"[①]古典主义的这种要求艺术对世界的模仿,要与客观现实时空相一致的原则,是与当时的哲学思想、审美要求以及科学发展水平紧密相连的:真正的知识"直接"知觉认识客体,从本质上说是无可厚非的,但无疑它束缚了艺术想象的翅膀,也违背了艺术时空是主观时空的本质规定性。后来,直至浪漫主义文学的崛起,强调抒发感情,打破传统,贺拉斯的《诗艺》的影响才逐渐消退,但古典主义美学的"模仿"学说随着时代的变迁,尽管形式上作了种种变化,其精髓却保存至今。

B)浪漫主义文学的假定性时空

浪漫主义在某种程度上是与古典主义相对立的。古典主义重视模仿,而浪漫主义则是强调"创作激情"。别林斯基说:"从最狭隘和最本质的意义上说,浪漫主义不是别的,而是人的内在精神世界,他的内心秘而不宣的生活。浪漫主义隐秘的源泉藏在人的胸中和心中……"因此,浪漫主义是"观察乡村自然风光的一种具有感情意义的个性化认识,不仅认识它的纯朴和自然,而且认识似乎是它所固有的某种崇高的和神秘的事物……"这样看来,浪漫主义是一种"内在的、内心的方面,心灵的方面……和认

[①]《西方文论选》,伍蠡甫主编,上海译文出版社,1984年,第105页。

识自己的理性的方面"①的激情强调。由此而言，浪漫主义的艺术时空，是一种更重视内心生活、内心现实的心理时空。

因此，浪漫主义文学的艺术假定性时空，是对古典主义文学时空的反拨和超越。浪漫主义文学不鼓吹某种标准与规范，不提倡某种普遍性表现原则。它要求作家有一种特殊的表现力，内在的激情。从社会角度上说，这种表现力与社会相矛盾并以个性的解放为宗旨的。从艺术时空本身发展上说，是不能长期忍受客观时间的严格束缚的那种主观时空的高扬，是艺术时空本性的飞跃。因此，浪漫主义文学的时空，不但要比古典主义时空有更大的自由，更大的变形，而且可以说，这里的主体的心理时空与物理、宇宙时空融会贯通，现实世界与神魔世界的合二而一。因而，可以说浪漫主义的假定性时空与真实的客观时空更少联系与衔接，而更多地囿于自身内在的时空、内心时空。也可以说是一种封闭的、非历史的想象时空。不过，应该看到，这里不管主体时空如何高扬，在反映现实中是如何的变形与自由，作为现实社会矛盾产物的浪漫主义文学，依然是以现实时空为其基本结构原则，以及主人公赖以生存的条件。因此，其时间特征，依然是有序性、不可逆性以及循环性。

C）现实主义文学的假定性时空

现实主义的假定性艺术时空，可以说是对浪漫主义文学的那种膨胀了的主观心理时空某种程度的反驳。现实主义文学立足客观现实，以反映客观世界中人与人、人与社会、人与自然之间的关系为己任，故它以现实客观时空为基础，辅之于想象、寓意、夸张、荒诞等假定性手段来创造主观时空。这里，不但有物理时空、历史时空、日常生活时空、编年史时空的存在，而且还有与之相结合的想象时空、神话时空、梦幻时空、主观心理时空等多种时空形态。这里，对过去、现在、将来这样"无比冗长的时间绦虫"也进行切割，但现实主义的假定性时空，对历史持开放态度，它的时空接近历史事实，社会真实。这种现实主义的时空，正如巴尔扎克所理解的那样"文学是社会的反映。这个真理……乃是智慧的观察、深入研究民族与诗歌的历史的总结。"②他们对时间和空间的态度牢牢把握住这条原则，很有分寸。巴尔扎克的小说是这样，托尔斯泰的小说也是这样。例如他的《伊里奇之死》即是这样的小说，即使他对时间进行了切割，把结尾移到了开头，（托翁先写伊里奇之死，后再还原他的一生），但整个故事情

---

① 波斯彼洛夫：《文学原理》，生活·读书·新知三联书店，1985年，第277页。
② 巴尔扎克：《随想》（对列图什作品的评论），转引自波斯彼洛夫《文学原理》一书，第202页。

节时间脉络依然是很清晰的。

D）现代主义文学的假定性时空

现代主义文学流派繁多，情况十分复杂。我们单就其抛弃事件的因果联系而按意识的自由联想原则来构建小说而言，现代主义文学的假定性时空，无论从其范围、规模、表现手法上说，已非上述几种类型相比拟。它已完全摆脱客观时空的限制，小说中的情节结构随主体心理时空的变化而变化。时序的断续、时段的跳跃、交叉，场景的转移变化，时间示读点的取消，时间空间化的程度等等，无所不用其极，时间的荒诞性得到彻底的表现。举一例为证。有一本小说这么写到一个人在就寝时是个衰老的鳏夫，醒来时却正在举行婚礼。他从1955年的门进去，从另一扇门出来时却是1941年。还有一部法国电影，在描写法国元帅阿塔尼扬的葬礼时，棺材后面跟着的是他那早已去世的双亲。时间的荒诞性达到令人咋舌的程度。如此描写时间，如此别出心裁的"创造"，表明作家的那一怪异心理，即要对时间的权威性进行挑战，要彻底消灭时间。殊不知，没有时间性也就没有了小说与文学，摧毁时间也就消灭了文学本身。

艺术作品中的时间和空间不但是主人公赖以生存的"客观"条件，而且是作家组织故事情节、文本结构的必要手段，同时其本身又是文本的结构组成部分。因此，它比人物、故事更重要。鲍温说："时间同故事和人物具有同等重要的价值……"① 实质上是贬低了时间的意义。有的小说，可以没有故事情节，有的或许没有人物，但不能没有时间。没有时间，连起码的句子都组织不成，更谈不上文本。因此，整个文学史，是不同的作者对作品中的时间进行创造、试验、表现的过程史，也是不同文学流派的形成史。所以，我们认为，加强文学作品的艺术时间和空间的研究，是文艺学中的一个重要而迫切的任务。

第四节　文学作品中的时间类型

时间不但是被作家描绘的对象，而且是作家组织作品的手段。我们在前一节对时间的因果、时间和空间组织作了总的分析。现在我们从文学作品中去考察这两方面的具体的时间类型，可以归纳为以下几种：

1）作为组织功能的作者—叙述者时间

首先声明一点，我们这里所说的作者时间，不是处在真实时空中进

---

① 《小说家的技巧》，《世界文学》，1979年，第1期。

行冥思苦想搞创作的那个作者时间，而是指在作品中出现的作者形象的时间。前者是在真实时间中真实的人。作品中的一切东西都是他创造的。例如，《战争与和平》的作者列夫·托尔斯泰，他每天要写东西，吃饭、喝茶，与妻子儿女一起散步、游玩。年老时离家出走，客死他乡。这里说的作者时间，就是作品叙述者时间，说（讲）故事者时间，是作者的形象时间。真实的作者塑造了一个人物，即作品的主人公，也就是作品的叙述者、行动者。根据巴赫金的观点，作者就是真实的那个创作者，至于在作品中出现的那个人，不能称作作者，而应叫做叙述者、讲故事者。这是两个处在不同时空中的人。所以，按照他的观点，我们就把出现在作品中的形象，叫作叙述者。有很多时候出现这种情况，作者本人不露面，也不妄加评说，故事是由主人公的嘴说出来，行为和事件是由他来表现出来。然而，这里所出现的许多观点，都是作者本人的观点，有的则是寄托了作者的希望和理想。这种情况在陀思妥耶夫斯基的作品中尤为明显。即使在这种情况下，也不能把他们混为一谈，因为一个是创造者，另一个是被创造者，是形象。他们俩处在不同的时间和空间中，是两个完全不同性质的人。为什么要强调这一点，这是因为在过去，在庸俗社会学流行的时代（不能说，今天已销声匿迹），把两者视为同一个人（要知道，过去非常流行的文字狱就是从这种观点里滋生出来的）。我们承认作者与作者形象有某些相似的地方，有时作者用主人公的嘴说出自己的思想与观点，寄托了自己的理想，表现出自己的某些精神状态，例如，陀思妥耶夫斯基经常这么做，但不能说，他的小说中的某个人物就是他自己。再如，福楼拜就曾高喊过："爱玛就是我！"但无论怎么也不能把青春美丽、性格活泼、但想入非非，做些与当时社会道德准则背道而驰的事儿的一个少妇，能与福楼拜这个糟老头混在一起、相提并论！有些人把他们混为一谈，不外乎两种情况：一是一些文化程度有限知识水平低下的人，他们往往分不清这两者的关系而认为同一个人，最为明显的例子是上演歌剧《白毛女》中的恶霸黄世仁的演员，差一点被看戏的士兵枪杀。对于这种现象，尚且可以原谅的话，因为他们是出于"阶级感情"，这又涉及他们不懂的文艺学问题，加之在当时社会不经法院审判而剥夺他人生命者的行为的存在。但对另一些把自己视为某方面是权威的人来说，除了认识外，更要深究其别有用心的政治目的，对此更是不能容忍了。

　　所以，当我们阅读文学作品时，出现了一个叙述者、讲故事者。我们在这里说的作者时间，指的就是这一叙述者时间、讲故事者的时间。作品的故事情节就是由他来组织的。这时会出现两种情况：一是叙述者是

"他"，另一叙述者是"我"。也就是说是第三人称叙述，或第一人称叙述。这两种人称叙述都能履行作者的功能，但在功能的范围、力度不同，或曰大有区别。对于第三人称的"他"来说，不但在叙述故事，而且对故事中的前因后果，事无巨细，什么都知道。他简直像个上帝那样的无所不知、无所不晓。这就涉及视角问题了，以第三人称叙述是上帝的全视角叙事形式。另一种以第一人称"我"的叙述，这要求、限制是"我"的所见来描写。通常来说，在我之外的就不予以注意了。这是同视角叙事形式。这样来看，两种叙事形式说明了真实的作者参与到叙述者的形象中去的程度就不同了，前者要大于后者，因为前者作为上帝的全知全能，而后者，只能作为作品中行动的人出现（不能绝对化），也就是说，前者叙述更加自由些，时间和空间的自由度更大，而后者要受事件情节时间和空间的约束更紧些。即使是这样，真实的作者时间与叙述者时间也不能视为同一。即使在自传体小说中也不例外。因为这是两个不同的时间和空间的人物。因为，当我看到一匹马时，于是我说："我看到一匹马"。不能把我看到的与我所说的视为同一。这两种情况就存在着差别。因为这是两个不同时空中的存在物。已是不同性质的东西了。为什么在古希腊哲学中，有"人不能两次踏进同一条河流"中的格言，就是这个意思。这就是说，叙述者不是那个真实的作者，叙述者是作品中的形象，是那个真实的作者的"替身"。这个叙述者是以说故事者面目出现，是艺术构思的"中转器"，是作品的组织者，是形象。例如，家喻户晓的《福尔摩斯侦探集》中的福尔摩斯形象，是作品的主人公，作家围绕着他而叙述一个个破案的故事。他既是作品中的主人公又是叙述者。福尔摩斯是主人公，是叙述者，真实的作者柯南道尔应该体现在福尔摩斯身上。这就是隐含的作者。隐含的作者是形象，不是真实的处在物理时空中的作者，不是柯南道尔，不是上面所说的托尔斯泰，但在福尔摩斯身上，在《安娜·卡列尼娜》中的列文身上，能见到真实的作者的身影。这就是既不能把真实的作为写作的人的作者与存在于作品中的作者形象视为同一，又不能把他们截然绝对地隔绝开来。

以第一人称"我"来作为叙述故事、组织作品的叙述者或主人公，也是如此。例如，屠格涅夫的《猎人笔记》中的说故事者，果戈理的《两个伊凡吵架的故事》，以及鲁迅《故乡》《祝福》中的"我"，都是这样。他们只是作品构思的"中转器"，不能作为真实的存在于物理时空中的人来对待，纵然他们之间有某种联系。

那么作者—叙述者时间在作品中是什么形态呢？

作者—叙述者时间是灵活多变的，作用也不一样，有大有小。作用的大小是看他参与到故事中的程度如何而定。大者,可与故事情节时间合二而一。用第一人称来叙述的文学作品中,"我"既是作者又是作品的主人公。这种作者时间,实质上是情节时间,两种是重叠的。最为常见的是,硬派侦探小说中的"我",就是破案的执行者,"我"的时间就是小说的情节时间。有的作品,作者时间与情节时间不是一回事,是分开来的。但作者时间作为故事的一个主要情节来描写,作者的时间贯穿于事件的全过程,也就是说,作者参与到故事情节之中了。例如,郁达夫的《迟桂花》,作品中的"我"这个叙述者与故事情节虽不合二而一,但也十分重要,没有"我"的情节时间,便没有作品中另一人物的时间。还有一类作品,作者时间在作品中是次要的,但作者有自己的行动路线,作者只是事件的见证人与目击者。这时的作者时间可以从情节时间中分离出来,不影响情节时间的进程,但要影响作品的美学价值。但作者-叙述者可以与事件保持一段距离,可以采取回忆的方式——自己的回忆,别人的回忆,文件记录的回忆手法来叙述。我们在上面提及的果戈理的两个伊凡的吵架故事中,鲁迅的《阿Q正传》中,作者的"我"是作为事件的见证人出现的,而在鲁迅的《狂人日记》中,叙述人之"我"只在开场白中作一交代,后正文便采取文件的回忆方式——日记来进行的。但有的作者-叙述者也可以采取超越自己的叙述故事的手法。例如,果戈理在《旧式地主》中写道:"我不久前听说他(指伊凡诺维奇——笔者)死了。"这里果戈理要描写的作者时间要早于他叙述的故事时间,因为,当他开始叙述时,他还不知道伊凡诺维奇死了没有。在两个伊凡的吵架故事中,部分情节也早于作者的时间。当作者到达出事地点后才知道他们已经吵了架正在打官司。"……当我听到这消息的时候,好像一个闷雷打在我头上!我很久不能相信我的耳朵:公正的上帝啊!伊凡·伊凡诺维奇跟伊凡·尼基福诺维奇吵架了!……"作者在故事情节中的出现,无疑增加了作品时间的层次感、立体感、真实感,读起来使人觉得这事犹如作者亲身经历,因而也增加了作品的感染力。

2)作为描绘对象的读者时间

这里说的读者时间,不是指接受者、处在真实的物理时空中的阅读作品的读者时间,而是指作品中被作者描绘的读者时间,即把读者(或听故事者)也作为作品故事情节的一部分来对待的读者时间。正因为读者时间的被描绘性质,所以,它可长可短,可连续不断,可断断续续,也可静止不动;读者时间在多数情况下是作为未来来描写的,但也可以作为现在、甚至过去。我们在屠格涅夫的《猎人笔记》中看得十分清楚。

在《猎人笔记》中，读者被作为作品的叙述者"我"这个猎人的同路人、交谈者和朋友。叙述者把一个个主人公介绍给他。这一想象的读者时间与作品的情节时间一样，贯穿于整个故事情节，也可以说与情节时间同步。笔记从第二篇《叶尔莫莱和磨坊主妇》开始就有读者了：

……傍晚，我同猎人叶尔莫莱出去"守击"。……可是什么叫作守击，恐怕我的读者不是每个人都知道的。那么诸君，请听我说。

就这样，叙述者兼猎人的"我"就开始向读者介绍什么是"守击"。后接着写道：

我就同叶尔莫莱出去守击。但是对不起，诸君，我得先把叶尔莫莱给你们介绍一下。

下面就对农奴叶尔莫莱作了描写：对他的外貌，人品、性格，家庭情况以及对周围情况的熟知等等作了介绍以后，认为他是我难得的"猎师"，于是和他一同到伊斯塔河岸上一个很大的桦树林里去守击。在守击时，他们到了一家磨坊主人家，磨坊主妇拿出牛奶、鸡蛋、马铃薯、面包来招待他们。他们同磨坊主妇拉起家常。谈起地主资费尔科夫时，"我"看到她（阿丽娜）神色忧郁。她也认识。于是，"我"写道：

必须告诉读者，我为什么带着这样的同情心来看望阿丽娜。当我滞留在彼得堡时，偶然和资费尔科夫相识了。他占有很重要的地位，以博学和干练著名。……

下面就对资费尔科夫的为人的介绍。原来阿丽娜是他家的丫头，为他的太太服侍了十年，成年后因与彼得路希卡偷情，被剃掉头发，穿上粗布衣，发送到乡下。之后，"我"写道：

读者现在大概已经懂得我为什么带着同情心望阿丽娜了。……

后来，她嫁给了磨坊主萨维利·阿里克谢伊奇，而初次情人则当兵去了。

一群野鸭啾啾地叫着，在我们头上飞过，我们听见它们在离我们不远的河面上降落了。天已经完全黑了，而且渐渐地冷起来；夜莺在树林里响亮地叫着。我们把身体埋在干草里，就睡着了。

第二个故事就这样结束了。从这里可以看出，读者时间几乎与作者时间同步。读者一直在叙述者身边，在听其讲述。其他各篇也一样。在《塔佳娜·鲍利索夫娜和她的侄儿》一篇故事中，屠格涅夫开头这样写道：

亲爱的读者，让我牵着您的手，一同乘车出游去吧。天气晴明；五月的天空显出柔和的蔚蓝色；……白嘴鸦停在路上，向您望着，身子紧贴在地面上，等您的车子开过去了，就跳了两下，笨重地飞向一旁；……我们的车子开进了一个白桦树林里；……我们来到塔佳娜·鲍利索夫娜家里了。瞧，她已经亲自开了通风窗，在那里向我们点头了。……伯母，您好啊！

接着就介绍她的身世。然后……

呜呼！人世间尽是无常的。我讲给您听的关于我这位善良的女地主的日常生活，已经是过去的事了；支配着她家的清静，永远被破坏了。现在她家里住着一个侄儿，是从彼得堡来的美术家，已经住了一年多了。这件事是这样发生的：

八年前，塔佳娜和她的侄儿住着，生活得很安宁。有一天，一个六级文官和勋章获得者彼得·米海勒奇·别涅伏连斯基来找她，

于是别涅伏连斯基先生……但是在继续叙述之前，亲爱的读者，请让我先把这个新人物介绍给您。

下面就叙述他到来所发生的事儿。

读者如此陪伴着作者这个猎人一直到最后。现在来看看最后一篇《树林和草原》里屠格涅夫的描写。此篇开头是他准备要焚烧的一首诗的片段，接着就是这样来关照读者的：

读者对于我的笔记也许已经感到厌倦了；我赶快安慰他：约定限于已经发表的几篇为止；但是在向他告别的时候，不能不略谈几句关于打猎的话。

带了枪和狗去打猎，就本身而论，即从前所谓 fur sich，是一件绝妙的事；纵然你并不生来就是猎人，但你总是爱好自然和自由的，因此你也就不能不羡慕我们猎人。……请听我讲吧。

这里的读者已经不是与作者一起打猎的那个交谈者、做朋友的读者了。这是处在现实物理时空中的接受者-读者，故用的是第三人称。作者告诉我们要耐一下心，只让你读那些已经发表过的笔记。不过，作者-叙述者还想就打猎饶舌几句，即使你不喜欢打猎，但总喜欢自然和自由吧。于是，随后的便是作者与你的交谈，采用的是第二人称"你"的叙述，把你带到俄罗斯一年四季去草原、去白桦林打猎时的那种心旷神怡的心情。作者对这一年四季的描写，确实是一幅幅风景画，大自然的美丽风光在你眼前展现，同时也无不为屠格涅夫的功力所赞叹。到了这里，应该是笔记小说的结束了。结尾时作者写道：

但是现在应该结束了。我正好有讲到了春天：在春天容易别离，在春天，幸福的人们也会被吸引到远方去。……再见了，我的读者，祝您永远如意称心。

全书结束。在我国，张贤亮的《肖尔布拉克》中也把读者听众作为主人公的同路人来对待。在这一中篇中，由于作者的"我"不出面，由主人公的自我介绍方式，因此，读者、听众和作者合二为一。小说一开头便说："你别打瞌睡。跑长途，我最怕旁边的人睡觉。"于是用交谈方式把主人公的一生经历呈现出来。

在阐述读者的时间时，必须谈谈亨利·菲尔丁的《弃儿汤姆·琼斯的历史》一书不可。此书成书于250多年前的1749年，是世界文学中第一篇把读者时间融合进小说的结构中的小说。在每一卷的开头，菲尔丁都冠以一篇序章，相当于小说中的楔子。但与楔子不同。楔子是不包括在章节之中的，而序章则包括其内而作为其中的一章出现。虽然它们游离于小说的中心故事之外，就是说，不在汤姆·琼斯的历史故事之中。它们都是独立的杂文和论文，有的讨论、评价书中的人物或情节，但大部分与小说本身关系不大，是菲尔丁对当时的社会以及当时的英国文学界的观察和感想。这些东西不是出自主人公之口或是叙述人之口，而是作者向读者的直接议论和抒发，也就是说与读者的直接对话。这就是这本小说的特别之处，创新之处。这种结构使得作者与读者作直接的对话，在作者与读者之间建立一种亲密的关系。使得后世的真正的读者在阅读时，有身临其境的感觉，就像作者与你在对话，增加了作品的真实性。而菲尔丁对一些社会的议论，也更加深刻地理解菲尔丁的为人，丰富和深化了作品的内容。因此，这种结构不但让读者耳目一新，而且对作品的真实性和深刻的意义的发掘上起到很好的作用。

现在仅举一例，来看一下菲尔丁是如何在琼斯的历史故事中插入这种序章的。就拿第一卷第一章来说吧。第一章的章目是"本书的开场白——或者说，为这桌酒席开的菜单"。在这里，作者把奉献给读者的小说比喻为饭馆老板给顾客的菜单。这样，让顾客有自主选择的权利，挑选适合自己口味的饭菜，若都不合口味，可另找它馆。所以，作者本着这一原则，在各个卷里，每上一道菜就列出菜单来。然而，作者写道，"这里替读者准备下的食品不是别的，而是人性。尽管贤明的读者口味极其讲究，我也并不担心他们会因为我仅仅报了一道菜而诧异、挑眼，甚至不高兴。"这里菲尔丁把小说比作精神食粮了。之后又大论起饭菜于人不一，人性也不一样。作为作者的厨师要以最高的原则来满足客人，先端上乡村小菜，后摆开宫廷筵席，让顾客大饱肚腹，让读者"不忍释卷"。作了这一番长篇交代之后，就"端上这部历史的第一道菜来请读者品尝"。

第二章就开始介绍乡绅奥尔华绥及其妹妹，这种介绍和叙述用的是第三人称。而在结尾处有改用第一人称写道：

"读者诸君，在咱们同程共进之前，我觉得应该说明一下：在这部历史的全部进程中，我打算不时地离开正文，发泄议论。至于什么地方才相宜，这一层我本人比任何浅薄无知的批评家更能判断。这里，我要求他们别多管闲事，对于与他们无关的事少来插嘴。在他们没有树立起法官的威信之前，我是决不请他们来裁判的。"

至此第二章结束。

如此看来，菲尔丁把读者紧紧地与作者、与故事情节糅合在一起。读者时间也自然而然地进入小说的情节时间之中了。作者时间与读者时间、情节时间同在。

现在，来看看最后的第十八卷吧。这里的序章题目是"与读者告别"。看来读者在作者的陪同下，读完了整个故事，要与他告别了。请看作者所言：

"读者诸君，咱们现在到达这趟长途旅行的最后一个阶段了。既然在这么长的篇幅中结为旅伴，那么咱们就像同乘一辆驿车、共度过几天的旅伴来相处吧。这些旅伴尽管路上彼此之间可能发生过一些口角或小小的龃龉，终究会完全和解，最后一次愉快而随和地跨进车子；因为在这段驿程之后，我们也许和车上的旅伴一样永远不再相逢了。……

现在，我的朋友，我就利用这个机会（因为没有旁的机会了）诚恳地向您致意。倘若我曾经是您的一位富有风趣的旅伴，请相信，那正合我的心愿。倘有冒犯之处，我也绝不是有意的。我笔下容或有开罪您或尊友的地方，我在此郑重声明，那绝不是针对您或尊友的。毫无疑问，在关于我的一些风言风语里，您一定还听说，与您结伴而行的是个满口下流话的家伙。不管谁这么说，都是对我的中伤。没有人比我更憎恨和蔑视下流话的了，也没有人比我更有理由抱这种态度，因为谁遭到的污蔑都没有我多。更不幸的是，有些谩骂的文章竟被当作是我写的，而正是这些文章的作者本人却又在另外一些文章里用最刻毒的话来骂我。

不过，我深信远在您读到此页之前，这些文章就早已湮没无闻了。我自己的作品寿命再短促，它也很可能比其体弱多病的作者，以及那些专喜毁谤的同辈人笔下虚弱无力的产品要活得长久。"

从这里可以看出，读者是自始至终陪伴着作者的。读者时间自始至终与作者时间结合在一起。作者把他当作朋友、对话人倾诉自己的心境和感受。而读者也会对这位作者的遭遇深表同情和敬意。这些序章在内容上虽与正文有点不合拍，但其宗旨是相通的，对全书的主题以及作者的心境以及社会背景的了解大有裨益。读者时间在菲尔丁的这本小说中的重要性可见一斑。

3）本事时间与情节时间

本事（俄文：фабула，西文：fabula）与情节（俄文：сюжет，西文：sujzet）属于艺术文本的结构范畴。这两词的运用与区分首先是由俄国形式主义者提出的，现在已成为通用术语，为文学学及文艺理论所采用了。但对 фабула 和 fabula 与 сюжет 和 sujet 这一术语在我国的学术界表现得十分混乱，因为在汉语中很难找到对应的词儿，在词典里两者都可译成"情节"。但实际上它们表示的是不同的概念。故有的译成情节与情节发展，有的译成故事与情节，有的译成事件与情节，有的译成素材与素材的特定组合……不一而足。这里，因为它们是俄国形式主义者首先提出的，所以应该探讨一下俄国形式主义者是如何界定的。

最早提出本事（фабула）与情节（сюжет）的区别和对立，是俄国形式主义者。其主要理由是在作品中会遇上两种时间轴线：被描绘的事件和现象的时间轴线以及描绘在文本中的事件和现象的时间轴线。这种事件序列与语言单位序列的区别是显而易见的。稍后一点，德国文艺学中的一派，大概受俄国形式主义的影响，也提出了类似的区别：叙述时间（Erzählzeit）与被叙述时间（erzählte Zeit）作为其理论依据。

本事与情节的区别，首先是由俄国形式主义者首领什克洛夫斯基提出的，他说："本事仅仅是构成情节的材料。"这一语道破了本事与情节的实质和两者的关系。

而另一位俄国形式主义者托马舍夫斯基则解释得更为详细："本事（фабула）就是处在逻辑的因果——时间关系中的众多细节之总和，而情节（сюжет）就是处在作品所安排的顺序与联系中的众多细节之总和。对本事来说，下列问题诸如读者在作品的哪一部分对事件有了解，这种了解直接来自作者，还是来自故事人物，或是来自一系列旁的暗示，都是无所谓的。相反，在情节中，恰恰是细节向读者注意范围的引入才是关键。本事可取自非作者杜撰的真实事件。情节则全然是艺术的结构。"①

而与俄国形式主义思想既对立又有联系的巴赫金是这样来界定它们的："'本事'是构成'情节'的基础的事件，包括生活上的事件、道德上的事件、历史事件以及别的事件。这个事件'本事'发生于现实的时间内，延续几天或几年，具有一定的思想意义和实践意义。所有这一切成为形成'情节'的材料。'情节'在表演和接受——读或听的现实时间内展开。'情节'的路线是由插叙、阻碍、拖延、绕弯等所铺成的一条弯曲的道路。"②

为了扩大一下读者的视野，在这里简单地说一下，在苏联的文艺学界，对本事与情节存在着不同的理解。例如，苏联另一位著名的文艺理论家，被认为是自成一派的"波斯彼洛夫学派"的领军人物波斯彼洛夫，对这两个术语，作了相反的理解。他在《文学原理》中说，"作品中所描写的由人物行为构成的事件在空间和时间上的连贯性就是作品的情节（сюжет）。"③在另一地方，他又说："作品的情节是事件在人物生活中发生的顺序，而作品的'本事'（фабула）则是叙述这些事件的顺序。"他对此做了注释，说俄国形式主义者对此作了相反的理解。而他认为自己的说法是符合传统的。这样，他接着，就对作品的"本事"作了更广义的解释："通常，一部作品的叙述过程不仅包括揭示人物冲突关系的主要叙述场景，而且包括人物发生冲突前和冲突后的场景（人物的'前历史'和'后历史'）、对人物的叙述性评述、人物生活的地点和时间的描写，以及各种各样的'插入'的场景，而且在叙述过程中被置于不同的位置。"④他认为，

---

① 《俄国形式主义文论选》，现代西方学术文库，生活·读书·新知三联书店，1989年，第115页。
② 《巴赫金全集》，河北教育出版社，2009年版，第二卷，第244-245页。
③ 波斯彼洛夫：《文学原理》，生活·读书·新知三联书店，1985年，第125页。
④ 同上书，第132页。

这种对情节（сюжет）和（фабула）的区分，是符合传统的区分，并且引用拉丁文予以佐证。

不过，倘若按照波斯彼洛夫的看法，就没有必要区分这两个术语了。因为他在论述情节时，把主人公的外在行动、人物的言论，以及这些言论表达对周围环境和他人行为所作的反应、意愿、感受，以及对自己内心是引起内在的感受，以及对某些抽象问题的思考，还有如叙述主体，作家虚构的叙述者等等，作品结构中的一切东西都可以包括在情节之中。这样一来，情节（сюжет）与本事（фабула）就没有多大必要予以区别。因为，上面提及"本事则是叙述这些事件的顺序"，这就没有什么区别可言。

尽管如此，对情节（сюжет，sujzet）的理解，在我看来有狭义、广义之分。狭义的情节，是把它等同于叙述文本中的故事，而广义的情节，则几乎与话语相近。前者是我们通常的理解。例如，在《世界文学术语大辞典》上这样写道："叙事性文学作品中展示人物性格，表现人物相互间关系的一系列生活事件的发展过程。"谓之情节。在《辞海》中是这么说的："叙事性文艺作品中具有内在因果联系的人物活动以及其形成的事件的进程过程。"从上述两个词条可以看出，情节是文学作品中"事件的展开过程"。情节与事件的发展联系起来。而广义的情节定义，则如俄国形式主义者什克洛夫斯基所云："由艺术家的世界观按他对现实的关系而把一切成分统一在艺术作品中的环节，谓之情节。"① 按照后者的界定，情节不但包括人物活动而形成的事件，而且又包括艺术家的评论及别的所有成分了。

然而，我们采取什克洛夫斯基和梅德韦杰夫（巴赫金）的观点。因为这种观点符合本文的叙述原则，也因为目前几乎世界各国文艺学家都接受俄国形式主义者对这两个术语的区分。

这样，所谓情节是对本事的一种关系，是对本事的一种表现。情节时间是对本事时间的一种切割、加工与表现。读者如果记得上一节我们在谈到信息论研究文学作品时，对蒲宁的《轻轻的叹息》一文的分析中，列出的两种不同的事件安排，前者是那一实际发生的事件，就是这里说的本事时间，后者是作家在作品中安排的事件顺序，就是情节时间。如何区别，仔细阅读一下那段阐释，就一目了然。

因此，在文学作品中，我们通常把本事时间作为"真实的"时间，而把情节时间作为诗学（文学、小说）时间来对待。然而，应该看到，本事

---

① Б.Шкловский. Художественная проза, размышления и разборы. М., 1959, стр.316.

时间虽然是来源于现实之中，但不是存在于情节时间之外，而是潜在于情节时间之中。我们可以通过对情节时间的分析，对整体作品的分析，得出本事时间。因此对本事时间的认识是个复杂的问题。我们在上篇中，在科学的或物理层面上区分出概念时间，那么在艺术作品中与之相应的自然是本事时间。本事时间是客观真实时间在艺术作品中的反映。而情节时间是作品的最基本时间，也是最复杂、形式最多样的时间。因为，我们可以把情节时间作为作品中被描绘的事件时间同时也作为出场人物的时间来对待。从较宽泛方面说，情节时间包括作者时间和读者时间等所有时间，因为情节是"艺术家的世界观及其对现实的关系而把作品中的一切因素连接起来的链条"。① 一切因素，当然包括作者时间和读者时间，当然，也可以把我们在前面所说的各种时间包括在内。但从狭义方面说，把情节看作是"事件的叙述，但重点在因果关系上。"似乎又可把作者时间和读者时间排除在外。在这里，我们采取前一种观点，情节时间是把作品中的事件时间以及作者时间和读者时间包括在内的一切因素连接起来的链条。

这样，情节时间也是一种描绘时间，因而作家可根据其美学立场对它作可快、可慢、可跳跃、可弯曲、可断续、可停顿、可逆向、可超前、可迟后等的描绘。因而，情节时间的一维性有时不太明显，可以说是多维的，但时间的箭头总是向前的。按什克洛夫斯基的说法，这又是作品中的"狭义时间"，即小时间，而作品中的大时间，即时代时间，什克洛夫斯基认为它仍然保持着真实时间的本质———一维性。② 无论是作家还是文学研究家，都把小时间（情节时间）作为自己研究的主要对象，这是确凿无疑的。

小时间与大时间的关系，就是情节时间与本事时间的关系（如果作进一步的深刻理解，可参考下面阐释巴赫金的"长远时间"一节。在俄文中，长远时间与大时间是同一个词儿（большое время））。

但小时间与大时间不是截然分开的。大时间寓于小时间之中，在描绘小时间的过程中见出大时间，也就是在情节时间中见出本事时间。例如，列夫·托尔斯泰的《安娜·卡列尼娜》，在描写卡列尼娜和沃伦斯基与列文和吉缇这两条情节时间时，见出了19世纪60年代农奴制改革后的大时间。再如，果戈理在描写两个伊凡打架的故事中，通过几次对话提到1808年的战争，与当时的历史真实事件1806—1812年的俄土战争这一时代的大时间联系在一起。世界上的叙事小说基本上都是这样，不管其指明时间

---

① Б.Шкловский. Художественная проза, размышления и разборы. М., 1959, стр.316.
② Там же, стр.307.

与否。另一种方式是把历史真实事件作为一条主要线索来描绘,例如,托尔斯泰的《战争与和平》,这里历史真实的时代时间与作者虚构的情节时间交织在一起发展着。一些历史小说都是这样。还有一种情况,乍看起来,与真实历史时间有联系,实际上是虚构的情节时间,是作者在打"马虎眼",在故弄玄虚。例如,福楼拜的《包法利夫人》,故事大约描写了她的几年生活,从1837—1846年,有时甚至有具体的年、月、日。然而,这不是真实的历史时间,是作者的虚构时间。因为无论如何你找不到历史上有这个人以及这些事。有时会出现这种情况,在虚构小说中,时间的时点越具体就越具欺骗性。例如,上面已经提及的卡夫卡的《变形记》中的时间,莫泊桑的《俊友》等,时间的点与分都指明了,可谓最真实的示读点,但恰恰是愚弄读者的最有效手段。但在我们看来,不一定就是如此。因为它只是一个符号,对它作如何改动,也不影响作品的事件时间,不影响作者的联想(这同上书面提及的《战争与和平》中的大时间,果戈理的两个伊凡打架的故事中涉及的时间不一样,因为它们是与历史事件紧紧联系在一起),而布托的《变》中的时间,也只是个符号而已。作者把时间写得越具体,目的是让读者形成一种错觉,认为其真实性是无可置疑的。倘若读者真的这么想,那么作者就会窃喜,他的审美目的达到了。

不管上述种种表现,小时间与大时间有某种联系,这就是文艺学上所说的"开放式"情节时间。还存在着一种封闭式情节时间。开放式时间是与历史时间联系在一起的,历史小说基本上是这样。而意识流,复调小说等,情况更为复杂。

意识流小说是由英国作家斯特恩开创的。随后,斯坦因、普鲁斯特、乔伊斯、福克纳等在小说的时间问题上大做文章:斯坦因试图消灭作品中的时间,普鲁斯特对"失落时间"的追记,福克纳把时间斩了首,只留下一个"现在",而乔伊斯又以自己的独特方式来切割时间……这些意识流大师对待时间的方式虽然各不相同,但正如他们全都被称作意识流小说家一样,在对待时间问题上有一个共同点,即抛弃事件的因果联系原则,而按意识的自由联想原则来建立自己的小说时间结构。用一句专门术语来说,就是"时间的空间化",(或我们也可以称它为"现在化"),即把小说的时间作"空间"来对待,作为现在的"点"来处理(即把时间作为"点"而不是"流"来处理)。上面已提及最早提出并使这一原则广泛流传开来的是美国"新批评"学派的代表人物之一弗兰克(其实,巴赫金早在30年代伊始,就提出了这一问题)。他在《现代文学中的空间形式》中对此作了研究。弗兰克的这一研究得到了西方文艺理论界的认可,其中包括

《文学理论》一书的作者韦勒克和沃伦。他俩在此书的《叙事小说的性质和模式》一章中写道:"恰如弗兰克曾明确地说过那样,现代的艺术小说(如《尤利西斯》《夜林》《达洛威夫人》等)都在追求以诗的精神来组织自己,也即都在追求'自我反映'。"这里"诗的精神""自我反映",指的就是在叙事小说中对事件采取联想原则,即"空间形式"来建立自己的小说结构。

"时间的空间化"就是作者对本事时间作另一种手法来处理情节时间。它把时序打乱,分割成一个个时间段。这样,在读者接受过程中仿佛不是置身于时间的长河中,而是置身于被切割成一个个的时间点上。这样一来,时间上的前后传承被打乱,因果关系被淡化,而意识上联想中的离散性、间断性等空间性质却大大地加强了。不过,顺便提一下,因果关系淡化绝不等于时间消失。斯坦因企图消灭时间,结果走上了绝路。

那么如何达到时间空间化这一形式的?采用最主要的手段是回忆,通过回忆来切割时间。例如,法国的米歇尔·布托尔的小说《变》,是这种空间化手法的典型例子。这部小说的外部情节时间,即所谓本事时间是主人公的一次外出旅行,时间十分具体,是 1955 年 11 月 15 日早 8 点至 16 日早 5 点 45 分,地点是在一列火车的三等车厢里。小说就是描写这段时间里的回忆:有三天前的,一周前的,一年前的,两年前的,三年前的,甚至二十年前的,加上对下一次旅行的想象,一共九次。意识就在这九次中间来回跳跃,过去与现在的时间层面也因此而复杂地交织在一起。小说就是通过这一意识联想,扩大并深化了对人物的外部环境和内心世界的揭示。小说的这一描写技巧也传到我国,王蒙的《春之声》就是受其影响的明显的一例。

其实,时间空间化不是意识流小说的专利。现实主义者列夫·托尔斯泰的《战争与和平》就是采用时间的空间化这一原则的。托尔斯泰的这一手法,打破了传统的长篇小说的结构。因此为许多人所不习惯,也遭到不少人的非议和诟病,比如,德国的查别尔、美国的亨利·詹姆斯、法国的布尔热等人。但应该指出,托尔斯泰的"空间"原则与意识流是不一样的,意识流采用的是"自我反映"或"自我反射",而托尔斯泰是史诗式的、写实式的,如在《安娜·卡列尼娜》中,把两种不同的时间流交织在一起,其手法不同却获得类似"空间化"的结果,这是值得令人回味的。

为了把时间层面更加复杂化,更加扑朔迷离,作家往往采用一些非常人的意识来表现,获得了惊人的成功。例如,福克纳的《喧哗与骚动》的前几部分,通过白痴班吉以及精神不正常的昆丁(后来自杀了)的意识来描绘，首先"提供给读者的是一幅混沌迷乱的内心世界的没有规律、逻辑的活动"场面。读者要理出个头绪来，非得狠下功夫不可。据统计，在昆丁部分里，空间的场景转移超过二百多次，在班吉部分里，也有一百多次。①读者稍不留神，便不知所云。我国前几年翻译过来的苏联传记体小说《普希金娜》，通过普希金娜临死前处于昏迷状态的意识活动，来追记半个世纪来她所发生的事件：与普希金相识、恋爱、结婚、普希金的决斗，她的第二次婚姻，以及婚后的生活等等一系列事件。这一系列事件不是按时间顺序的前后或因果关系来描写的，而是用前后颠倒、断断续续、过去和现在时间交错、场景转移等手法。整部作品不分章节，却有段落，有时增添省略号，使意识活动有起始和完结，有逻辑性。作者之所以这么做，有悖于昏迷状态的意识（因为昏迷时不可能像清醒人那样有逻辑感），但读者在阅读时，使之有分明的时间层次。这就是现实主义作家与现代主义作家相区别的重要一点。现实主义作家为自身的审美需要而改变现实，而现代主义作家却往往采用自然主义的描写。

当前在时间层面上呈现出复杂画面的另一种长篇小说，是复调小说。必须声明在先，我在这里所说的复调小说与巴赫金所说的略有不同。巴赫金所说的那种复调小说，简言之，是一种"多声部"小说，"全面对话"小说。巴赫金在《陀思妥耶夫斯基诗学问题》中写道："<u>有着众多的各自独立而不相融合的声音和意识，由具有充分价值的不同声音组成真正的复调——这确实是陀思妥耶夫斯基长篇小说的基本特点</u>。在他的作品里，不是众多性格和命运构成一个统一的客观世界，在作者统一的意识支配下层层展开；这里恰是<u>众多的地位平等的意识连同它们各自的世界，结合在某个统一的事件之中，而相互间不发生融合</u>。陀思妥耶夫斯基笔下的主要人物，在艺术家的创作构思之中，便的确<u>不仅仅是作者议论所表现的客体，而且也是直抒己见的主体</u>②。"从这里可以看出，陀思妥耶夫斯基小说的复调，是作品内部各种独立的声音和意识之间的对话。在时间上表现在"同时性""共存性"和"对话性"原则，"永恒性"和"现在"的时间态势。陀思妥耶夫斯基的复调可分为"大型对话"与"微型对话"，他强调了作品的内在对话。而我们这里所说的复调，只能与他所说的大型对话即情节对话相近，在时间上也表现出"时间坐标的横向展开"（苏罗夫采夫）而没有涉及内部的"微型对话"（表现为话语中）。因而，凡是情节在时间上作纵向展开的小说，以及表现为同时性、共存性的小说，均属复调小说。

---

① 福克纳：《喧哗与骚动》，上海译文出版社，1984年，前言，第10—11页。
② 《巴赫金全集》，河北教育出版社，2009年，第五卷，第4—5页。

但是在这里不要误会，认会这一小说没有时间作横向延伸——过去、现在和将来了。不过你对时间作如何的切割与安排，总能窥视出时间的横向端倪。我们这里指的时间坐标的纵向展开，几条情节同时展开，或由几篇短篇小说在同一主题下构成一部长篇小说："短篇小说中的长篇小说"（роман в новеллах）这样一种类型的小说。

这一类型小说的主要特点，是由比较独立的几部中、短篇小说组成。这些在情节上、人物形象上等都是独立的，但又有一定的联系。但这种联系，主要不是在时间上，不在因果关系上，而是在空间上，是时间坐标的纵向展开。这种组织原则与上述的时间"空间化"同属一类。但在表现手法上不像意识流小说那样纯粹用意识联想来展开，它可用意识联想，也可用对周围客观环境、人物形象的客观的史诗式描写。在苏联，采用这种形式的作家有冈察尔、克鲁斯滕、克鲁季林、阿列克谢耶夫等。我国上个世纪翻译的 В。阿斯塔菲耶夫的《鱼王》，就是这一类作品。十九世纪的屠格涅夫的《猎人笔记》也可属此类。就拿《鱼王》来说吧，它包含着 12 部中短篇小说，每一部小说在情节上是独立的、自成一整体，可以把它们看成一篇篇独立的小说。然而，它们又有联系，小说中的主人公阿基姆及其朋友柯利亚，以及"我"贯穿于全书始终。这与《猎人笔记》相同。然而各篇上又看不出时间上有明显的顺序连接。此书所展开的是以"时间坐标的纵向展开"的一张冻土带的全景图。这里可以指出，但丁的《神曲》也是这样一部作品。但丁对《地狱》《净界》《天堂》三部曲的描写，可以看作是独立的，但作为主人公的"我"与维吉尔又贯穿全书。作品不是由时间的流程而是由空间的纵向布局（天堂、净界、地狱）而展开。《神曲》在某种程度上可谓原生态复调小说。

20 世纪随着电影业的迅速发展，电影的表现手法之一的"蒙太奇"在文学上的运用，使情节时间出现了更加复杂的局面。电影中的蒙太奇手法是指画面的剪贴与并凑，把一幅幅画面连成一个整体，不是靠时间上的因果联系，而是靠观众的知觉。没有观众的知觉参与，这些画面是零碎的、离散的、不连贯的。这一手法在文学上的应用，便出现了文学中的蒙太奇小说——不连贯小说，苏联有的批评家称之为"闪光点小说"。①

从实质上说，不连贯小说也是"时间坐标纵向展开"的小说；但它不像上述长篇小说那样是由一个个中短篇小说组成。它在结构布局上，更像列夫·托尔斯泰的《安娜·卡列尼娜》由两个独立的情节时间在发展。不连贯小说就是这样，不过情节更复杂，时间更呈碎片闪光点状，具有猝发

---

① А.Бочаров. Глубинное бурение, литературое обозрение. 1984, № 10, стр.28.

性。同时，不连贯小说通过意识流、内心独白、下意识的联想冲动，把碎片并凑在一起。它像电影中的蒙太奇手法，需要读者的知觉来弥补每个画面之间表现得不充分的"中间环节"。

最早把电影在这一技巧引入长篇小说结构之中的是美国小说家多斯·帕索斯。他在三部曲《美国》中把四股独立的情节时间流不断地交替，形成复杂的时间层面。在《一日之新事》一章中，外部五花八门的标题以及一段段摘自报刊的文章，构成了"报纸读者的独特意识流"。第二股叙述流是"暗箱"，共51章，作者通过主人公的内心独白来倾诉自己的感情。作者还把自己的生活道路、生活经验与历史真实进程加以对比，增强了此书的史诗基调。第三股叙述流是对出身不同阶层的历史活动家的25幅照片的剪贴，其中有工人运动的头面人物，有育种专家，还有总统等等。第四股叙述流是与上述三股不相干的浪漫主人公的命运的叙述，意在创造历史背景。

这四股叙述流在自身的时间空间内运行，形成了自身的时间坐标。但这种运行又不是自始至终按时间顺序表现出来的，而是通过闪光点、不连贯方式呈现出来的，同时，又通过读者知觉的联想，形成了美国社会的全景图。这种描写对被描写的对象来说，无疑地增强了深度和广度。这种不连贯长篇小说，在苏联也很盛行。这里只列举一下名录，有：A.阿达莫维奇的《讨伐者》、A.普罗汉诺夫的《中午时分》、班埃盖尔的《我在战争的第一个夏天死去》、M.德鲁采的《白教堂》、M.阿尔兰热比的《土塔什西阿的日子》、叶甫图申科的《浆果处处》等等，都是通过时间和空间的离散性、不连贯性来展现内容的。他们的实践经验表明，这种不连贯的离散式的安排时间和空间是创造艺术世界的一种积极手段。

在情节时间对本事时间的关系中，上述几种只是在艺术作品的画面上表现得最为明显的几种。其实，这种时间的关系，就是作品的艺术风格问题。一个作家想在艺术形式上有所创新、有所突破，就非得认真研究情节时间对本事时间的关系并认真组织艺术时间不可。这点不但为国外作家所理解，而且也为国内作家所接受。不难预料，在我国风格各异的艺术作品，将随着艺术时间研究的深入而得到蓬勃发展。

第五节　文学作品的能指时间与所指时间

能指时间和所指时间是语言学、叙述学、符号学等学科中的重要理论问题之一，也是文艺理论，特别是形式结构研究的不可回避的问题。本文拟对这一问题加以研究，对拓宽文学作品研究的范围不无裨益。

在解释能指时间与所指时间之前，必须廓清什么是"能指"和"所指"。

1）能指和所指

能指和所指，本是语言学中的术语，后移植并流行在各个临近学科。它源出西文，国内译名颇多，但至今仍未有一个令人满意的准确界定。

能指，英文为 signifier，法文为 signifiant，俄文为 означающее；所指，英文为 signified，法文为 signifie，俄文为 означаемое。若考察其词源学上的出处，均为与记号（sign，signe，знак）有直接关系，也就是说由"记号"一词源生而来。法国著名符号学家巴尔特说："记号是由能指和所指构成的，能指构成语言表达面，所指构成内容面。"[①] 巴尔特的这一论断直接出自索绪尔的《普通语言学教程》。索绪尔把能指和所指作为记号（如一张纸币）的正反两面来理解。能指是记号中的可知觉面（即可听、可视面），所指则是记号由能指作为中介所表示的思想内容，巴尔特称其为"内质"。

法国著名语言学家埃·本维尼斯特把能指看作是思想、理念的音译部分，而把所指作为这一能指的"意义等价物"，[②] 这与上面提到的巴尔特的观点完全一致。

在苏联文艺理论界，著名文艺理论家、哲学家巴赫金早在上个世纪20年代就提出了对"记号"的看法，他认为记号是物质材料和意识形态内容的结合。他当时虽未采用索绪尔的术语，但把记号作为形式和内容的熔铸物思想是明白无误的。

这样，能指可以作为音、形或材料（如书本的质料：纸）等的记号知觉面来界定，而所指则可作为意义、概念、理念、意识形态等内容（内质）来理解，正因为各个学科的研究对象不同，对能指和所指的界定略有出入，也是允许的。

因此，对记号的能指和所指的研究，我们认为，也可以归于马克思主义文论中对形式与内容的研究。能指与所指的不可分割性，可与结构研究中的形式与内容的不可分割性等量齐观。因此，在记号结构中，不存在无能指的所指，也不存在无所指的能指，就像不存在无形式的内容，也不存在无内容的形式一样。

---

① 巴尔特：《符号学原理》，现代西方学术文库，生活·读书·新知三联书店，1988年，第134页。
② Э.Бенвенист.Общая лингвистика，М.стр.93.

2）文学作品的能指与所指

不少学者把信号、指号、神像、符号、象征、譬喻等作为记号的同义语，或称作它的"竞争对手"。（巴尔特语）他们的一个共同特征具有能指和所指。文学作品本身，如果展开来说，也是一个记号，如长篇小说、中篇或短篇，电影或戏剧，都是有语言符号构成，从整体结构上说，是一个记号，它具有自身的能指和所指。凡是作用于读者知觉的可视（或口头文学的可听）的层面，即语言文字层面，是能指层面，而通过这一语言文字符号而表现出的意义、概念、意识形态、美学理想等内容的，构成它的所指面。

这样，自古以来，对文学作品的研究，也形成了对作品的能指和所指研究。整个文学研究史，也就是对作品的能指和所指的研究史。一方面，以作品的布局、音韵、节律、结构、时间等为主要研究对象的，构成了文学的能指研究；另一方面，以作品的主题思想、人物性格、美学理想、意识形态等内容作为自己的研究主旋律的，便构成了所指研究。20世纪以来，在世界文学理论研究中，前者以"新批评""形式主义""结构主义"等流派为代表，后者则以文学心理学、精神分析学、阐述学、原型批评、文艺美学批评等为主要代表。这两股流派的汇合，形成一个声势浩大、波澜壮阔的文学研究现状。我们认为，对文学的这两种能指和所指研究，都是文学作品本身的内部规律所要求，是繁荣文艺创作和文艺理论本身所不可或缺的。

3）文学作品的能指时间和所指时间

至此，我们可以对文学作品的能指和所指时间作一个较为合理的界定。简言之，能指时间是指文学作品作用于我们知觉的（视觉的或听觉的）为我们所感受的时间，换言之，即文学作品中话语所表现出来的时间。所指时间，即以话语为中介所暗指的意义（实际事件）的时间，原因是话语（语言）具有指向功能。

由于能指和所指首先由语言学家提出，通常在语言学、符号学领域中使用，传统的文艺理论很少涉及这一术语，文学研究不过在自觉和不自觉地运用它们罢了。但随着艺术时间研究作为文艺学重要理论问题之一的提出，能指时间和所指时间越来越受到文艺理论界的注意，尽管在研究使用时不尽相同。现在就文学作品中涉及能指时间和所指时间的诸种异说，作一归纳说明。

话语时间。文学作品是由话语（言语、言谈）构成，话语所起的主要作用是叙述、讲故事（当然还有其他功能）。因此，话语时间（话语是一个有组织的时间序列），就是叙述时间、讲故事时间。法国结构主义者，如日奈特、托多罗夫等人，就把话语时间作为自己的主要研究对象，形成了一个独特的流派。

话语时间，即叙述时间，是能指时间。

情节时间与本事时间。在阐释这个问题之前，先来谈谈"本事"与"情节"这两个术语。因为它们是区分情节时间与本事时间的基础。（对这两个术语的阐释，可见上一节的有关部分，这里不再赘述）

可以得出结论，情节时间，也与话语时间一样是能指时间。而本事时间属于所指时间。

在文艺理论中，当我们研究作品的结构、布局，特别是时间诗学时，常常碰到能指时间与所指时间的多种别名。我们认为，正如文艺理论研究不外乎"能指"和"所指"研究一样，时间结构诗学的研究，也不外乎能指时间和所指时间。话语时间、情节时间、事件（文本中的）时间、叙述时间、描绘时间、知觉时间、阅读时间（有条件地）等，均可归入能指时间，而本事时间、被叙述时间、被描绘时间、历史时间、编年史时间、日常生活时间、真实时间、事件（现实中的）时间、概念时间、物理时间等，均可归入所指时间。我们还能遇到诸如：艺术时间、诗学时间、文学时间、小说时间、戏剧时间、音乐时间、描绘时间等等，这些都是作为时间的记号性质提出的，它包含着能指时间和所指时间的二元性。俄国形式主义学派把"本事时间"和"情节时间"作为自己研究的对象，而60年代开始的苏联另一些文艺学家，则把"艺术时间"作为自己的研究对象，其实质相近，不过后者更具概括力罢了。

4）能指时间与所指时间研究概说

对文学作品的能指时间与所指时间的研究，可追溯到2000多年前，所以这是一个既古老又新鲜的课题。亚里士多德对文学作品的时间研究所得出的结论，仍不失其生命力。例如，他提出了悲剧时间与史诗时间的不同，就其实质说，是研究了能指时间与所指时间的关系后而得出的差异。

古典主义以亚里士多德的"完整性"为前提，以太阳旋转一周为限而得出著名的"三整一律"，要求剧中时间以一昼夜或几个小时为限，把能指时间紧紧地束缚在所指时间（即真实时间或人化了的真实时间）上。

20世纪以前的能指时间和所指时间研究是零散的，并未形成一股有组织的有系统的强大洪流，特别是从未提高到理论高度去考察。

20世纪头20年间，俄国形式主义的崛起，开创了文学作品能指时间和所指时间研究之先河。他们提出的要区分"情节"与"本事"的关系，

"本事时间"与"叙述时间"的关系，①为随后的艺术时间研究奠定了基础。

稍晚一点，德国的一些文艺学家，把叙述时间（Erzahlzeit）与被叙述时间（Erzahltezeit）的关系作为自己的研究对象，进一步推动了文艺学对能指时间和所指时间的研究。

英美的"新批评"学派，以及门迪罗、迈耶霍夫、斯宾塞等学者都对时间诗学作出了自己的贡献。

法国结构主义文艺学家，如日奈特、托多罗夫等人。把叙事作品中的能指时间作为自己研究的对象，形成了独具特色的叙述学学派。他们特别精细地分析了文学文本（以普鲁斯特的《追忆似水年华》为对象）的话语表现方式，阐明了时间顺序变化的规律，把能指时间与所指时间的不同发挥到极致。

在俄国形式主义老家苏联，虽然形式主义研究方法遭到批判而销声，但形式结构研究从 20 年代起几乎从未间断。巴赫金、沃罗申、采特林等人对陀思妥耶夫斯基作品中的空间、时间的研究和分析，掀起了一股研究陀思妥耶夫斯基的热潮。

从 60 年代初兴起的苏联的一些"时间诗学"的研究家们，把时间既作为组织叙事结构的手段，又作为描绘的主体和客体，得到了广泛的研究。他们从艺术时间的定义开始，对艺术时间的表现形态、方式、类型，以及与真实时间的关系、艺术家的时间哲学等方面作了详尽的研究。虽然在这上下几十年（从 20 年代起计）中，出版了难以计数的文章，但正如 B. 切列特尼琴科所说，虽然艺术时间问题的研究难度极大，除了一系列客观因数外，主观因素是对问题研究的不足。可见，对艺术时间诗学的研究仍有许多问题有待解决。

不但在文学作品中能指时间和所指时间获得相当的研究，在其他文艺领域，如电影艺术中也在广泛展开。从某种意义上说，文学作品的时间研究，首先得益于电影。早在 20 年代，苏联著名电影艺术家爱森斯坦在其创作、理论实践中，把编年史时间与主观时间结合在一起，使电影画面的时空变化扑朔迷离，引起了研究家们的极大兴趣。

法国的电影理论家德勃里向我们展示了电影中时间概念的众多性。他区分出物理时间、心理时间、虚假时间、戏剧时间和电影摄制时间。②这无非是能指时间与所指时间二分法的扩展而已。另一位法国电影理论家麦

---

① Б.Томашевский.Теория литературы.Поэтика.М., 1930, стр.143.
② Ритм, пространство и время в литературе и искусстве. Л., Наука, 1974, стр.248-261.

茨在《论电影的指事作用》一文中，进一步表明了能指时间与所指时间的关系："叙事作品是一个具有双重时间性的序列……所讲述的事情的时间和叙述的时间（即我们所说的所指时间和能指时间）。这个二元性不仅可以造成时间上的扭曲——这在叙事作品中是司空见惯的……"①

能指时间和所指时间的研究，现已波及各个学科。1966 年在纽约召开的国际学术讨论会，主题是"各学科间的时间前景"，以及这次大会上成立的"时间国际研究会"，大大地推动了文艺学的能指时间和所指时间研究。

5）我国文论中能指时间和所指时间研究之一瞥

我国传统文论中的能指时间和所指时间的研究，虽然"古已有之"，但大都以"布局"名之。在对作品的能指时间研究中，最为突出的是王源的"凌空跳脱法"：

"唯中者前之，后者前之，前者中之后之，使人观其首，乃身乃尾；观其身与尾，乃首乃身，如灵蛇腾雾，首尾都无定处，然后方能活泼也。"

20 世纪 80 年代后，受西方文论的影响，特别是形式主义和结构主义的激发，我国的文艺理论界开始叙事诗学的研究。陈平原的《中国小说中叙事模式的转变》一书，便是典型一例。该书借用日奈特、托多罗夫的叙述理论来分析我国小说的叙述时间（即能指时间）的沿革，不乏新意。

在 80 年代的时间理论研究中，直接指出能指时间和所指时间的，是赵毅衡先生的《文学符号学》。笔者认为，在我国改革开放之际，此书对我国文艺学的未来发展起到一定的作用。但笔者对他的某些观点实难苟同，故提出与之商榷。首先是关于什么是能指时间和所指时间问题。

文学作品中的能指时间和所指时间，如前所述，能指时间是指文学作品话语表达层面的时间，即叙述时间，而所指时间是通过这一中介暗指意义时间，即本事时间，指的是现实中的事件时间。然而，《文学符号学》中却言：

"叙述的能指时间，指叙述文本在描写某事件时实际占用的时间"。

"所谓所指时间，就是叙述文本的文学用所指意义指定的时间。'又过了三年'，'又过了三分钟'，'三个月中，她没有一滴泪'，'约摸抽一袋烟的功夫'等。时间的跨度不同，是因为语言的字面意义不同。"

---

① 日奈特：《论叙事文本话语的方法论》，见张寅德编选的《叙述学研究》。

上述有关能指时间的界定，经不起推敲。上述说法是与作家的"写作时间"混为一谈了。"描写某事件时实际占用的时间"，难道不是作家的写作时间？这里，"实际占用的时间"一语把它与真实时间完全等同起来了。就是说，如果作家在描写某事件时花了一年时间，那么能指时间就是一年时间，花了一个月，就是一个月，如此看待作品中的能指时间，完全错误地理解了能指时间的性质。因为，能指时间是叙述文本中的一种虚拟时间、想象时间、或曰主观时间，是作家安排故事所展开的情节时间，绝不是"实际占用的"真实时间，或曰物理时间。

至于所指时间，只是"文字用所指意义指定的时间"，这也不甚妥当。按照赵先生所界定的所指意义及所举例子，笔者只能把它理解成一些"时间用语"及表明一些时间量度的词句，如"约摸抽一锅烟的功夫"，别无所指了。这不但与我们上面所说的"所指时间"意指"本事时间"，是"现实中的事件时间"相悖，而且就其本身来说，把"所指时间"理解错了。我们知道，事件的发展过程就是时间，变化就是时间，不仅仅只指几个时间用语。倘若如赵先生理解所指时间，那么《追忆似水年华》就无所指时间可言了，因为，在这部几百万言的巨著中，作者故意省去时间用语。可见，这一推论不符合实际情况，《追忆似水年华》是一部典型的充满时间的书，就连书名及标题也没有放过。再则，所引赵先生的例句中"又过了三分钟""又过了三年"云云，并非真实的三分钟时间，三年时间，它只是一种表现手法，是作者想要表明的时间关系示读点，是表明"先后"关系的B-序列时间，文中所说的"所指时间"，恰恰是包括在情节时间内，即能指时间中。"又过了三分钟""又过了三年"，仅仅用半句话是事件向前跃进了三分钟或三年，难道不是典型的能指时间？引文中"三个月中，她没有一滴泪"，是典型的能指时间，即情节时间，是作家的想象时间。怎么成了所指时间呢？因此，能指时间和所指时间的界定及研究，只能在文学作品的结构中，把它看作是情节时间（作品中）与本事时间（现实中）的关系，才合情理，也有研究的价值。在没有弄清什么是所指与能指的情况下，是难于区别能指时间与所指时间的。

再则，在他的《文学符号学》中又云：

"我们在上面提到《孽海花》一段，'趁雯青彩云在德国守候没事的时候'是一种所指时间，而'叙叙京里一班王公大人提倡学界的事'所占用的是能指时间。"[①]

---

① 赵毅衡：《文学符号学》，中国文联出版社，1990年，第234页。

这样划分能指时间和所指时间是毫无根据的。现实中发生的事件时间是作品中叙述语言的所指时间（因语言具有指向功能）。但由于现实中的事件的发生是立体的、多面的，而文学作品中的叙述时间或话语时间，本质上说是线性的，作家的一支笔不可能同时既写雯青在德国发生的事儿（是所指），又叙述京城教育的事儿（也是所指），故他只能采取这种过度法、衔接法。作家把同时发生在两地的真实事件通过如此这般的切割后，一段段地一件件地描写在文本里，这便是叙述的能指时间（情节时间）了。怎么可以把它们分割开来，说上半句是所指时间而下半句是能指时间呢？上述一段话的时间都是能指时间，但我们可以透过这个能指时间看出所指时间来：那时一般王公大人在提倡学界的事儿。

从这一个叙述层面向另一个叙述层面的过渡所采用的方式，是作家的创作手法，可以说是一种风格；而在上段引文中，也可以说是一种文字游戏，并非他们真的在德国无事可做，作者不得已而写京城的情况。这纯粹是叙述的需要，作家安排情节的需要，因而，不管他们真的有事没事，作家都要转移到下一个叙述层面上去。类似的例子如巴尔扎克在《幻灭》中写道："趁着年高德劭的教士爬上安古兰末的大石梯的时候，我们先来解释一下……"诚然，现实主义小说的时间原则，要求作家反映客观事件的发展进程，不能随心所欲地破坏时间因果关系。这时，或许雯青在德国真的无事可做，教士真的在爬安古兰末大石梯，叙述者偷个空儿，说说别的。作者千真万确地反映了这一事实。那么就其性质而言，也是各不相同的。在叙述文本中，它是话语时间、情节时间，即能指时间，并非所指时间。这是两个完全不同的时间概念，虽然它们之间又互有联系。巴赫金在谈到现实中的所指时间与叙述文本中的能指时间（他说的是"事件"的不同时间）的关系时说："一切作品都有开头和结尾，被描绘在作品中的事件也有开头和结尾，但这两者处在不同的世界中，不同的赫罗诺托普中，它们无论如何也不会融合在一起，或者同一，但同时它们又互为对照，不可分割地联系在一起"[①]这十分恰当地表明了能指时间与所指时间的既不能视为同一又不能互相割裂的本质关系，而决不能把一句话分割成上半句是所指，而下半句是能指这种荒谬论说。这说明作者对能指和能指时间，所指和所指时间的本质情况没有透彻的了解。

在我国，随着改革开放，国外新小说的创作手法，特别在时间上采取的新表现手法上或曰切割手法也传到了我国，使得我国文学作品一改过

---

① М.Бахтин.Вопросы литературы и эстетики.М., 1975, стр.403.

去那种几乎是线性的描写时间手法，使得我国文学艺术作品的画面发生了深刻的变化，呈现出形形色色的丰富多彩的时间画面。改革开放后80年代的新小说，如，王蒙的一些所谓意识流小说《春之歌》、周大新的《泉涸》、古华的《贞女——爱鹅滩的故事》、木令耆的《边缘人》等等。我在这里只是简略地指出，上述几篇作品是我国小说时间"空间化"的缩影：一是以意识上的联想手法使时间"并列""空间化"；二是用现实主义手法对时间的"早与晚"交替安排并列，来实现"空间化"；三是以人称"你、我、他"的变化，使时间"空间化"。我们无意在这里对这些小说的时间作进一步的分析。只想说明，这种变化，是作者自觉地遵循巴赫金的小说理论、对作品艺术画面所作的新尝试。

根据上述情况，我想在这里简略地谈谈我国当前文学艺术画面上的一些情况。

第一，我之所以把国外"艺术时间"这一术语引进我国文化界，是基于艺术世界是现实世界的能动反映这一基本原理。上面的论述对艺术时间的本性特点，可以说作了比较全面的阐述。一言而蔽之，艺术时间是人化了的观念的物理时间。正因为它是人化了的观念的物理时间，它不同于自然的现实世界的时间。这是艺术时间的本质以及提出它的目的。

第二，这样一来，我们在作品中具体地运用时间时，本着这两方面的原则，既要受物理时间的制约，又要超越它的制约，特别要以想象的翅膀在广阔的艺术作品的画面上自由地翱翔。

第三，如何自由地翱翔呢？这由作家的创作目的决定。因为，作家创造作品，描写某一事件，或是抒发某一情感，是有他的目的的。主题决定了创作方法，主题决定了作品的时间。这点永远不会失效，因为，它是人化了的时间。这也印证了我们在上面谈到，艺术时间的变迁，是受历史文化决定的这一论点的正确性。因此，艺术时间是有被约束力的。它不外乎创造者，以及创造者是要描写的某一具体的事件还有后来读者的知觉。处在某一具体历史环境中的作者和读者，是受到某一历史具体环境所制约。这样，艺术时间，具体地说，作品中的时间，其被约束力是很大的。它的自由翱翔的程度，既不能小视，也不能无限地绝对地任意地夸大。

第四，上面谈到，20世纪小说中时间的蓬勃发展，是受到了电影艺术的影响。由于电影艺术的发展，时间的回流、停顿、快速、慢行，本来在头脑中想象的时间，都成为可视的了。而电影艺术本身的表现技巧的多样化，如特写手法、近景和远景手法、仰视和鸟瞰手法、蒙太奇手法等等，使得其时间更是变化无穷。这不但出现在一些科幻作品（电影）里，也出现在一些日常生活的作品中。日常历史时间的神话化，随着时间隧道对现实时间可穿越到过去和未来，把艺术时间的魅力表现得淋漓尽致。这些，对时间的试验，无论是小说、电影、绘画还是舞台戏剧都是可以的，而且取得了巨大的成绩。它们对艺术时间的贡献，是不可抹杀的。

第五，然而，我们看到，近来在荧屏上出现的画面，有好多是值得商榷的。我们不说一些电视剧，被视为"穿越剧"的一些影视作品，它们对艺术时间的探讨和运用，是不失为创新之作，因为它把不同时代的人物并列在一起，加以人物性格和剧情的冲突，来高扬艺术家的艺术构思之目的。这种艺术现象，倘若在改革开放前，在巴赫金的艺术时间理论进入我国文学和文艺批评领域之前，是不可想象的。记得早些时候，著名相声大师侯宝林先生，拿"关公斗秦琼"来作笑料，引起广大观众的积极反响；即使在前些年，反映清朝皇宫争斗的电视剧中，刘墉与和珅同台来表现，被看作是一种败笔；其实，在艺术时间理论上说，是行得通的。上面说过，作者或导演把他们放在一起，是作者的一种审美目的和艺术构思的表现。作者和导演并非不晓得他们不是同一时代的人物。这种新型的创作手法，我们毫不夸张地说，是直接受巴赫金的文艺理论思想的影响。而这种影响，在小说创作中，力度更大，我国改革开放后出现的创作上的繁荣局面（上面已经提及），是复调小说理论在文学理论中的广泛应用（更不用说国外小说和理论了），是时间"狂欢化""空间化"的直接结果。当前，更为流行的穿越剧，是把不同的时间作空间的并列，是地地道道的时间"空间化""狂欢化"。"穿越"二字，在日常生活中被人们津津乐道，几乎成为最流行的一个词语。我想，在这里，可以说是完全受巴赫金的美学思想的影响下的创新之作，如电视剧《步步惊心》。因为，这种艺术，描写的是主人公的"思想"，主人公的"意识流"，犹如陀思妥耶夫斯基对自己的作品看作是"最高意义上的现实主义"一样，我们可以说，它们亦是"心理现实主义"或"意识现实主义"的作品。这是一种创新性作品，我们在充分评价它们的艺术创新之时，应该看到，对于视觉艺术来说，如果在荧屏上过度使用，用烂了，造成受众的审美疲劳，就要注意了。更有甚者，有的受众，如一些无知的少女，甚至幻想要回到过去，回到唐朝而作出一些没有理智的行为或成为人间悲剧，更值得警惕。不过，话又说回来，这是一种不懂艺术现实与社会现实区别的幼稚行为，绝不能把这种过失归咎于时空的"穿越"，时空的"狂欢化""空间化"的复调小说理论上面，与这一理论风马牛不相干。

但目前我们应该看到，还有一些影视作品，不顾历史事实，它们根本没有把历史时间放在眼里,任意曲解,这就要口诛笔伐了。这里,说的是以一些历史题材为创作目的的作品。因为,这些历史题材,历史事件是受当时的历史时间和空间,即社会环境,即社会时间的限制;如果写历史事件,起码一点要尊重历史事实,尊重历史时间,也就是说,要考虑到历史时间的制约性和被制约性,用巴赫金的话来说,"历史的限定性"。如果不考虑到这点,那就是违背了历史的真实,也违背了艺术真实。我国的有些作品不但没有反映当时的历史真实,也就是历史时间,而且曲解了当时的历史,或言之,把历史时间作为神话时间来处理(与上面所说的复调小说,以及穿越剧等不可同日而语,因为,它们并没有把历史时间变成神话时间,把日常生活时间神话化,虽然有的用现代观点去诠释它,但在诠释中依然依靠历史事实,即历史时间)。例如,近些年来在我们银幕上出现的许多反映抗日战争那段历史时期的作品,大都是一些违背历史时间的真实性、也是违背艺术时间的真实性的粗糙之作。既然称为抗日时期的作品,那么就要符合当时的历史情况,因为这些艺术作品的时间是历史时间,它是开放性的,即与那一特定时期的历史相联系的。这里的时间不能囿于自身,不能像神话小说的时间那样,或像浪漫主义小说的时间那样,不与外界历史相关联。我们在银幕上所看到的那些描写那一时代的影视作品,可以说完全脱离了那一时代的历史时间。我们的8年抗战,有点历史知识的人都知道,那是艰苦卓绝的,我们被日寇枪杀了多少人,用了多大的代价换来的胜利。然而,在影视中,那种艰苦性一扫而光了,胜利的得来不费吹灰之力。有的受众这样说,像荧屏上的那样,抗日战争何需8年?再多8天就能把他们赶出中国大地!我们的一些主人公,也像神话中那样的人物,"心想事成",刀枪不入,上天入地,飞檐走壁,神出鬼没,日行千里,夜行八百,完全是武侠影片中的那一套,完全是神话作品中呈现出来的神话人物和神话时间。而要知道,武侠小说(影片)是没有历史指向性的神话时间(如果有指向的话,是指向古代的原始社会,神话社会)。在新近的影片里,描写抗日的雷剧、神剧,利用电影艺术中的表现手段,蒙太奇手法,上千里的距离,倏忽就到,犹如孙悟空的筋斗云。一把手枪(这是真实的东西)赛过敌方的重机枪,甚至大炮,一个手榴弹能炸毁飞行中的飞机,如此等等。因为有的东西如手枪,大炮,手榴弹,飞机等等的东西真的是太实在了,是现代日常生活中随身可见的东西,有的是某一特定时代的标志性东西,不是遥远的过去历史神话小说中的东西,不能用神话方式来表现。现实的、历史的时间,不是神话时间,不能拿具有重大历史意义的时间、事件来"戏说",来歪曲。我们常说,在小说描写中（其实影视也一样），要求"细节真实"，与某一时代相联系的细节的真实（如：手枪，大炮，穿着服装，一个词儿，甚至一个抬手的动作，一件衣服上的纽扣等等细节），是一条真理，如果细节不真实，读者受众就不会相信，失去了读者受众的信任，那么，一切艺术作品就失去了存在的意义。而在这里，时间的真实性是一切真实的本源。然而，它们所表示的时间却不是真实的历史时间，不与外界历史事件相联系的事件。可是，却又要标榜为反映那一时代的历史时间，反映那一时代真实的历史面貌而自居。真是荒谬之极。这种作品的出现，除了对影视作品本身外，也是对读者的智力的一种亵渎，更不用说，浪费了多大的人力和物力的一种犯罪行为。这是现时代金钱至上主义在作祟而对历史的扭曲，是把历史"现代化"的伪功利主义在作祟，忘记了社会责任与功能，忘记了艺术的真实性宗旨，忘记了人的主观时间（常用的说法是主观意识）受社会历史时间的制约所产生的苦果。其实，这种犯罪行为，是在票房价值的外衣掩盖下而大行其道罢了。

因此，如果你想要一部描写真实历史事件的小说，就必须要有真实的历史时间，与那一历史时间相联系的历史事件；如果你不想把这一事件与这一时间联系在一起，可以把艺术时间囿于作品本身而不作外延，可以有自己时间和事件，那就不要冠以与某一历史相关的字样，如抗日题材的字样，不要与那一特定时期的重大事件联系在一起。尊重历史，尊重历史时间，艺术时间的制约性与被制约性的结合，是作者、导演必须要考虑的一个本质问题。反映历史，不能把历史"现代化"，即把历史时间与现在时间或相等同或相混淆（不过提一下，上面所说的穿越剧，如《步步惊心》，当代现实与历史现实区分得还是很清楚的。一些细节也因时代的不同，处理的也是蛮得当的，虽然现实时间与历史时间处在频频置换之中）。我们要尊重历史，尊重历史时间，不要去嘲弄历史、嘲弄历史时间，从时间角度去把握事件，弄清某一时间范畴内，即某一时代的某一事件，牢牢记住时代的制约性，不妨是解决这一问题的一个有效途径。

小结

艺术时间归根结底是真实的现实时间、社会时间、物理时间通过人的头脑的重新配置后在文学艺术世界中的反映。显然，这种反映不是平面式的镜子反映，而是立体式的、棱镜般的、聚光式的或哈哈镜式的反映，一言以蔽之，是一种变形的反映。尽管艺术时间是一种变形的反映，但表现出客观时间的本质。这就是艺术时间也与客观的真实的时间一样，具有方向性。但因为艺术时间是表现为文学的事件时间,又是通过人的头脑来表现的,所以这种时间与科学时间中的时间逻辑不大一样。科学中的时间逻辑是从遥远的将来向近身的将来、再向现在、又向过去、遥远的过去这样一条路径移动,而艺术时间则是从过去向现在再向将来移动,因为艺术时间是由事件时间表现出来的。而事件是有发生、成长、结束这一过程,故,事件时间也有这样一条路径。因此,可以说,尽管艺术家如何对事件时间作如何的切割与配置,这一条路径始终都能猜测、辨认、破译出来,即使在像《尤利西斯》或《追忆似水年华》这种现代派作品中。因此,可以说,艺术时间表现出真实的、物理的、历史的、客观的时间的本质。这是我们要说的第一点。

再者,艺术时间不是以表现物理的客观真实时间为目的的,不是以此为己任的。艺术时间要表现出艺术家的构思和目的,表现出艺术的审美本质。所以,艺术时间是一种人化了的客观时间,也就是说是主观化了的客观时间。这种时间也是真实的、物理的、客观的时间的一种本质反映。而对艺术时间而言,却更能表现出这种本质特征来。因此,艺术时间所呈现出更加形形色色、错综复杂、色彩斑斓的形态。这种时间形态,是以时间的"前与后""早与晚",是"点"来表现的。所以,在时间逻辑中,其中的 B- 序列更为艺术家所迷恋、所钟爱,更与艺术时间所接近,更加表现出艺术时间的本质特征。在艺术发展的历史长河中,我们看到了艺术时间的这一本质表现。一切艺术作品画面的创新也都寓于这里。从古典主义到浪漫主义,再到自然主义,再到现实主义、新现实主义,以及后来的现代主义,以及后现代主义,都可看出这一时间的本质特征。因此,可以说,艺术时间又表现出神话的、浪漫的、梦幻的、非自然的、意识的时间本质。

艺术时间是上述两种时间的有机结合。

下 篇

巴赫金的赫罗诺托普理论

在苏联文艺学中，巴赫金是最早研究小说中时间和空间的学者之一。他的这种研究，可以追溯到20世纪20年代。而且，他的研究还把时间和空间与作者结合起来、与主人公的形象结合起来，开创了时间和空间研究的新局面。他的研究，给苏联文艺学的艺术时间和空间研究奠定了基础，或指明了方向。因此，他是苏联文艺学时间和空间研究的奠基人之一。我们在对科学中时间以及艺术中的时间问题作了简略的考察分析之后，再来研究一下巴赫金的时空思想就十分自然的了。

第六章 20世纪20年代巴赫金的时空哲学

　　我在拙著《巴赫金哲学思想研究》一书的前言中，对童年时的巴赫金这样写道："巴赫金不但聪明睿智、道德高尚，而且知识渊博。他自幼习得法语、德语，常用德语思考，熟悉希腊语、古拉丁语，掌握了丹麦语、意大利语等，因而对古希腊罗马文化、中世纪文化以及德国古典哲学等，非常熟悉，……自十几岁起就阅读康德的哲学原文，阅读德国古典主义哲学、克尔凯郭尔的著作、新康德主义的著作，把他们作为整体的他人与之对话。"①他在童年少年时尚且如此，大学毕业后，对德国古典主义哲学（特别是康德哲学）的研究就更加废寝忘食。20年代，巴赫金竟是致力于德国古典哲学和俄国哲学的痴迷时期。因而，受到牵连，被流放至今天的哈萨克斯坦。这一时期的巴赫金的时空哲学思想，与上述哲人们的哲学思想有着千丝万缕的联系。

　　这一时期乃至他的一生，巴赫金的哲学思想都是以不同的时空观作为他的立论依据。他以不同的时空来提出他的哲学人类学思想。他的基本哲学观是"他人之我"这一20世纪最新哲学思想，也就是"我"与"他人""自我"与"非我"的关系。他以知觉现象学中的"我与他人"为出发点，提出了巴赫金把"自为之我""我为他人"与"为我之他人"这几个范畴的关系，作为配置世界上一切价值的基础，作为认识世界和改造世界，认识自我和改造自我的出发点和归宿，一言以蔽之，作为他的哲学人类学的基本出发点。因此，在巴赫金的行为哲学中，我作为处在世界中这一唯一位置的人，即我所在的唯一的时空，是他人不可替代的，而我的一切行为是以这一时空为基本出发点、以自身意志作出的，因此，我必须对自己的行为负责，为自己的行为承担责任。在他的哲学-神学中，"我与他人"的关系成为他阐释他的思想的主旨，他崇尚基督教"我为他人"的思想，认为人必须有为他人的奉献精神。在阐释各个宗教流派的过程中，认为基督教的这一思想达到了"我与他人"关系上的顶峰。在美学中，他认为，审美中的移情，也不是纯主观上的体验移情，而首先有一个客体，只

---

① 晓河：《巴赫金哲学思想研究》，河北人民出版社，2006年，第3页。

有主体深入到客体的体验，后又回到自己的位置上对客体进行情感的投射，即移情。这也是一种主客体的关系。在文艺学中，他认为，处在两个不同时空中的作者与主人公的关系，是一种两个范畴，即两个圆圈的相切关系，于是认为主人公是相对独立的。他们的关系是相对的平等关系，主人公不是作者手中的玩偶，主人公是生活在作者所创造的社会环境中过着自己生活的人。于是，稍后一点，他从这种不同的时空出发，提出了对话思想。他从这种双主体的立场出发，批判了美学中的几种流派：表现美学、印象美学和材料美学（这里，顺便提一下，他在后来对结构主义的批判，也是以这一双主体理论为依据的）。这几种美学流派的共同点，就是不承认双主体的存在。因此都被他斥之为美学中的"贫乏主义"。而在话语语言学上，他区分为"我"的语言和"他人"语言，同样以不同的时空为依据的。在这对矛盾体中，巴赫金更重视他人语言的作用和影响力，他重视交际，重视对话、双声语、杂语在一切文化行为（包括文化创作）中的作用。因此，可以说，巴赫金的哲学思想，以"我和他人"为出发点，也就是以双主体（或多主体）为出发点，认为他人（或另一个主体）则是与我是同等重要的主体，是行为的伙伴，是对话的不可或缺的一方。在他的哲学人类学中，可以说，他人比自身更加重要。这不但表现在我不能没有他人而在的世上存在，我的说话、行动等等不可能是亚当和夏娃，我的一切都是（大部分是）吸收他人的东西，更是因为我的价值存在是在他人身上体现出来的。因此，助人为乐，舍己救人，或舍生取义，是人生的最高美德。巴赫金的这种思想，与我们提倡的主流思想是相一致的，也是与我国优秀的传统思想相一致的，这就是为什么在我国和世界各国巴赫金学术思想研究经久不衰的缘由。

因此，这种"我与他人""自为之我""为我之他人"以及"我为他人"的哲学立场的分野，其实质是时空的分野，这种哲学的分野是建立在不同的时空之上的。因此，也可以说，某个人、某个集团的时空的分野，是造成他们不同哲学思想的基础。进而言之，也就是说，一切哲学思想是建立在不同的时空观之上的。正因为如此，造成人世间（国家的、时代的、集团的乃至个人的）的形形色色的思想区别：哲学的、道德的、美学的、思想的、经济的、语言的乃至科学的等等一切文化上的细微差异。因此，时空的不同是人世间的一切差别、龃龉、隔阂，包括个人悲欢离合的基因。科学研究离不开时空，美学研究同样也离不开时空。时空是美学研究必不可少的课题之一。正如恩格斯所说，一切存在都是在时空中的存在。

这一时期的巴赫金时空思想，紧紧地与他的哲学美学思想结合在一起。下面就更加具体地看看他在20年代写就的《审美活动中的作者与主人公》以及他在60年代的笔记和别的著作不可（因为他的哲学人类学思想是贯穿他的一生）。

作者与主人公是处在两个不同的赫罗诺托普之中。在巴赫金的这本著作中，我想说的是：第一，作者与主人公是处在两个不同时空的"人"。在巴赫金看来，作者是处在真实的物理时间和空间中的人，而主人公是存在于文学作品中的艺术形象。作者的时间是真实的时间，而主人公的时间是艺术时间；作者的时间是组织者、描绘者的时间，而主人公的时间是被描绘的被组织的观念时间。他们是处在如此不同时间和空间中的人。因而，巴赫金不像法国结构主义或文学结构主义的研究家那样，把文学作品中的艺术形象仅仅看作符号，巴赫金把文学主人公看作是由作者创造、配置、完成的人。主人公也有自己的独立的思想、行为、伦理、道德，总之，主人公是一个在由作家创造的社会生活环境中，过着自己社会生活的栩栩如生的"人"，或一个活生生的"人"。他们也像现实中的人一样，是具体的，占有唯一的空间和时间的。因此，作品中的主人公，在巴赫金看来，具有与作者相对的独立性。我们在这里要强调的一点是，不同的时间和空间决定了他们的不同属性。他们是处在自身的唯一的、独特的时间和空间之中。

第二，正因为他们处在不同的时间和空间里，是作为两个相对独立的人的存在。正是这一原则性存在决定了两者的关系，即作者与主人公的关系，在巴赫金看来，这是一种相切的关系，即作者时间之圆圈与主人公时间之圆圈是相切的，保持着一种"外位性"（外位性是巴赫金方法论的基点，同样是由不同的时间和空间为基础的）。在巴赫金看来，作者时间进不到主人公的时间中去，即使是美学上的移情，也不能改变这种状况。当作者想要有一个叙述人来组织自己的作品时，问题就变得复杂一些。叙述者是作为作者的代言人出现的，这时，在作品中，作者时间，即叙述者时间与主人公时间的关系是交织在一起的，是互为对立的、相对的、外位的，一个不能进入另一个时空中。正是这种不同的时间和空间，决定了作者与主人公之间的关系，是相对独立的，在价值上相对平等的，是一种对话的（广义的）关系。巴赫金的这一观点，彻底否定了创作美学上对主人公的随心所欲，把主人公看作是自己手中的玩偶这种创作理念。由此我想到，当前我国文化创作领域中，没有把主人公作为相对独立的审美客体的作品屡见不鲜，如电影、电视剧中那种缺乏生活实践，被读者受众鄙视的神剧或雷剧。

第三，这种关系在他的"审美客体"中表现得更为明显。因为在审美客体中不仅包括作者和主人公在内，不仅仅针对主人公而言，这里存在着审美个性问题。审美个性是涵盖两者的。我们之所以这么说，主要根据是巴赫金在《文学作品的内容、材料与形式问题》（注意，此文在全集的再版中，根据最新俄文本版修改为《话语创作美学方法论问题》）一文中的思想："审美个性纯粹是审美客体本身的建构形式，如事件、人物、艺术描绘的事物等等都要个性化。作者、创作者的个性同样也属于审美客体，却带有特殊的性质。"①这种审美客体的审美个性，"不是话语，不是材料，而是全方位体验的存在，也就是构建一个具体的世界：以活的躯体为价值中心的空间世界，以心灵为中心的时间世界，以及最后，是涵义世界，三者在具体的相互渗透中构成统一体。"②

那么什么是审美客体呢？提出这一术语的目的是什么？

巴赫金在上述文章中，在对俄国形式主义所颂扬的材料美学的批判中提出审美客体的。因为材料美学不能区分审美客体与外在作品之间的关系。巴赫金认为，审美客体内部的分有和联系与作品内部材料的分有和联系具有重要的区别，而材料美学把它们混为一谈。在他看来，审美客体不但属于形式，而且属于内容。我们在作审美分析时，必须区分出三个因素：1. 审美客体，2. 作品非审美材料的实体，3. 按目的论所理解的材料的布局。在这里，巴赫金认为，要区分建构形式（архитектонинеские формы）与布局形式（композиционные формы）的不同。巴赫金在这里，把长篇小说、戏剧、叙事长诗、中篇小说、故事以及章回、诗节、诗行都作为布局形式来看待，而把戏剧中的悲剧和戏剧，作为建构形式，把抒情形式以及幽默、英雄化、典型、性格都归于此类。从这里可以看出，建构形式要创造审美个性，如事件、人物、艺术描绘的事物个性化以及作者、创造者的个性等特殊性质，而建构形式是要决定布局形式的。这样，巴赫金认为，"基本的建构形式是整个艺术，乃至整个审美领域所具有。布局形式在不同艺术门类之间，因建构任务相同而存在着类似性，但这里各种材料的特征充分发挥了自身的作用。"③

从这里可以看出，巴赫金提出审美客体，从建构角度来阐释文学艺术，把艺术分成时间艺术和空间艺术的局限性。虽然他没有明确地指出这

---

① 《巴赫金全集》，河北教育出版社，2009年，第一卷，第326—327页。
② 同上书，第296页。
③ 同上书，第329页。

点，但可以看出是对莱辛艺术观的某种扬弃。我们从这里还可以看出，巴赫金后来提出的复调小说的理论（时间的"空间化""狂欢化"），及时间艺术与空间艺术的相互转化思想，在20年代就存在了。

现在，再来看看审美客体问题。审美客体，顾名思义，是与审美主体相对的，因此，在这里我们可以看作就是审美形象问题。上面提及审美客体属于内容，就是实证。而在这里，巴赫金认为，"实现了具体直觉的联合、个人化、具体化、独立化以及最后完成，总之是借助于一定的材料获得全方位的艺术外化。我们完全同意传统的用语把这个现实称之为艺术作品的内容（更精确的说法是审美客体的内容）。"①内容是审美客体的必不可少的结构因素，与之相对的是艺术形式。离开这一相关性，艺术形式就根本没有意义。那么进入审美客体的内容有认识因素、伦理因素、理念因素等等一切存在于现实生活中的东西。当然，在这里要通过材料使其外化。所谓"外化"，是可见可视的外在的具有内容和形式的形象。在这里，我们可以看出，用审美客体来研究艺术创作，同样是对莱辛把艺术分为空间艺术和时间艺术的一种新发展。在这里，不管是绘画、雕塑、音乐还是话语艺术（诗歌、小说）都作为审美客体来对待，也不管他们所使用的材料有多么的不同，有的是空间中的存在，如石头，有的是时间中的存在，如声音，有的是人为的符号等。尽管如此不同，但他们所要创造的是审美客体，这是共同的。这种"审美客体还是多面的、具体的，正如作品给以艺术加工和完成的那个认识和伦理的现实（即被体验的世界）；而且这个艺术客体的世界在话语创作中是最具体、最多面的（具体性和多面性在音乐中则最差）。话语创作不能创造外在的空间形式，因为它不像写生、雕塑、素描那样利用空间材料；它的材料即话语（文本配置的空间形式，如诗节、章、经院诗歌的复杂辞格等等，其作用是及其有限的），从本质上说，是一种非空间的材料（音乐中的乐音更是非空间性的）。不过，用话语表现的审美客体本身当然不仅仅是由话语构成的，尽管其中有许多纯话语的因素。所以，这一审美观照的客体具有其内在的艺术上至关重要的空间形式，后者也是用作品的话语描绘出来的。……总之，在作品中用话语表现的审美客体的内部存在着空间形式，这是无可置疑的。"②这里，无论是空间材料还是非空间材料，都能表现空间形式，都存在着空间形式。不过，雕塑是外在空间，而话语作品是内在空间。我们认为，巴赫金在稍后提及的时间的"空间化"在这里初具端倪。

---

① 《巴赫金全集》，河北教育出版社，2009年，第一卷，第340页。
② 同上书，第200—201页。

这样，审美客体除了内容外，还包括形式。巴赫金认为，艺术形式是内容的形式，但它全由材料来实现的，仿佛紧固在材料上。所以形式应包括以下两个方面去理解：第一，从纯审美客体内部，这时它是建构形式，它的价值在于表现内容（可能的内容）并从属于内容；第二，从作品的整个材料布局内部：这是对形式的技术方面的研究。在第二方面，巴赫金谈到了艺术形式对内容的"孤立"（изоляция）和"隔离"（отрешение）功能。这种孤立和隔离，不是针对材料而是针对作品的意义、内容的。就是说把作品的内容从"它与整个自然界、整个存在的伦理事件之间的某些联系中脱离出来"。孤立是"把事物、价值和事件从不可或缺的认识和伦理序列中隔离出来"，"孤立也是形式获得个体性、主观性的条件，孤立使得作者兼创造者成为形式的基本因素"。所以，什么虚构、奇异化等等手法都是孤立的一种手段。因此，形式既表现内容又创造内容，形式是审美客体的有机组成部分。在话语艺术创作中是这样，在其他艺术门类中，也是这样，而且是更多地是形式渗入内容，在内容中得到物化，因而更难与内容分离。不管是绘画、雕塑，还是话语作品，都是如此。

那么审美客体究竟是什么呢？根据巴赫金的观点，审美客体是包容了创造者自身的创造物，也就是说，审美客体是经过创造者本人自由而爱怜地共创呈现在他自己眼中的创造物。巴赫金接着说："审美客体不是物。既然我可以在它的形式（更准确地说是内容的形式，因为审美客体是具形的内容）中感觉到自身是个积极的主体。""艺术创造的形式首先形成的是人，……形式对内容的关系在统一的审美客体中带有特殊的人物性格，而审美客体是创造者和内容两者各自作用于相互作用所构成的某种特殊的事件。"①

至此，我们可以说，审美客体是我们常说的人物形象的某种异说。它是主客体的某种融合。这种客体，对整个艺术门类来说都是如此，不管它是空间艺术还是时间艺术。

这样，我们从巴赫金的这一论述中，应该看出形象的整体性质。这为我们的时间和空间研究提供了某种依据：形象是空间、时间和涵义的不可分割性。用空间、时间和涵义的不可分割性来描述形象，在我看来，是一种对形象的综合论述，整体论述。巴赫金提出审美客体的目的，是一种对形象的综合研究，是用形象来分析研究艺术。在这里，也可以说，是对莱辛把艺术区分为时间艺术与空间艺术的进一步发展。所以，在他的文章

---

① 《巴赫金全集》，河北教育出版社，2009 年，第一卷，第 380—318 页。

中，在讨论审美客体时，既有对绘画，也有对音乐、话语作品的分析。

这样，在巴赫金看来，艺术形象是包括空间的、时间的和涵义的一个整体。换言之，惟有对这三个方面作完整的描写，才能创作出一个个栩栩如生的人物形象来，不管其是空间存在还是时间存在。现在来简略地谈谈巴赫金对这三个方面的分析。

主人公的空间形式。顾名思义，空间形式是涉及主人公与他人之间的关系。在这里，从美学角度上说，巴赫金强调两个空间的重要性，就是作者的空间与主人公的空间。如何以及用什么来区分两个空间，那就是存在一个他人的"外位性"。这一"他人"的存在使得作者具有外位性立场。无论是什么，如两个人相对、两个意识的交锋，还是审美中的移情、对他人的体验，还是自照镜子、自画像，及至艺术创作的雕塑、绘画、舞台戏剧、话语创作，等等，都要有一个他人的存在，让作者处在一个外位的立场上，塑造一个栩栩如生的浮雕式人物的外形。巴赫金认为，要使游戏变成艺术表演，就得有一个第三者的"他人"，这"他人"就是观众。没有观众，游戏就不是艺术而是玩耍，而在舞台戏剧中，演员当他在塑造主人公时，他既是演员，也是作者、导演和积极的观众，因为演员，正如作者和导演一样，是根据全剧的整体来创造个别主人公的，他把"全剧整体"视为一个"他人"的因素。即使在话语创作中，在作者与主人公之间也需要一个"他人"的存在，也就是说，作者不能与主人公融为一体，话语创作也需要一个外位的空间形式。前面的引文说明了这点。虽然它不能像写生、雕塑、素描那样利用空间材料，话语创作的材料是话语，文本的空间配置，如诗节、章、词格等，在巴赫金看来，其作用手法有限，从本质上说是非空间的材料（音乐中的乐音更是非空间的），但用话语表现的审美客体本身当然不仅仅是由话语构成的。在话语作品中，存在着两个空间，即外部空间与内部空间。其外部空间不如其他艺术那般清晰可见，但其审美客体具有其内在的艺术上至关重要的空间形式（我们在前面谈及的话语作品的空间，比如《神曲》中的空间，《战争与和平》中广阔的空间场面）。这是一种与雕塑的空间形式不大一样的内部空间，尽管由于不同的小说流派其内部空间的程度各不相同，内部空间与外部空间是存在的。就连音乐，可以看作是纯时间艺术，也存在着重要的空间，如放映时的光线，以及影片胶卷的存在，都是在三维空间里。所以，从形象角度来看，主人公的空间形式是存在的。它是独立于作者的空间形式。正因为有两种空间的存在，才使形象具有审美照观的可能。

"艺术营造的世界不同于幻想和实际生活之外就在这里：一切人物都

同样展示在同一个绘声绘影的视觉层面上,而在生活和幻想中主要人物（我）却没有外在的表现,也不需要诉诸形象。给生活中的和生活幻想中的这一主要人物具现外在的血肉之躯,正是艺术家的首要任务。"①

这就是巴赫金的结论。因此,在这一节中,巴赫金的美学观点表明,主人公的空间形式（外在形象）是所有艺术门类不可或缺的。它与下面要论及的主人公的时间整体,内在之人和涵义整体,构成一个栩栩如生的艺术形象及独立自主的审美客体。

主人公的时间整体。把时间作为内在之人来对待,是"生命哲学"的专利。无论是海德格尔、萨特还是柏格森,都是如此。海德格尔在《存在与时间》一书中,摒弃我们通常所说的时间"将来、现在、过去",提出"将在、曾在、此在"这一"时间性"作为人的整体性而体现出"烦"来,而萨特在《存在与虚无》中同样提出"时间性"这一问题,不过,后者是从现象学这一角度来解释的：时间性体现出自为之我与自身（自我性）的一维性。而巴赫金,我们认为,他对时间整体（包括上面的空间整体,下面的涵义整体在内）也视为人的整体。不过,巴赫金与存在主义者不同的地方是,前者用来阐释真实的世界中的人,属于哲学范畴；而巴赫金则用来阐释文艺作品中的世界,阐释美学中的人的形象——主人公。他把时间性与人的自为、为他都融合在主人公身上,把主人公看作是一个活跃在艺术世界中活生生的人,来为自己的创作美学服务。这不能不说是一种创新性应用。就巴赫金的美学理论来说,谈及时间整体,就会涉及我的时间与他人的时间。我的时间指的是我的内在之人,他人时间说的是主人公的内在之人。而内在之人又指的是心灵、精神以及永生,也就是生与死问题,非时间问题,永恒问题。由于存在着两个不同的内在之人,也就存在着我的心灵与他人心灵的不同,我的死与他人的死的区别。我的心灵,在他人眼里则是精神,反之也一样,他人的心灵,在我的眼中是精神。"心灵作为在时间中成长的内在整体,作为给定的实有的整体,是通过审美的范畴构建起来的。这就是从外部在他人身上呈现出来的精神。"②心灵与精神的不同,是由不同的时间和空间造成的,也就是外位性问题,一个他人存在的问题。艺术家需要用话语、颜色、声音、石头等来描写和表现客体的精神和心灵（从这里可以看出空间艺术和时间艺术在审美客体中是融合在一起的）。心灵作为在时间中成长的内在之人的整体,是艺术家描写的对象。心灵所涉及的永生问题,是我们在他人身上体验到的价值整体。

---

① 《巴赫金全集》,河北教育出版社,2009 年,第一卷,第 125—126 页。
② 同上书,第 208 页。

这是一种表现为内在之人（生命）的时间绵延，还有一种表现在外在的时间运动。这就是时间的过去、现在和将来范畴，即生成、变化的过程。在这里，巴赫金看重的是将来，因为将来是一种涵义（смысл）、即潜在的涵义，将来是价值；而涵义是未来、是意愿、意志自由、道德自由，是与绝对的整体时间性相对立的。涵义也是与现在和过去（因为现在和过去不具涵义）相对立。他在文中这样写道："我总是在设定性的世界里才能找到自己，总是在我的已存在时间之外找到自己，而我自己就涵义和价值而言是个还有待实现之人。而在时间里（如果完全排除设定性的话）我找到的只能是零散的意向、为实现的愿望和追求——我可能有的整体性的 membra disjecta；而那个可以把它们组合起来、赋予生命和形成的东西，也就是它们的心灵、真实的我的自为之我，则还未在存在中出现，还是一个设定的东西，即将出现的东西。我要界定我自己，确定地（确切说是给定了一个设定的任务，是给定了设定性）不能通过表示时间存在的范畴，而要通过尚未存在的范畴，通过目的和涵义的范畴，要在于我过去和现在一切实有相对立的具有涵义的未来之中。存在（быть）对自己而言，意味着自己尚待实现（已无可实现，此地一切全在，那就意味着精神上的死亡）。"①

上述一段引文表明了巴赫金的时间观的实质，那就是只有未来才能表现出"自为之我"的价值和精神，表现出"涵义"来。因此，当我们在表现、描绘主人公时，要表现这种"存在"，即未来的存在；没有了未来，没有了涵义，也就没有了"尚待实现"之我，就意味着精神上的死亡。

巴赫金对未来之重视，就此而言，颇有海德格尔的味道。不过，巴赫金的这篇文章，要比海德格尔的早好几年。对美好未来的锺憬，是每个作者和主人公的理想与愿望，无可厚非。不过，这种由将来到现在再到过去的个性参与者，就其内在之人来说是否受到了生命哲学的某些影响？因为，生命哲学的一个基本点是强调生命的自身运动，时间是绵延，是内在之人，在本质上说，生命与时间紧密联系在一起，时间概念是理解生命的钥匙。生命哲学的基本点就在这里（也就在这里生命哲学否定时间的客观性）。巴赫金的这种作者与主人公的美学理论，是地地道道地与生命哲学展开面对面的对话之理论，表明了"我的已存在时间之外找到自己"，在预设性实现"真实的自为之我"。

巴赫金的"内在之人"是与时间（生命）紧紧结合在一起的。因此，

---

① 《巴赫金全集》，河北教育出版社，2009年，第一卷，第231页。

时间就与生、死问题联系到一起。这里想要着重提出的，外在之人的死亡与内在之人——精神上的永生问题联系在一起。没有死亡，生命就失去了意义。生命因死亡而大放异彩，因死亡而更加憧憬珍爱生命。在这里，对死亡问题，存在着形形色色的人生观和价值观。有人表现出鄙俗的恐惧，有人则是忧郁的麻木，有人表现为胆怯的畏惧，有人则大义凛然，视死如归。对死亡的不同理解，表现出不同人格和精神。然而，这里还涉及人类特有的伦理问题，表现出对死亡的伦理学的价值涵义，存在着自己之死与他人之死的区别。担心自己之死而向往长寿，与怕他人之死而力求保全他人的生命，是两种不同性质、不同价值、不同道德体系的事件。这里，主要的是我的整个生活因失去他人而失去自身的价值，这就是说，我的价值是体现在他人身上（为人民服务、做好事、讲奉献就是这个道理）。重视他人生命对我的生命的决定性意义，表现出为他人而死，舍己救人，是精神、生命的永恒的表现。这就是巴赫金把时间作为内在之人（生命）的时间观的本质所在。

主人公的涵义整体。 巴赫金认为涵义是塑造主人公的三个不可分割的要素之一。艺术躯体总是由心灵而获得生命，而心灵是不能离开价值涵义立场，离不开涵义的专门形态，如性格、典型、身份等。涵义整体中同样要求作者的外位立场，方能塑造主人公。巴赫金在这一章里分别解释了行为、自省自白、自传、抒情主人公、传记、性格、典型、人物、圣徒传等方面来阐释涵义整体的。他认为，在自省自白中，既没有主人公也没有作者，主人公与作者是融为一体的。因此自省自白算不了是件艺术作品。只有当我们阅读它时，出现了一个外位立场、读者这一他人立场时，注入了一系列外位因素（时间和空间是基本的外位因素）时，就完成了作品的意义。我们就可以把它当成一件艺术作品来看待。至于自传作品，这里的作者与主人公在艺术之外可以说是同一个人。因此就艺术时空来说，两者是最接近的，作者仿佛被主人公同化了。两个时间圆圈似乎重叠了。但在传记主人公里存在着三种不同的形式：一是惊险英雄型，二是立志得到别人之爱型，三是立志体验离奇惊险的生活，体验外在和内心的生活多样化。有关对他们主人公时间的描写，我们在下一章详谈。因为在巴赫金30年代的文章《长篇小说的时间和时空体形式》中，对各种小说的时间作了分析。抒情诗中的主人公与作者，也可以看作是一个人。因为对内在之人的客观化可能成为自我客观化。作者和主人公的两个时间圆圈是重叠在一起的。[①]这也是说作者时间与主人公时间的合二为一，两个时间圆圈是重合

[①] 《巴赫金全集》，河北教育出版社，2009年，第一卷，第275页。

的。在谈及命运时，巴赫金认为，用命运来塑造主人公，是建构古典型主人公的主要手段。因为命运崇尚因果关系，是对涵义的过去进行艺术处理的形式。因为命运不是主人公的自为之我，而是他的存在，是给定了的东西，是"永恒的过去"。① 因而，由命运来塑造的主人公，强调了时间的因果联系，有前因就有后果，一切都是以前安排好了的。"永恒的过去"指的就是这一意思。而浪漫型主人公是一种"观念价值"，主人公是观念的化身。他的人生道路，他的生活事件以及物质环境都带有象征性质。因此浪漫型的作者的外位立场不如古典型那么坚定。浪漫主义主人公的时间和空间因此不是囿于现实的时间和空间。巴赫金认为，"浪漫主义是无尽的主人公形式：作者对主人公的反馈进入主人公内部改变着主人公；主人公把作者对他的一切外位性界定都接了过去，使其服务于自己，服务于自我发展和自我界定；这一自我发展因此而变成无尽的了。"② 因此，浪漫主义的主人公，是囿于自身时间的。而对于圣徒传的时间，圣徒的一生是皈依上帝的一生，因而这里的艺术时间和空间是假定性的，"排除了一切对该时代、该民族（例如圣像画中基督的民族典型性）、特定社会状况、特定年龄来说具有典型性的成分，排除行为时间和地点的准确标志。这一切……使得圣徒的言行似乎从一开始就在永恒中进行"，③ 可以说，圣徒传的时间是一种非时间、神话时间。

主人公的涵义整体所具有的表现形式就是这样。不管情况如何，文艺小说的作者与主人公的关系（主人公与作者的斗争，相互接近或疏远）中，作者总是要踞于主人公之上。而从时间上说，它们是相切的关系，或者，由于作者时间范围大，它囊括了主人公时间，或是并列、对照，有自己的观点立场和方法，但不能互为渗透。作者与主人公在时间上的独立性，是我们要牢牢铭记于心的。因为。它是巴赫金一切哲学思想的根本。我们目前也常说要"换位"思考，就是这个意思：不能融为一体，不能互为取代，也不能相互渗透，只能并列，他们的关系是对话关系。

作者问题。巴赫金在本文中对作者与主人公的关系论述时还提及作者问题。这时，巴赫金已把主人公作为作者的"他人之我"，即另一个"我"来对待，已经提出双主体问题，给作者与主人公之间的对话埋下伏笔，但明显地提出他们之间的对话还是20年代末《陀思妥耶夫斯基创作问题》一书上。我们打算在下面的"巴赫金论作者的赫罗诺托普"一节中对作者问题作专门的探讨，就不再在这里赘言了。

---

① 《巴赫金全集》，河北教育出版社，2009年，第一卷，第283页。
② 同上书，第287页。
③ 同上书，第292页。

第七章 20世纪30年代巴赫金的赫罗诺托普理论

当时间指针指向30-40年代时，尽管巴赫金处于流放时期，处境艰难，但他在学术上艺术时间和空间方面的研究所取得的成就，可用"辉煌"二字来形容。这体现在他独特的《长篇小说的时间形式和时空体形式》一书及其他著作。

在对赫罗诺托普的阐释中，巴赫金直接指明它的重大的体裁意义。他认为，文学体裁以及体裁类型完全是由赫罗诺托普决定的，而且，在文学中，赫罗诺托普中的主导因素是时间，同时，赫罗诺托普在很大程度上决定了文学中人的形象。这个人的形象在很大程度上是被赫罗诺托普化了的。

然而，在30年代之前，在苏联以及世界文艺学界对如此重要的题材未加或很少研究。我们在前面章节的论述中已见端倪。巴赫金说，"只是在不久前，才开始（在我们这里和在国外）认真研究艺术和文学中的时间和赫罗诺托普形式。"[①] 而像巴赫金那样对从古希腊文学到近代欧洲文学作如此系统的时间和空间研究，是前无古人的创新之举。因此他谦虚地说，"这项工作在其今后的发展中，将会充实、也可能在很大程度上修正我们在这里对长篇小说的赫罗诺托普所作的说明。"[②] 上面提及的苏联文艺学如此波澜壮阔的对艺术时间理论及小说中时间的研究，是对巴赫金这一思想的继承与发展。

纵观巴赫金的赫罗诺托普理论，发现有一条基本的线索贯穿其始终。这就是艺术（特别是长篇小说）也像其他科学一样，在自身的发展过程中不断地对真实时间和空间的理解和把握。文艺学的这一研究，就是要发现这一历史时间的主旋律。因而他研究了古希腊小说、骑士小说、拉伯雷小说、歌德小说以及陀思妥耶夫斯基的小说，发现他们的赫罗诺托普各具特色。但是，这是对历史时间和空间的认识和把握的步步深入：小说的时

[①] 《巴赫金全集》，河北教育出版社，2009年，第三卷，第271页。
[②] 同上书，第271页。

间，在开始时是与日常生活时间、历史时间较为离远，随着时代的前进，小说时间也渐渐地向历史时间靠近，而之后，又慢慢地渐行渐远，但永远脱离不开历史时间。这条小说时间的曲折流程，构成了巴赫金的赫罗诺托普理论的基本内容，也形成了对艺术（小说）时间发展史的构建。巴赫金的研究，发现了时间发展的规律，是独特的，前无古人的。在这方面，上面曾经提及，利哈乔夫在60年代以古俄罗斯文学为材料完成了艺术时间诗学的写作，也仅仅是对古俄罗斯文学的艺术时间的描绘，并未提出规律性问题。而巴赫金则在30年代就完成了欧洲文学艺术时间史的研究时，提出了某种规律性，这就是他们之间的区别。我们在下面分析巴赫金对欧洲小说时间的研究时，会得到某种印证。

第一节 古希腊小说的三种赫罗诺托普类型

文学体裁，又称"式样"，是指文学作品的各种类型，有小说，戏剧，诗歌之分，还可以再细分为许多子类：长篇小说，短篇小说，等等。巴赫金是从小说的体裁出发来研究小说及其赫罗诺托普的，也就是说，赫罗诺托普是决定小说体裁的基本因素。产生在古希腊罗马土壤上的三种重要的小说体裁类型，相应地也创造出了三种小说的赫罗诺托普。这三种类型小说几乎决定了整个欧洲文学的发展方向。巴赫金认为，在小说的赫罗诺托普中，时间处于主要地位，是主导因素（这点说明巴赫金继承了莱辛的思想），因而也是研究赫罗诺托普时的重点。因此，在研究这三种小说的赫罗诺托普时，不但可以看出欧洲小说、文学的发展脉络，也可以看出人类对历史时间、真实时间的把握情况。因此对小说中的赫罗诺托普的研究具有重大意义。

古希腊罗马小说的第一种类型：传奇考验小说（авантюрный роман испытания）(《巴赫金全集》译为传奇教谕小说)。巴赫金把形成于公元2—6世纪的全部所谓"希腊小说"或称之为"诡辩小说"都归于它的范畴。这一小说所呈现出来的情节时间，当然也属于"传奇时间（авантюрное время）"（注：亦可译为惊险时间）。这种小说的情节故事是这样的：

一对婚龄男女，出身不详，带点神秘感（有的不是如此）。两人美貌异常，纯真无邪。他们不期而遇，一般是喜庆佳节。两人一见钟情，缠绵缱绻，如同命运，如同顽症。可是他们不能马上完婚。男方遇到麻烦，只得延缓婚期。一对恋人因而各自东西，相互寻找，终于重逢。而后又失散,再相聚。恋人们常见的障碍和奇遇有:婚前夜新娘被劫,双亲(如果有的话)反对这门亲事,而给相爱之人另择新偶(虚设的新偶),于是恋人双双出逃。他们在旅途中遭遇挫折。海上遇险,而人奇迹般得救,尔后复遇海盗,被劫打入牢笼。男女主人公的童贞险遭侵犯。女主角作为赎罪的羔羊,战争和战斗的战利品出现。被卖作奴隶。假死,改头换面。认出或错过。虚构的情变。纯洁和忠贞的亵渎。横加的罪名。法庭的审判。法警查验恋人的纯洁和忠诚。男女主人公找到自己的亲人(如他们以前还未出场的话)。同萍水相逢的朋友或敌人谋面,占卜、扶乩、圆梦、预感、迷魂药。小说以恋人完婚的圆满结局告终。①

  小说的这一情节是建立在现实的"超时间空白"之上的。为什么这么说呢?第一,在男女主人公之间一见钟情开始,以他们圆满地终成眷属结束。传记生活中以及传记时间中的这两个相邻之点,直接结合到一起,首尾互为呼应,似乎他们之间什么事儿都没有发生。在这两个相邻的时间点之间所出现的间隔、停顿、空白(整个小说的情节恰恰都建立在这些之上),都没有进入传记时间序列之中而是置身于传记时间之外。这是因为,所发生的一切事故,并不改变主人公生活中的任何东西,不给主人公的生活增添如何新东西,所有事件、磨难只是对男女主人公爱情的考验而已。这就是情节上的"超时间空白",就是说,他不在传记时间之内的时间空白点上。

  第二,这种时间在生理上说不存在时间的长度、年龄的长度,没有"生物学时间"。男女主人公的年龄,从青年经过中年步入老年,要么全然不顾,要么只是形式上的点缀而已。男女主人公是在结婚论家的年岁时邂逅的,那时他们年轻漂亮,貌美英俊,但在经过难以数计的奇遇和磨难后,他们在结婚时,依然一如故我,在容颜上没作一丝一毫的改变。所以说,这种十分紧张而捉摸不定的时间,是在主人公的年龄之外,不计入主人公的年龄之中。这就是生理时间上存在的"超时间空白"。

  这种"超时间空白"既不进入历史时间,不进入日常生活时间,也不进入传记时间和起码的生理时间。因此,可以说,这是一种"非时间",或曰"神话时间",尽管其发生的一切变故都是现实的存在之中。这种时间没有任何的历史特征,没有现在、过去,更没有将来。没有时间上的发展。事件的一个个变化,像走马灯似的,但没有表明时间的变化和发展,时间是静止不动的,人物是静止不动的,其周围世界也是静止不动的。世

---

① 《巴赫金全集》,河北教育出版社,2009年,第三卷,第272—273页。

界只是区分为个别事物、现象和事件，它们只是比邻和交替，没有变化。因此，可以说，小说的开头与结尾的两个时间点是重合的。换言之，如上所说，是"空白点"。

那么，这种非时间的情节，或曰神话时间的情节，是用什么手段（手法、技巧）组织起来的呢？巴赫金认为，是用"突然"和"无巧不成书"的手法组织起来的。

"突然"和"无巧不成书"最贴切地说明了这种时间的整体特征。本来这一时间在开始时，或产生作用时，是正常的，合乎逻辑常理的，但突然间，出了一件不合情理的事儿，把正常的逻辑打乱，把本来不应同处一地或各处一地的变得都同处一地了。这是上天安排好了的，是命运在使然，是命运在作弄人，故我们说它是神话时间。现举几个例子说明。在阿克利斯·塔提俄斯的《列弗基帕和克里托封》故事中，当克里托封一见列弗基帕，双双坠入爱情，但克里托封的父亲为他物色到了另一个未婚妻，并忙碌安排婚礼事宜，选定次日完婚，并已带来了预先定好的供品。"我一听到这个消息，认为自己全完了，就开始琢磨耍个滑头，借口把婚礼推迟。正当我寻思这事的功夫，突然间男房那边腾起喧哗声。"原来是一只老鹰偷走了父亲备好的供奉用肉。这是个不祥之兆，于是婚期不得不推迟几天。恰恰在这几天里，由于偶然的原因，克里托封的未婚妻被人误认为是列弗基帕而被抢走了。

克里托封决定潜入列弗基帕闺室。刚一进去，她的母亲恰好就被噩梦惊醒，堵住了克里托封，没等她认出是谁，克里托封就溜开了。他们俩害怕第二天真相败露，就一起私奔跑了。随后的整个逃跑故事，都建立在一连串不利于男女主人公的"突然间"和"无巧不成书"等偶然性上。"看管我们的柯马尔，这一天偶然出了门，去给她的女主人办什么事……"在船上，"一个男青年偶然坐到了我们身边"，"航行第三天，晴朗的天空突然出现了一团黑云，遮住了日光"，风暴大起，"海船遇险，船身断裂，我们好似被某种神力救了，被海浪抛到了海岸。"当他们被海盗劫持后，克里托封坚信列弗基帕被海盗当作祭品，死在他们手里，他正要举枪自杀殉情时，突然看到有两个人向他跑来，"我出乎意料地看到了他们"，并得知列弗基帕没有死。

在小说快要结束时，克里托封因遭诬陷而被判处死刑，"我被加上镣铐，扒光衣服，吊到绞刑架上。刽子手拿来鞭子，另一些人准备好绳索，点起了一堆火。克里尼嚎叫起来，呼唤神灵。忽然间大家看见祭司阿尔杰米达走来，头上戴着花冠。他的到来，意味着庄严的祭神队伍即将光临。"

每逢这种情况，执行处死得推迟几天，等祭礼者结束祭奠。就这样，我当时又给解下了镣铐。"①

就这样，整个传奇故事都处在这种偶然性的、突然性的、无巧不成书的共存一处，传奇时间或曰惊险时间过着这种异常的紧张生活。但是，这种紧张的生活不在主人公身上留下任何痕迹，全部时间点都受别的一种力量支配。这就是机遇、适逢其时。不然，若迟一刻或早一时，故事就会向另一种脉络发展。然而，这种机遇，适逢其时，不是主人公主动性的把握，也就是说，主动性不在主人公手里，主人公是被动的，是被他人、被神灵、被命运牵着鼻子走的。在这里可以看出，这种传奇时间，是他人时间，不是主人公的"我"的积极性时间，对主人公来说时间是静止的。

这种传奇时间需要一种特别的空间，需要空间的广阔性、离散性、抽象性。空间的抽象性、离散性，是指传奇故事的展开，需要许多空间，各种现象的偶然共时和偶然异时，都是同空间联系着的。这种空间的特征首先看它的远近，就是与发生的事件的空间远近程度如何。为了使克里托封的自杀被制止，必须让他的朋友及时地赶到那里。为了不误事，朋友就得跑步去他那里，克服遥远的空间距离。为了在小说结尾处克里托封未被绞死，祭司阿尔杰米达必须在行刑前赶到刑场。劫持的前提是要把被劫持者迅速带往遥远的不被人知的地方。追赶则要求长途跋涉，克服空间上的障碍。俘获和监禁意味着把主人公孤立隔绝在某个特定的空间点上，阻止了进一步的追捕和抓获。因而，劫持、逃跑、追赶、搜查、追捕、监禁，在古希腊罗马小说里起着重要作用。这种小说需要广阔的空间，需要陆地和海洋，有时需要不同的国度，然而，这种空间又是抽象的，它们在哪里？是哪个国家，哪个海洋？是无所谓的，它们同某个国家的政治制度，文化和历史特点，经济情况关系不大，只要满足故事情节上的"机遇"即可，即偶然的相遇与分手，同处一地或各处异地即可。因而我们说它是抽象的空间（有时大略知道在哪个地方，如欧洲和非洲，也只是一般的猜测，与故事情节的展开无关）。小说所展开的世界，对主人公来说，只存在着偶然的共时性和异时性。

这种小说的情节安排都是为了对男女主人公的爱情的考验。故事结束时，也就是他们在经历了在现实中是难以想象的、不会存在的形形色色的事件、磨难、艰苦环境、生与死的考验后，终成眷属。情节的安排，布局的展开，时空的运用都是围绕着作者的这一艺术构思而建立起来的。

---

① 《巴赫金全集》，河北教育出版社，2009年，第三卷，第279页。

这就是古希腊罗马第一类型——传奇考验小说时间和空间的情况。

古希腊小说的第二种类型：传奇世俗小说（авантюрно-бытовый роман）。这种小说，从严格意义上说，只有两部：彼得罗尼乌斯的《萨基里康》（片段）和阿普列乌斯的《金驴记》。现来说说《金驴记》。（但在《教育小说及其在现实主义历史中的意义》一文中，巴赫金把这两部小说归于漫游小说，由于是残篇，未见展开论述。）

这一类小说的时间，首先引人注目的是传奇时间和世俗时间的结合，正如名字里所反映出来的那样。但这不是这两种时间的机械相加。在这类小说中，传奇时间也好，世俗日常时间也好，都要发生某种变化，创造出一个新的赫罗诺托普。

《金驴记》的情节，绝不是现实生活中，也不是在第一类小说"相识——结婚"两个时间点之间的那种超时间空白上展开。恰恰相反，正是主人公鲁巧生活道路的主要事件构成了小说的情节。对这一生活历程的描述的两个特点，构成了这部小说的艺术时间的特点。这两个特点是：第一，鲁巧的生活旅程——"变形"为其外表；第二，生活旅程本身同变成驴形的鲁巧的流浪的历程融为一体。

这两个特点决定了这一传奇世俗时间在主人公的人生道路上留下了深刻的、不可磨灭的印记。主人公从一个冒失、轻率、好大喜功的人变成一个纯洁、天真无邪的人。

作者在情节主线中描写了三个鲁巧的形象：变成毛驴前的鲁巧，变成毛驴的鲁巧，以及得到宗教神秘剧似的净化和新生的鲁巧。这完全是一个罪人——赎罪——皈依教规的圣人形象。这是世俗时间里常见的情节。但又不是在严格意义上的传记时间里展开。因为它只描绘人生中特别的完全异常的一些时段（这里只是变驴后的生活），不过，这给他今后的生活产生巨大影响：他走上了教师和祭司的传记性人生道路。所以，这就决定了这一传奇时间的特点——给人生的传记时间留下了印记，但它又是传奇时间，也是由机遇、偶然的同时性和偶然的异时性决定的。

不过，这里的"机遇"与第一类希腊小说的"机遇"性质不同。男主人公鲁巧是个好色、天真、冒失、爱幻想的青年。他想让女巫给他变成一只小鸟，可以自由自在地像只小鸟一样生活。但是，女巫的女仆弗季达偶然地、意外地拿错了药，把变毛驴的药误当作变鸟儿的药交给了鲁巧。恰好这时家里没有了能使毛驴变回人形的玫瑰花。赶巧那天夜里偶然来了一伙强盗，把毛驴抢走。在随后驴子自身的一切奇遇中，机遇都在起作用。偶然性一次次妨碍了驴子鲁巧变回人形。但是，我们应该看到，在这里，机遇的主动权、积极性是有限度的。不是机遇，是鲁巧的好色、轻浮，不当的好奇心，促使他去玩可怕的巫术。这是他自己的过错，是他不当的好奇心，使得机遇得逞。罪过是他自己。所以，传奇序列的第一个环节是主人公自己和他的性格，不是机遇。

就是最后一个环节，传奇时间的结尾也是如此。鲁巧是被爱希斯女神救的，但女神在这里的作用不是像第一类小说的天神那样的给予"幸运的机会"，而是引导鲁巧改恶从善的良师。也就是说，女神仅仅指明了方向，行动还得鲁巧自己来实行，是主人公幡然悔悟后表现出来的积极性和主动精神。这样使得机遇和偶然性改变了性质，获得了新义。这里，鲁巧恢复人形后爱希斯祭司的一段话很有代表性：

"你看，鲁巧，经过命运给你安排的那么多不幸，担了那么多风险，你终于得到了平静的生活，知道了仁慈的上帝。出身、地位、你的那些学问，对你都没有用。因为由于你的年轻，欲望成了淫色的俘虏之后，还是受到了命运的报复。惩罚你不适宜的好奇心。不过，盲目的命运在用种种险恶折磨你的时候，你自己无意中把你引向了真正的幸福。让这种命运去发怒吧，它得另找一个牺牲品去胡作非为了。因为在献身于我们最高女神的人们当中，没有给致命的偶然性以立足之地。命运让你同强盗、野兽打交道，让你当奴隶，四面八方全是严酷的经历，每日每时都等待死神，可它自己得到了什么好处呢？如今你得到了另一种命运的保护，这个命运已是看得见的，而不再是盲人；它的光芒甚至普照着其他的天神。"①

这里明确地道出了鲁巧自身的过错，是这一过错沦为机遇（"盲目的命运"）的控制之下。但由于在女神爱希斯的指引，鲁巧摆脱了"盲目的命运"的控制，走向了净化，即重新做人的道路。因此，巴赫金认为，传奇时间是一个"过错——惩罚——赎罪——幸福"的时间序列。这一序列决定着变形的本身，即主人公的多次形象的交替：轻浮的鲁巧——变成驴形后的受难鲁巧——净化和醒悟后的高尚鲁巧；其次，这一序列还带有必然性成分：过错之后受到必然的惩罚，而承受惩罚后则是重新做人，得到幸福。而第一类传奇小说中则没有这种成分，一切都是偶然性在作祟；再次，这个必然性又是人类的必然性，不是在人类生活之外的那种机械的必然性。总之，做人的责任心是这一序列的基础。所以，这里的变形的基础虽然是神话性质的，却能做到了把握时间的重要的现实方面，即人生的道路。因此，巴赫金得出结论说，传奇世俗时间摒弃了第一类小说的那种

---

① 《巴赫金全集》，河北教育出版社，2009年，第三卷，第305页。

抽象性而要求小说叙述的具体性。

这种具体性表现在主人公变成毛驴后的经历。例如，他被牲口贩子的百般凌辱，在磨坊受的折磨，在士兵、厨师、面包师家里遭到的鞭挞等等，把底层百姓的人生道路、艰苦生活作了借喻式的历历再现，同时又利用他是牲口的有利条件，耳闻目睹了人世间的丑陋、卑劣行径，把世界的"里子"（其实是日常的私人生活，偷情、情杀等等）赤裸裸地暴露在光天化日之下。不过，这里暴露出来的是日常生活的碎片，不是真正的日常生活。就其时间来说，也不是日常生活的循环时间。虽然它揭示了社会的多样化，但没有涉及社会矛盾，因而也没有获得时间的圆满性。这样，这一小说所呈现的各不相同的世俗时间段，与小说主航道，即基本的核心时间序列——过错——惩罚——赎罪——净化——新生幸福——的关系，不是平行的，也不是交织在一起的，而是构成一个垂直相交的关系（相交点是惩罚——赎罪）。

如此一来，这一小说的时间不是历史时间，在它那里看不出成长过程，那种变形是静态的，空间是离散的，其赫罗诺托普是受机遇决定的，没有一个统一的日常生活时间，对人物来说，这一世界只存在着偶然的"共时性"和"异时性"，因此难于获得时间的完整性与历时性了（但可见端倪，因为揭示了一定的矛盾）。

这一历史过程，在另一部传奇世俗小说彼得罗尼乌斯的《萨基里康》中向前推进了一步。在这一小说中，传奇时间同日常生活时间交织在一起。主人公们（恩柯尔皮乌斯等人）的流浪和奇遇，不是以明显的变形为基础，不是以过错——惩罚——赎罪这一特殊序列为基础。这些东西在这里为被震怒的普里阿波神的不断追踪的情节所取代，不过，主人公们对私人生活的态度，完全与驴子鲁巧一个样。这是一些骗子及暗探、招摇撞骗者、寄生虫，他们窥视、偷听私人生活中一些厚颜无耻之事。在这一私人生活的揭示中，可见到历史时间留下的模糊痕迹。但总的来说，历史时间并未形成。

在传奇世俗型的作品中，变形因素（罪过——危机——赎罪——圣洁）上升到了首位，传奇世俗的内容，以揭示罪孽生活的形式，或以忏悔自白的形式出现。这种小说，可以说与第三类古希腊罗马的小说比较接近了。

古希腊小说的第三种类型：传记（биография）和自传（автобиография）。这类小说也是在古希腊罗马的土壤上孕育而成。这种传记和自传重要的有两种类型。第一种我们姑且称它为柏拉图型，因为这一类型最早地表现在柏拉图的《苏格拉底申辩记》和《斐多篇》一类作品中。这一类型所表现出来的是"寻求真知者的生活道路"的赫罗诺托普。在稍后一点的《教育小说及其在现实主义历史中的意义》中,巴赫金则把早期基督教时期的奥古斯丁的《忏悔录》也包括在内。

由柏拉图所描绘这一模式的传记中,还包含有危机和变化的因素,先知的话就是苏格拉底生活道路的转折点,而上一章说及的"变化故事",也同这一模式关系密切。苏格拉底的道路,从《苏格拉底申辩论》揭示的情况来看,就是通过公开演说而表现出来的。真实的传记时间,在这里几乎完全融化在这一变化的理想时间,甚至抽象的时间里了。

第二种希腊类型,是雄辩体自传和传记。谈到这一类型,首先必须指出,这种类型的自传和传记,不是书面文学作品,没有脱离开公开发表它们的具体社会政治事件,而是相反,它们受这一事件的制约。它们是真实的人们公开宣扬或公开自我剖白公民政治的言行行为。因此这里重要的不单是它们的内在的赫罗诺托普(即被描绘的生活时空),而主要是外在的真实的赫罗诺托普;在这个赫罗诺托普中,对自己的和他人的生活的描绘,作为公开宣扬或作为剖白的公民政治行为得到了实现。正是在这个赫罗诺托普的条件下,在这个自己和他人的生活得到揭示(公开)的赫罗诺托普中,人的形象和他的生活形象才脱颖而出,也得到一定的阐发。

这个真实的赫罗诺托普,就是广场。巴赫金认为,传记人的形象在这个广场上不可能存有任何个人的秘密,一切都是公开的,他身上绝无"为一己(для себя одного)"的东西。那时虽然开始萌发自我意识,但还没有内在之人,即"自为之人(человек для себя)"(自为之我 я для себя);没有一种对自己的特殊态度。人的统一性,他的自我意识,全然是公开的。这表现在文学上,就是这样的,不知节制地放纵,在我们的观点看来一切精神的和内在的东西,都被物质化、被外在化了。因此,也可以说,内在的精神的时间被外在化、空间化了。这可以说是时间"空间化"手法,不过,与陀思妥耶夫斯基的时间"空间化"不可相提并论,因为它处在初级的萌芽之中,因为那时不存在"我的时间"或"自我时间"。

对雄辩体自传的赫罗诺托普的情况,巴赫金举了伊索克拉底自传为例。这是向公众所作的关于自己一生的颂扬性报告。如上面说的传记一样,人的自我意识都向外界开放,作为一种外向的因素表现出来的。这里不存在自我的时间。然而应该记住,这一自传的出现,是在人的希腊式公共的完整性开始瓦解的时代。这部作品或多或少也带有雄辩的形式及抽象的性质。

罗马的自传和回忆录，则是另一种现实的赫罗诺托普。它们所依托的生活基础是罗马的家庭，以家庭、家族为背景，与国家直接融为一体，家庭的宗族偶像是国家偶像的继续。这种自传体小说的赫罗诺托普带有公共性质，故可以名其为公共的、历史的和国家民族性质的赫罗诺托普。这就是罗马时期的自传体小说所表现出的历史性与希腊时期的不同的地方。

这一时期的自传（和传记）的另一个特点，在巴赫金看来，是它的征兆（предзнаменование）和释义（истолкование）的作用，就是它们对作品情节的组织作用。不管这种种征兆涉及的是某个事件，还是整个生活，个人的独特因素总是与公共国家民族的因素不可分割地结合在一起。个人命运与国家的命运紧紧地结合在一起，特别是那些统治者或统帅，如苏拉和凯撒。

在罗马和希腊化时期，还出现了一种自传形式，即"叙述自己"的作品。这种作品是在柏拉图模式的影响下形成的。它把注意力集中在自己身上，反映了自身时间的客观化过程，获得了某种初级的新型的公共性。这给后来的作家，如乔叟、歌德等以巨大影响。

以上的古希腊罗马的几种自传形式，可以称其为人的公共自我意识的形成。即使人的自我意识的初步形成，就赫罗诺托普来说，历史时间在这里，已经十分明显了，因为，它与国家民族的命运结合在一起了。

巴赫金认为，还存在着一种传记形式，这就是在亚里士多德的"隐德莱希"理论，即描写性格的"颠倒法"（最后目的同时亦为发展的最先起因）的影响下，所出现的古希腊的自传和传记体作品。在这个基础上形成了古希腊罗马的两种类型的传记。

第一类可称作唯能型（энергетический）。它的基础是亚里士多德对"能"这一概念的理解。人的全部存在和本质不是状态，而是行动，活动的力量（即能）。这个"能"就是性格在行为和表现中的展开。在自身的"能"之外便不会有性格的存在。要描绘和表现人的性格，不能胪列人的美德和恶行，而是要描绘人的行动、言语及其他表现。

这种唯能型的传记的代表是普卢塔克。普卢塔克作品中的传记时间，手法特殊。这是对性格揭示的时间，不是以人的成长和发展为基准的时间。在这里，时间是可以逆转的，没有时序一说，种种表现在时间上的东西都可以倒置，时间上的哪个早些、哪个晚些，与形成性格关系不大。揭示性格的方法是去充实或填满，而不是变化发展，因为性格一开始就被确定了的。所以，普卢塔克作品中的对传记描写法，只是用行动、言语或其他表现去充实性格而已。不过,他的这一描写技巧对以后的文学,特别是戏剧(唯能型传记实质上是戏剧)产生了巨大的影响。

第二类传记可称之为分析型(аналитический)。这类传记的基础是把传记材料分解成一个个栏目:社会生活、家庭生活、战时行为,对朋友的态度,值得牢记的格言、美德、罪过、外貌、习俗等等,把主人公不同性质不同时期的事件,分门别类地填入上述各项中,每一个特点都举其人生中的一二件实例加以说明。

这样一来,这种小说的传记时间的序列不是个整体,也没有发展、变化,它是凌乱的,在同一个栏目中存在着不同时期的生活事件。当然,这里的主导原则依然是性格的整体性,但整体的这一部分或那一部分放在哪里,排在何时,是无关紧要的。只须开头勾勒出性格的明确框架,其余的一切便都安排在这个框架内,或者按时序(第一类传记),或者按系统(第二类传记)。

第二类古希腊罗马传记的主要代表人物是斯韦托尼。他对狭义传记体,特别是中世纪的传记产生极大影响。

上述传记体和自传体小说,其中一个共同特点是它们的公共性,就是说,传记也好,自传也好,都是与国家民族的公民政治结合在一起。但在那时的古希腊罗马的土壤上,已经萌发了表现单个人的自我意识的自传体小说,虽然新形式还没有形成,只是在公共雄辩体形式上作些改变而已。巴赫金认为,我们在这里可以看到有三种类型的变体。

第一种变体是讽刺挖苦地或幽默地描绘自己和自己的生活,采用讽刺体和刻薄责难体方式。如,贺拉斯、奥维德等人写的广为人知的诗体讽刺自传和自述。在这里,对个人的私秘因素采取讽刺和幽默的形式。

第二种变体是以西塞罗致阿吉克的书信为代表。在这类书信中,人的形象开始移向私人生活的闭锁空间,几乎是幽深隐秘的空间。

第三类变体应是斯多葛自传。这里首先应该把所谓"консолация"(劝慰)归于这一类。它的形式是同劝慰哲学的对话。如西塞罗在他女儿死后写的《Consolatio》(《劝慰》),还有《Hortensius》。后来的奥古斯丁、鲍安提乌斯以及彼得拉克也写过类似的"консолация"。马可·奥勒留的自传体《致本人》,奥古斯丁的《忏悔录》也可归于此类。

上述作品中出现了对自己的新态度,即"独自交谈(одинокие беседы с самим собою)"。劝慰体里与劝慰哲学的交谈,自然也是这样一种独自交谈。这里不要第三者,不要见证人,一切是对自身之"我"。孤独之人的自我意识,在这里寻找支柱和最高裁决,只能在自己身上,在自己的哲学里。在这种思想掌控下，有的作品出现了排斥"他人"的思想，如马可·奥勒留的作品，因为他人的存在与评价，肯定与自我意识和自我评价相左。这种自传体小说的赫罗诺托普是没有他人时间的自我闭塞空间和时间。

第二节　古希腊罗马小说赫罗诺托普之特点

巴赫金在论述了古希腊罗马的小说类型后，提出了这一小说应有"时间圆满性的最小量"以及"历史倒序"问题。特别是前者应视为是构成巴赫金的赫罗诺托普理论的核心。

"时间圆满性的最小量（минимум полноты времени）"。巴赫金认为，时间圆满性的某种最小量的存在，是一种有过去、现在、将来的时间流的存在。时间是任何小说形象必须具有的元素，因为"文学形象是时间形象"（注意，这可以看作是巴赫金直接从莱辛的文学是时间艺术的理论中推导出来的）。因而，时间圆满性的最小量必须存在于文学形象之中。他进而认为，由于这一时间最小量的存在，文学才能谈及对时代的反映。他说："在时间进程之外，在与过去和将来的联系之外，在时间圆满性之外，也就谈不上对时代的反映了。"① 现时代，若没有与过去和将来的联系，便丧失了自身的统一性，成为一个个分散的现象和事物，成为抽象的杂乱无章的堆积物。

巴赫金在得出这类小说存在着时间圆满性最小量后认为，这种时间最小量带有双重性质：第一，它具有神话色彩，也就是说，它有神话时间的成分，原因是它植根于民间神话之中，主人公的"变形"以及《萨基里康》里淫乐之神的作用，都是神话故事；第二，这一小说具有萌芽状态的历史时间。因为"传记生活不可能处在历史时间之外；时代之绵延，超越了个人的生活，首先表现为一代人。所以传记时间是真实的，它的一切时点均属人生过程的整体之中，把这一过程描写成一个限定的、不可重复的、不可逆转的过程。"② 这种历史时间使得时间有了未来。与此同时，它还触及了社会矛盾，尽管不深刻。但巴赫金认为，对社会矛盾的任何揭示，都不可避免地把时间推向未来。矛盾揭示得越深刻、越全面，那么，艺术形象中的时间圆满性就越充实、越具本质性。从这里可以看出，巴赫金反对某些理论家妄图从艺术中取消时间的做法，同时，也可以看出，他

---

① 《巴赫金全集》，河北教育出版社，2009年，第三卷，第335页。
② 同上，第221页。

是主张艺术对社会矛盾的揭示的。因为，只有对社会矛盾的揭示，才能出现未来时间，也就有时间的圆满性。小说时间的双重性——神话时间与历史时间并存，在古希腊的小说中就存在了（古希腊传记小说的这种时间，我们在谈及歌德小说的历史主义时，还要触及）。在巴赫金看来，歌德小说（例如，《威廉·迈斯特》）的历史渊源正是古希腊的这一小说体裁。

"历史倒序（историческая инверсия）"。然而，时间圆满性，并非意味着时间的线性处理，与历史时间、日常生活时间完全一致。所以巴赫金在论述这类小说时，提出对时间的主体感受问题（也就是主观心理时间问题）。我们对时间的感受，与真实时间的流程是不一样的。对时间的感受，可以把时间这条冗长无比的竹节虫可以随心所欲地切割成一段段。不过，巴赫金在这里，只提出了"历史倒序"这一对时间的描绘问题，即叙述过去的时间。因为在他看来，这一时间特征对欧洲文学形式和形象的发展起着巨大的作用。

所谓"历史倒序"，在巴赫金的眼里，不是创作方法，如对主人公的描绘，先叙述老年，再叙述少年，或童年，如托尔斯泰的《伊凡·伊里奇之死》所写的那样。这里的"历史倒序"是一种创作原则，一种创作世界观，审美世界观，一种艺术思维。简言之，它通过神话和艺术思维把目的、理想、正义、完美、人与社会的和谐等等这些未来的东西描绘成过去存在的事儿。这样，天堂、黄金时代、英雄时代、古代真理的神话、以及随后关于自然状态、自然的天生的权利等等的认识，都是过去的现象。这么一来，现在，特别是过去变得丰富多彩，而将来则丧失了具体内容，变得不可捉摸，成为虚空。人们宁愿把现实（即现在）纵向地向上和向下延伸，却不愿把时间横向地向前推移、推向将来。即使这种纵向延长被宣布为阴间的理想，是永恒的东西，是超时间的东西，那也还是要把这种超时间的永恒的东西，想象为当代的东西，已有的过去的东西。巴赫金把这种过去、现在和将来的观点看作是一种神话思维。但我们在这里还可以看到，时间的这种横向与纵向的关系，实质上是时间的"质"与"量"的关系，也是时间与空间的关系。时间的"质"是时间的过去——现在——将来范畴，而时间的"量"是时间的点和瞬间的范畴（前面提及的时间逻辑学研究就有这种划分，我们在前面涉及过）。应该指明，这一划分法为巴赫金随后的一个重要理论——时间的"空间化"的提出，埋下了伏笔。

对未来（将来）作如此观的另一论断，西方思想界十分流行的"世纪末日论"观点。这里的未来是以整个物质世界的毁灭面目出现的。未来被看作惨祸、重新混沌、神的再次降临。未来在他们看来是不可评论的、没有意义的。基督教的教义的出现，与古希腊小说不无关系。

无论是"历史倒序"的时间感受，还是"世纪末日论"，都把未来看作虚空。这种对未来的恐惧和悲观论调，影响着西方世界的整个文化界的思维，对文学的创作和发展产生着巨大的影响。

巴赫金对未来的这种观点是持否定态度的。他认为应该发现时间的新形式及时间对空间、大地的新关系，应该把真实的生活（历史）与真实的大地联系起来，应该有积极的创造的时间与世纪末日论对立起来。巴赫金认为，这一崇高的任务是由拉伯雷完成的。因为拉伯雷的小说，表现出积极向上、追求未来的时间。

第三节　时间的主观游戏——骑士小说之特色

骑士小说也与古希腊罗马小说一样，是按传奇时间来组织作品情节的。在这里，时间被分割成一段段，用"突然"这一偶然性把它们联系起来。然而，这一"突然"是与古希腊罗马小说的"突然"大相径庭。在古希腊罗马小说中，神、劫运的突然出现，使小说的基本情节发生意想不到的变化，而骑士小说中的"突然"似乎服从于某种内在的逻辑，就是为主人公建立伟大的功勋服务。

与上面所说的古希腊小说的最大区别，骑士小说的主人公发生了内在的变化。在巴赫金看来，是心理时间的出现。他们既是个性化的，又有代表性。就个性化而言，巴赫金认为，"在运用时间范畴方面所取得的重大成果是心理时间（特别在巴洛克小说中）。这一时间具有主观的直感性与绵延性（在描写险情、焦急的等待、炽烈的欲火等的时候）。但这种从心理上感受到的具体化了的时间，即使在个人人生经历的整体中，也难于真正确定在某一局部时段上。"① 可见，这种时间的抽象性比较大的。然而，小说中的主人公个个是那一世界的优秀人物，不徇私舞弊、一心为公、对爱情忠贞专一，道德高尚，具有骑士风范，使得小说更接近于史诗。小说主人公的活动范围很大，像传奇惊险小说一样，但活动的世界是一个整体，没有差异，就是说，它只是起一个背景作用，不影响主人公的行动和性格发展。从空间上说，也是一种抽象性空间。

上述特点构成了骑士小说的赫罗诺托普是一个"传奇时间中的奇妙世界"。

---

① 《巴赫金全集》，河北教育出版社，2009年，第三卷，第218页。

这一小说的时间，具体地说，有下列特色：

第一，出现了童话式的夸大时间。有时一天拉得很长，有时一天又变得极短，而在古希腊小说中，每一次奇遇时，时间机械地等同于现实，一天等于一天，一小时等于一小时。

第二，出现了梦幻对世界透视作特殊的歪曲，即颠倒了时间的时序。

第三，出现了对时间的主观游戏。这与上面两点有关联，但这里特指抒情式的拉长或缩小，整个事件有时因主人公的不认可而取消。如在《帕尔齐法尔》里，在蒙萨里瓦尔发生的一件事就消失了，似乎从未有过：即主人公没有认出国王。如此主观地摆布时间，是古希腊罗马小说所不能容忍的，在希腊小说中，时间是严肃的、清醒的、明确的。古希腊罗马时代的人们对时间怀着深深的敬意。

与对时间主观游戏一起，对空间也作了同样的处理。基本的空间透视遭到破坏，空间也作了主观激情和象征式的歪曲。

第四，他在对歌德小说的研究中，再次谈到这点。他还认为，骑士小说的时间，受到了东方思想的影响，出现了神话时间。神话时间的特点是，需要几年完成的事儿在一夜间就搞定了，或者，数年时光倏忽而逝（魔法梦幻情节）。这类小说的时间是无法计算测定的，它不是固定在某个历史时代，不在某个历史事件之中、历史条件之下，不存在历史限定性。

我们认为，骑士小说虽然缺乏历史限定性，也就是说缺乏历史时间，但他的这一做法，是时间和空间上的一个进步。虽然在某种意义上说，它距离历史时间更远了，但加深了对时间（更确切些说是艺术时间）本质的了解，距离艺术时间更近了一步。后来，在浪漫主义、象征主义以及超现实主义的作家作品中，则走得更远了。时间的主观游戏也为现实主义艺术所接受，20世纪的新现实主义作品，对历史时间的切割、重新配置、主观抒情，更是变化万端。过去，骑士小说因主人公脱离现实生活而过于接近史诗世界，遭人冷眼，而现在，它在时间上不太拘泥于史诗的历史时间，应受人青睐了。

骑士小说对时间的配置手段，在中世纪后期，发生了一些变化；这时的赫罗诺托普，也就是这个作品世界成了一种象征意义。在中世纪后期但丁的作品中，时间情节，可以说完全被排除了，幻境的现实时间以及这一时间同传记时间（人生时间）、历史时间里的一定时间点（时刻）的契合，带有纯粹象征意义。在但丁的世界里，时间（历史）不是横向向前发展，而是朝上朝下纵向垂直拉长了。这一纵向世界的时间逻辑，就是万物的完全共时性，即"万物在永恒中共存"。一切在地上被时间切割的东西，在永恒中聚合在共同的完全共时性里。只有在完全共时性的情况下，才能够揭示出过去、现在、将来一切事物的真正涵义。在巴赫金看来，将一切异时的东西变为共时的东西，将一切时间在历史中的间隔和联系，转换成纯意义上的、超时间层次上的间隔的联系，这就是但丁在形式上的创造性追求。这种把时间变空间的布局结构，被后来的评论家称其为是一种空间描写的艺术作品。

在时间上作如此的变异时为共时的布局和追求，我们认为，在但丁之后，当属陀思妥耶夫斯基的作品，而且是更高一级的变异时为共时布局的作品。

第四节　骗子、小丑、傻瓜小说中的赫罗诺托普

但丁的完全性共存，在其后的小说创作中，出现了以骗子、小丑和傻瓜为主人公小说之后，情况发生了变化。在"骗子小说"、《堂·吉诃德》，在凯维多、拉伯雷、格里美豪森、索莱尔、斯卡龙、勒萨日、伏尔泰、菲尔丁等人的作品中，形成了一种特殊的小说世界画面，特殊的赫罗诺托普。这一特殊的赫罗诺托普表现为小说在更为深刻和原则的基础上，进行着与世界上的陈规陋俗作斗争。这时，在巴赫金看来，小说存在着两条发展路线：第一条路线，即作者变形的路线，采用小丑和傻瓜两个形象（不理解陋习的天真）。在反对所有现存生活形式的虚礼、反对那些违背真正的人的天性方面，这些面具获得了特殊的意义。他们有权不理解，装糊涂，故意让人恼怒，过分夸大生活；有权讽刺模拟地说话，表里不一，假仁假义；他们有权过着几个戏剧舞台中介间的那种赫罗诺托普的生活，有权把生活描写成戏剧，把人们当成演员；有权撕去别人的伪装，有权诅咒谩骂（几乎带宗教性质的）；最后有权公开私人生活及一切隐私（包括性隐私）。

第二条路线，是把骗子、小丑、傻瓜他们当作重要人物写进小说之中（照原样或加以改头换面）。当然，更为常见的是两条路线结合在一起来描绘形象的手法。

小说发展的这两种方向，使得小说的艺术时间也发生了变化。骗子小说，基本上采用传奇世俗小说的赫罗诺托普。他们在自己的世界里生活，如同《金驴记》中的鲁巧一样，但不同的是，骗子小说在揭露陋习和整个现存的制度方面加强了。

作为骗子、小丑、傻瓜小说中的《堂·吉诃德》，也是在骑士小说的世

界中，在"自己的世界里的大道"上的这一赫罗诺托普活动的，不过，在这里，塞万提斯的小说之对历史时间的历史进程方面，艺术手法表现得尤为突出。

现实主义小说，也就是小丑、傻瓜、骗子小说的进一步发展，使得小说的赫罗诺托普也发生了变化。这里必须提及的是，被中世纪割断了的民众广场的赫罗诺托普，即公开的赫罗诺托普恢复起来了，因为，上面提到过，作者有权公开私人生活及一切隐私。当然作者走的是一条特殊的途径，以小丑、傻瓜的面具作掩护，利用小丑的神圣权利与民众联系在一起。在描绘小说的时间中用的是一种全新的方法，这种方法是因时代的新变化使小说具备了对待赫罗诺托普的新手段（现实中新大陆的发现使小说的时空随之也扩大了）。这里，表现得最为突出的是拉伯雷小说中的赫罗诺托普。

第五节　小说中田园诗的赫罗诺托普

小说史上十分重要的一类文学体裁类型是田园诗型小说。这类小说的纯粹田园诗有以下几种：爱情田园诗（基本形式是牧歌）、农事劳动田园诗、手工业田园诗、家庭田园诗。此外还有混合型田园诗，上述其中一种田园诗占主导地位。

在巴赫金看来，不论田园诗各种类型及其变体有多么不同，但其赫罗诺托普上有共同的特点。其共同点表现为：

第一，田园诗里的时间和空间保持着一种特殊的关系：生活及事件对地点的固定依附性。这里是祖国的山山水水、家乡的山岭、家乡的峡谷、家乡的河流田野和树木，还有家乡的房屋。田园诗的生活及其事件离不开祖辈居住过、其儿孙也将居住的具体的一隅空间。在这个不大的空间里，生活有限而自足，与世界的其他地方没有什么重要的联系。由于这种地点的相对固定而统一，淡化了时间的界线，所以时间大都是循环时间，天天、月月、年年都产生着重复的节奏。

第二，田园诗的内容严格地局限在为数不多的生活事件中。爱情、出生、死亡、结婚、劳动、饮食、年龄，这就是田园诗生活的基本事实。这些事实相互间接近，不存在对立；对个人生活中的和历史上发生的重要而独特的事件都是属于普通日常生活的东西，在这里却成了生活中最重要的事件。

第三，与第一点密切相关的是，人的生活与自然界生活的结合，是它们节奏的统一，成为自然现象和人生事件的共同语言。

上述这些共同的赫罗诺托普，在爱情田园诗中，表现得最为薄弱。与个人日常生活的社会假定性、复杂性和与世隔绝的孤独性相对立的，在这里则是处在大自然怀抱中的那种完全假定性的单纯生活。这种生活可归结为完全升华了的爱情。不过，在小说史上，爱情田园诗特别活跃的时候，往往与家庭田园诗和农事田园诗结合在一起。

家庭田园诗几乎从不以纯粹形式出现，它往往与农事田园诗结合在一起。这一田园诗的最大特点是劳动性质。此外，更重要的一点是，农事劳动改变了日常生活的一切因素，使它们失去了个人消费的卑微性质，变成了重要的生活事件。例如，劳动同各种节日、祭祀活动结合起来，赋予家庭的吃喝活动具有了社会性质。

到了18世纪，文学十分尖锐而明确地提出了时间问题之后，新的时间感受萌芽了。这里应该指出的是浪漫主义时间感的产生以及后来历史时间的出现，使得田园诗具有了其本质所固有的真正的时间。这样一来，田园诗就对现代小说产生了巨大影响。这种影响表现在以下五个方面：田园诗、田园诗时间和田园诗毗邻关系对地方乡土小说的影响；歌德的教育小说和斯特恩式小说中田园诗瓦解的主题；田园诗对卢梭式感伤小说的影响；田园诗对家庭小说和家族小说的影响；田园诗对各种类型小说的影响。由此使得上述各种小说的时间和空间产生了深刻的变化。例如，在乡土小说中，家庭劳动田园诗和农事或手工业田园诗发展成长为长篇小说的形式。使得这种小说的时间界线被冲淡，人类生活节奏同自然界的节奏协调一致，使得日常生活诸因素变成举足轻重的事件，并获得了情节意义。田园诗对卢梭感伤小说的影响，则表现在两个方面：一是古代综合体的基本成分——自然、爱情、家庭和生育、死亡——独立出来，并在崇高的哲学意义上得到升华，被看作是世界生命的某种永恒、伟大、明智的力量；二是把这些成分赋予了分离出来的个人意识。从这一个人意识出发，把这些成分看作是医治、纯洁、安慰个人意识的力量；个人意识必须献身、服从、融合于这种力量之中。在家庭生活和家族生活中，田园诗成分得到改造，变得十分薄弱了。这种小说的主要人物，一开始就是流浪汉，无家可归，举目无亲，一贫如洗。他在异乡他处流浪，只能遇到偶然的灾祸或好运。如菲尔丁的小说《弃儿汤姆·琼斯的历史》，斯摩莱特以及狄更斯的一些小说。田园诗瓦解的主题，在19世纪上半叶以前的作品中成了一个基本主题。特别是在资本主义社会里，田园诗的生活、心理和世界观，因不适应新的生产关系而瓦解崩溃。另一类小说在成长，如斯丹达尔、巴尔扎克、福楼拜等人小说。这里田园诗世界里的正面人物，变成了可笑、可悲、或多余的人；他要么毁灭，要么堕落为凶恶的利己主义者。田园诗影响于小说的最后一种情形，表现为小说中仅仅渗进了田园诗综合体的某些成分。这类小说的形象，都来自民间，代表着永恒的生产劳动，以及表现出对陋习和虚情假意的不理解。这种小说很多，如司各特和狄更斯作品中的仆人，从莫泊桑到普鲁斯特小说中的仆人，等等。

田园诗的赫罗诺托普以及它对后来文学发展的影响就是如此。

第六节　拉伯雷小说中狂欢化的赫罗诺托普

拉伯雷小说的赫罗诺托普是异常庞大的赫罗诺托普。文艺复兴时期的小说的情节还没有家庭空间，也没有个人的空间。拉伯雷小说的情况也是这样。他所描写的事件像上面所说的骑士小说一样，依然发生在广袤的蓝天之下，表现为征战和旅行，遍及不同的国家和地区。然而我们在拉伯雷的小说中，看到时空的质与量的正比关系。一切质上有价值的、优秀的、善良的东西都在成长、增长，那么，其量也在成长、增长。相反，一切恶的、丑的、虚假的则在退化、腐烂、死亡。这就是说，彼岸因素，中世纪的那种等级因素在瓦解，在消亡；而一种新型和谐完整的人和描写人与人的新的交往形式的新的赫罗诺托普在形成。这种真与假、新与旧、丑与美、善与恶的现象共存、交错、毗邻、存在于拉伯雷的赫罗诺托普中。

上述这种新与旧的两面性、双重性存在于拉伯雷的《巨人传》中，巴赫金从围绕着人的7大系列来分析的。这7大系列是：（解剖和生理上的）人体系列、人的服饰系列、食物系列、饮酒和醉酒系列、性生活系列、死人系列、排泄系列。当然，上述系列不是相互割裂并行不悖的，而是相互交织在一起。不过各系列都体现了拉伯雷的赫罗诺托普的双重性质、毗邻性质，也就是狂欢化性质。现在我们摘其几点来谈谈拉伯雷《巨人传》中的这一赫罗诺托普的特点。

人体系列。拉伯雷是从解剖学、生理学和自然哲学的观点上来阐释人体的。他特别想在这里表现出人及其生命的那种极其复杂性和深刻性，揭示出人的躯体在现实时空世界所具有的新地位和新意义，表现出在人和世界的血肉联系中的那种新思想，即建立起与中世纪的那种禁欲主义的彼岸思想相对立的、恢复古罗马精神的世界新图像。于是他采用了极其夸张、怪诞手法，从准确的解剖学角度描写了卡冈都亚出生，记述了战斗时人体的残害、死伤的情形。我们没有必要去引用实例，只要看一下《巨人传》便看明了，那里到处都有这种描写。这是因为与拉伯雷曾经是职业医生分不开的。人体系列的双重性，表现在卡冈都亚的出生同时又是他母亲的去世。而对他父亲来说，究竟是哭还是笑，难以定夺，于是就来个既哭又笑，忽而哭忽而笑的怪诞局面。在德廉美修道院的葡萄园里进行的一场惨烈的战斗中，拉伯雷历数了人体各个器官，都是从十分准确的解剖学角度来描写的。巴赫金认为，拉伯雷之所以要如此描写人体，是为了建立和谐人体与和谐世界这一新图景服务的。

饮食和醉酒系列。几乎整篇《巨人传》都贯穿着这个系列，把精神上极其崇高的事业与酒食联系在一起，互为毗邻。作品为酒而写，卡冈都亚之父格朗古杰原意是"大口吞食"，卡冈都亚出世时大叫"渴呀，渴呀，渴呀！"，是干渴大王，"庞大固埃"的名字之涵义就是"嗜酒"。书中无处不与酒联系在一起。巴赫金是这样来看待饮食酒肉的。他说，饮食系列的怪诞发展，同样服务于破坏事物现象间旧时虚伪的毗邻关系，建立使世界紧密化物质化的新型毗邻关系，从而创造和谐而完整的新人形象。

排泄系列。排泄指的是出恭、撒尿、出汗等。拉伯雷对这些事儿的描写也是十分夸张的。例如，一泡尿淹死了几十万人的军队。拉伯雷有时通过它们来编造"乡土神话"，解释地理空间的来龙去脉。例如，他解释"巴黎"的来历，是由于"开个玩笑"（因"巴黎"与"开玩笑"属谐音）。巴赫金认为，拉伯雷的如此写法也是为了使"事物现象和思想形成最出人意料的毗邻关系"，"要能打破原来的等级，使世界和生活的图景物质化"。

性系列。这一系列在小说中占有很大篇幅，且有不同表现形式，从露骨的赤裸裸的淫秽到双关的暗示，从下流的笑谈轶闻到医学上的自然主义议论，大谈性能力、精子、生殖力、婚姻、血缘的意义，无不令人咋舌。这些趣谈也与上面系列一样，取自"乡土神话"。例如，法国的一里地要比其他国家的短，是因为按一对男女性交的频繁程度来计算的；另一例子把世界地理空间与淫秽结合起来。巴奴日说："有一天最高天神朱庇特同整个世界的三分之一，指牲畜、人、河流、山脉等性交了一次，也就是同欧洲性交了一次。"其荒诞议论随处可见，不再列举了。巴赫金认为，拉伯雷之所以如此描写，除了对主人公的英雄化之外，最为明显的一点，就是对"中世纪人们露骨的淫秽，是对禁欲理想丑化性领域的反动"；同时通过德廉美修道院的形象，写出了性领域的和谐安排，以及逐步实现世界的物质化。

死亡系列。初看起来，死亡问题似乎与拉伯雷的那个健康、完整、英勇的世界格格不入，这个印象完全正确，但死亡系列却在拉伯雷的艺术的赫罗诺托普中占有主导地位。虽然死亡使人世生活失去了价值，失去了自身的意义，成了过眼烟云的易朽之物；不是把死亡看成生命本身的必然阶段，不认为在这之后有新的生命诞生和延续（这里指的是集体的和历史的方面）。这里死亡不认为处在无所不包的时间序列之中，而是一种边缘现象，处在这一暂短易朽的世界和永恒的生命之间的截然的分水岭上，就像通向敞开的彼世世界的大门。对于死亡不被认为在包罗万象的时间系列之中，而是处在这一界限之上的这一理解，巴赫金认为，这不是拉伯雷的观点。在拉伯雷那里，巴赫金认为，当拉伯雷打破世界的等级制度秩序后，用新的世界图景去取代旧的时候，他不能不重新评价死亡，使它在现实中获得应有的地位。这样，首先就得表明死亡是生命的必然阶段，死亡应该处在无所不包的时间序列之中；生命会继续前进，不会给死亡绊住脚，不会陷入彼世的深渊，而整个儿留下来，处在这个时间和空间之中，沐浴在这里的阳光之下。最后，还应表明，死亡即使在这个世界里，对任何人任何事来说都不是什么至关重要的终结。这便意味着，要包括死亡在内的无往而不胜的生命序列中，表现出死亡的物质面貌。巴赫金认为，拉伯雷正是用怪诞可笑的形式表现出死亡系列。

我们在拉伯雷的《巨人传》中看到，拉伯雷在描写死亡时，常常表现出双重性，也就是说，常常与笑、与吃、与喝、与新生命的诞生、与性关系结合在一起，创造了一种诙谐的氛围。庞大固埃的母亲去世时，他父亲卡冈都亚陷入了是笑还是哭的窘境。他一想到妻子，卡冈都亚像头牛似地呜呜痛哭，可是突然想起了庞大固埃，他又像牛犊一样笑了起来。在拉伯雷的笔下，死亡都是伴随着笑、引人发笑，因而他把死描写成一种快活的死。这种死与生的并列，也是巴赫金指出的拉伯雷狂欢化的赫罗诺托普的有机组成部分。

拉伯雷对死亡的描写，还有积极的一面，那就是在描写英雄人物之死或伟大畜神之死时，几乎没有任何怪诞成分。例如，老卡冈都亚临死前给他儿子的信就是一例。他在这封信中，表明了人世间美好的生活，维护人世间的一切美好的价值、历史成长与进步，以及人类的发展。"应该用积极的创造性的时间、用创造、成长而非破坏的时间，去同世界末日论相对立。"这就涉及巴赫金在论述拉伯雷的赫罗诺托普时不可忽视的一点：对历史时间的把握，是文学作品的赫罗诺托普研究中最本质的东西（关于这点我们在谈及歌德的历史主义时再讲）。

那么，拉伯雷的这种赫罗诺托普是一种什么样的赫罗诺托普呢？

拉伯雷狂欢化的赫罗诺托普是巴赫金在分析拉伯雷的《巨人传》一书中得出的结论。

我们在巴赫金的《长篇小说的时间形式和时空体形式》中看到了他的答案：这就是狂欢化了的赫罗诺托普。现在，我们就来分析这种赫罗诺托普的特点。

这里首先说一下，何为"狂欢"和"狂欢化"？"狂欢"一词在过去很少出现在报章上，是改革开放之后成为十分活跃的有生命力的词语之一。这首先得益于巴赫金对拉伯雷的研究，也得益于美国小说家海明威对狂欢节的描写以及世界各国的文化交往，使得此词在我国迅速地广泛地流传开来。然而，在我国，把此词几乎与"尽兴地玩"等词儿等同起来，词典里也把"狂欢"解释为"纵情地欢乐"。"狂欢节"也就意味着大家尽兴地游玩和欢快的日子。显然，这种观点是把"狂欢""狂欢化"理解得过于狭窄，以致歪曲了其本质的思想。我们应该看到，"狂欢"的涵义十分宽广，除了尽情地游玩外，有时也与"不正常的"，即反常的、荒诞的相联系。巴赫金把拉伯雷的《巨人传》称作"怪诞现实主义"，把里面的人物形象以及一切景物描写，都看作是作了狂欢化的处理。可见，"狂欢""狂欢化"还有更深层的涵义有待我们进一步发掘。我们还是来看看巴赫金的分析吧。

我们从上面巴赫金对《巨人传》中的七个系列的介绍分析，尽管十分简单，但也可以看出，拉伯雷的描写充分体现出一个观点，这就是巴赫金十分强调的观点，就是它的双重性：生与死、真与假、善与恶、美与丑、消亡与成长、痛苦与快乐、严肃与诙谐、新与旧、始与末……等等的双重性的共存与毗邻，体现在对人体以及人的一切行为动作的描写上表现出怪诞的性质。这种矛盾的双重性，怪诞性存在于一个统一体中，表现为人类生活的两面性是狂欢化的本质特征。

巴赫金在论拉伯雷的创作一书中，回顾了怪诞的发展史，特别是对德国文学研究家凯泽尔的《绘画和文学中的怪诞风格》一书作了评述。他总结了凯泽尔提出的"怪诞形象"的基本特点，笔者认为，这对理解狂欢化也是十分有益的。

凯泽尔认为，怪诞世界中的主要东西是"某种敌对的、陌生的和非人的东西"。在怪诞世界中，原来属于我们自己的、亲密的、亲近的东西，忽然变得陌生的和敌对的东西，我们的世界忽然变为异己的世界。当然，巴赫金对这种说法颇有异议，认为这一观点，不能适用于浪漫主义的怪诞风格，因为浪漫主义风格中的怪诞是欢快的，怪诞总是充满着更替的欢快，哪怕这种成分很少。巴赫金还认为，凯泽尔的这一理论中，没有了不可穷尽性，没完没了，即未完成性，未终结性和永恒的可更新性的物质肉体因素,就没有了怪诞风格:"没有了时间、更替,也没有了危机,即没有与太阳、大地、人和人类社会一起所发生的一切,因此也没有了真正的怪诞风格所赖以存在的一切。"① 可见,巴赫金把时间性、时间的变化、更替、狂欢化作为怪诞风格的本质因素之一。

凯泽尔的另一个观点是"怪诞就是'本我'的表现形式"。巴赫金认为,凯泽尔的"本我",不是弗洛伊德的,是存在主义的。因为,凯泽尔把"本我"作为支配世界、人们、及其生活与行为的异己力量、非人力量来看待,把傀儡母题、疯癫母题都归于这种异己力量之中。巴赫金批驳了这种观点,他认为,怪诞正是摆脱那种非人力量的必然性形式。作为怪诞风格基础的诙谐因素(笑)和狂欢化世界感受,打破了有限的严肃性和一切对超时间价值以及对必然性观念的无条件追求,为了新的可能性而解放人的意识、思想和想象。② 巴赫金的这一观点,完全颠覆了怪诞的观念。

巴赫金还对凯泽尔把怪诞归结为"不是对死的恐惧,而是对生的恐惧"这一观点提出自己的看法。他认为这种把死与生对立起来的观点是存在主义的观点,是与怪诞风格格格不入的。死不是对全民肉体生活的否定,在这里,死是作为生的一个必然因素,作为不断更新和年轻化的一个条件而进入生活整体的。在这里,死总是与生相关联,坟墓总是与生育万物的大地怀抱相关联。生——死,死——生,这是生活的决定性因素……死就在生中,它与生一起决定着生命的永恒运动。③ "现存世界的毁灭是为了再生和更新。世界既死又生。"④ 在这里,巴赫金依然把怪诞与时间的并列与对立的两面性(生与死)联系在一起。

凯泽尔的最后一个关于怪诞的思想就是,"混合着痛苦的诙谐一经转化为怪诞,就具有了嘲讽、无耻以及撒旦式狞笑的特征。"⑤ 巴赫金赞同这一观点,但认为它否定了怪诞中的欢快、解放和再生因素。

概而言之,我们从巴赫金对凯泽尔的怪诞的评述中可以得出,巴赫金的怪诞主义思想强调了以下几个特征:第一,是夸张,极度的夸张。巴赫金指出,"夸张、夸张主义、过分性和过渡性,一般公认是怪诞风格最主要特征之一。"⑥ 第二,降格,也就是贬低化和世俗化。巴赫金说,"怪诞现实主义的主要特征是降格,即把一切高级的、精神性的、理想的和抽象的

---

① 《巴赫金全集》,河北教育出版社,2009年,第六卷,第57页。
② 同上书,第57-58页。
③ 同上书,第58页。
④ 同上书,第56页。
⑤ 同上书,第59页。
⑥ 同上书,第346页。

转移到整个不可分割的物质-肉体层面、大地层面和身体层面。"[①] 贬低化就是世俗化，怪诞主义把一切指向下部，而下部"就是孕育生命的大地和人体怀抱，下部永远是生命的起点。"[②] 第三，双重性。巴赫金认为这是怪诞现实主义的最"深刻的本质的"属性。两种对立因素同存于一个统一体中。对立因素的并存、双重性、两面性、同时性、共生性的怪诞观，也可以说是巴赫金"他人之我"哲学观在研究拉伯雷怪诞观中的体现，表明了他依然以时间因素，即发展、成长、未来的时间观为统领他的一切学术思想的，当然也包括他的怪诞思想。第四，欢快、诙谐，即笑的性质。这是怪诞主义不可或缺的一个因素。因此，夸张、世俗化（加冕与脱冕）、双重性（各种对立面的并存，如生与死）、解放、再生、欢快，构成了怪诞主义的基本因素。而怪诞主义也可以说是狂欢化的基础。狂欢化是由上述怪诞因素组成的。拉伯雷的世界是怪诞现实主义的世界，也是狂欢化的世界，是狂欢化了的赫罗诺托普。

拉伯雷的这种怪诞现实主义因素在巴赫金的眼中是狂欢化的世界感受，是民间的笑（诙谐）文化的基根。所以，这种狂欢化的笑，其主要特征是双重性，"这种笑是双重的：既是欢乐的，兴奋的，同时也是讥笑的、冷嘲热讽的，它既否定又肯定，既埋葬又再生。这就是狂欢化的笑。"[③] 因为它具有这种双重性，使得笑带有全民性质，以及包罗万象性质。在这里，我们可以作出这一结论：由于这种狂欢化的世界感受，由于它的全民性、它的包罗万象性，使得拉伯雷创造了新的时空世界。这种新的时空世界，能"摆脱彼岸世界观中那些瓦解它的因素，摆脱对它按照纵向发展所作的象征式的和等级式的理解，……再现同品质相称的时空世界，作为描写新型和谐而完整的人和描写人与人新的交往形式所必需的新的赫罗诺托普。"[④] 我们认为，这种新的赫罗诺托普就是以怪诞形式出现的狂欢化了的赫罗诺托普。

巴赫金的狂欢化汲取了前人的观点，并且给予深化，但是，他更多的是从拉伯雷[⑤]在作品中提炼出了来的。在拉伯雷的作品中，巴赫金看到了狂欢化的赫罗诺托普，既有上面所有的因素，也有欢乐的成分，更有拉伯雷的人文哲学理想。

这种以怪诞形式出现的狂欢化了的赫罗诺托普，是为描写、塑造主

---

① 《巴赫金全集》，河北教育出版社，2009年，第六卷，第23-24页。
② 同上书，第25页。
③ 同上书，第14页。
④ 《巴赫金全集》，河北教育出版社，2009年，第三卷，第357-358页。
⑤ 拉伯雷：《巨人传》，上海译文出版社，上册，1981年，第402页。

人公为目的的，是服务于表现人物为目的的，也是为表现拉伯雷的人文思想、体现出人存在的价值为目的的，赞扬了人存在的意义。在拉伯雷的《巨人传》中，通过他所描写的人物无不表现得淋漓尽致。本文无意对其所表现出的人文理想进行分析，仅对他如何用狂欢化了的时空来表现人的存在价值，举一例子。书中描写，这时恰逢暴雨大作，庞大固埃的军队无处可躲。庞大固埃伸出一半舌头，把他们全都盖住，免得大雨淋着。这时作者接着出面，改用第一人称叙述：

我呢，现在给你们述说这些真实的故事，我那时候正躲在一棵牛蒡子草的一片叶子底下，那片叶子比起蒙特里布勒桥的桥孔来，也小不了多少；不过，当我看见庞大固埃的人马一点也淋不着雨的时候，我也凑到他们那边去，打算和他们躲在一起，但是我挤不进去，他们的人太多了。常言道得好："边上盖不住"，我没有更好的办法，只好爬到他的舌头上去，在上面足足走了两法里多路，最后才算走到他的嘴里。

啊，我的老天爷，老天奶奶，你们猜我看见了什么？要是我说一句瞎话，叫朱庇特用他的三道霹雷把我击死。我仿佛在君士但丁堡的索菲寺里似的往前走，我看见有如丹麦的高山（我想一定是他的牙齿），很多的大岩石，还有辽阔的草原，广大的森林，高大坚固的城市，这些城市比起里昂和普瓦蒂埃来，决不比它们小。

我遇见的头一个人，是一个种白菜的。我奇怪得不得了，便问他道：

"朋友，你在这里做什么？"

"我在种白菜，"他回答我说。

"种白菜干什么？怎么种呢？"我又问他。

"啊，先生，"他说道，"人生下来，睾丸都不是一样大的，所以我们也不能全都同样富贵。我呢，我就靠种白菜过日子，担到这后边城里的市场上去卖。"

"我的耶稣！"我叫了起来，"这里还有一个新的世界呀？"

"当然，"他还说，"但这里还不算新，人家说这外边确实有一个新天地，那里有太阳，有月亮，还有很多很多的新鲜玩意儿；不过，我们这个世界更古老罢了。"

"真的吗？"我说道，"你去卖白菜的城叫什么名字？"

"它叫阿斯法拉日城，"他说道，"那里的人都是教徒，安分守己，对你一定欢迎。"

我马上决定非去不可。

路上，我遇见一个人正在布置捉鸽子的网，我问他道：

"朋友,这里的鸽子是从哪里来的呀?"

"老爷,"他说道,"它们是从另外一个世界来的。"

这时候我才想起来,怪不得庞大固埃打呵欠的时候,就有成群的鸽子飞进他嘴里去,原来它们拿他的嘴当作鸽子窝了。

接着,我走进城去,我觉得这座城样子不错,造得也很坚固,外表也很雄伟;只是进城的时候,守城门的人向我索阅证件,我觉得很奇怪,问他们说:

"这里在闹瘟疫吗?"

"王爷呀,"他们说道,"死的人可多啦,我们的收尸车只好不停地满街跑。"

"我的天!"我说道,"在哪儿呢?"

他们回答我说是在喉头城和咽喉城,足有卢昂和南特那样大,地方富饶,商业发达,闹瘟疫的缘故是因为新近从深渊里冒出一股混浊的臭气,八天内就死了二百二十六万零十六人。我回想了一下,算了一算,算出来正是庞大固埃吃了我们前面说的那么多大蒜做的菜以后,从胃里发出一股臭气的缘故。

我从那里动身,穿过高山岩石,也就是他的牙齿,我爬到一块岩石上,看见了世界上最美丽的景致,有宽敞的球场、华丽的回廊、可爱的草地、广大的葡萄园,在一片青葱碧绿的田野里,还有一望无际的意大利式的小别墅,我在那里足足住了四个月,我再也没有比在那里吃得更舒服的了。

后来,我从后面的牙齿上走下来,想走到嘴唇那边去,可是,在经过耳朵附近一座大森林的时候,有一伙强盗把我掏光了。……①

有如此大的舌头,如此大的牛旁草叶子,有如此大的嘴巴。这里出现的是狂欢化了的时空(世界)。这是庞大固埃吗?不是,是现实的大千世界。庞大固埃就是真实时空的变形。那里,也就是在庞大固埃嘴里的那个狂欢化了的世界里,有着如真实世界一样美丽的风景,美好的舒适的生活,有普通百姓,也有贵族老爷,有恶臭,有疾病,有强盗……活脱脱地一个现实世界。但是,确确实实,拉伯雷的"我"在那里过了四个月的舒服生活。从这里,我们可以看出拉伯雷的创作美学来了,他的理想世界完全体现在庞大固埃的身上了。从这里还可以看出,作品中的艺术时空是为作家的创作和审美目的服务的。不管是怪诞的现实主义还是一般的现实主义作品都是如此。

这仅仅是巴赫金对拉伯雷狂欢化了的赫罗诺托普的特征论述之一。有关拉伯雷的狂欢化赫罗诺托普,除了夸张到怪诞外,还有把对立的东西加

---

① 拉伯雷:《巨人传》,上海译文出版社,上册,1981年,第402—405页。

以并列、对比，脱冕加冕的同时性等等表现手段，在拉伯雷作品中，比比皆是，读者一看就明白了。

第七节 民间创作是拉伯雷赫罗诺托普的基础

巴赫金认为，首先必须指出的是拉伯雷不同寻常规模的赫罗诺托普。这种不同寻常性表现在：第一，小说的情节不仅没有集中在家庭生活的私密空间里，依然发生在广阔的蓝天底下，大地之上，行动遍及不同的国家，如同古希腊小说和骑士小说；第二，更为重要的是，他作品中的人以及他的生活中的一切行为和事件与时空世界处在一种特殊的联系之中。这种赫罗诺托普是以古老的民间创作为基础，表现为日常生活的时间和空间、农耕的时间，一年四季、一日的时辰，与动植物的生长相联系的节日庆典、祭祀时间。这种赫罗诺托普能把时空世界推向未来。这就是拉伯雷小说中所表现出的人文主义思想。

然而，尽管拉伯雷怪诞现实主义的赫罗诺托普，是难以想象的怪诞，但总的来说，是以民间创作为基础所创造的时间和空间的新关系，巴赫金肯定了拉伯雷创造的这种民间创作性质，也就是人民性性质（在俄语中，民间性与人民性同属一词）。这种民间创作中的新的时间关系现在具体地胪列如下：

第一，这是集体时间。它只在集体生活的事件中形成，为集体而存在，一旦离开集体，便丧失了时间意义。

第二，这是劳动时间。日常生活需求与生产劳动过程不可分割，时间完全为劳动所度量。

第三，这是产品增值时间。时间在一天天消逝，而产品数量却一天天增多；不但数量在增加，质量也在变化，播下的种子，发芽、开花、结果，实现着质与量的飞跃。

第四，这是最大限度追求未来的时间。播种为了未来，全部生产过程为了未来，甚至性关系也是为了未来。当然，所有这些表现是一种本能，是在无意识状态下进行的。

第五，这是深刻赫罗诺托普化了的时间。它与大地、自然不可分割。人类生活（即时间）与自然在同一范畴内被知觉。所以，这一时间是有血有肉的，不可逆的，现实主义的。

第六，这一时间是整体一致的。这是从抽象意义上说的，但从情节上说，它是双重性质的，有个人生活情节和历史事件情节之分。它们不合流，只在某些特殊点上，如战争、国王的婚礼等，相互交叉。

第七，这是循环时间。巴赫金认为，前六条是时间的正面价值，而这一条是它的负值。由于它的循环性，制约了这一时间的力量、方向及意识形态效率。但应该看到，循环性是农耕时间、民俗时间的最本质特征之一。

从以上七条时间特征来看，构成了拉伯雷狂欢化了的时间特征；这些特征都是以民间文化，民间生活为基础的。我们应该看到，这不是拉伯雷小说中时间所特有的，而是中世纪以及其之前人们的时间意识。这种时间的主要特征，还没有"我的时间"或曰"主观时间"（两者之间有相同处，但不能完全等同）的出现，时间都以集体为度量，是教会时间或神话时间（上帝时间）主宰着人们的意识，教堂的钟声直接支配着人们的行动。这是一种农耕的或农业的时间，农民的而不是城市的、不是工业化的时间。这种中世纪的社会时间意识决定着社会上人们的生活活动方式，决定着祭祀和庆典的特殊逻辑；因而，无可置疑，这种时间在拉伯雷的小说中决定着人物形象展开的逻辑，而拉伯雷的小说所反映的正是中世纪的社会现实时间。

而在拉伯雷的小说中，虽然反映着中世纪社会的时间，但这种反映却凸显出拉伯雷自己的时间观。巴赫金在结束对上面拉伯雷在书中描写的七大系列的概述后，得出结论说，必须找到一种新的时间形式，找到时间与空间、与新的人世间的新关系。他不指名地引用了马克思的一句话"旧的 orbis ferrarum（拉丁语：地球）的界线已被打破；只有现在才发现了地球……"来说明拉伯雷要创造一种崭新的赫罗诺托普。

拉伯雷的这种崭新的赫罗诺托普，就是以民间创作为基础的狂欢化了的赫罗诺托普。这种狂欢式的赫罗诺托普的特点，就是在时间上表现为各种对立事物的并列与互存，夸张和怪诞，形成了狂欢化的笑（诙谐）。这种新的赫罗诺托普影响着，可以说决定着拉伯雷的创作思想和创作美学。拉伯雷的个性就是在这样新的赫罗诺托普形成中创作的。有人记下了这样一个故事：他在临终前，夏蒂荣红衣主教的使者问他有什么话要说，他只说了这么一句："我这就去寻找一个辽阔的自然王国，启幕，笑剧开始了。"① 拉伯雷在弥留之际说的话，也是一句笑话。从这里可以看出，生与死的并列的狂欢化形式，在拉伯雷身上体现得淋漓尽致。而他的《巨人传》更是这样一本充满笑的巨著。卡冈都亚、庞大固挨，还有巴汝奇、淫

---

① 让·诺安，《笑的历史》，文化生活译丛 XII，生活·读书·新知三联书店，第 197 页。

荡而狡黠的酒徒，可怜的食肉呆子，可怜、自负而滑稽的小国王，可笑的法官等等形象，这些拉伯雷小说中的"英雄""超人"、喜剧人物，又成了民间庙会上滑稽表演的对象。流传于民间故事中的拉伯雷式人物又在民间生活中得到新生。拉伯雷的笑是纯真的、朴实的。在黑暗的中世纪，"当一种文明趋向于伪善的时候，只有拉伯雷的笑依然保持其自然的风格。他的著作是丰盛的筵席，是令人销魂的狂欢，是圣诞之夜的珍馐。还可以说，他的著作像是圆润的歌喉唱出的长歌，动人的主旋律中夹杂着柔美的小调。"① 总之，在他的作品中存在着一种生与死，欢笑与忧伤，怪诞与如常，加冕与脱冕等等现象的共存的，与黑暗的伪善的中世纪截然相反的新的大千世界，新的赫罗诺托普。

第八节　历史时间的顶峰——歌德的赫罗诺托普

　　对 30 年代巴赫金的赫罗诺托普的研究，不能不提及他对歌德作品中的赫罗诺托普的研究。1936 年—1938 年间，他致力于《教育小说及其在现实主义历史中的意义》一书的写作。书稿完成后，交到了出版社，但在二战爆发前没来得及出版，手稿在随后的战争年代遗失。保存下来的草稿中，对歌德作品中的时空观的研究还是相当的完整。因而我们也就有机会对此作一评述。

　　历史时间，从哲学含义上说，是客观时间，或称物理时间，是真实的、自然的、日常的、不以人们意志为转移的时间，也就是人们对真实时间的一种度量时间的方式。因此，历史时间，在本质上说是与知觉时间相对立的。但我们必须注意到，在文学作品中所表现出的历史时间，不是客观时间、物理时间，它是一种带有作家个人经验的观念时间。所以，这种观念时间也是客观的，因为它是对客观世界、客观时间的反映。这就涉及艺术时间的本质特征了。现在我们来看看巴赫金是如何论述歌德作品中的时间和空间的。

　　根据巴赫金的看法，历史时间大概具有三个方面、三个层次的涵义：首先，与自然现象，如斗转星移，鸡鸣乌啼，春夏秋冬，所有这一切与人的生命、日常生活、劳动中的相应因素不可分割地联系在一起，构成了不同张力的循环时间。还有树木成长、牲畜的生长，人的年龄的变化等较长的时间变化。其次，人类的手和脑创造的产物，智慧的结晶：如城市、街

---

① 让·诺安，《笑的历史》，文化生活译丛 XII，生活·读书·新知三联书店，第 197 页。

道、住宅、艺术品、机器、社会组织等等。最后，社会经济矛盾所产生的社会变革。经济矛盾是最能动的发展力量，它推动社会进步、向前发展，必然把可见的时间推向未来。

巴赫金的历史时间的这三个层次，揭示了时间是"变化"，是矛盾的内在本质所致。特别是第三条，由于经济矛盾，生产力带动生产关系的发展，把人类社会从低级推向更高一级的发展变化，是历史时间的最明显特征。

在《教育小说极其在现实主义历史中的意义》这一遗存的片段中，巴赫金首先认为对长篇小说的体裁进行分类是必不可少的。他对作品中主要人物的构建原则应分成：漫游小说、考验小说、传记小说以及教育小说。巴赫金在这里所涉及的与《小说的时间形式与时空体形式》一书中所采取的研究视角是不一样的。这里是把时间作为构成小说的原则来对待，因而，提出"历史时间"，他认为，在世界文学中呈现出历史时间的文学作品，当属教育小说。

他对古希腊小说的情节时间的阐释，不再叙述，因为，前面已经谈到了。这里要强调的是，无论漫游小说、考验小说（对爱情的考验或者对信仰的考验），还是传记小说，其赫罗诺托普特征不具历史主义，即不与历史、时代相结合。小说主人公的"生物学时间"，即从青年经过中年而步入老年，也不具历史时间特征，充其量不过是作形式上的说明。小说主人公一开始，其性格早就设定好了的。

巴赫金认为，骑士型考验小说取得重大突破，那就是心理时间。我们在前面提到的时间是主观游戏以及神话时间。这一具有主观的直感性与绵延性的心理时间，也很难确定其人生的每一个阶段。

就传记小说而言，其时间是相当真实的，他的一切时间点属于人生过程的整体之中，把这一过程描写成一个限定的、不可重复的、不可逆转的过程，但主人公的形象没有真正的生成和发展。也就是说，主人公的生活、命运在变化，但主人公本人依然故我。一言而蔽之，主人公是静态的，其生活、命运是外加上去的。尽管如此，巴赫金认为，传记时间比起漫游和考验时间来，有了很大的进步，但它们依然是"处在萌芽状态的历史时间""还不通晓真正的历史时间"。只有教育小说，才能展示出"如何把握真实的历史时间和历史的人"。

上述几类小说，我们在巴赫金的《小说中的时间形式与时空体形式》一书中都已论述。不过，我们认为，与前者把时间作为决定体裁的因素，分析的是情节、情节时间，而在这里是作为一种创作原则提出来的，即决定作品的历史现实主义的决定性因素,强调的是历史时间,从"历史限定性"出发的来创造主人公的基本原则。两者对同一作品的立足点不一样,视角也不同。但读者初看起来,似乎有重复之嫌,所表现出的时间特征可能区别不大,这里首先应提起读者的注意。本专著也是按照这一时序来分析的。巴赫金在比较了上述作品的历史时间的阙如,为的是更加突出下面阐释教育小说的历史时间性。

教育小说。属于这一类型的小说很多,包括从古希腊、中世纪、文艺复兴时代、直到19世纪的作家的小说,有色诺芬的《居鲁士的教育》、埃申巴赫的《帕尔齐法尔》、格里美豪森的《痴儿历险记》、维兰德的《阿伽通的故事》、吉佩利的《谱系传记》、歌德的《威廉·迈斯特》(两部小说),让·保罗的《巨神》、狄更斯的《大卫·科波菲尔》、凯勒的《绿衣亨利》、托尔斯泰的《童年》《少年》和《青年》、冈察洛夫的《平凡的故事》、罗曼·罗兰的《约翰·克里斯朵夫》、托马斯·曼的《布登勃洛克一家》《魔山》等一些作品。

从上述作家的作品中,尽管时代不同,情况各别,但有一个共同点,那就是情节中严格地表现出"人的成长"这一因素。这里的主人公形象,不是静态的统一体,而是动态的统一体。主人公本身的变化具有了情节意义,时间进入人的内部,进入形象本身,极大地改变了人物命运及生活中一切因素所具有的意义。

以"人的成长"这一因素来看待小说,巴赫金区分出五种类型。第一,在传奇小说中的传奇时间、在田园诗小说的循环时间中,人的成长部分地表现出来;第二,与年龄保持着联系的循环成长小说中,勾勒出人的成长道路,表现出清醒的实用主义;第三,传记及自传型小说。人的成长发生在传记时间中,人的命运与人的成长结合在一起;第四,教谕小说;这四类小说的特点是,人的成长的周围世界是静止的,定型的,基本上不变的,也就是说,人的成长与世界是隔绝的,不相干的,人在变化,但世界不变,也就是说与赫罗诺托普关系不大,时空(即周围环境)与人的关系是绝对的、不变的。

第五类教育小说与前四类相比,判然不同。这类小说中人的成长与历史的进程不可分割,人是在真实的历史时间中实现的,与历史时间的必然性、圆满性、它的未来,它的深刻的赫罗诺托普紧紧地结合在一起。人与世界一起成长。人的自身反映着世界的变化,世界的成长。换言之,世界的变化决定着人的成长。这时,时间流程中的未来起着特别重要的作用。所以在这样的小说中,就会尖锐地提出人的现实性和可能性问题,自由与必然问题——首创精神问题。这时，人的形象克服自身的私人性质，进入另一种十分广阔的社会、历史存在领域。这就是现实主义型的成长小说。这就是小说中时间的圆满性问题，也表现出历史主义问题。

在这类小说中，巴赫金认为歌德的小说可以说是这类成长小说的顶峰。

歌德作品中的历史时间。在世界文学中，作为文艺复兴时代优秀遗产的直接继承者歌德，在巴赫金看来，是文学中审视历史时间而达到的最高峰的作家。为此，巴赫金作出了以下阐释。

在启蒙时代，虽然对历史时间的表现已现端倪，但那时人们研究的是循环时间，即自然界的、日常生活的和农业劳动田园诗的循环时间。这种循环时间在诗歌作品中占有很大比重。在18世纪后期，情况起了变化，人们开始对来自上帝的绝对永恒性失去信任，开始揭示历史时间的特征，转向酝酿历史的前景——出现了未来时间的萌芽和倾向。这种酝酿过程在文学创作中，表现得十分深刻。歌德是这一时期的杰出代表，他对历史时间所作的艺术观照，已然达到了顶峰。

那么歌德的历史时间观表现在哪里呢？

巴赫金认为，首先是他的赫罗诺托普中强调了时间的存在。他不愿也不能把任何东西看成是静止的、定了型的。在静止不动纷繁多样背后，他看到的是不同时间的存在；他不承认物体和各种现象只是简单地在空间中毗邻、共存，把空间中毗邻的东西看成是分别归属于不同时间阶段、不同的成长时代，也就是说，在共时性中看出了异时性。如山峦的静止不动，如对天气的好与坏，在平原的人们看来，是现成定型的，但在山上，却可以看出它的"生成视觉"。歌德在《意大利游记》中这样写道：

"我们举目仰视山上，无论远近，只见山峦起伏，时而在阳光下金光闪闪，时而雾气缭绕；时而彤云密布、暴雨倾盆；时而又被飞雪覆盖——我们总把这一切看作是大气影响的结果。因为我们熟知大气的运动和变化，为肉眼所见。相反，山峦对我们外部感官来说，本来是静止不动的。我们认为它们一旦凝固冷却便是死物；我们以为它们对天气的影响无济于事，因为它们处于恒久不变之中。可我早就忍不住要说，大气层绝大部分的变化正是由于它们内在的、悄然的、秘密的作用所致。"①

在自然的、日常生活的以及生命的时间背景上（某种程度上的循环时间背景上），在歌德的眼里，展现出一幅幅历史时间的流动画面。正是人

---

① 《巴赫金全集》，河北教育出版社，2009年，第三卷，第235页。

们用勤劳的双手和智慧的头脑创造的结果。歌德在这里发现了它与自然环境紧密相连的可视的运动说明了歌德对时间有一双明察秋毫的慧眼。有一次歌德去皮尔蒙特时路经小城艾恩贝克，一眼发现这座小城大约在 30 年前有过一位出色的市长。他为什么会得出这一结论呢？因为他看到大片的绿地、树木，看到这不是偶然天然而成的，而是出人的统一意志，有计划地行动的结果；他又根据目测得出树木的年龄，当这一有计划的行动意志现实之时，他看出了时间，看出了空间中的时间。

其次，歌德推崇时间的完整性、圆满性，时间链条上的有机联系。他不喜欢过去与现在的割裂，不喜欢没有过去的现在，不喜欢没有未来的现在和过去。他也对把现在与过去作机械的混合，割裂不同时间的真正联系，是他所深恶痛绝的。在对待时间问题上，他要求时间的完整性、圆满性，时间的有机联系。这就是为什么他对河岸边上的石子喜欢有加，原因是从它那里可以看出整个山地的性质，地貌的变化；巴赫金提到，歌德对导游有一次讲述西西里岛上汉尼拔的入侵所建立的功勋，大发其火，说"这是向消失了的幽灵招魂……我无论如何也不能向他解释明白，我对过去和现在的这种混杂是一种什么样的感受。"① 这种情况，在巴赫金看来，表明了歌德的下列两种态度：第一，他不喜欢与世隔绝的过去，他希望看到的是这一过去与活生生的现在有必然的联系，希望理解这一过去在历史发展长河中应有的地位。而汉尼拔的战争，是对当时自然环境的破坏，战争一起，玉石具焚，与现在的境况没有一点有机的联系；第二，表明了歌德的历史时间观中，过去应是有创造力的，应是在现在中起着积极作用的。这种有积极创造力的过去决定着现在，并于现在一起给未来指明了方向，并在一定程度上决定着未来，也就是说，过去与现在与将来是一个有机的联系，有机的整体。若是这样的过去，应该保留颂扬，乃至发扬光大，反之，应该摒弃。对过去的如此认识，表明了歌德历史时间观的积极意义。这里，我想起了今天我国的情况，对过去的不分青红皂白，有没有社会历史意义，就一切接受。在一些人的眼里，如文化领域里，一些与社会主义思想格格不入的过去的糟粕变成了今天的国粹精华，大肆宣扬，充满荧屏，或在社会生活中，已被历史淘汰多时的，如顶礼膜拜等奴役人的精神的东西，竟然在教育下一代。歌德的历史时间观应该值得三思。

再次，与上面一点关系密切的是，歌德历史时间观的"必然性"涵义。这种必然性，表现为歌德抛弃了浪漫主义时间观而向现实主义时间观

---

① 《巴赫金全集》，河北教育出版社，2009 年，第三卷，第 240 页。

的转变和过渡。他认为，任何幻想、虚构、空泛的回忆、抽象的议论都应该限制、抛弃，而应该让位于肉眼的观察——观察在确定地点、确定时间内从事创造与业绩的必然性，要在空间中揭示出明显的历史的内在必然性。这种内在的必然性就是把过去、现在和将来连接在一起的时间的必然性。这种必然性使时间变得可视性、可感性、直观性。

这种内在的必然性与完整性的结合是歌德时间观的基本特征。我们还是来看看他自己的说法吧。

这一时间视觉的特征是："不同时间（过去与现在）的融合，空间中时间的视度所具有的完整性和鲜明性，事件时间与完成这一事件的具体地点的密不可分性（Localität und Geschichte），不同时间（现在和过去）之间有目共睹的重要联系，时间（存在于现在中的过去和现在本身）所具有的积极创造性品格，贯穿于时间之中的、连接时间和空间、连接不同时间的那种必然性，最后，以贯穿着局部时间的必然性为基础，还必然包括将来时间，这样就在歌德笔下的形象身上实现了完整的时间。"①

如果我们若仔细研究一下巴赫金对歌德的这一时间特征，那么十分清楚，歌德与拉伯雷的时空观是多么的不同，可以说是截然相反的。歌德要在空间中看出时间，在并列中、毗邻中看出流动性、时间性；而拉伯雷则是把不同时间的东西放在同一时间中，在同一时间中加以并列、对比、对照，从中看出空间的并存。

从小说画面上所呈现出的时间形态来说，与歌德时间观相反的还有陀思妥耶夫斯基。但不能说他们之间所表现出的时间本质不同。我们若用时间的"质"与"量"作为分析它们的基础的话。我们在上篇中已经知道，对时间的"质"我们是无能为力的，我们只能在时间的"量"上做文章。这样一来，我们说，歌德的小说，更加贴近时间的变化，看到时间的动态，时间的历时性和成长性，也就是更加接近时间逻辑的 A-序列特征，而陀思妥耶夫斯基的小说，则更接近时间逻辑的 B-序列特征，歌德重视时间的流程，而陀思妥耶夫斯基则重视时间的并列关系，歌德的时间观更具历史主义。而陀思妥耶夫斯基则更具心理时间的心理主义。因为，正如陀思妥耶夫斯基自己所说，他也是现实主义者，而且是最高意义上的现实主义即心理现实主义。就在作品内容所表现出的意义来说，歌德也好，陀思妥耶夫斯基也好，是相同的。因而，不能认为，由于他们两人在时空形态上的不同，一个是现实主义者，而另一个

---

① 《巴赫金全集》，河北教育出版社，2009 年，第三卷，第 252 页。

就不是现实主义者了。我们在陀思妥耶夫斯基的作品中，同样看到了主人公处在历史环境的状况。他的内心的精神的挣扎。他们的故事，具有最接近、紧跟现实历史的发展。因此，利哈乔夫有理由把陀思妥耶夫斯基的作品作为编年史来阐释。这是因为他反映了当时的历史以及反映了历史中的人（虽然不是成长中的人）。陀思妥耶夫斯基、拉伯雷、歌德是巴赫金重点研究的三位作家。他们不同的时空表现形式，却能反映出共同的历史与在历史变化中的人。这是现实主义作家作品的精义所在。

现在转入下一章巴赫金对陀思妥耶夫斯基赫罗诺托普的阐释。

第八章　20世纪40—70年代巴赫金的赫罗诺托普理论

第二次世界大战期间，巴赫金研究歌德现实主义书稿的遗失，大概毁于战火之中，他提交的博士论文也没有了下文（二战胜利后的46年才讨论他的学位问题）。留给我们几篇文章中，令我们感兴趣的是《史诗与长篇小说》（1941年）。此文致力于史诗时间与长篇小说时间的比较研究，勾勒出长篇小说时间的发端。

第一节　史诗与长篇小说中的时间

巴赫金有关史诗与长篇小说在时间方面的分野的论述，集中表现在《史诗与长篇小说》一文，当然在其他场合也谈到这种情况。在本文中，巴赫金首先对史诗作了界定。他认为，史诗是一种早在我们关注之前就已经定了性的体裁，是极度衰老的，基本上没有什么可塑性的了。他从三个方面来阐释这一思想的。第一，史诗描写的对象是一个民族庄严的过去，是"绝对的过去"（这点，不但歌德和席勒说过，莱辛和黑格尔也说过）；第二，史诗源于民间传说，不是个人经历以及以个人经历为基础的自由虚构；第三，史诗的世界远离当代，即远离歌手（作者和听众、读者）的时代，他们之间横亘着绝对的史诗距离。①

就时间观来说，上述三点，第一点的"绝对过去"是核心。第二点和第三点则是进一步佐证和阐明这种绝对过去的特征。巴赫金认为，史诗的世界是民族英勇的过去，民族历史的"根基"和"巅峰"，是父辈和祖先的世界，先驱和精英的世界。由于史诗的内容和主人公是这样的人，所以只能取材于民间传说，而歌者、作者、听众与主人公处在两个时间层面上。前者是一个时代，而后者主人公则是处在遥远的过去，他们之间横亘着一个史诗距离。由于史诗的这一个特点，使得史诗本身的过去时间是一个绝对的、完结的、封闭的，如同一个圆圈。圆圈内的一切都是现成的，

---

① 《巴赫金全集》，河北教育出版社，2009年，第三卷，第507页。

完全完成了的，不存在任何未了结、未解决、有遗留的问题。"在这个封闭的如圆圈的终结的完成了的时间里，所有的时间点都同样远离当今现实的实际运动着的时间。这个封闭的时间作为一个整体，没有被局限在实际的历史时间中，与现在与将来都不构成对应的关系；可以说，他一身囊括了全部时间。"① 这种时间包括了完成的价值和涵义，因而史诗世界是不可再作改变的，也不可以重新理解、重新评价。这里特别是涵义不可改变，因为涵义是指向未来的，涵义的不可改变。它一旦完成，就意味着没有了未来，只有过去。没有未来的涵义，没有了愿望、意向，一切都摆在那里，一览无余。没有涵义就意味着"死寂"。与此同时，史诗的语言也是一些崇高、权威、等级森严的语言；这里没有笑，没有诙谐，没有俚语俗语，也没有对话，没有亲昵的关系。这里，只与绝对的过去相关，过去是黄金时代，是天神的世界，英雄的世界。因而主人公都是一些英雄人物，一些社会中的精英，但不具任何创造性，他们"从本质上说是死亡的主人公"。②

而长篇小说，巴赫金认为，是"世界历史新时代所诞生和哺育起来的唯一的一种体裁"。所以，它是目前唯一的处于历史形成之中还未定型的一种小说体裁。正因为长篇小说的这种未完成性质，它是随着社会的发展和变化而自身也在发展和变化。这样，长篇小说也能最好地反映新世界的成长和形成。巴赫金的这一有关长篇小说的产生、成长、形成，以及它要肩负的使命的论断，值得我们一切文艺工作者三思。

与此同时，巴赫金还着重阐释了长篇小说的包容性以及对其他体裁的影响。长篇小说本身的变化也影响着其他体裁的变化，如诗歌，戏剧等都被长篇小说化了；反过来长篇小说也接受了其他体裁来充实自身，使得长篇小说本身也发生了变化。尽管如此，长篇小说依然保留了自身的特征。其中有：结构布局的多样性，情节尖锐曲折，还有提出深刻的社会哲理问题，渗入爱情纠葛等等。按照巴赫金的观点，长篇小说区别于其他体裁的本质特征有下列三点：第一，修辞上的三维性质，这同小说中实现的多语意识有关联；第二，小说中文学形象的坐标发生根本的变化；第三，小说中文学形象构建的新领域，即这领域与现在（现代生活）的未完成性有着最大的关联。③ 这三点互为有机联系，形成并决定着长篇小说时间的新特点。巴赫金阐释了长篇小说不同于史诗的特点之后，并在这一特点的基础

---

① 《巴赫金全集》，河北教育出版社，2009 年，第三卷，第 532 页。
② 同上书，第 514 页。
③ 同上书，第 505 页。

上，阐明它们之间在时间上的区别。

首先，长篇小说反映的是现实的现在，未完成的还在持续着的现在。所以，它的时间具有一种未完成性质，即现在进行时。

第二，长篇小说的时间具有开放性，是面向历史时间开放，为的是进入历史时间序列。因此，它具有了向前运动发展的矢向性，不像史诗时间那样囿于过去之中，是个封闭的圆圈。进入历史就意味着向未来开放，为未来服务，走向未来，所以，长篇小说是指向未来时间的小说。"长篇小说则要预言事实，要给现实的未来给予预测和影响……小说的特点，是永无止境的重新理解、重新评价。那种理解过去和维护过去的积极性（指史诗的积极性——引者），到了这里便把重心转向了未来。"①

第三，与史诗描写"先驱""根基""创始人""精英""英雄"不同，在长篇小说这一体裁中，表现的是一些普通人物，老百姓的事儿。用巴赫金的话来说，是"当代现实，转瞬即逝的东西，'低级'的东西，现时——这种'没有开头也没有结尾'的生活，才能成为描绘的对象。"巴赫金在这里阐释的都是长篇小说的发端现象。因为长篇小说是对史诗的崇高体裁的模拟讽刺和滑稽化、俚俗化，因此，当今现实不可能成为崇高体裁描写的对象，像史诗那样去描写。当今现实，"同史诗的过去相比，它是'低级'的现实。它极少可能成为艺术思考和评价的出发点。因为这种思考和评价的焦点，只能在绝对的过去中"。这是由于"现在是某种转瞬即逝的东西，它流动不定，是无头无尾永久的绵延。它丧失了真正的完成性，因而也就丧失了本质。而将来则或被理解为现在的绵延，实际上是可有可无的东西，或被理解为终结，最后的毁灭、惨祸。绝对的开端和绝对的终结这种价值-时间范畴，对于时间感受和过去时代的意识形态来说，具有特殊的意义。"②这种时间感受以及由此而形成的时间等级渗透到古希腊和中世纪的一切崇高体裁中直至19世纪及晚些时候。"……现在、当代生活本身、'我本人''我的同时代人''我的时代'——这些最初都是双重笑声作品的对象，即同时既是快活的笑也是致命的笑。"③也就恰恰在这里，形成了对话语的原则性态度，只能讽刺性地模拟一切崇高的体裁和民族神话的崇高形象，使他们滑稽化。史诗时代的神灵、先知、英雄的"绝对过去"在讽刺模拟中获得了滑稽化、现代化，即变得低俗了，被置于现代水平、当今日常生活之中，用低俗的俚语、非官方的语言来描绘。这就

---

① 《巴赫金全集》，河北教育出版社，2009年，第三卷，第526页。
② 同上书，第515页。
③ 同上书，第516页。

是长篇小说滥觞的时代条件。

第四，长篇小说的语言是非官方的、节日的、亲昵的、俚俗的、有时甚至是粗鲁的民间话语，还有笑、诙谐、讽刺性模拟的语调。由于这种笑谑，在小说第一阶段，就消灭了史诗的距离以及任何等级的观念，使描写的对象进入粗俗的笑谑的交往之中。"在这里，可以从各个方面亲昵地打量这个对象，让它转身，把它里外翻个，上下看遍，打碎它的外壳，窥视它的内心，怀疑它，拆散它，分解它，使它裸露，进行揭穿，自由地加以研究，拿它作实验。笑谑能消除对事物、对世界的恐惧和尊崇，变事物为交往对象……"①总之，笑谑和民间语言将世界亲昵化。也由于笑、滑稽的描绘，无论在时间或空间方面都采取一种特殊的视角。对过去的崇高英雄人物的记忆便微乎其微了，而重视当代凡夫俗子和"怪人"的描写了。

第五，由此出现了"新的艺术散文体的小说形象"。这就是苏格拉底对话。苏格拉底是记录同时代人的真实谈话以及崇高和无知结合的双重形象。就是苏格拉底的形象——我是聪明的，在于"我知我无知"。巴赫金认为，苏格拉底形象是以后小说出现狂欢化形象的肇始者。与此同时，也构成了叙述性对话的范式。这就是苏格拉底的笑声和低俗化把现实的周围的人们拉近，并进行对话，以及从现实中存在着的杂语出发，通过个人经验和研究，实现对世界和时间的把握判断。这种构思，巴赫金再次转入作者与主人公的对话理论，说："由于艺术构思中时间中心改移了位置，作者和读者为一方，被描绘的主人公和世界为另一方，都置于了同一个价值和时间的平面上，处于同一个水准上；这就使他们成了同时代的人，成了熟人、朋友，他们之间有了亲昵关系……时间中心的这种位移，使作者有可能戴上所有各种面具，自由地活动于被描绘的世界里。"②

第六，由于小说同没有完结的"现在"打交道，小说家描绘的也是尚未定型的东西。这样一来，他能以任何作者姿态出现在所要描绘的领域中；他能描写自己生活中的真实的东西，或者对之暗讽；介入到主人公的谈话中去，也能与自己的文学论敌进行公开的辩论，等等。这里依然主要的是在于，创造形象的作者同被描绘的世界（其中当然包括主人公）处于新的相互关系之中：二者如今处于同一价值和时间坐标中、作者的描绘话语同主人公的被描绘话语处于同一平面上，并且能形成相互对话关系和混合关系。③

---

① 《巴赫金全集》，河北教育出版社，2009年，第三卷，第518页。
② 同上书，第522页。
③ 同上书。

第七，概而言之，与史诗相比长篇小说的形象发生了本质性变化。这就是主人公与他的命运和身份不相称。一个人要么强于他的命运，要么逊于他的人性。他不能够是一个完整的官吏、地主、商人、父亲等等。如果小说要完全成为这样的人，那么主要人物就必须在人性上要有充分的表现。作者在其形式—内容宗旨中，在其视觉和描写人的方法中，都要实现这种充沛的人性。但这与尚未完成的现在，因而也是未来相接触的区域里有必要创造人与自身的未来不相吻合。在人身上总是保留着未曾实现的潜能和未满足的要求。存在着这样的未来，它不能不触及人的形象，不能不植根于人的身上。这样，人就不可能在现存的社会历史中体现出有血有肉的人物。不存在什么形式能够将人的潜能和要求完全地栩栩如生地具现出来，总会留有未实现充裕的人性，"总会需要未来，总会给这个未来留有必不可少一席之地。"所以长篇小说的现实是一种可能出现的现实，它不具必然性，而具或然性，本身有着别的可能性。如此一来，未来成了主人公人性的组成部分；于是人的主观性也就成了长篇小说描写主人公的根本方法，这样就出现了描写内外之人的不同层面，也就是描写自己内心之人与描写为他之人的区别。这样一来，史诗人物的完整性在小说中瓦解了，小说主人公在主观能动性（创造性）（本质上说是作者的创造性）上形成了新型的而又高度个性化的形象，在人类发展史的更高阶段上开始成为新的复杂的整体性。这大概就是陀思妥耶夫斯基作品中思想家的形象吧。

下面归纳一下"作者与主人公"的关系，史诗的主人公是发生在过去崇高时代的英雄人物，因而史诗的世界具有普遍性、一致性、无可争议性的性质，所以，主人公也没有什么特殊的思想观点，而主人公周围也不会存在着什么别的不同的看法。因此，主人公的话语及议论与作者保持着高度的一致，可以说是融合在一起的。这样，史诗中的视角只有作者的视角，没有主人公的视角。史诗里可能有许多说话的人，但这里，实际上只有作者一人在说话。史诗画面的这种统一性，是史诗所揭示的时代造成的：那就是过去的、绝对的、崇高的时代。而长篇小说的主人公恰恰与它相反。长篇小说的主人公行动在不具普遍意义的世界里，他的立场不具唯一性，他的思想是可以争论的；这里，不但是主人公与主人公之间，而且是主人公与作者之间，都存在着不同的观点，因此长篇小说是一种对话性小说；再者，长篇小说没有统一的视角，这里是多视角，而主人公一般是在自己的特殊视角中说话和行动，因此，这里不存在作者的统一话语。

上述表明了长篇小说体裁与史诗的不同特点，这些特点互为联系成一个整体；这个整体是建立在新的时间感觉的基础上的，也就是说，新的时间特征决定了长篇小说体裁的新特点。这种新特征就是上面说过的"我的时间",个人时间,即人人都有自己的时间。现代科学证明了这点。这种时间感是与史诗的时间感相对立的。

上面的论述表明,长篇小说源自史诗和新时代,它们之间的"对立"似乎也是绝对的,特别在时间层面上。但我们会提出一个问题:它们之间是否有融合或相互转化呢?也就是说,是否有"史诗型长篇小说"呢?巴赫金没有作答,但他对它们之间的互为转化作了阐释。这就是我们在上面提到的史诗三个基本特征中的第三条:史诗的世界远离当代,即远离歌手(作者和听众)的时代,其间横亘着绝对的史诗距离,其媒介是民族传说。如果我们把横亘着的这个绝对距离消弭了,"要在与自身和自己同时代人相一致的价值层面和时间层面上描绘(因此也就是在个人经历和虚构的基础上描绘事件),那就意味着实现根本的转变,从史诗的世界跨进小说的世界。"① 这就是说,如果消灭了史诗的"绝对过去"这一时间,史诗就有可能变成长篇小说。反过来,如果在长篇小说中添加上这个距离,它也可能变成史诗。他接着说,"就连'我的时代'也可以根据它的历史意义当作英雄的史诗时代来接受,把它推出一定距离,仿佛是从久远的年代取来(这已不是自己的眼光,不是同时代人的眼光,而是未来的眼光);而对过去则可以用一种亲昵的态度来接受(仿佛是我的现在)。不过,这么一来,我们便不是把现在放在现在来理解,也不是把过去放到过去来理解。我们是把自己从'我的时代'里抽了出来,从'我的时代'同我的亲昵关系这一领域中抽了出来。"②

巴赫金在这里讲了如何把史诗变成长篇小说,以及长篇小说如何变成史诗的手法。这就是如何消除或增添"史诗的绝对距离"问题,也就是如何处置"时间"问题。那么,如何处置时间呢?这里,需要的是作者的视角问题,就是作者如何去看过去或现在有历史意义的事件,或者,换言之,作者对过去或现在具有历史意义的事件持什么态度的问题。从"过去""未来"的视角去看,那么,这一事件就会成为史诗事件;如果从"现在""绝对的过去"这一视角去看,用亲昵态度,那么,这一事件就会变成长篇小说。如果在某一篇小说中,存在着这两种视角、两种态度,融合了两种时间,那么,这种小说就能称为"史诗型长篇小说"了。在文学史上,我们认为,这种小说是存在的,而且不乏其例。例如,托尔斯泰的《战争与和平》就是这样一部史诗式长篇小说巨著。托尔斯泰在这里运用

---

① 《巴赫金全集》,河北教育出版社,2009年,第三卷,第508页。
② 同上书,508页。

了两种时间：一是史诗时间，另一是长篇小说时间。这两种时间是相互交织在一起的。在《战争与和平》中，史诗时间是封闭的、循环的。这一循环时间，一方面，包括着战争场面和和平情景；另一方面，作者对人民、国家、民族、个人历史以及私人生活，作了多次重复的描写。然而，在结构上，这种描写没有重叠感觉，倒是扩大了读者对作者的思想和对他们的评价范围和性质。因此，史诗时间的示读点，是战争的开始和结束，是胜利和失败的日子。具体到此书是1805年到1812年间拿破仑重大战役期间俄国社会画面这样的一个封闭的圆圈内。而《战争与和平》中的长篇小说时间是开放性的，离散性的，线性的，是不可重复的主人公们的情感、思想、意志之间的活生生的碰撞。例如，娜塔莎与安德烈，玛利亚·包尔康斯基与尼古拉·罗斯托娃等等之间的感情纠结，四大家族之间的联系与矛盾，他们之间的欢乐与悲哀，等等。但这些矛盾、欢乐和悲哀已不是个人之间与家族之间的矛盾和悲欢了，它们与人类的事业、人民的事业、国家的事业、历史的事业联系在一起，交织在一起。因此，在这里，可以说，史诗时间与长篇小说的时间交织在一起，共存与一个作品的画面之中。而《战争与和平》的艺术时间，它的叙述节奏就是与这两种时间的交织、脉动过程中前进的。

我们进而举一个例子来说明。我们知道，历史上的俄法战争是1805年开始的。而在《战争与和平》中，托尔斯泰写道，娜塔莎在12岁时，也就是1805年，她与鲍里斯见了面，而且还与他接了吻；但自那时起，他们就没有见过面。娜塔莎扳着手指头数数，这样到了1809年，她当着索尼亚的面，与母亲谈起鲍里斯时，面不改色，好像他们已经作好了嫁娶的决定。但早先的一切都是在过家家，不值得一提，也早已抛到脑后，但在她内心深处，依然潜伏着一个问题，那就是对鲍里斯作出的保证，究竟是玩笑呢还是重要的男欢女爱的恋爱关系，实在让她苦恼万分。对娜塔莎来说，1805年，已不是普普通通的一年了，是她第一次与鲍里斯接吻的一年。所以，娜塔莎一直等他到1809年，最后，与他订了婚。

我们举此例，是为了说明，史诗时间与长篇小说时间，不但可以互变，而且可以共存。1805年，对历史来说，是俄法战争开始之年，是《战争与和平》这一长篇小说中的史诗时间，而对娜塔莎来说，是个人情感的开始，这一年已变成长篇小说的起始时间了。这里的变化，若从史诗时间上来说，没有了情感等个人因素，把"我的时间"同我的亲昵关系从它那里抽取了出去。史诗时间是没有个人情感、个人思想的，一切都以崇高的国家意志、民族意志为转移。而对长篇小说来说，那个英雄的时代，有意义的史诗时代，托尔斯泰把男亲女爱加了进去，把娜塔莎的苦恼与期待加了进去，变成了长篇小说的时间。其实，在那些年代里，对俄国人民来说，是一个伟大的英雄辈出的年代，值得大书特书。因此，在这里，托尔斯泰把史诗时间与长篇小说的时间作了绝妙的结合，他在艺术时间的创新上（如两种时间绝妙结合）也是可圈可点的。（这里还值得一提，如托尔斯泰的《安娜·卡列尼娜》，虽与《战争与和平》呈现出不同的时间形态，但在它那里，沃伦斯基和安娜为一方，而列文和吉提为另一方的情节时间，交叉铺开，形成了巴赫金所说的"大型对话"，也完全符合复调小说的原则，可以说，是一部真正意义上的复调小说）不过，由于托尔斯泰并未进入巴赫金的特殊研究视野，致使他对托尔斯泰作出了某些失实的看法，即视托尔斯泰是与陀思妥耶夫斯基相对立的独白小说家。我们不得不在这里指明，在托尔斯泰的小说中也充满着不同时间层面、不同情节时间，也形成了某种形式的不同对话，当然，这种对话所表现的形式与陀思妥耶夫斯基有所区别罢了。

有关史诗时间的问题，当然，在世界文学界，存在着各种看法。我们在前面介绍过利哈乔夫的艺术时间诗学时，谈及他对史诗时间的看法。利哈乔夫根据古俄罗斯文学中出现的各种体裁，如抒情诗歌，民间故事，壮士歌，哀歌等不同体裁中存在的史诗时间，作了分析。他十分赞同巴赫金对史诗时间的分析，即"绝对的完成性和封闭性是史诗的过去在价值上时间上最本质的特征"。但他认为，在整体的史诗时间的"绝对的完成性"中，这种时间只是"形式上的"，因为，从意识形态方面来看，史诗时间是俄罗斯古国的时间，民族的英勇过去的时间。它是俄罗斯历史的独立组成部分。他还认为，在史诗中存在着一个假定的世界以及在这一世界中流动着的事件的假定时间。① 无疑，利哈乔夫的观点更为全面一点，不过，应该看到，巴赫金有关史诗时间的论断是在 1941 年作出的，而利哈乔夫则是在 20 年之后的 60 年代。时间上的差异对研究对象的某些修改，不必大惊小怪。但史诗的时间，如巴赫金所说，是不流动的，是静止的过去。史诗没有未来，是绝对的过去。其实，巴赫金的这一观点，与德国的黑格尔美学有关，也与古典的著名文艺学家席勒观点相近。席勒在 1797 年 12 月 26 日写给歌德的信中说到："这也与过去的概念明显地相一致。这一过去也可以作为不动的来思考……"而盖伊在谈到文学形象中的时间时，认

---

① Д.Лихачев.Время в произведениях русского фольклора.русская литература.1962, № 4, стр.46.

为史诗"不认识"时间,"史诗时间还不能称作专门的文学时间"①。这是因为,作为文学形象是动态的,而史诗中的形象是静态的,时间是静止的、不流动的。不过,盖伊把史诗时间排除出文学时间之外的观点,是值得商榷的,因为,史诗是一种文学体裁,不过是一种较为特殊的文学,与我们现代人称之的现代文学有着天壤之别而已。

　　上述就是史诗作品中时间的基本特点。可以看出,它与长篇小说的世界大相径庭,也可以说是根本对立的。巴赫金的论说,也就是阐明这方面的区别。他不但表明了长篇小说的时间特征,阐明了长篇小说时间的发展形成过程,而且指出了长篇小说时间的发端:"经验、认识和实践(将来)决定着小说。在希腊化时代出现了与特洛伊系列的史诗人物的联系,于是史诗变成了小说。史诗材料经历着亲昵化和笑谑的地段,转移为小说材料,转到相互联系交往的领域。"②小说时间不但是史诗时间的接续者、继承者,更是史诗时间的叛逆者、超越者,是反史诗时间之道而行之,是对史诗时间的反动(史诗时间是"绝对的过去",而小说时间则是"将来"左右着情节的展开)。巴赫金对史诗时间与长篇小说时间的研究,无可置疑,表明了小说的发展史,小说发展的规律。囿于过去绝对时间的史诗,必然要被开放的指向未来时间的长篇小说所取代。

　　巴赫金对史诗时间的论述,可以说,影响着后人对艺术作品的时间评价。我们在长篇小说中,特别是史诗式长篇小说中,可以看到,既存在着小说时间,也存在着史诗时间。它们相互并存,构成了一幅宏大的历史场面。这点,我们的托尔斯泰的鸿篇巨著《战争与和平》中看得分外清楚。上面已经提到,作为史诗时间,是封闭的,客观的,按照他自己的表达法是"永恒的环",即巴赫金所说的圆圈。这个环把过去和将来,已完成的和正在完成的包含在自身中。这表现在托尔斯泰多次,重复地描写包括战斗场面和和平生活的人民,国家,历史上的个人以及个人生活的类似场面;这些场面,相互重叠,结果给读者体会到作者思想的运动轨迹及作者评价事物的性质。而其中小说时间则是开放的,主观的,断断续续的,是人物的不可重复的情感、思想、主人公的意志的活生生的冲突。因此,当我们研究小说的艺术时间时,应该注意到这两种时间的融合。特别在可称作"史诗性"作品的长篇小说中。他们既描写了广阔的宏大的历史场面,主人公的英勇的过去事迹,又展现了未来的历史前景,描写了战争期间的人情冷暖,主人公的情感冲突与纠结,也就是说,把史诗时间与长篇小时

---

① Н.Г. Гей. Художественность литературы. Поэтика. Стиль. М., Наука. 1975, стр.263.
② Там же, стр510.

间融合在一起的小说，才是杰作。我们希望，那种描写了反法西斯的卫国战争、抗日战争等等可歌可泣英雄人物的鸿篇巨著（包括目前在荧屏上出现的多集电视剧），能达到真实的历史的史诗时间与长篇小说时间的有机结合。我希望能更多出现一些如托尔斯泰的《战争与和平》那样的作品。可惜，这种作品可谓凤毛麟角。目前出现的，特别的荧屏上的电视剧，被称作"雷剧""神剧"的，缺乏历史性，根本谈不上真实的历史时间与未来的时间的结合，更谈不上史诗时间与长篇小说时间的结合。

第二节　陀思妥耶夫斯基狂欢化了的赫罗诺托普

我们在前面谈及拉伯雷的《巨人传》时，论及了拉伯雷小说的狂欢化了的时间。这里在论述陀思妥耶夫斯基的时间时，又要论及他小说中的狂欢化时间问题。在读者的心目中，这两位作家的作品风格是大相径庭的。按照巴赫金的说法，拉伯雷是"怪诞现实主义"，而陀思妥耶夫斯基是"心理现实主义"，怎么都与"狂欢化"一词牵上联系呢？他们之间的艺术时间有何异同？

我们在上面的分析中得出，拉伯雷小说的狂欢化除了具有强烈的幻想，极度的夸张怪诞外，应该指出，他的狂欢化更具有外在的直观性和鲜明性；而陀思妥耶夫斯基小说的世界，它的赫罗诺托普，他所描述的是阴暗和呓语的世界，更多的表现出内在的、心理的、意识上的狂欢化。在外在上看，这似乎是两种完全不同性质的狂欢化，不具可比性。然而，在对艺术表现手法上，还是艺术构思的目的上，却具类似性。无论是拉伯雷还是陀思妥耶夫斯基都是用艺术夸张、荒诞手法来实现他们的艺术立意：一个用怪诞来描写外在之人，而另一个用夸张来实现内在之人。

对陀思妥耶夫斯基赫罗诺托普的研究，笔者主要关注他在1963年出版的《陀思妥耶夫斯基诗学问题》一书。此书是他对1929年出版的《陀思妥耶夫斯基创作问题》一书的修订版。与此同时，要了解40年代以后的巴赫金的时间观，还要研究一下他写于30年代的《小说的时间形式和时空体形式》一书中的最后第十部分，同时，还要涉及其他有关陀思妥耶夫斯基的文章。这是首先要说明的。

在《陀思妥耶夫斯基诗学问题》一书中，巴赫金首先认为，陀思妥耶夫斯基的创作在文学发展史上进行了一场"哥白尼变革"，也就是说，他开辟了文学创作一个崭新的时代。那么，这新时代的特征是什么呢？巴赫金认为，这就是他的复调小说。陀思妥耶夫斯基的复调小说，与过去的独白型小说相比，其根本不同在于作者与主人公的关系上。我们在以前的论述中有所涉及，如上面谈到长篇小说与史诗的区别，以及论及作者与主人公的关系时，都有所涉及。原因是巴赫金的哲学思想，他的哲学人类学思想的高度一致性所使然。他的所有观点应该说，都统一在他的哲学思想之下。复调小说岂能例外乎？

巴赫金认为，作家创造的主人公不是一个纯粹的客体形象，而是一个主体形象，是作者的另一个"我"，一个"自在之你"。在这种情况下，作者与主人公的关系，相对地说，是平等的关系，作者对主人公所持的态度，是一种对话态度，即作者以整部小说来说话，来与主人公交谈、谈话，作者不是在讲述主人公。在他的作品中，主人公的意识，相对地说，也是独立的；作者不把自己的意识、思想强加在主人公身上，而是采取一种与主人公的极度紧张的对话的积极性。而这时的主人公，在作者面前，不是一贯的顺从，不是作者声音的传声筒，不是作者手中的牵线木偶，而是一个人，一个有自己的个性，自己的思想、观点，能与作者争论的活人。这样一来，在他的作品中，呈现出了多种声音，多种观点的激烈争论；但这种争论，不像戏剧中的对话那样，也不像独白小说中的那样，最后归于作者的一个意识、一统思想、完成了的思想。在陀思妥耶夫斯基的作品中，主人公的意识、思想具有一种未完成性、未论定性。用陀思妥耶夫斯基自己的话来说，"表现为尚是潜在的、没有说出的未来思想。"主人公开始形成自己的生活，即形成、发展、寻找和更新自己的语言表现形式，衍生新的思想。陀思妥耶夫斯基的复调小说的基本涵义，概而言之，就是这样。

这种复调小说，在时间和空间处理上，要求一些与独白小说不同的特殊的地方。那就是，把过去、现在、将来的思想、观点、意识形态等，汇集在当前的现时代的平台上，在创作过程的现在时刻进行相互争论、对话（我们在前面看到，利哈乔夫把陀思妥耶夫斯基的时间界定为编年史时间，就是根据这个"现在性"，就这点而言，巴赫金与利哈乔夫的立论基础是相同的），把不同空间的隔绝开来的互不相通的那些东西，聚集在此时此地，进行相互争论、对话。这是复调小说的基本特征之一。（这里要顺便说一下，我国的一些人，把"关公战秦琼"看作是一个不可能的笑话，但从文艺学观点上说，从复调层面上说，这完全合乎艺术时间规律。目前我国荧屏上出尽风头的"穿越剧"，是"关公战秦琼"的另一种表现手法。这些手法，看来似乎荒诞，但从复调意义上说，是成立的，是一种狂欢化的表现，把不同的时空并列在一起，加以对比，从而揭示出作者的创作理念。不过，从这里也可以看出，巴赫金的复调理论，时空的狂欢化理论对当前我国创作的影响力有多大。）在这里，完全可以看出，陀思妥耶夫斯基的赫罗诺托普理论，不同于上面阐述过的歌德的那种时空观。

这样我们很难在陀思妥耶夫斯基的作品中，发现历史时间、客观时间、物理时间、还是日常生活时间；他更看重的是心理时间，内在的、主观的意识时间。因而，有的评论家把陀思妥耶夫斯基看作是一位心理学家。即使在他那个时代也有人称他是心理学家。可见，他对时间的处理，是以心理时间，即心理感受时间为主的，在作品中呈现的是一种主观心理时间，当然这种主观心理时间蕴含着客观时间的因子。但陀思妥耶夫斯基本人不认为自己是心理主义者。他认为自己是现实主义者，是"最高意义上的现实主义者，也就是说，我描绘人类心灵的全部秘密。"①就是说，陀思妥耶夫斯基是在描写人，描写人的思想和意识，描写内在之人，而不是外在之人。应该说，陀思妥耶夫斯基是一个心理现实主义者。

尽管陀思妥耶夫斯基描写的是内在之人，但他的小说与20世纪的意识流小说大相径庭。他的这种时间和空间特征，也不是意识流小说的那种时空特征。因为，意识流小说是受柏格森主观直觉主义的影响流行起来的。而陀思妥耶夫斯基的时空观与柏格森无关，只能说，柏格森的时空观受到陀思妥耶夫斯基思想的影响，正如，弗洛伊德的精神分析受陀思妥耶夫斯基的影响一样。因此，陀思妥耶夫斯基不是现代意识流作家那样描写主人公"我"纯心理的绵延，即"我"的主观的过去的时间绵延，如普鲁斯特的《追忆逝水年华》中那样，而是描写主人公的当下的活动，当下的时间，即现在，与现实的他人意识的对话，时间上的狂欢化。陀思妥耶夫斯基是现实主义者，他的小说是现实主义小说，但陀思妥耶夫斯基的小说也与托尔斯泰、屠格涅夫等人的描写客观现实主义小说大不一样。因为他描写的是心理因素，人的内心隐秘，内心现实。

上述两点，决定了陀思妥耶夫斯基作品中时间的特殊性。这种时间，显而易见，根本不是悲剧时间，不是叙事时间，也不是传记体时间，也不是日常时间，不是历史时间，更不是循环时间，它在某种涵义上说是心理时间，但又不是像意识流小说那样用联想维系起来的心理时间。巴赫金引用了另一个文艺学家基尔波京的一段话，来说明他得出"复调"的结论。我现在把它摘录下来表明陀思妥耶夫斯基的心理描写与意识流小说的心理描写是多么的不同：

---

① 《巴赫金全集》，河北教育出版社，2009年，第五卷，第78页。

"每个人的'心灵'史,在陀思妥耶夫斯基的作品中都不是孤立表现的,都是同描写许多他人的心理感受结合在一起的。在陀思妥耶夫斯基作品里,不论是用第一人称的自白体,还是用讲述者代替作者的形式,我们总可以看出的一个出发点,即同时共存的感受着的人们是地位平等的。作家的世界,是一个由众多客观存在着的、相互作用着的心理所构成的世界;这就在解释心理过程时,排除了主观主义或唯我论,而这些对资产阶级颓废派极为典型。"①

那么,这是一种什么样的时间?直言之,这是一种狂欢化了的时间,因为它的进程遵循狂欢体特殊规律,"包含着无数个更替和根本的变化,这一时间当然不能算是严格意义上的狂欢体时间,而是狂欢化了的时间。陀思妥耶夫斯基为了完成自己特殊的艺术任务,需要的恰恰就是这种时间。"②例如,一个穷公爵早晨还是无处容身,晚上竟成了百万富翁。狂欢化的不合逻辑匪夷所思,夸张,怪诞,加冕和脱冕等等,全都表现在这里。

这种狂欢化了的赫罗诺托普,总结了一下巴赫金的论述,我看有以下一些特点:

第一,在这一赫罗诺托普里情节发展是广阔的,它不只是"在这里",不只是"现在",而是在全世界,在永恒中,即在人间、地狱、天国。如,陀思妥耶夫斯基在他的小说《群魔》里,借沙托夫与斯塔夫罗金的对话说出了这一思想:"我们是两个生物,在无边无际的世界里走到了一起……是在世上最后一次相逢。丢掉你那口吻,说话像个正经人样吧!哪怕有一次这么说话像个人也好。"③巴赫金认为,这里又是"无边无际",又是"最后一次"是狂欢化时间的本质表现。陀思妥耶夫斯基作品中的主人公,虽然也和大家一样,生活在人间世上,但却没有日常时间和历史时间,他们总是处在一些转折点上,作"最后一次"的人生相遇,他们总是处在"狂欢体神秘剧的空间和时间里"④。这使得陀思妥耶夫斯基作品的时间,同梅尼普的宗教神秘剧时间接近起来,也同前面说过的但丁作品的时间、拉伯雷作品的时间接近起来。

第二,这种狂欢化了的时间,在巴赫金看来,再一个特点,除了无止境外,还有它的"无限性"也就是"没完没了",换言之,即是巴赫金说的"未完成性"。未完成性,没有了结,在我们看来,一切都是"现在"。

---

① 《巴赫金全集》,河北教育出版社,2009年,第五卷,第50页。
② 同上书,第232页。
③ 同上书,第234页。
④ 同上书,第234页。

这种时间特点，我们在上述论及利哈乔夫对陀思妥耶夫斯基作品中时间的特点，如出一辙。利哈乔夫在论及陀思妥耶夫斯基的艺术时间界定为"编年史时间"。所谓"编年史时间"就是把现在、当下发生的事件，一件件迅速地记录下来。这种"现在"，在利哈乔夫看来，所表示的也是"永恒性""非时间性"。而巴赫金的"未完成性"，没完没了等时间特征，以及陀思妥耶夫斯基要用神秘剧时间来揭示的也是"永恒性"，即非时间性，可谓殊途同归。利哈乔夫与巴赫金虽然用不同的方式来研究陀思妥耶夫斯基小说中的时间，所得出的结论，则是雷同的。

第三，这一赫罗诺托普具有双重性、两面性，如，生与死，少与老，贫与富，上与下，正面与背面，夸张与斥骂，肯定与否定，悲剧性与喜剧性等等同时并列；这种同时并列就是狂欢化的本质。与此同时，巴赫金认为，又"充满了狂欢式的对比、极不般配的结合和极其古怪的事情、意义重要的加冕和脱冕"。①例如，陀思妥耶夫斯基热衷于对地狱的描写，因为在这里面一切等级都被铲平了。"地狱拉平了人世上的一切地位，在地狱里，帝王和奴隶、富翁和乞丐等等全以平等身份相互发生亲昵的接触。死亡给生前加了冕的一切人，统统脱了冕"。在地狱里，往往用的是狂欢化了的逻辑，即"翻了个的世界"。帝王到了地狱变成奴隶，而奴隶成了帝王，如此等等。这种合二而一的形象，依据纸牌上人头像的原则，上一端要反映下一端，使得两个对立面走在一起，互相对望，互相反映在对方眼里、互相熟悉、互相理解。巴赫金说："狂欢式里所有的象征物无不如此，它们总是在自身中包孕着否定的（死亡的）前景，或者相反。诞生孕育着死亡，死亡孕育着新的诞生。"②（作者在此书中多次谈到这种狂欢化的并列情况）笔者认为，这方面与拉伯雷十分相近，如生与死，严肃与诙谐等等对立的东西并列在一起，但陀思妥耶夫斯基的双重性要深刻得多、全面得多。

第四，在这种赫罗诺托普里，充满了梦境与幻想的神话时间。陀思妥耶夫斯基说，"……一切和平时作梦一样，人超越了空间和时间，跳过了生存的规律和理智的规律，只在你内心所想之处停下步来。"③这种时间，是一种梦幻神话时间，"它的一瞬间何啻数年、数十年、甚至相当于千百亿年"④。可见陀思妥耶夫斯基的这种梦境神话时间，是一种非时间，没有时间的过去、现在、和将来的绵延，只有几个时间点。陀思妥耶夫斯基还

---

① 《巴赫金全集》，河北教育出版社，2009年，第五卷，第189页。
② 同上书，第172页。
③ Ф.М.Достоевский, собрание сочинений, том десятый, стр.492.
④ 《巴赫金全集》，河北教育出版社，2009年，第五卷，第223页。

通过梦境达到"新生的主题":"说它是梦就是梦好了,随人去说吧,可是这个生活,人们那样赞美的生活,我却想用自杀把它结束了。但我的梦,我的梦,啊,梦向我赞美了一种新的、伟大的、重生的、有力的生活!"①如此把生与梦境结合起来,产生了一种意识上的荒诞手法,一种狂欢化了的对比对位手法,获得了新生的力量。

第五,这种赫罗诺托普中的空间,也是十分特别,空间获得了狂欢式的象征意义。上面、下面、楼梯、门坎、过道、走廊、广场、街道、小酒店、罪犯窟、赌场、桥梁、排水沟等等,都获得了"点"的意义,在这个"点"上出现危机、剧变、出人意外的命运转折;也在这个"点"上,人作出决定、越过禁区、获得新生或招致灭顶之灾,人的命运和面目发生了剧烈的狂欢式的变化。在这里,我们还可以把赌博时间、苦役时间包括在危机时间在内,包括在狂欢化了的时间在内。"赌博的气氛是命运急速剧变的气氛,是忽升忽降的气氛,亦即加冕脱冕的气氛。赌注好比是危机,因为人这时感到自己是站在门坎上。赌博的时间,也是一种特殊的时间,因为这里一分钟同样等于好多年。"②苦役的时间也与赌博时间一样,充满着相当于死刑前或自杀前"意识的最后瞬间",也是一种危机的时间。与上面的空间特征一起,陀思妥耶夫斯基还把小说中的人物置于黑夜之中,夜里是最容易发生突然情况,这也是一种危机时间、危险时间。在当前的文艺学术语中,被称之为"瞬时"或"共时"艺术手法特征。上述种种时间不是传记时间、历史时间,而是一种狂欢化了的时间,是狂欢化时间的本质特征。上述的赫罗诺托普表现得最为明显的是陀思妥耶夫斯基的《豆粒》和《一个荒唐人的梦》中,当然也存在于他的其他作品中。

总之,在陀思妥耶夫斯基的赫罗诺托普中,狂欢化把一切表面上稳定的、已然成型的、现成的东西,全给相对化了;同时它又以自己那种除旧布新的精神进入人的内心深处,进入人与人的深层关系之中。因而狂欢化要求一切更替、变化,要求对话。要实现上述种种变化的特点,陀思妥耶夫斯基就采用狂欢化的本质力量:笑(诙谐)。因为笑具有双重性,笑能使事物更替、除旧布新;笑具有创造力量,能从生中见到死,能从死中见到生;笑能排除一切教条主义的严肃性、绝对化、凝固化,把它变成相对的东西。许多哲学家都对笑作过研究,如,斯宾诺莎、康德、叔本华、达尔文、斯宾塞、黑格尔、柏格森等人都对"笑"的发生与起源作过研究。黑格尔在《美学演讲录》中说:"诙谐的特征,却是充分的满足,以及人

---

① 《巴赫金全集》,河北教育出版社,2009年,第五卷,第199页。
② 同上书,第225页。

战胜了自身之后的矛盾或者摆脱了严峻、不幸的处境之后获得的安全感。"笑能从危境中获得新生。这就是狂欢化了赫罗诺托普的意义所在,力量所在。这就是巴赫金研究狂欢化了的赫罗诺托普的意义所在。

巴赫金本人对陀思妥耶夫斯基作品中的这种时空特点作了如下概括,十分剀切中理,值得我们重视:"陀思妥耶夫斯基在自己的作品中几乎完全不用相对连续的历史发展,不用传记生平的时间,亦不用严格的叙述历史的时间。他'超越'这种时间,而把情节集中到危机、转折、灾祸诸点上。此时的一瞬间,就其内在含义来说,相当于'亿万年',换言之,是不再受到时间的局限。空间他实际上同样超越了过去,把情节集中在两点上。一点是在边沿上(指大门、入口、楼梯、走廊等),这里正发生危机和转折;另一点是在广场上(通常又用客厅、大厅、饭厅来代替广场),这里正发生灾祸或闹剧。这就是他的艺术时空观。"①这里表明了陀思妥耶夫斯基的时空世界,具有双重性、两面性、并列、同时、共存、现在、梦幻、不合逻辑性,还有危机和转折等等特性,是狂欢化时空观的典型表现。因此,巴赫金论及的陀思妥耶夫斯基的狂欢化,是指其意识上的、心灵上的狂欢,时间和空间上的狂欢。不是日常的娱乐性的节庆狂欢。这种不同于托尔斯泰、屠格涅夫等人的狂欢化的时空观,也与上面提及的拉伯雷的狂欢化的赫罗诺托普存在着本质的区别:拉伯雷的"狂欢化"表现出主人公的外在形象上的夸张和怪诞,外在世界的狂欢化,而陀思妥耶夫斯基的"狂欢化",则是主人公意识上的,内在的心里时间上的狂欢化。就连陀思妥耶夫斯基本人也承认,他的艺术时空观是"非欧几里得"的,但不是怪诞的赫罗诺托普。巴赫金进一步把陀思妥耶夫斯基的艺术世界与爱因斯坦的世界相比拟,认为他的赫罗诺托普比起以前作家来是更高一级更复杂的艺术世界了。

第三节 陀思妥耶夫斯基作品中时间的"空间化"

陀思妥耶夫斯基的赫罗诺托普的另一个特点是时间的"空间化"。就其实质而言,"空间化"是狂欢化的一种形式,上面有所涉及。我们提出时间的"空间化",无非就把陀思妥耶夫斯基处理时间的手法更加具体化而已,同时说明了时间和空间的不可分割性以及它们之间的相互转化。

那么,何谓时间的"空间化"呢?我们在前面论述当代西方的艺术时

---

① 《巴赫金全集》,河北教育出版社,2009年,第五卷,第195页。

间研究时业已谈及。那时西方评论界几乎一致认为（有的苏联文艺学家也持这一观点），时间的"空间化"是由美国著名文艺学家弗兰克首先提出并使用的，是他用来评价普鲁斯特、乔伊斯等作家的作品时空间时得出的结论。然而，我们在巴赫金的陀思妥耶夫斯基作品的研究中，在1929年的版本，即《陀思妥耶夫斯基创作问题》一书中，巴赫金已经谈到时间的"空间化"问题。

巴赫金在《陀思妥耶夫斯基诗学问题》中写道："陀思妥耶夫斯基艺术观察中的一个基本范畴，不是形成过程，而是同时共存和相互作用。他观察和思考自己的世界，主要是在空间的存在里，而不是在时间的流程中。"①他在稍后一点又说："陀思妥耶夫斯基同歌德相反，他力图将不同的阶段看作同时的进程，把不同阶段按戏剧方式加以对比映照，却不把它们延伸为一个形成发展的过程。对他来说，研究世界就是意味着把世界的所有内容作为同时存在的事物加以思考，探索出它们在某一时刻的横剖面上的相互关系。"②巴赫金在另一处还说："由于他（指陀思妥耶夫斯基——引者）有如此顽强的追求，要把一切都作为同时共存的事物来观察，要把一切都平行而同时地理解和表现，似乎只在空间中而不在时间里描绘，其结果，甚至一个人的内心矛盾和内心发展阶段，他也在空间上加以戏剧化了，让作品主人公同自己的替身、同鬼魂、同自己的 alter ego（另一个我），同自己的漫画相交谈。"③同时和共存，只能在空间中，而不能在时间里，因为时间是流动的，做不到共时和共存。在陀思妥耶夫斯基遵循这一戏剧的共时原则下，一切都变成了永恒，因为只有永恒的才是同时的、共存的。所以在他的描写中，能否处在并排并列或分立对峙的联系中，方能进入他的构思范围。只有"前"与"后"的时间点，"才有意义"，"才能满足自己短暂的停留和存在"。④巴赫金所阐释的陀思妥耶夫斯基这一观点，从理论上说，完全符合我们在第一章所描述的时间逻辑学中的 B- 序列。时间的两种形态，都是时间客观的本质特征。可见，陀思妥耶夫斯基称自己的现实主义者，而且是最高的现实主义者，不是为自己的辩护之词，而是一点不假。不过，很有可能，时间逻辑学吸收了陀思妥耶夫斯基的观点极有可能，正如弗洛伊德从陀思妥耶夫斯基那里激发灵感一样。

上述几段引文都表明了陀思妥耶夫斯基把本是时间的关系变成空间的关系，即把时间的变化和交替，变成空间的同时、并列，把时间分割成

---

① 《巴赫金全集》，河北教育出版社，2009 年，第五卷，第 36 页。
② 同上书，第 36—37 页。
③ 同上书，第 37 页。
④ 同上书，第 38 页。

一个个"时间点"来置于空间之中。这就是时间的"空间化"手法。我们在前面谈及菲尔丁作品的"镜框"说,普鲁斯特作品的"教堂"说,弗兰克、迈耶科夫对乔伊斯等人的作品分析时,谈及的也是这种"空间化"手法。巴赫金在这里虽然没有直接应用"空间形式""空间化"这一术语,但其实质是一样的。有的苏联文艺学家(如勒热夫斯卡娅)在谈及这一描写手法时,说是弗兰克在1945年首先提出的,然后在各国流传开来。不错,这一术语可能是弗兰克借用于柏格森的哲学术语,首先应用于文艺学领域中,但作为作家创作手法的提出,当属巴赫金。这种对时间的切割,把时间的横向运动变成空间的垂直纵向展开,把时间的"线"变成空间的"点",用"前"和"后""横断面""共时""并存""只在空间中而不在时间里描绘"以及后来我们常说的"诗化"等描写手法,也就是弗兰克的"空间形式"。但巴赫金在1929年就提出了这个问题,要比弗兰克早得多,可能由于巴赫金的作品被尘封了几十年,才被一些研究着所误读。弗兰克是陀思妥耶夫斯基创作的研究家,他与巴赫金之间没有什么关联。我们认为,弗兰克的这种"空间化"可能直接迻译于柏格森。因为柏格森的"心理绵延",不但描述了时间的"心理化",而且使时间"空间化"(变过去为现在)的手段之一,他不但影响了创作者,如普鲁斯特、乔伊斯、伍尔夫等人,同时也影响了文学批评家。然而,正如我们上面提到的,柏格森的"心理绵延"也与时间逻辑学(还有弗洛伊德)一样,与陀思妥耶夫斯基不无关系。巴赫金,弗洛伊德,柏格森,他们的思想直接肇始于陀思妥耶夫斯基,都从陀氏的小说中汲取了养分,毫不为过。因此,不能说,文艺学上的"空间化"不可能是40年代的弗兰克提出的。

时间的空间化,是陀思妥耶夫斯基创造复调小说的基根。这种时间的空间化,简而言之,在笔者看来,可以采取以下手段:

首先是要使时间"现在化"。时间是在不停地变化着,从过去到现在再到将来那样不断地流动着,现在即现而成为过去,而将来,还未到来,只有现在可感觉、可把握、可视和可听。作家对事件的描写也是对"现在"的描写,这就非得让事件停在"现在"这个时刻上。于是,而对过去的,就得用回忆,对将来的也得靠预测和展望;换言之,就是用记忆和联想把过去和将来联系起来,把一切都变成现在的时刻。这就是时间的"现在化"手法。"现在化"也就是时间的"空间化"。意识流小说大都采取这种手法。

第二,时间的"空间化"也可以不用回忆和联想这种心理的手段来表现,而是采取"快速控制时间的方法",让情节事件出现令人瞠目的变化,"旋风般的运动",让事件在"现在"这个层面上快速出现,产生一种共存的视觉。陀思妥耶夫斯基就是采取这种手法来达到时间的"空间化"效果。

第三,对时间进行分割,把它切成一段段、一块块,再重新安排,使得时间所呈现出来的不是"时间的流程",而是"时间的块状"。在目前小说(电影)中,流行着这样一种小说布局:过去发生的事件与现在正在进行的事件交替展开,在过去与现在层面上来回跳跃,不用心理的联想或回忆。

第四,让处在不同空间中众多主人公汇集在同一空间里、场合中,进行面对面的交流、对话,如戏剧那样,或用几条线索,不同情节交叉进行,让读者的心目中形成一种共存的局面(大型对话)。

第五,在主人公头脑里、内心中,展开独白式的对话(不是意识流描写),以及作家在描写人物时,表现在话语内部而不是表面上的激烈对话(这与戏剧对话不同),也就是巴赫金所说的"微型对话"。

第六,发生在不同时间、不同地点和空间的事件和人们汇集在一起进行对话。这与第四点类似,所不同的是,这里是隔代的遥相呼应。如现在的"穿越剧"那样,或像过去"关公战秦琼"那样,不用回忆或联想(与第一点说的不同),而用电影的蒙太奇手法,或其他手法,把不同时间里发生的事件并列在一起,加以比较,如比较文学研究中所作的那样:哈姆雷特与贾宝玉的对话。

第七,在作品画面上,在故事叙述中,除了情节手段的描写多个并列事件(多线索)外,还采取景色描写,插入书信,日记,回忆,想象,梦幻,诗歌(我国古代小说常用此法来滞留时间的进程)等等所有方法来阻止事件时间的快速流动,创造事件时间的停顿,来切割时间,使得时间成为空间的点。

无论是对时间的切割形式,还是采取对话形式,并列、同时形式等等的种种时间的"空间化"手法,其目的是让时间变成可感的、可视的、可听的形象,把内心的绵延(时间)外在化,让时间在空间中存在。陀思妥耶夫斯基就是用这种手法来创造他的复调小说的赫罗诺托普。

上述让时间"空间化"的诸种手段,如果非得探求其哲学渊源与时间关系的话,可以归纳为一点,就是我们的第一编中所研究过的时间哲学中"量"的性质,不是"质"的特点,也就是时间逻辑学所阐明的"B-序列"描绘,而不是"A-序列"关系。

总之,上述两节所论述的狂欢化了的赫罗诺托普以及时间的"空间化"，其实质基本上是相同的，是对时间序列的不同切割，是所谓的时间"B-序列"的不同变种，也就是巴赫金的复调小说的不同表现形式。在这里，如果非要把它们作出某种区分，我认为，"狂欢化"是把时间作了"夸张""怪诞""危机"式等等的狂欢式处理外，强调的是空间的"并列"，把时间的"早些"与"晚些"，也就是把发生在"过去"与"现在"不同时间里的条件同时并列起来，如陀思妥耶夫斯基小说《豆粒》中对地狱的描写，《白痴》中费尔得先科，这位宗教神秘剧中的小鬼，建议大家各讲一件自己一生中干的坏事，形成了一种狂欢广场的氛围。此外，我认为，如我国当前电视剧中的所谓"穿越剧"，也是时间狂欢化的典型表现，把不同时间夸张地并列在一起加以描写、展示，来表现作者的艺术构思及审美观念。而时间的"空间化"就是把时间用空间手法来表现，也就是对不同空间的描写来表示时间的变化，即"早"与"晚"、"过去"与"现在"。我们在论述我国古代诗歌创作中已经谈及，那是十分明显的例证，因此，目前流行的小说的"诗化""心理化"说的就是这种"空间化"时间，一种滞留时间的手段。如果把这种"空间化"再细分一下，一是通过主人公的意识来表现的，所谓的意识流小说就是这样的，如乔伊斯的《尤利西斯》，普鲁斯特的《追忆逝水年华》。我国改革开放后，80年代王蒙的《春之歌》等小说，也是一种意识流小说，是通过意识联想来表现的。二是写实主义手法，它不用通过主人公的意识这个中介来描写，而是以作者的"我"直接出面，一段是现在，一段是过去，轮流描写，其画面表现的如同一块块马赛克，虽然是我，但不是后视角，而是全视角，上帝的视角。但这里需要读者在阅读过程意识的参与，方能形成一幅完整的画面，如，我在上面提及的周大新的《泉涸》。还有一类也是写实方法，是用第三人称，不是通过他的意识，把现在时间与过去时间交替呈现，用的也是上帝的视角。在我国新时期的小说中，这种在时间层面上的创新十分丰富，手法十分多样，所不同的是程度上的差别：有的明显一点，有的隐蔽一点。这种手段，陀思妥耶夫斯基则把它作了淋漓尽致的表现。因此，如果用传统的文艺学术语，"空间化"是现实主义的表现形式，而"狂欢化"是浪漫主义的表现手法。同是唐朝诗人李白，前面已提及的"暮从碧山下，山月随人归。却顾所来径，苍苍横翠微。相携及田家，童稚开荆扉。……"是一种现实主义的时间"空间化"，而"朝辞白帝彩云间，千里江陵一日还。两岸猿声啼不住，轻舟已过万重山。"则是浪漫主义的时空"狂欢化"。还有，从这两种表现形式，从巴赫金的思想来源中可看出，一个是陀思妥耶夫斯基的心理现实主义，另一个是拉伯雷的怪诞现实主义。当然，上述种种区分未免有绝对之嫌，因为，时间在现实中是难以割裂的，"现在"也就是"在这里"（所以它们之间具有更宽阔的研究空间）。而在这里我们要说的，巴赫金及时地发现了陀思妥耶夫斯基以及拉伯雷作品中的这一描绘手段与其他作家的不同后，归纳、总结并加极致地发挥，形成了自身的独特的复调小说的艺术时间理论。

第四节 巴赫金论作者的赫罗诺托普问题

作者问题，是巴赫金一生关注的焦点，是他几乎全部著作都涉及的问题。他的哲学著作，20年代初的美学著作，文艺学著作，以及以后的哲学人类学论题，笔记，甚至包括语言学理论，都可见到他有关这方面的论述。毫无疑问，这务必涉及作者的赫罗诺托普问题。尽管如此，有关这一问题，仍然可以说，集中在他的《审美活动中的作者与主人公》《小说的时间形式和时空体形式》以及该书写于70年代的第十章，《陀思妥耶夫斯基诗学问题》等著作中，还有其他一些林林总总的书稿残片。

在上个世纪20年代初期，巴赫金在其美学理论中就认为，作者在艺术作品中是起组织、配置、完成艺术世界这一作用的人，而主人公是作者创造的人物。"作者极力处于主人公一切因素的外位：空间上的、时间上、价值上的以及涵义上的外位。处于这种外位，就能够把散见于设定的认识世界、散见于开放的伦理行为事件（由主人公自己看是所见的事件）之中的主人公，整个地汇集起来，集中他和他的生活，并用他本人所无法看到的那些因素加以充实而形成一个整体。"[①] 在作者与主人公的关系中，要完成作品，"必须要两者分开而由作者获胜"。这与传统哲学美学观是一致的。但从这段引文中，巴赫金不但提出了"外位性"这一问题，而且把外位性放在头等重要的位置上：没有外位性，就不可能创造出作品。外位性，用通俗一点的话说，就是外在的空间和时间，在巴赫金的思想里，还包括着价值的和涵义的因素。我们从这里看出，巴赫金那时虽然还没有提出作者与主人公的对话问题，但在他们的关系论述中已经出现两个心灵的碰撞（涵义上的，价值上的）。不过，还应该看到，在这篇文章中，巴赫金的哲学宗旨"双主体"的哲学思想以及时间空间的外位性理论已经确立了，只有到了20年代后期《陀思妥耶夫斯基的创作问题》一书中，才明确地提出对话理论（其演变过程可参见拙著《巴赫金的哲学思想研究》一

[①] 《巴赫金全集》，河北教育出版社，2009年，第五卷，第110页。

书的有关对话等章节）。

所谓"双主体"，在这里，就是指作者与主人公，他们之间的对立是由"外位性"决定的。外位性是确立巴赫金作者立场的基点，没有外位性，就没有作者的积极性，也没有作者与主人公关系中的对话。可以说，这种外位性，使得作者获得了对全局的统摄力，与此同时，也让主人公获得了相对独立的立场，可以与作者在一定程度上相抗衡的权力。为了更好地阐明作者的积极性，巴赫金提出了一个"审美客体"问题（我们在前面已经作了较为详细的分析）。艺术家的任务是构建一个具体的艺术世界，这个世界"以活的躯体为价值中心的空间世界，以心灵为中心的时间世界，以及最后，是涵义世界，三者在具体的相互渗透中构成统一体。"这一艺术统一体就是审美客体。审美客体中的一切内容都是作者积极性的结果。因而，他批评了"材料美学"企图觊觎普通美学地位的错误主张。他认为，艺术手法不可能仅仅是加工话语材料的手法，它首先应该是加工一定内容的手法，只是此时需要借助于一定的材料，例如，小说需要的是话语，描绘则是颜料，雕塑则是大理石，音乐的是声音等等。材料，只不过是创造主人公形象的材料而已。作品风格的缔造、确立与形成，也是作者在加工和完成主人公世界的手法以及受其制约的内在克服材料的手法的结果。因此，结论是作者的积极性、能动性。

那么，巴赫金的这一观点是否就否定了作者与主人公的对话关系呢？笔者认为，没有。因为，这里存在着"外位性"，即不同的赫罗诺托普决定了这一积极性立场。由于外位性，巴赫金在这里所确立了两个主体，作者主体与主人公主体（把主人公作为与作者相对的人来看待），它们的关系是两个圆圈的相切关系（这里，应该把圆圈理解为时空），作者不能闯入主人公的世界，否则就会破坏这一世界的审美稳定性。巴赫金从这里得出结论，外位性对艺术家来说，是至高无上的："艺术家的神奇之处就在于他有着至高的外位性。"[①]这种时间的外位性、空间的外位性和涵义的外位性确保作者与主人公对话的基本立场与原则。只要巴赫金坚持存在着作者时间与主人公时间，坚持作者与主人公的外位性立场，就是坚持对话立场。这完全同样是作者的积极性的表现。巴赫金在20年代所持有的立场，在晚年，依然保持着这种一贯性。我之所以要提及这点，是因为在我国80年代中期的有关巴赫金的作者与主人公的争论中，有人提出巴赫金在这一点上的观点，是前后矛盾的，因为在20年代，强调了作者的积极性，后

[①]《巴赫金全集》，河北教育出版社，2009年，第五卷，第297页。

来又提出作者与主人公的对话立场。①笔者认为，把作者对主人公的对话立场排除在作者的积极性之外，并认为巴赫金的立场前后矛盾，是一种偏见。用外位性来囊括时间、空间、价值、涵义，就能保证作者与主人公的对话立场。

把作者问题放在哲学人类学范畴上进行探讨，是巴赫金研究这一问题的最大特点。巴赫金的哲学人类学思想提出"自为之我""为我之他人"以及"我为他人"这三个范畴，作为配置世界上一切价值的中心。这里，若用一般通俗的说法，就是关于"自我"与"他人"的关系问题。作为"自为之我"的作者，在对待"为我之他人"，应该采取的态度如何，是巴赫金的哲学人类学以及他的伦理道德哲学的主旨。在这两者的关系中，他提出"我为他人"这一范畴，并把它作为人生追求之终极目的。有关这方面的论述，可见鄙人的拙著《巴赫金的哲学思想研究》一书。在这里，简单地提一下，他在晚年时论及"我与他人"这一关系中，把自我价值完全体现在他人之中。他说："我要融入一个他人身上和许多他人之中，我只希望成为许多他人之他人，以他人身份彻底融入他人世界，甩掉世界上唯一之我（自为之我）是重负。"②这种哲学人类学思想，是他持之以恒的观点。显而易见，它同样是建立在不同的时间和空间之上的。作者若是"自为之我"的话，主人公便是"他人之我"，另一个与作者平等相处的"我"。他认为，在陀思妥耶夫斯基的作品中，"作者讲到主人公，是把他当作在场的、能听到他（作者）的话，并能作答的人。"在稍后一点，他说："作者构思主人公，就是构思主人公的议论。所以，主人公的议论，也便是议论的议论。作者的议论是针对主人公的，亦即是针对主人公的议论的，因此，对主人公便采取一种对话的态度。"③我们是否在这里可以看出巴赫金在论述"作者与主人公"的关系时强调主人公，即"他人"的地位的立场的本质特征？我们是否可以说，作者的一切价值是否存在于对自己作品中主人公的塑造上（关系上）？因此，巴赫金在《陀思妥耶夫斯基诗学问题》一书中认为，陀思妥耶夫斯基的小说，采取的是一种全新的立场来构建主人公，是一场哥白尼式的革命。他的这一思想在20年代初已见端倪。

不过，笔者认为，巴赫金20年代美学中的时空理论是在康德的主体思想的影响下形成的，是与生命哲学家的对话中形成的，是与人的生命紧

---

① 参见《外国文学评论》，1987年，第一期中有关的两篇争论文章。
② 《巴赫金全集》，河北教育出版社，2009年，第四卷，第463页。
③ 《巴赫金全集》，河北教育出版社，2009年，第五卷，第84页。

紧地结合在一起的。如果把主人公仅仅看成是符号（如文学结构主义所持的观点那样），不是现实中的人在艺术中的某种反映，那么始终理解不了巴赫金对作者与主人公关系——主人公相对独立性的论述，理解不了他们之间存在着对话关系的论述。

总之，巴赫金对作者问题、作者的赫罗诺托普的研究以及前面提及的对审美客体的研究，还有对各种美学思想的批判，都表明了巴赫金的美学宗旨，那就是崇尚双主体的存在。追溯其哲学思想，那就是他的哲学人类学思想的体现。这种哲学思想的产生，有其社会根源的，那就是我们应该看到是对盛行于当时社会文化学术界的庸俗社会学的反拨，是一种民主原则的体现。那时，作者的权威，以及把主人公与作者视为同一，还有把主人公看作是作者手中的玩偶的创作理念和社会风气肆虐于一切文化领域。

因此，可以说，不同的时空，即不同的赫罗诺托普问题，不但是理解巴赫金美学思想的基础，而且又是理解他的包括哲学人类学在内的一切思想的基础，不对他的这一理论进行探讨，便无法在巴赫金学的研究上再前进一步。

下面，谈一下作品中赫罗诺托普之间的关系问题。

首先，巴赫金认为，作品中存在着被作者描写的赫罗诺托普。这种赫罗诺托普的形式是多种多样的、形形色色的、大小不一的，不能一概而论（这里有不同的赫罗诺托普：相会的、道路的、城堡的、沙龙的、门坎的、广场的，还有自然的、家庭的、劳动的等等危机和生活转折的赫罗诺托普）。在一部作品的范围内，在一个作者的创作范围内，我们能发现许许多多的赫罗诺托普，以及赫罗诺托普间的复杂的、为这一作者和这一作者所特有的赫罗诺托普的相互关系；而且一般地说，其中有一个赫罗诺托普是涵盖一切的，或者是居主导地位的。这些赫罗诺托普可以相互渗透、共处、交错、接续、相互比照、相互对立，或者处于更为复杂的关系中（这里值得说一下，书中把включаться译为"相互渗透"，我认为，可能是误译，включаться有包括、包含之意，没有"渗透"之义，把此词译成"囊括"是正确的。巴赫金认为，两个赫罗诺托普之间的关系是不能"渗透"的，只能"并列""包括"或"囊括"，即大小，一个包含着另一个，即大时空包括小时空，即使这两个时空大小不同，也是一种平等的关系，是一种对话的关系；它们之间不能互为渗透，你我不分；它们各自具有自身的独立性，不能一个吃掉另一个，或有你没我，有我没你。而且接下一句也表明一个不能进入另一个，对话关系的实质是共处、并列、对照、不可能渗透。巴赫金的这一理论的一个重要基石，就是两种不同的赫罗诺托普具有自身的独立性；互为渗透的模糊界限也是不符合巴赫金的"外位性"思想）[①]。赫罗诺托普间的这种种相互关系本身却再也不可能进入到其中的某一赫罗诺托普中去。这些相互关系共有的性质是对话性（作广义的理解）。不过，这个对话不能进入作品所描绘的世界中去，不能进入作品里任何一个赫罗诺托普中去（指被描绘的各种赫罗诺托普）。因为这个对话处于被描绘的世界的那个赫罗诺托普之外，虽然并不处在整个作品之外（其实是两个赫罗诺托普之间在作品中的对话）。这个对话进入作者、表演者的世界，也进入听众和读者的世界。这些世界同样带有赫罗诺托普性质。[②]从这里可以看出，作品中的时间和空间是存在，一旦存在，便不能更改，相互间的关系只能是对话，而这对话也是围绕着作品进行的，以及也与作品存在之外的作者、读者的对话（指文化意义上的对话）。

巴赫金的这一说法为的是表明下列观点：作为作品中所描写的各种赫罗诺托普是作品世界的存在，尽管为某个作者所固有，打上了作者个人的印记，具有作者个人色彩，但它是作品中的存在了，是作品中的赫罗诺托普。这与作品外的存在已经不是一回事了，是两个赫罗诺托普了，两个不同的世界了。我们看到一匹马在跑，与我们说"这匹马在跑，"是两个不同性质的事儿。因为，它们属两个不同的赫罗诺托普。这个界线是具有原则性的。不能把描绘出来的世界同从事描绘的世界混为一谈，不能把创造作品的作者（有时虚构一个叙述人、有时用第一人称"我"，有时则谁也不用亲自出马等出现在被描绘的世界里）同作为人的作者混为一谈。这在方法论上是不允许的。我们看到，现实世界中与此种情况相悖的事儿太多了，我国古代盛行的文字狱就是明显的一例，而庸俗社会学也是这样认为的，今天恐怕还存在着这种幽灵。但也不能把这种界线绝对化了。在它们之间的原则界线不可取消的情况下，有着千丝万缕的联系，处在不断的相互作用之中。作品及其被描绘出来的世界进入到现实世界之中，并丰富着这个现实世界（这是有目共睹的，没有书籍、描绘、电影等作品，我们的世界就贫乏得多了）；而现实世界也进入作品及其描绘的世界之中（这就是我们常说的对现实的反映）。在创作过程中是这样，在其后作品存在的过程中也是这样，因为读者听众的创造性接受中会使作品不断更新，总会发现作品中新的涵义。这种作者与现实，作者与主人公，读者与作者，读者与作品等等的交流接受过程都具有赫罗诺托普性质。可以说，一切都处在赫罗诺托普中，被赫罗诺托普化了。但是，两个不同性质的赫罗诺托普

[①] 《巴赫金全集》，河北教育出版社，第三卷，2009年，第446页。
[②] 同上。

依然十分清楚，混淆不得。

而对于作者的赫罗诺托普，巴赫金认为，我们可以在作品之外找到他这个作者，这时他是一个过着自己传记生活的人，就是说，他是现实中的真实的人。这是真实的物理的赫罗诺托普。这时他是作品的创造者，然而是在被描绘的赫罗诺托普之外，仿佛处在它的横切线上。作者就是在这一点（视点、视角）上进行着对作品结构的布局，即在这一点上对被描绘的世界的人物、事件进行安排配置。这样就出现了两种情况，一是存在于真实世界中的事件，真实的赫罗诺托普，一是被作者创造的世界的事件，被描绘的赫罗诺托普。这两种不同的赫罗诺托普永远不能认为一体，或完全等同，但同时又相互呼应，不可分割地相互联系着。也可以这么说，一个是现实世界中发生的事件，另一个是我们在作品中讲述的事件。这两个事件发生在不同的时间、不同的地点上，尽管在叙述中时间、地点是同一名称。因为这是两种不同性质的东西，但两者又有联系，统一在复杂的相互关系中。巴赫金在1970—1971年的笔记中，谈及"作者形象"问题时说："第一性的作者（不是创造出来的）和第二性的作者（由第一性作者创造的作者形象）。第一性作者是 natura non creata quae ceat；第二性作者是 natura creat quae creat。主人公形象是 natura creata quae non creat。第一性作者不可能是形象，他回避任何形象的表现。当我们努力设想第一性作者的形象时，我们自己已经在创造他的形象，也就是说我们本身成了这一形象的第一性作者。从事创造的形象（即第一性作者），任何时候也不能进入任何由创造的形象之中。"①巴赫金在这里隐喻性地引用了中世纪早期哲学家埃里乌盖纳《论自然的区分》中的四种存在模式：一，"从事创造而非被创造的自然"，即作为一切事物本源之上帝；二，"被创造而不从事创造的自然"，即柏拉图的理念世界；三，"被创造而不从事创造的自然"，即个别物体的世界；四，"非被创造亦不从事创造的自然"，这又是上帝，不过已作为一切事物的终极目的。巴赫金用它来区分创造者与被创造者、作者与作者形象的不同范畴，不过巴赫金在本文中是以赫罗诺托普作为基准来进一步区分作者与"作者形象"的不同。

他在1973年又论及的作者问题，同样提及作者时空与主人公时空的不同。同样涉及创造作品的作者与"作者形象"的区别。"作者形象"是被创造出来的，是被创造物，与主人公一样，不能与真实时空中的作者相提并论。无论作者用什么视角来创造，也不能把自己、把自身之"我"，

---

① 《巴赫金全集》，河北教育出版社，2009年，第四卷，第465页。

同我所讲述的"我"绝对地等同起来；犹如不能揪着自己的头发上天。因此，巴赫金对"作者形象"颇有微词。"'作者形象'如果理解为创作者其人，则是自相矛盾的说法；任何形象总是某种被创造之物，而不是从事创造之物。"①在这里，可以说，也是为他的主人公的相对独立性思想服务的，因为，即使在某某作品中，似乎看到现实中的某某人（包括自传体小说在内），也不能与现实中的人相提并论，其原因并非做了艺术加工，更重要的是分属两个完全不同时空里的人。一个是真实的人，另一个是观念的人，属于不同的赫罗诺托普。必须区别清楚。巴赫金如此不厌其烦地提出这种区别，除了美学上的原因外，一些社会生活中的现象，可能也是原因之一。在苏联，庸俗社会学肆行期间，把作品中的主人公等同于作者自己或社会上的某某人；在我国古代，盛行的文字狱就是明显的一例，而在改革开放之前，在庸俗社会学肆虐期间，文化界的大人物往往挥舞着这根大棒，打击一些在作品中描写了一些小人物而非高大全的人，即使在今天恐怕还存在着这种幽灵不散的现象。

总而言之，作者的赫罗诺托普与主人公的赫罗诺托普是一种相切关系，但作者作为创造者，组织者，他的积极性是高于主人公的积极性。这点是无可置疑的。但主人公有自己的赫罗诺托普，也就是说有他自己的生活环境，时间和空间，有其本身的生活逻辑。因此，作者的积极性必然要受到主人公的赫罗诺托普的制约。越是大作家，他所受到的这种制约性就越大，就越不能随心所欲，就是说，越不能把主人公作为自己手里的玩偶。因为，他认识到，作品中现实也是一种现实，作品主人公也是这种现实的人，这种社会的人。所以巴赫金认为，作者的这种积极性必须首先表现在结构上，以结构上的不同来体现时间上的不同。他说，"作为创造者 - 作者是在自己的时间内自由地运动的：他可以从末尾，从中间以及从正在描绘着的事件中的任何地方开始自己的故事，但在这种情况下，又不能破坏被描绘的事件中时间的客观进程。"②

其次，作者（创作主体）对时间把握的两种原则在论述作者的赫罗诺托普问题上，必须谈一下艺术创作中主体（作者、艺术家）对时间的把握问题，别言之，也就是个性在时间中的存在理论问题。当然，这一问题是现代的科学的人学问题，但也属于文艺学中的一个问题。巴赫金在研究美学问题时就是把它与人的问题联系在一起。我在阐释《审美活动中的作者与主人公》时，特别强调了他与法国叙述学的区别之处就在这里。当我们

---

① 《巴赫金全集》，河北教育出版社，2009年，第一卷，第459页。
② 《巴赫金全集》，河北教育出版社，2009年，第三卷，第450页。

在研究艺术作品中艺术个性在时间中的存在时，发现有人的存在。巴赫金在论述陀思妥耶夫斯基的复调小说时，着重指出的一点。他引用陀思妥耶夫斯基本人的话说："我只是最高意义上的现实主义者，也就是说，我描绘人类心灵的全部隐秘。"

换言之，陀思妥耶夫斯基是内向的，是人的内心，而与之不同的托尔斯泰，是外向的，重于客观世界。就本质说，是他们两人在创作小说时对时间的感受、体验、知觉的不同。这就基本上也就形成了艺术家在时间中的两种基本生活类型：第一种类型，可称为"内向型"，艺术家对时间的内在感受和体验，把时间集中在自己内心里，再通过作品表现出来，使得作品具有了抒情色彩；第二种类型可称为"外向型"。时间是在外部展开的。艺术家个性的共同方向是针对外部世界，而不是内心世界。对时间的如此感受和体验，如史诗型艺术作品基本上是这样的。以内在方式还是外在方式来感受时间，一定方式上表现在艺术家的物理存在上，即他的生活的时间的持续上。这种外部与内部的不同，首先表现在个性的目标是针对外部客体，还是针对内部主体。因为，按照荣格这位心理学家的看法，每个人都具有这两种内在机制，不同的类型的人是由他们的侧重面不同而形成的。

内向型的作家的创作原则由陀思妥耶夫斯基发现并实行，但就其理论上说，似乎与柏格森理论有关联。柏格森认为，人的生命，特别是艺术家的生命，是一种自我观照的过程。生命就是绵延，而绵延是意识的生命，永恒的特征。这一生命是在时间中的绵延展开，而不是在空间中的广延。而主体感受是瞬间的状态，瞬间的行为，是"现在"，回忆、幻想、想象、记忆都是"现在"。在这一类型艺术家创作中的时间流的本质特征，把心理时间尽力浓缩在自己的作品中，对时间采取一种快速的流动形式，在一定范围内把不同时间所发生的事件、行为等或联系在一起，或分割开来。正如陀思妥耶夫斯基所说的，我们是茫茫大地中的两个生物，走到一起来了。"一切都和平时做梦一样，人超越了空间和时间，跳过了生存的规律和理智的规律，只在你内心所想之处停下步来。"① 用主体的感觉来组织作品。

另一个特点是在不长的物理时间里充满心理时间的各个激情层面的巨大内容。这里，各种不同的时间层面之间的关系完全是相对的，事件的绵延、前后顺序、方向都随着内容的变化而改变。时间在这里可以回流，转

---

① 《巴赫金全集》，河北教育出版社，2009年，第五卷，第195页。

向，停顿，甚至消失而变成永恒。物理时间仿佛在这里消失了。

内在型艺术家的作品中的对话性质，是巴赫金从陀氏作品中得出的一大特色。不同时代，不同地域的主人公汇合在一起，展开了对话性的冲突。巴赫金所强调的微型对话，即心灵的冲突和对话，便是这种小说的最大特点。

而外向型作家的作品则是另一种情况。他们力求把时间客观化，他们所把握的、所感受的、所思考的是客观过程的本质，即使是现在还是过去。他们首先是作对象性思考。过去、现在、将来在他们那里首先是存在于他们所说的那一事实之中那一时间的本质属性之中。如果说内向型艺术家是通过自己的内心、想象、体验、幻想等来感受世界的时间流动的话，那么外向型艺术家则把这个世界对象化了，在艺术家的头脑里首先是具体的现实。

这类艺术家在思考现在时力求对历史过程作深刻的史诗般画面来处理。他们不是生活在个人的心理时间中，而是生活在广阔的史诗时间中。所以这一时间的绵延是物理的存在，是一种历史时间。他们也对时间作某些处理，如回流、停顿、以及无限性、永恒性，是与事件紧密结合在一起的，是客观地感受到了时间中绵延的物理存在，也就是说，感受到历史时间的。最为明显的如马尔克斯的小说，在这篇小说中我们看到了百年的历史变迁。

外向型作家的作品也具有对话性，但这种作品的对话具有大型性质，如两条性质的交叉和对话。这在托尔斯泰的《安娜·卡列尼娜》中表现得尤为突出。

这两类艺术家的创作的进一步发展，如前者，便走向意识流小说这一极端，后者，走向纯客观主义的描写，电报式的描写。但也有走向融合。表现在一个作家身上同时存在着这两种时间的创作意向。我国作家中，如王蒙的创作就显出这种特色。改革开放后他的意识流小说，就是明显的一例。这是因作家的创作的目的理解不同决定的，同时也受社会的、心理的、精神的、审美的、个性的等等一系列因素决定的。王蒙的意识流，则是受当时的社会思潮的影响，使作家有意识地来配置安排自己作品中的时间流向。巴赫金在论述陀思妥耶夫斯基的创作时，曾预言陀氏作品的心理现实主义的伟大意义以及对今后创作的影响，如今的长篇小说的发展历程，恰恰说明了巴赫金的先见之明。

第五节　巴赫金对"长远时间"的阐释

"长远时间",俄文是 большое время,又可译为"大时间""大时代"。就其本义来说,是属于"读者时间"范畴。当然,这不是指文本中的读者时间,如我们在分析屠格涅夫的《猎人笔记》中,那位伴随中着作者-叙述者贯穿于整个打猎过程中的读者听众。这里所说的读者,是处在作品之外,在真实的时空中,真正地阅读作品,思考、评论、欣赏作品,与作者、作品中的主人公对话的那个接受者、对话者。因而,巴赫金对长远时间的阐释,是阐释学中要研究的课题,其实质是真实的作者时间与真实的读者时间,文本与读者(意义与涵义)、读者与读者(涵义与涵义)之间的关系问题。

巴赫金在论述这种读者时间,是放在接受者的语境中进行的。这里的语境,其实就是时空,就是赫罗诺托普。这是巴赫金一生苦思冥想的问题之一。早在20世纪20年代时,他就谈及这个问题。我们在《马克思主义与语言哲学》一书中,可以看到有关这方面的精辟论述。

巴赫金首先从话语入手分析,指明话语的本质,话语的功能,表明话语是社会交际的 medium(工具),意识形态的符号。最后总结出:话语的符号性、意识形态的普遍适应性、生活交际的参与性、成为内部话语的功能性,以及最终作为任何一种意识形态行为的伴随现象的必然存在性。由于话语的这些本质特征,当话语变成一个表述时(这里的"表述",应按巴赫金的解释,是指:小到一个"独词句",大到几卷本的长篇小说和巨型科学著作),就具有了要与他人对话的渴望(是话语内部的本质决定的)。因此,当后来的读者、接受者在阅读前人的作品时,自然地产生了与之对话的功能。因而,这种对话,是由两个因素决定的:一是作者,二是读者。作者由于他自己的社会和个人条件,在表述中深深地蕴藏着深刻的意义(这种意义在一些大作家那里,具有数千年的积淀),而读者在接受时,由于自身的条件的不同(社会条件、个人条件),会对作者蕴藏在表述(文本)中的意义,作出不同的解释,这对同时代的读者是如此,而对那些后代的读者,在长远时间里的读者,由于年久月长,也由于自己的个人条件(如聪颖程度,文化修养),又由于社会条件(如社会的意识形态、科学的发展程度等)的制约,又会生成各种各样的不同涵义来。然而,尽管读者是如何的不同,每个读者的研读和判断都在一步步接近作者的原意,都在探求作者蕴藏在文本中的意义,因为,这一文本、表述是作为一个统一体面世的。巴赫金的上述思想,我们在《马克思主义与语言哲

学》一书中可以读到:

> 话语的涵义完全是由它的上下文语境决定的。其实,有多少个使用该话语的语境,它就有多少个意义。然而,在这种情况下,话语仍然是一个统一体,它,这么说吧,用于多少个语境,也不会分成多少个话语。话语的这种统一体的保障,当然,不仅是由它的语音组成的统一,而且还是由其内在所有意义的统一。①

(这里,首先说一下,上述引文与全集中的译文相反,因译者理解有误。)如此看来,涵义的产生或生成的多样化,是受读者的语境(别言之,即社会环境、个体环境、或社会时空、赫罗诺托普)与作者文本、表述的统一体之间的相互制约而成,不能天马行空,无所顾忌。然而,在对作者蕴藏在文本中的意义,在新的社会条件下是否会有新变化呢?这点是肯定的。但变化超越不出文本的内在统一体中的意义。巴赫金在谈到这点时,认为长远时间中的读者,要比与文本问世时的当代读者条件好得多,他不会受到当时社会存在的形形色色事件(包括意识形态)的干扰。这为某一文本在新的时代里产生新的涵义提供了认识的契机。然而,在这种情况下,巴赫金又反对对文本的现代化和曲解,即那种毫无依据的、读者随心所欲的解释,因为,有作者意义的存在。作者的意义在某种程度上制约了涵义的无限制新生。涵义是读者与作者的意义的相互关系中产生的,即他们之间的碰撞(即对话)中产生的火花,但这火花(即涵义)可能在与作者同时代的读者那里发掘不到,但为未来的读者所把握,但也超不出作者的意义这个圈圈之外,除非发现了新的涵义的载体、躯体。例如,陀思妥耶夫斯基,这样的伟大作家,其意义植根于遥远的古希腊时代,其思想博大而精深,所以,同时代的读者是难以全面把握的。它需要长远时间中的读者的阐释加以补充。只有考古学上的新发现,才能更新作者的意义。巴赫金的这一观点可以在《答新世界编辑部问》看到这一论述:

> 伟大的作品在远离它们的未来时代中的生活,如我上面所说,看起来很是荒诞的。它们在其身后的生存过程中,不断充实新的意义、新的涵义;这些作品仿佛超越了它们问世时代的自己。……别林斯基在世时就曾谈到,每一时代总能在过去的伟大作品中发现某种新东西。那么,是不是我们给莎士比亚作品添加了它所没有的东西,是不是把莎士比亚现代化了、歪曲了呢?当然,现代化和曲解,

---

① 《巴赫金全集》,河北教育出版社,2009年,第二卷,第420页。

过去有过将来还会有。但莎士比亚不是靠这个变得强大的。他之所以变得强大，是靠他作品中过去和现在实际存在的东西，只有这些东西无论是他本人，或是他的同时代人，在他那一时代的文化语境中还不能自觉地感知和评价。

涵义现象可能以隐蔽方式潜藏着，只在随后时代里有利的文化内涵语境中才得以揭示。……

我们上面所说的绝不意味着对作家所处的现时代可以有所轻视，不意味着可以把作家的作品推到过去或者投射于未来；当代生活仍然保留着自己巨大的意义，在许多方面甚至是决定性意义。科学分析只能以当代生活为出发点，而在其后的发展中应不断地以这一生活为参照。正如我们刚才说过的，文学作品首先须在它问世那一时代的文化统一体（有区分的统一体）中揭示出来。但也不能把它封闭在这个时代之中，因为充分揭示它只能是在长远时间里。……

我们应该强调一下，我们在这里说的是蕴含在过去时代的文化中的新的深刻的涵义，而不是指扩大我们关于这些文化的事实上、物质上的知识面如通过考古学发掘、发现新文本、完善解读、重构古迹等所获得的知识。这样获得的东西，是涵义的新的物质载体，可以说是涵义的躯体。不过，在文化领域中躯体和涵义之间不可能有绝对的界线，因为文化不是用僵死的成分构筑起来的，……所以，发现涵义的新的物质载体，也会对我们的涵义见解作出某种修正，甚至可以导致它们的根本更新。

存在着一种极为持久但却是片面的，因而也是错误的观念：为了更好地理解别人的文化，似乎应该融于其中，忘却自己的文化而用别人文化的眼睛来看世界。这种观念，如我所说是片面的。诚然，在一定程度上融入到别人文化之中，可以用别人文化的眼睛观照世界——这些都是理解这一文化的过程中所必不可少的因素；然而如果理解仅限于这一个因素的话，那么理解也只不过是简单的重复，不会含有任何新意，不会起到丰富的作用。创造性的理解不排斥自身，不排斥自己在时间中所占的位置，不摒弃自己的文化，也不忘记任何东西。理解者针对他想创造性地加以理解的东西而保持外位性，时间上、空间上、文化上的外位性，对理解者来说是件了不起的事儿。要知道，一个人甚至对自己的外表也不能真正地看清楚，不能整体地加以思考，任何镜子和照片都帮不了忙；只有他人才能看清和理解他那真正的外表，因为他人具有空间上的外位性，因为他们是他人。

在文化领域中，外位性是理解的最强大的推动力。别人的文化只有在他人文化的眼中才能较为充分和深刻地揭示自己（但也不是全部，因为还会有另外的他人文化到来，他们会见得更多、理解得更多）。一种涵义在另一种涵义、他人涵义相遇交锋之后,就会显现出自己的深层底蕴,因为不同涵义之间仿佛开始了对话。这种对话消除了这些涵义、这些文化的封闭性和片面性。我们给别人文化提出它自己提不出的新问题,我们在别人文化中寻求对我们这些问题的答案;于是别人文化给我们以回答,在我们面前展现出自己的新层面,新的深层涵义。倘若不提出自己的问题,便不可能创造性地理解任何他人和任何他人的东西(这当然应是严肃而认真的问题)。即使两种文化出现了这种对话交锋,它们也不可能相互融合,不会彼此混淆;每一文化仍然保持着自己的统一性和开放的完整性。然而它们却相互得到了丰富和充实。……①

上述所引几段十分清楚地说明了巴赫金在作者、读者、涵义、外位性之间,在新的语境中,新的赫罗诺托普中它们之间的相互关系以及重大的作用。外位性可以说是产生新涵义的关键因素和条件。外位性就是不同的赫罗诺托普。作者和读者只能在不同的时间和空间中才能对作者(文本)的意义作正确的深刻的全面的理解,才可能产生新的涵义。不管它是对自己的文化还是对他人文化都是如此。时间越长远,作品所受到那一时代的观念的束缚就越少,也就越能发掘出他的深刻的涵义。因此,可以说,在长远的时间里,文本的涵义就能得到越加充分的理解。当然,在这种情况下,也不能轻视作品产生的那一时代的评论和看法。长远时间在理解文本的意义中的作用是十分明显的。

这种长远的时间在涵义的变化与生成中作用,我们还可以在他另一篇文章《在长远的时间里》中看到。他在这篇短文中谈到以下三点:

第一,"在长远时间中,任何东西都不会失去其踪迹,一切面向新生活而复苏。"

第二,"在新时代来临的时候,过去所发生的一切,人类所感受过的一切,会进行总结,并以新的涵义进行充实。"这里的新时代,也就是"大时代"。某一作家、某一作品的具体的赫罗诺托普,由于上面所说的指向性,必然要进入大时代,在大时代中生活,并处在与大时代的对话之中。

第三,这种涵义的新生,具有未完成性。"个人之间的对话,可以触及他们(指陀思妥耶夫斯基的遗产——引者)的本质,但就是在遥远的未来也不可能成功地完成它。"

总之,对长远时间的论述,表明了巴赫金的阐释学思想,拿我们通俗

---

① 《巴赫金全集》,河北教育出版社,2009 年,第四卷,第 407、410—411 页。

的话来说，就是"与日俱进"的思想：涵义在与日俱进中新生，但只有在与他人涵义的对话中所新生。作者所赋予作品中的意义与读者在其自身的时空中对作者意义作不同涵义的阐释，实质上也是时空的不同为原则的。读者所在的不同时空对作者的意义作不同的解释，使得阐释有个性化之分，不同之分，众多之分；使得作家作品的意义在长远时间里具有未完成性质，也使得有主要意义，深刻涵义的伟大作品具有永葆青春的本色。但是，我们应该看到，读者的这种阐释则以作者作品的整体性、统一性意义为依据、为原则的，不能随心所欲，天马行空，或凭空的猜想；作者文本的意义是一切解释、理解的基础和依据，涵义新生的始源。这种"一"与"多"的辩证关系，"意义"与"涵义"的辩证统一，是巴赫金阐释学的精髓所在。我再重复一遍，我们强调"意义"与"涵义"的区别，是因为是由不同的主体创造的，这种不同将会是"未完成"的，没完没了的。这里，不同的赫罗诺托普是基石，道理就在于此。

从这里，我还要提一下，巴赫金的"长远时间"是指向"将来"的，其原因是，"涵义"是指向将来的，"涵义"没有过去，也表明了"将来"与"过去"的一种关系。而在这种关系中，他重视"将来"这一元素。我们知道，如海德格尔、萨特等存在主义哲学，也重视"将来"。但巴赫金对"将来"在时间中作用的肯定，与海德格尔等人对"将来"的重视，内涵是不同的。一个偏重于文化领域中的未来思想、未来充实的"涵义"，而另一个则是他的哲学观点；一个是文艺理论中文本阐释学，另一个则是哲学上的存在主义，虽然，说的都是"关系"意义上的哲学。因此得出的结论也有所不同：一个是过去"意义"会"面向新生活而复苏"，产生新的涵义；而另一个则是看到了前途的悲观："时间性显示为本真的烦的意义"。

第六节 巴赫金赫罗诺托普理论之特点

20世纪苏联文艺学的艺术时间研究，极有成就。研究文章之多、范围之广、质量之高、世所罕见。而巴赫金的有关时间和空间的研究，只是其中之一。然而，他的研究并没有淹没在这一研究的汪洋大海之中，他以独树一帜的弄潮儿角色为观潮者所赞叹，以拓荒者的勇气和智慧为后人们所称颂。现在就巴赫金的赫罗诺托普研究，在苏联文艺学的艺术时间研究中所具有的特点，作一些分析。

第一，在文艺学的时空研究中，总的来看，存在着以下几种观点：

一种是历来传统的方法。这一方法是莱辛根据牛顿的时空观创立了对艺术中的时间的分析。他把时间和空间分割开来,认为存在着时间艺术和空间艺术。他的学生和朋友,唯物主义哲学家赫尔德基本上也持这一观点。但是,他对诗歌的看法不同于莱辛,他认为,诗是力,既在时间里又在空间中起作用。这无疑是正确的。但由于这一不同的观点,却埋下了以后数百年来的有关这一问题的争论种子。另一种观点则认为,现实的时空是不可分割的,特别是作为最新科学的爱因斯坦相对论提出之后,时间和空间是不可分割的整体,因而文艺学的时空研究也就没有必要分开来了。例如,舒曼就这样认为:"一种艺术的美学就是另一种艺术的美学,只是表现手段和使用材料不同而已。"这一观点从根本上抹杀了各种艺术门类之间在结构上的差别。我们不能认为,仅是表现手段和材料的区别,从艺术的结构形态上说,完全可以把艺术分成空间艺术、时间艺术和时空艺术。

巴赫金则与上述两种观点不同。他认为,真实的历史的时间和空间是不可分割的,文学艺术作品中的一切时空规定性,在活生生的艺术直观下,也是不可分割的;因此,他要把时空统一体,即时间作为第四维空间的爱因斯坦相对论时空观引入文艺学研究之中,合并为一个词"赫罗诺托普"。至此,是否表示巴赫金完全支持上面第二种观点了?不是。因为,在他看来,抽象思维是完全可以把它们分开来研究的。"在文学和艺术之中,界定时空的一切概念相互间是不可分割的,而且总要带有感情和价值色彩。抽象思维当然可以拿时间和空间分离开来加以思索,可以超越它们包含的感情和价值因素。"①他又说:"时间在这里浓缩、凝聚,变成艺术上可见的东西;空间则趋向紧张,被卷入时间、情节、历史的运动中。时间的标志要展现在空间里,而空间则要通过时间来理解和衡量。这种不同序列的交叉和不同标志的融合,正是艺术赫罗诺托普的特征所在。"②

巴赫金的这一观点是鞭辟入里的。在这里,他把时间和空间分成三个层次:第一,真实的、客观的赫罗诺托普是一个整体,时间和空间不可分割;第二,文学艺术作品中的赫罗诺托普,在直观下也不可分割。因为,在某种意义上说,它是真实的赫罗诺托普的某种反映。时间和空间一起决定着文学中的形象、体裁及内部语言。虽然这是两种性质完全不同的赫罗诺托普,但其不可分割性在直观下是相同的;第三,人们对艺术作品中的赫罗诺托普进行抽象分析和理论思考,完全可以把它们区别开来,研究时

---

① 《巴赫金全集》,河北教育出版社,2009年,第三卷,第437—437页。
② 同上书,第270页。

间和空间在文学作品中的作用及其相互关系。这种抽象思维，不但对文学作品的赫罗诺托普行得通，对真实的物理的时空也是行得通的。最新物理学对时间的起始和对空间的广袤的研究，就是实证。

这里，我们还要提一下，在20年代巴赫金论述主人公的空间、时间和涵义整体时，就在于把空间艺术和时间艺术结合在一起的尝试。因为单就形式角度，从材料角度来说，是可以分成上述两种艺术的，然而，从形象角度来看，就不好区别了，因为绘画、雕塑的形象也好，还是话语艺术中的主人公形象也好，都存在着这几个方面：空间、时间和涵义。巴赫金就是从形象角度来研究时间、空间和涵义的，作为审美形象的主人公，是这三个方面的整体结合。在什么情况下可以分开来考虑，而在什么情况下又不能分开来，而是作为统一的整合体来考虑，这点，恐怕是巴赫金理论给我们的启示，也是我们对待艺术分类的基点。

第二，巴赫金的赫罗诺托普研究的另一特点是他作出"时间是赫罗诺托普中的主导因素"这一界定。在客观存在中，时间是作为空间的第四维而存在，但在文学作品中，时间是第一要素，是第一维度，它决定文学的体裁和形象。巴赫金正是如此来看待文学中的形象，并紧紧抓住时间这一主线来评述从古希腊罗马到陀思妥耶夫斯基小说中形象的时间嬗变。

巴赫金的这一界定，在苏联文学理论界影响很大。可以说，它决定了苏联文艺学这一方面的研究方向。文学作品中的时间问题越来越受到理论家们的重视。60年代初，终于把"艺术时间"作为一个独立的文艺理论问题提出，并作为世界上最复杂的问题来展开研究。在这一问题的研究上，巴赫金占据着主导地位而受世人瞩目。

60—70年代巴赫金对文艺学的研究，除了上面说的外，已转向意义、涵义方面的问题，论及时间和空间问题的比较少了。虽然在题目上还可以看到"时间"的字眼，已经不是对作品中的时间问题的研究了。例如，他有一篇《在长远的时间里》，虽然也是谈论陀思妥耶夫斯基的，但重点是在未来的长远时间里，读者与陀思妥耶夫斯基的对话，仍然会继续下去，不可完结，具有"未完成性"。因为陀思妥耶夫斯基拒绝任何完成性，不承认最终的决定。而在历史的长河中，陀思妥耶夫斯基依然活着，他会与未来的读者进行着没完没了的对话，在这一对话中，会给他的著作增添新的涵义，就是说，会把新的涵义去充实他的思想。他的复调小说会得到世界各国文学家和文艺理论家的认可，未来是属于陀思妥耶夫斯基的。

第三，前面已经提到过，巴赫金从时间角度分析了长篇小说的起源。长篇小说的发端是史诗，是民间故事和民间传说，史诗的贬低化、世俗化导致了长篇小说的出现。与此同时,他把陀思妥耶夫斯基的小说与古希腊小说联系起来,论述了古希腊罗马的梅尼普神秘剧时间与陀思妥耶夫斯基的小说有着不解之缘。他还论述了拉伯雷的小说中的笑和诙谐,可以说,是文艺学中对笑文学的破天荒研究。这些都与时空的世俗化联系在一起,与人体的地形学联系在一起。在对长篇小说的研究中,对长篇小说中的赫罗诺托普的研究中,在对从古希腊到19世纪欧洲长篇小说的时空研究中,巴赫金是前无古人的,但从目前情况看,可能也后无来者。

第四,巴赫金的赫罗诺托普的另一个特点是各个赫罗诺托普之间的独立性。各个赫罗诺托普虽有大小之分,一个可能囊括另一个,但它们之间的关系如同两个圆圈一样,是相切的、并列的、对位的,聚合的,但它们之间的界限是清晰的、明确的,不是游移不定的,不能相互渗透,你我不分,或者融合在一起(说白一点,就是我吃掉你,或你吃掉我),这是由不同的赫罗诺托普决定的。这样就形成了巴赫金小说中的对话理论。巴赫金的这一理论,有应用到社会生活各个领域中去的能力和因子,如哲学的、政治的、经济的、宗教的,文艺理论的以及国与国之间的种种关系。

第五,在巴赫金对赫罗诺托普的研究中,把人与时间和空间联系在一起。这在分析巴赫金的叙事理论中的视角问题时就已经说过了,所以,他没有把主人公的视角会大于作者的视角作为一条原则来对待。这是因为作品中的一切都是作者创造的。作者或采取上帝的全视角,或与主人公相等同的限制叙事(等同视角)。这样,在时间和空间研究中,巴赫金也把人(形象)与时间和空间结合在一起。在他的美学理论《审美活动中的作者与主人公》一文中就是明显的证明。他论及了主人公的空间形式、时间整体和涵义整体,把三者结合在一起来讨论作者与主人公的关系。当然,由于时代的局限,当谈及涵义整体时,几乎没有触及读者的接受问题(他在后来的文章中,谈及这点)。因为涵义问题,其实质是读者在接受中所出现的问题。

第六,巴赫金提出的复调小说,其实质是时间的空间化。也就是说,如何把被认为是艺术时间的小说写出时间的"空间化"来;而被认为是空间的艺术,如绘画,雕塑,又如何创造出时间来,也就是让观众看出时间来,时间的流动性来。这是一切文艺术家在创作时都要面临的问题。谁在这方面作了探索,谁就有了新的发明和创造。这在现代艺术中可以看得出来的。如当代的抽象派艺术等等(上面有所提及)。可见,我们对巴赫金的研究,要看到巴赫金的小说的时空理论,实质上启发我们去创造新的创新性作品、繁荣创新性文化的理论(具体地说,是复调小说和理论)。当然，这里存在着一个"度"的问题，因为，我们的任何创新都要读者去接受、去评价的，是在与社会的发展、科技的发展相结合的前提下进行的。作家的创造性活动，要考虑到读者的感受，也就是说，要受到读者的制约。我们研究巴赫金的有关小说的时空理论之目的，就在于此。

第七，巴赫金的赫罗诺托普的特点，是他提出的"历史主义"。他在研究歌德的作品以及教育小说中，提出这一问题的。他首先认为，歌德"善于在世界的空间整体中看到时间、读出时间，另一方面又能不把充实的空间视作静止的背景和一劳永逸地定型的实体，而是看作成长着的整体，看作事件——这就意味着在一切事物之中，从自然界到人的道德和思想（直至抽象的概念）都善于看出时间的征兆。"[1]他在稍后一点又说，"他的眼睛不承认事物和现象只是简单地在空间中毗邻、简单地共存。在任何静止不动、纷繁多样的事物背后，他都能看到不同的时间的存在，因为在他看来，不同的东西是按照不同的发展水平（时代）展现的，亦即各自具有时间的涵义。"[2]文学是现实的艺术反映，那么，毫无疑问，它对历史真实的把握有着举足轻重的意义。因此，他认为歌德在这方面是达到了顶峰。这就奠定了巴赫金的时空观的最大特色的基础：艺术时间必须与时代紧密地结合在一起，这就把他的赫罗诺托普理论与其他人的研究，如只研究叙事形式的法国叙述学，以及俄国形式主义区别开来。前面已经提及，有些学者，企图把巴赫金于他们糅合在一起，是徒劳的。

从这里可以看出，巴赫金的理论是在传统的历史主义的基础上发展起来的。

他对歌德小说的重视，证明了他对历代创作方法的认可。他是固本主义者，但他又是创新者。他把拉伯雷小说人物的外在形体的狂欢化（空间的狂欢化），和陀思妥耶夫斯基小说人物的内在意识的狂欢化（时间的狂欢化），与歌德小说的历史时间、历史主义有机地结合在一起，形成小说中主人公的整体。这就是他的赫罗诺托普理论的基本核心元素。他的这一理论犹如一朵奇葩，没有空间的狂欢化和时间的狂欢化，犹如无叶之树，看不出春天的欣欣向荣；如果没有历史时间、历史主义，犹如无根之花，迟早要陨落枯萎。因此，他的赫罗诺托普理论是一个固本创新的理论，是使得世界文学面貌焕然一新的理论。他的理论之树是常青的。

---

[1] 《巴赫金全集》，河北教育出版社，2009 年，第三卷，第 230 页。
[2] 同上书，第 234 页。

第七节　巴赫金赫罗诺托普理论产生之根源

　　1991年在河南郑州召开的苏联文学研究讨论会上，我提交了一篇论文，对巴赫金的赫罗诺托普理论的产生根源作了探索。不过，我们在研究了上述哲学中的时间和艺术中的时间之后，已经看出巴赫金在赫罗诺托普理论在整个理论界的地位了。这里，我再明确一下以下几点，来阐明他的理论渊源。

　　一、巴赫金的赫罗诺托普理论是以爱因斯坦的相对论时空观为理论依据的。

　　自古希腊开始迄今为止的整个欧洲科学文化史表明，时间和空间存在着两种不同的概念（注意，这里不以哲学上的唯物主义与唯心主义为分水岭）。第一种概念是，空间是虚空，一切物质都存在于这一虚空之中，而时间则是某种平稳均匀流逝着的"流"，不为外界物质所影响。我们从赫西阿德、泰利士、德谟克利特、柏拉图，一直到牛顿的时空学说中见到这一观念的论述（看一下上篇第一章便可明了），在这里，牛顿是这一概念的集大成者。牛顿认为空间和时间是绝对的，与其他任何外界事物无关。

　　另一种与牛顿的绝对空间和时间观相对立的是爱因斯坦的相对论时空观。这一概念认为空间和时间的存在依赖于运动着的物质及其属性。这就是说，时间和空间是随着不同的物质及运动方式的各异而变化。因而时间和空间是相对的，与物质是一个不可分割的整体。无可置疑，是爱因斯坦的时空观符合现实世界的客观的真实的时间和空间。实际上，早在古希腊时期的亚里士多德就表明了这一观点，尽管不完整。原始时代的人们的时空观也具有这种相对性，只不过是原始的，低水平的认识罢了。我国的古代哲学家管子也提出类似观点。然而，在20世纪前的整个欧洲文化史中，牛顿的绝对时空观占有绝对的地位。即使在今天，在地球范围内的日常生活中，牛顿的绝对时间观依然没有过时。因而，对文学作品中时间和空间的理解，也是以牛顿的概念为依据，把文本中所描绘的世界，分成下列三个因素：时间、空间和形象事件。对文本作这样抽象的分析，是完全可行的，也是完全必要的，在某种程度上是不可取代的，即使在爱因斯坦的相对论时空观理论引进文艺学的今天。

　　由于爱因斯坦的时空观更符合现实世界的真实情况，因而科学界纷纷依附，使用表明不可分割的"时空"一词来替代时间和空间。在苏联科学界，最早把时间和空间的不可分割性称作"赫罗诺托普"（即"时空"）

的，当属著名生理学家、苏联科学院院士乌赫托姆斯基。他说，"我目睹了人类思维如此精确同时又如此鲜明而具体的概念，像'赫罗诺托普'用来取代过去的抽象的'时间'和'空间'所产生的非凡成果。从赫罗诺托普观点上看，存在着已不是抽象的点，而是来自存在的活生生的、不可磨灭的事件。我们表现出的存在之规律的那种依赖性已不是空间里抽象的曲线，而是'世界之线'，正是这线把早已过去的事件与该瞬间的事件联系在一起，通过它与消失在远方的未来事件联系在一起。"①

巴赫金在大学期间聆听过这位学者的课，并对自然科学表现出极大的兴趣。因此，对乌赫托马斯基的赫罗诺托普论述十分熟悉。30年代，他把这一术语引进文艺学，来表明"空间和时间的不可分割性"，以及"文学中艺术地把握了的空间和时间关系的本质联系。"② 正如巴赫金本人所说，赫罗诺托普的应用是以爱因斯坦的相对论为基础的。同时，我们从这里可以看出，巴赫金在文艺学中进行的文学赫罗诺托普理论的研究，几乎与世界文化史对这一问题的研究同步进行的。我们还必须指出，无论是在苏联文艺学界，还是世界文艺学界，巴赫金是第一个把爱因斯坦的相对论时空观，即赫罗诺托普理论移植到（或应用于）文学界来进行文艺学研究的首创者。

二、在哲学上说，巴赫金的赫罗诺托普，与康德的时空观、柏格森的"绵延"学说，不无关系，特别在论述时间的"空间化"方面。

因为时间的空间形式，在我看来，最早是由柏格森提出的。如果寻找巴赫金思想的渊源，不能不提到这点。然而，我们也不能不提一下，时间逻辑问题的哲学研究。虽然巴赫金的研究与时间逻辑问题的哲学家们没有什么互为影响的关系，但时间逻辑的研究成果，无疑与巴赫金的时间"空间化"的研究成果相类似。时间逻辑研究把时间区别为 A-序列和 B-序列（见本专著的上篇），而巴赫金对文学作品的研究所得出的时间时序与时间的"空间化"以及"狂欢化"的时间形态，与他们的研究不谋而合。一个在哲学上的研究，而另一个在文学上的研究，正如巴赫金所说，都是为了"把握现实的历史时间和空间"，"揭示历史时间的特征"。他们具有殊途同归之功效。

三、文学艺术中的时间和空间研究，除了与整个文化史的联系外，还有自身的研究发展史、嬗变史。

古希腊美学、古典主义美学、浪漫主义美学、现实主义美学都从自身

---

① 乌赫托姆斯基：《书信集》，见《探求未知之路》，莫斯科，1973年，第398页。(俄文版)
② М.М.Бахтин，Вопросы литературы и эстетики.М., 1975, стр.238.

的审美立场出发对这一问题作了思考和研究。巴赫金的赫罗诺托普理论亦是漫长的艺术时间史研究中的组成部分，也是对它的发展。我们在上篇中的艺术时间诗学第三章曾作了探讨，研究了莱辛、康德、黑格尔等人的时空观，毫无疑问，巴赫金的赫罗诺托普理论与他们有着千丝万缕的联系。在这里，我特别要指出他与莱辛的关系。

众所周知，莱辛是18世纪德国著名文艺理论家，但使我感兴趣的是他对文学艺术中的时间和空间问题的研究。1776年，他出版了一本光辉的著作《拉奥孔》，第一次全面地研究了"诗"与"画"的区别，提出了"空间艺术"和"时间艺术"。我之所以说"全面地"，并不否定前人在这一问题上的努力。早在公元前1世纪，迪昂就指出了诗与画的不同，后来，英国的舍夫茨佰利、理查德逊、法国的杜波都谈到这一问题。还有古希腊的亚里士多德，被认为第一位像学者那样写作的人，对艺术时间也作了千古不朽的论述：区别了"史诗"时间与"戏剧"时间的不同。然而，有系统地分析这个问题的，当属莱辛。当然，在古典德国，后来的黑格尔则是更加全面系统地地这一问题予以研究和论述（他的《美学》一书就是明显例证）。

莱辛是从艺术是对现实的模仿这一基本原理来研究诗与画的不同的。他认为现实世界中存在着物体和行为，而物体存在于空间中，而行为存在于时间中。因而，对物体的模仿则是空间艺术，而对行为的模仿则是时间艺术。绘画是利用存在于空间的物体和颜料，把物体作为自己的对象，因而是空间艺术，而诗（音乐亦是）则利用存在于时间中的声音，把行为作为自己对象，因而属于时间艺术。这样，诗与画的本质被确定下来了。然而应该指出，他认为，绘画也能模仿行为动作，但只能通过"暗示的方式"，诗亦是如此。

尽管莱辛的艺术分类受到一些人的反对，在20世纪前，他的这一观点如牛顿的时空观一样（实际上它是牛顿的时空观在文艺学上的应用），占据着牢牢的统治地位。

巴赫金的在提出这一问题时对此是十分清楚的。他在30年代的一书中写道，"在文学中，把握真实的历史的时间和空间以及在其中展开真实的历史的人的过程，是复杂的、断断续续的。在人类发展的那一历史阶段上，与之相应的时间和空间的单方面已被把握，对现实的已被把握方面的反映及相应的艺术加工种类的方法，也以制定出来。"这是在爱因斯坦相对论问世之前的情况，而在爱因斯坦相对论提出之后，文艺学上还没有人提出这一问题，即把时间和空间作为不可分割的整体在文艺学上的研究。

巴赫金说，"我们把这一术语引进文艺学，几乎不是作为借喻（几乎是，不是全部），对我们来说，重要的是在它那里表现出空间和时间的不可分割性（时间作为第四维空间）。"以此，巴赫金分析了从古希腊到19世纪的主要小说的赫罗诺托普问题，形成了他的《小说中时间形式和时空体形式》一书的主要内容。

因此，我们可以说，巴赫金的赫罗诺托普理论，不仅是对莱辛提出的艺术时间和空间的研究的继续，而且是对它的发展——开创了小说中整体研究时空问题的新方法论（在这一点上，应该看到，黑格尔在美学上的功绩，正是他把莱辛未做完的工作继续而全面地完成，而巴赫金却把重点放在文学作品的层面上对时间问题的研究）。

这里，我们进一步简单地比较一下他们之间的承续关系，来说明这一问题。

第一，就哲学思想上说，他们都以艺术反映论作为自己的研究基础。亚里士多德提出了艺术的模仿说，而莱辛也以"模仿说"为依据，认为艺术是对现实的模仿；而巴赫金则是"反映论"为基础："赫罗诺托普是决定文学作品与真实的现实的艺术一致性"，把真实的现实与艺术的现实在艺术上的统一性。

第二，莱辛在《拉奥孔》一书中把空间和时间作为艺术分类的基础，认为"诗"（注意，这里的"诗"实质上是指文学作品）是时间艺术，而"画"属于空间艺术；而巴赫金不但认为艺术类型学的基础是赫罗诺托普，而且认为文学中的一切体裁及体裁变体也是由赫罗诺托普决定的。

第三，文学形象的时间本质是莱辛在《拉奥孔》中揭示的。他说，一切静止的空间的东西，不应作静态的描写，而应把它置于被描写事件的时间序列中。他举例荷马史诗中的海伦形象就是用动态来描绘的，使"美"变成了"媚"；而巴赫金则认为文学中人的形象，在本质上说，总是被赫罗诺托普化了的。这意味着人物形象是在动态的时间中，在发展、变化、成长中处理形象，使其具有时代的本质特征，或曰存在着历史时间的因素。

第四，巴赫金认为，在文学的赫罗诺托普中，时间是主导因素，同时又表明了空间的性质。这是以莱辛的文学是时间艺术为原则的说法。因此，在对文学的赫罗诺托普作抽象思考时，是可以分解的，而在真实的赫罗诺托普及活生生的艺术直观中，它是不可分的。从文艺学上说，这对时间-结构研究提供了理论依据。

第五，在小说理论中的赫罗诺托普问题上，巴赫金在时间艺术方面，提出了时间的主导因素，同时又提出了时间的"空间化"，表明了时间的空间性质。如果用当代流行的说法，这是一种辩证的方法，是时间与空间关系上的辩证法。这种辩证法的根源可以深深地追溯到古希腊时代。柏拉图的《苏格拉底对话》就是一部辩证法。巴赫金在研究陀思妥耶夫斯基的作品时，强调他深深地植根于古希腊时代，所以，其作品的内涵十分丰富，博大而精深。巴赫金本人的研究，他的赫罗诺托普理论，本人认为，同样是如此。因为，"对话"与"辩证法"，在古希腊语，还是其他西方语言中，属于同一词根："dia-""диа-"，表示"双""两"等非单一之意。辩证法表示的就是"谈话""对话"之义，通过反驳，找出对话方的错误和矛盾之处，而战胜之。所以，哲学上的辩证法与形而上学的单一论相对立，也就是这个意思。上面说到，对话以及谈话都是两个对话主体在自身的语境中，也就是自身的时空中展开论述，是以不同时空为基础的，为出发点的。因此，从这一方面说，巴赫金所主张的对话理论，他的赫罗诺托普理论与马克思列宁主义所崇尚的辩证法，源出古希腊，属于同根同源，也就是说，同样继承了西方古老的优秀遗产。这点是不言而喻的。从巴赫金论述在长远时间中作者与读者的关系，意义与涵义的关系，语境与话语的关系来看，充满了辩证法。这就是他是从不同时空中的对话来看这一问题的。

四、巴赫金的赫罗诺托普理论是对俄国形式主义诗学研究的扬弃。

上面业已提及，巴赫金的赫罗诺托普理论是一种时间—结构研究，因此，它与俄国形式主义以及随后的结构主义有着千丝万缕的联系。可以说，它们都属于艺术文本的一种客观主义研究，与对文本的主观心理研究判然有别。可以说，巴赫金的赫罗诺托普理论是他20年代反形式主义思想发展的结果，是对形式主义文本研究的扬弃。

要弄清这个问题，首先得谈谈俄国形式主义基本的结构文艺观（当然，是简略的，只涉及与本论题有关的一些观点）。

首先，俄国形式主义者把文学的特殊性绝对化了。他们抹杀了它与其他上层建筑的共性以及与经济基础的有机联系，因而把文学看作是一个与外部毫无联系的自我封闭的自足体结构。这一观点最为明显地表现在什克洛夫斯基的文章中。他说："艺术总是独立于生活，在它的颜色里永远不会反映出飘扬在城堡上那面旗帜的颜色。"

第二，由此，形式主义者视作品为纯粹的形式，只承认研究作品内部的结构，如话语、节奏、韵律，排斥了一切内容的研究，如进入作品中的现实成分（事件、激情、思想）以及价值和社会评价层面。在这里，又是什克洛夫斯基说得十分绝对：艺术作品是纯粹的形式，它那思想上的意义等于零。所以,"诙谐的、悲剧的、世界的、室内的作品,世界与世界,或者猫与石头的对立——反正是无所谓的。"①

第三,与上面相联系的,艺术创作的目的就是"变形"。所谓"变形",也就是什克洛夫斯基说的"奇异化"(对什氏的"остранение"的译名繁多,有"陌生化""异化""反常化""奇特化"等,笔者认为,"奇异化"符合此俄文词的意思以及什氏的原意)。他说:"艺术手法是对事物的'奇异化'手法,是使形式复杂化、增加知觉难度和延长时间的手法。因为艺术中的知觉过程是以自身为目的的,它就理应延长时间。艺术是一种感受物体制造的方法,而已制成品在艺术中是无足轻重的了。"②

巴赫金虽然也主张对艺术的整体结构研究,但方法论上与上述有原则性的区别。这正确地表现在他于1928年写的《文艺学中的形式方法》(此书的作者归属在俄罗斯有争论,我国的《巴赫金全集》把它列入"周边集"以示区别,但无疑表明了巴赫金的观点)一书中。笔者认为,此书不但是对俄国形式主义文艺观的批判,而且是在这一批判上奠定了他提出的赫罗诺托普理论的基石。

首先巴赫金反对把艺术作品看作是一个封闭的与外界没有任何联系自足体文艺观。他承认包括文学在内的艺术作品是一个封闭的空间实体,但它与外界有着千丝万缕的联系。他说:"不能为了小说内容的被反映和被隔离的现实因素而脱离开它的这一社会现实"。他认为同现实的联系有两个方面:第一,作品中内容是现实的反映;第二,它作为小说积极地参与到社会生活之中。他在另一地方再次强调了任何类型的艺术有两个面向:一是作品面向听众和接受者;二是作品从内向外,根据内容把握现实。在这里,我要强调一下,巴赫金在20年代就把读者和听众引入文艺学的研究之中,是一种创造性的观点。这不但给形式主义者狠狠一击,而且开创了50年后文艺学的接受美学和读者理论的研究,开创了文学作品研究中的对话性质和历史主义。巴赫金的这一理论是开一代理论研究之先河。

其次,巴赫金不同意什克洛夫斯基把艺术看作是纯粹的形式的观点,还在于他认为,任何诗学成分的结构都要以失去其直接的意识形态意义为条件的观点,是对结构主义的极端简化和歪曲。而俄国形式主义者们正是这么做的。巴赫金的这种把诗学成分与意识形态意义的结合,也表现在他对形式和内容的不可分割的论述上。他认为在通常的情况下,把艺术作品中的分成形式与内容的做法是有益的,但不要忘记,"作品的每一成分都

---

① В. Шекловский.Теория прозы.М., 1983, стр.226.
② Там же, стр.15.

是形式和内容的化合物。没有不具形式的内容，也没有无内容的形式"。①

最后，对创造艺术形式的手法，什克洛夫斯基提出"奇异化"手法，巴赫金不反对"奇异化"本身，——当代结构主义文艺学研究家茨·托多罗夫企图缓和他们两人之间的对立，缩小他们之间的距离。但我认为，这种做法是徒劳无益的，如果他们各人均未修正自己的观点的话。因为巴赫金认为，"奇异化"手法"只涉及外部的重新排列和一定范围内的移动，而所有内容及性质被设想为已经具备的东西。"这是"很不符合历史主义精神"。②

巴赫金在这里指出的俄国形式主义的"奇异化"或"变形"的手法，与自己所倡导的整体结构原则根本对立的。巴赫金认为，作为一个整体结构的作品，是由"某种统一体组织起来的"，应该以"作为自身有意义的结构整体的作品的实际组织"为出发点。可见，这不是以外部的重新排列和一定范围内的移动的"奇异化"或"变形"手法所能胜任的。

在这里我们看到，巴赫金的"结构"是一个有系统、有意义的"组织"。在这一组织里，结构既是稳态的，又是动态的、变化的，从不完善到完善的一个有序的完整的系统。文学作品就是这样一个系统。与形式主义有着千丝万缕联系的穆卡洛夫斯基也不得不承认这一点。他说，在安排材料上有两种艺术形式：组织和变形（这里指的就是"奇异化"）。单是变形本身对艺术形式来说是不够的。因为它是变形的式样，与审美在质没有联系。所以，变形若没有组织是不可思议的。要使变形品格成为合情合理地既表现在作品的单独部分，又表现在整体作品中的系统性，就需要组织。因此，穆卡洛夫斯基不得不承认："组织"要比"变形"更有效。③

这里。穆卡洛夫斯基几乎重复了巴赫金的结构原则。从侧面上证明了巴赫金的结构观的正确性。

上述是巴赫金在20年代对俄国形式主义的一些基本点的批判。从这一批判中可以看出以下两点：第一，巴赫金也主张对艺术作品作结构的研究（但注意，与结构主义的研究有别）；第二，这一结构是一个内部有序性、系统性与协调性的结构，又是一个同外部世界相联系的有机的整体结构。

既体现了作品的整体结构又表现出与外界的现实的联系，同时又显示出形式与内容的统一，艺术形式的有序、系统、协调的组织原则是什么样

---

① 《巴赫金全集》，河北教育出版社，2009年，第二卷，第292页。
② 同上书，第232页。
③ A.A. Грякалов. Структурализм в эстетике: критический анализ. Л.: Издательство Ленинградского университета., 1989, стр.43-44.

的艺术结构呢？笔者认为，这就是巴赫金在 30 年代提出的赫罗诺托普理论，即我们通常是说的时空结构或时空组织。赫罗诺托普理论是符合巴赫金的结构构想或结构设计的。现在来看看他对赫罗诺托普的论述。

首先，他认为赫罗诺托普的功能是"决定文学作品对现实的艺术一致性"，换言之，指的是：文学的赫罗诺托普是对现实的赫罗诺托普的艺术反映。因此，文学的赫罗诺托普不是一个自足的封闭的结构，它是开放的、历史的，能够把握真实的、历史的空间和时间以及真实的人、历史的人。

其次，他认为，对文学的赫罗诺托普研究不会造成形式和内容的割裂。因为我们对它的理解是作为文学的形式内容范畴来对待。从这一观点上看，巴赫金把人物的形象及体裁全都视为赫罗诺托普所决定。这就表明，在赫罗诺托普中形象和体裁、内容和形式作为一种化合物表现出来。因此，整个文学发展史表明了这一事实。这可从巴赫金对古希腊小说到 19 世纪的西方小说和俄国小说的赫罗诺托普的研究中得到印证。

再次，赫罗诺托普正是体现了巴赫金在 20 年代提出的"组织"原则。这表明在他对赫罗诺托普的功能论述上。他说，赫罗诺托普的首要意义是"情节意义"；它们是对小说的基本情节事件的"组织中心"。巴赫金的这一思想后来被罗特尼扬斯卡娅说得更为明确：赫罗诺托普是"艺术形象的最重要评述。这一评述组织了作品的结构并保证对作品作为整体的、独立的艺术形式来知觉。"①

因此，我们的结论是，巴赫金的赫罗诺托普理论是对俄国形式主义结构理论的扬弃。它也是一种结构研究，但不是结构主义性质的研究；它是一个独立的结构整体，但不是封闭的，它是开放的，与历史、现实有着千丝万缕的联系；它虽然是一种形式研究，但不是形式主义的，它强调了形式与内容的结合、它们的不可分割性。它把读者理论、对话理论引进作品研究之中，使作品成了一个动态的过程，使之与时代"与日俱进"，消解了对文学的僵死研究。它虽然在某种程度上"变形""奇异化"，但组织原则优于变形手法。因此，西方有的文艺学家把巴赫金完全归于结构主义研究家之列，是不合适的，纯粹的结构主义框架容纳不了他的思想。

五、马克思列宁主义的艺术反映论是巴赫金的赫罗诺托普理论的基石。

上层建筑是经济基础的反映。作为上层建筑的一个重要组成部分的文学艺术，也反映着一定的经济基础。这是马克思主义的基本认识论。我们

---

① Краткий литературный энциклопедический словарь．М.，1978，т.9，стр.772.

在探讨巴赫金的赫罗诺托普理论产生根源时，发现他的方法论基本上是建立在这一原理上的。

首先，表现在巴赫金对赫罗诺托普中文学与现实关系的论述上。上面业已提及，巴赫金认为，赫罗诺托普是"决定文学作品对真实的现实的艺术的一致性"。这里的"决定"一词说明了艺术作品的结构受真实的现实的制约。这不但表明文学对现实的审美反映关系，而且表明文学以反映为基础的创造能力，或曰"生成"能力。他说，"从这一描绘着的世界的真实的赫罗诺托普中，在生成作品（文本）中被描绘的世界所反映的和创作的赫罗诺托普"。这种把文学作品看成既是反映又是创造（生成）的产物的观点，无疑是符合马克思主义艺术观的。

其次，这也表现在他对"艺术世界"与"真实世界"相互关系的论述上。我们知道，在对这两种世界的关系上，存在着两种比较绝对的观点：一是把这两者完全等同起来，二是把这两者完全割裂开来。前者如艺术教条主义，后者如西方艺术结构主义。他们对这两种世界不是辩证的观点，而是形而上学的看法。而巴赫金，在我们看来，与上述两种观点不同。他首先肯定了这两种世界的原则性区别，告诫人们不应有任何的混淆和等同，因为，这在方法论上是不允许的。然而又不能把他们之间的界线绝对化，他们之间是有联系的，处在不断地相互作用之中。巴赫金把这种作用类比活的机体与周围环境的关系。就是说，当有机体在活着的时候，不与环境相融合，在环境中是独立活动的，但一旦脱离周围的环境，它就要死亡。以此来比喻文学与现实的关系，笔者认为是非常切贴的。

第三，表现在他对文学的认识功能的阐述上。

马克思主义文艺观承认文学的娱乐功能外，还承认文学有教育、获得真理性知识的功能。巴赫金在阐述赫罗诺托普时，表明了这一点。他指出，文学中的时间本质在于"把握真实时间"，他在另一地方又说，作为史诗式长篇小说的特殊的赫罗诺托普，是为"把握真实的时间（在历史的界线内）现实"服务的。因为，赫罗诺托普允许反映和把现实的重要因素引入长篇小说的艺术层面中。因此，哲学的、伦理的、道德的、宗教的等等一切社会思想，因果分析、结论均能进入赫罗诺托普，并通过它而获得了艺术的形象性。这正如他在20年代所说，这些东西成为"艺术学反映在内容中的意识形态因素"。我们知道，现代西方结构主义宣扬抽象的客观主义，排除作品文本中的一切意识形态因素，而巴赫金的赫罗诺托普理论，却反其道而行之，引入内容上的意识形态因素。这表明，巴赫金的文学结构研究，应属于文化历史范畴，而不应如美国学者休斯所说的那样，把他视作"形式主义和结构主义的过渡性人物"。①

第四，在这里，我们还得提一下，列宁的两种文化观是巴赫金论述拉伯雷的赫罗诺托普理论的依据。列宁在《关于民族问题的偏颇意见》一文中说：

"每个民族文化里面，都有一些哪怕是还不大发达的民主主义和社会主义的文化成分，因为每个民族里都有劳动群众和被剥削群众，他们的生活条件必然会产生民主主义和社会主义的思想体系。但是，每个民族里面也都有资产阶级的文化（大多数民族里还有黑帮和教权派的文化），而且这不仅是一些'成分'，而是占统治地位的文化。……我们要向一切民族的社会党人说：每一个现代民族中，都有两个民族。某一种民族文化中都有两种民族文化。"②

列宁所说的两种文化，一是大众的，就是人民的，也就是民间的（在俄语中，人民的与民间的是同一个词儿），另一种是官方的，也就是统治阶级的。正是对这两种文化的原则分野，是巴赫金立论拉伯雷作品以及他的赫罗诺托普分析的依据，这一原则贯穿着巴赫金对拉伯雷小说的整体论述之中。

巴赫金在导言中就提出了这种观点。他说：

同样毋庸置疑的是，在近代文学的这些创建者中，他是最民主的一个。但对于我们来说，最主要的是，他与民间源头的联系比其他人更紧密、更本质，而这些民间源头是独具特色的……

拉伯雷的所有形象正是由于这种特有的、可以说是激进的民间性（也可译为"人民性"，因俄语这里是народность一词——引者），所以才像米什莱在上述评语中完全正确地强调的那样，独特地洋溢着未来的气息。也是由于这种民间性，拉伯雷的作品才有特殊的"非文学性"，也就是说，他的众多形象不符合自16世纪末迄今一切占统治地位的文学性标准和规范，无论它们的内容有过什么变化。拉伯雷远远超过莎士比亚或塞万提斯，因为他们只是不符合较为狭隘的古典标准而已。拉伯雷的形象固有某种特殊的、原则性的和无法遏制的"非官方性"：任何教条主义、任何专横性、任何片面的严肃性都不可能与拉伯雷的形象共融。这些形象与一切完成性和稳定性、一切狭隘的严肃性，与思想和世界观领域里的一切现成性和确定性都是相敌对的。③

---

① 罗·休斯：《文学结构主义》，生活·读书·新知三联书店，1988年，第116页。
② И.В.Ленин.Собрание.т.20, стр.6.
③ 《巴赫金全集》，河北教育出版社，2009年版，第六卷，第2-3页。

从上述引文与列宁的论说相比较，他们论述的立场和观点是相同的，都以两种文化的对立来阐释自己的观点。这里除了时代不同而用语不同外，有的连术语也相同，如民主，民间性（即人民性），统治。当然一个从政治立场出发，另一个则从文学立场出发。

巴赫金在论及拉伯雷的狂欢化了的赫罗诺托普时，指明民间创作是他的赫罗诺托普的基础。我们知道，民间创作是与官方创作相对立的。民间创作是指那些植根于民间的，描写那些小人物的作品，如骗子、小丑和傻瓜等文学作品。拉伯雷虽然不是描写这类人物，但由于他所描写的风格，基于民间的笑和诙谐，属于"民间笑文化"。在巴赫金看来，它们是一脉相承的。

在探讨巴赫金的赫罗诺托普理论产生的根源时，如果我们仅仅看到了他们之间的联系，看到前人对巴赫金的影响，而没有看到巴赫金在这方面的创新性，那么这种把握是十分片面的。应该指出，巴赫金的赫罗诺托普理论是把爱因斯坦的相对论时空观应用文艺学中的第一人，是首创者。巴赫金在20世纪20年代初就论述了作者与主人公的并列、毗邻关系，外位性问题，在《陀思妥耶夫斯基的创作问题》一书中，论述了小说的对话问题，还有四十年代的狂欢化理论的提出，以及后来对涵义与语境关系的思考，作者与读者关系的思考，直至公开提出"长远时间"……所有这些都与时空问题密切相关，也就是说，由于时空的不同才形成了这些关系，或者说，这些关系都是以不同时空为基础为理论依据的。在他的小说理论的研究中，在艺术时间的研究中，他提出的"复调小说"这一问题，如上所述，复调小说在时空意义上说，就是时间的"空间化"，也就是说，把小说的时间，处理为空间形式。作为时间艺术的小说，与作为空间艺术的绘画，与莱辛不同，在巴赫金看来，在表现手法上是可以相互转化的。这种转化在他看来，就是艺术上的创新，因此，他在研究陀思妥耶夫斯基的诗学时，推崇陀思妥耶夫斯基而淡视托尔斯泰，尽管他的这种观点大可商榷，但从艺术时间的创新性方面来说，而不是从反映现实的深度和广度方面来说，是无可厚非的。我们在上一章说过，艺术创新手法的路径是：时间艺术的空间化，与空间艺术的时间化。目前，我们常常看到这种情况，叙事小说的诗化，戏剧化，镶嵌手法和蒙太奇手法的应用，而在绘画中，则是抽象化……评论家往往把画面的"灵动""行云流水""画活了"等等的时间标志作为重要批评标准。因此，可以说，巴赫金在艺术时空问题上不但继承了莱辛、黑格尔等人的宝贵遗产，而且是对这一遗产的发展和创新。在世界文艺理论这块百花园中，他是最早提出"时间空间化"这一问题的，是一棵预示春天百花齐开的梅花。他在《小说的时间形式和时空体形式》一书中说："只是在不久前才开始（在我们这里和国外）认真研究艺术和文学中的时间和空间形式"，而在艺术领域中明确提出"时间空间化"并作了详细阐释而成书的，而这些阐释都以古代西方文本、资料为依据，恐怕是前无古人后无来者了。因此，巴赫金的文艺学思想首先在西方被发现也就顺理成章、不足为奇了。

第八节　赫罗诺托普在巴赫金小说理论中的地位

在谈及赫罗诺托普在巴赫金小说理论中的地位之前，先来看看巴赫金是如何看待赫罗诺托普的，就是说，赫罗诺托普的意义何在。

由于巴赫金所处的时代，正如他所说的，艺术时间的研究才刚刚开始不久。就连艺术时间这一术语还未提出，但巴赫金已经根据爱因斯坦的相对论，对古希腊罗马以来的欧洲小说的时间和空间作了独树一帜的研究，把文学中艺术地把握时间和空间的相互关系，以及时间和空间决定了作品的体裁以及主人公形象诸问题提了出来，对文学艺术中的时间和空间的研究作出了独特的贡献。他于1973年在《长篇小说中的时间和时空体形式》一文的结尾，写下了赫罗诺托普的意义，值得我们重视。

首先，巴赫金认为，赫罗诺托普具有情节构成意义。他认为，长篇小说基本情节事件是由它组织的。这是他分析了从古希腊到十九世纪的小说后得出的结论。他描绘了欧洲那一时期大小不同的赫罗诺托普，为的是说明这个问题。

第二，赫罗诺托普的描绘意义，或表现意义也引人注目。这里包括两个方面：一是情节事件在赫罗诺托普中被具体化了，变得有血有肉有确切发生的时间和地点。而时间特征，即人类生活特征成为鲜明的、可感觉的，时间成为描绘整部小说的中心；二是一些抽象成分，如哲学、社会学概念、思想、因果分析等等都依附在赫罗诺托普上，并在它的作用下，变得有血有肉，具有艺术形象性。

第三，赫罗诺托普的体裁意义以及对人物形象的描绘意义。这是问题的核心。巴赫金认为，赫罗诺托普在文学中具有重大的体裁意义，"可以直截了当地说，体裁和体裁类别是由赫罗诺托普决定的，……作为形式兼内容的范畴，赫罗诺托普还决定着（在很大程度上）文学中人的形象。这个人的形象，总是在很大程度上赫罗诺托普化了的。"[①] 巴赫金对自古希腊

[①] 《巴赫金全集》，河北教育出版社，2009年，第三卷，第270页。

罗马小说直至 20 世纪小说的评述，就是以此为依据的。他明确地指出，赫罗诺托普是长篇小说及其变体的基础。由于作品的叙事时间不同，使得作品呈现出不同类型的体裁。我们在前面已经作过探讨了。

第四，我们还可以通过作品中的赫罗诺托普来把握真实的、历史的时间和空间。这是艺术的赫罗诺托普的认识功能。巴赫金虽然没有把它作为一条直接列出，但这一意义，是他研究长篇小说赫罗诺托普的出发点与归宿处。他在《长篇小说中的时间和时空形式》一书中开宗明义地指出："文学中把握真实的历史的时间和空间，把握在时间和空间中展开真实的历史的人，这个过程是复杂的、断断续续的。"通过对作品的艺术时间的研究，可以相对地把握真实的历史上的人，历史时间，以及时间本质的变化和发展。例如，一些科幻小说中描写的人物，以及它折射出来的真实时间，都说明了这点。不过，这种人物和时间，当然是涂抹上一层审美的色彩，是某种折射。

第五，我们可以通过对作品的时间和空间的分析，完全能把握作者的立场，作者的创作意图以及他所采取的形式和方法。例如，巴赫金在分析了陀思妥耶夫斯基的作品后，完全得出他的创作一反前人的形式和方法而采取的全新立场：复调小说的对话立场，并以此奠定了他在小说发展史上的地位。

随着历史的发展，时间问题在人类文明史上的地位越来越重要。艺术时间在文艺学研究中的重要意义也越来越明显。今天，有识之人曾经断言："无论是精密科学还是人文科学，若在时间及其本性及其在生活中的作用等问题之外，是不可能提出任何严肃的任务的。没有对这些问题的研究，文学和文学研究的发展是不可想象的。"这是苏联著名学者古列维奇于 1968 年说的话。而巴赫金早在 30 年代就为此作出自己的努力了。

既然赫罗诺托普的意义如此之大，那么，也就决定了它在巴赫金小说理论中的地位。本节是对它作具体的分析。

我们在对巴赫金的小说理论研究中，大概可以区分出三大板块：对话、狂欢化和赫罗诺托普。这三大板块中，本人认为，最根本的核心问题不是对话，也不是狂欢化，而是赫罗诺托普（即时空）。这是因为，对话也好，狂欢化也好，是以赫罗诺托普为基础的。不同的赫罗诺托普是构成对话以及狂欢化的前提条件。因为，对话、狂欢化的基础核心是外位性；没有外位性就没有处在不同时空中的不同主体（即日常生活中的我与他人，哲学中的双主体，美学中的作者与主人公，作者与读者，读者与主人公，主人公与主人公等等）的相互对立。没有这种相互对立的外位性也就无对话可言。我们在巴赫金的《审美活动中的作者与主人公》一书中可以看出，正是不同的赫罗诺托普造成了作者与主人公的互为对立（对位、并列）。所以说，处在不同的赫罗诺托普是对话的必要条件，也是狂欢化的必要条件（因为狂欢化的实质涵义是双重性、对位性）。我在《巴赫金的哲学思想研究》一书中，把"他人之我"作为巴赫金哲学人类学思想之本质来阐释，是因为在这一哲学观中，承认"我"和"他人之我"，也就是"自为之我"和"为我之他人"是两个不同的又互为联系的处在平等地位的主体。由于时空的不同，使得"我"只能是此时此地的人，不能与他人合二为一。由于不同的时空，生发出巴赫金的行为哲学：要求他对自己在此地此时所作的行为负责；与此同时，"他人"又是"为我之他人"的另一个主体，不是客体，这样一来，要求我与他人的关系，是平等的关系，对话的关系，为他人负责的关系；在"我与他人"的关系中，巴赫金把"我为他人"作为同人关系的最高境界，像耶稣那样，为他人而自己受苦受难。巴赫金的哲学人类学思想直接建立在他的这种时空观上。在美学中，由于时空的不同，作者（如陀思妥耶夫斯基）才能把不同时空中的人，相差十分遥远空间的人以及处在不同时代的人"汇集""并列""安排"在一起，进行加冕或脱冕，创造生与死、真与伪、善与恶、爱与恨等的直接对话、冲突这样一种狂欢化的氛围。也由于时空的不同，作者才能与自己作品中的主人公处在相切的位置上展开对话，作者才能不把主人公视为与自己是同一个人（在传统的文艺学中，把作者与主人公视为同一，司空见惯）。所以，时空的不同，无论在哲学中还是美学中是我们进行对话和狂欢化的基础。

　　巴赫金认为，在艺术作品中，赫罗诺托普也就是艺术时空是小说体裁的基础。就是说，文学的不同体裁，如诗歌、散文、小说、戏剧等等，是由艺术时间的不同铸成的。而某一体裁中的类别，如诗歌中的抒情诗与叙事诗，小说中的古典主义小说、浪漫主义小说、现实主义小说、现代派小说等等，也是以时间的不同为基础的。这点，我们在上面的论述中已经看得一清二楚。如，抒情诗的内在时间、叙事诗的事件时间，古典小说要求"三整一律"，浪漫主义要求时间的封闭性，囿于自身时间，现实主义小说要求时间开放性，与历史时间相衔接，而现代主义小说则把时间的切割和配置（时间的先与后）作为自己的主要手法。艺术作品上的艺术时间亦是如此。

　　倘若再具体一点，就小说而言，根据传统的小说理论，属于时间艺术。因此，要使小说具有创新性，就得在具有内容和形式为一体的时间上下功夫。我们在上面也已经谈及，在当代艺术中，一种创新性的标志是时间艺术的时间"空间化"以及空间艺术的空间"时间化"，都是赫罗诺托普化，因此，创新还与赫罗诺托普紧密相关。如何做到小说时间的"空间化"是艺术家和文艺理论家面临的研究和探讨的课题。巴赫金在这方面作出了卓越的贡献。就一般而言，小说时间的"空间化"，我们认为有下列几种手段：

第一，话语的手段，采用对话、隐喻等手法。巴赫金在《陀思妥耶夫斯基诗学》一书中，所提出的"微型对话"就是利用话语所形成的一种"空间化"手法，它不是采用直接的戏剧上的对话形式，而是采取意识上的与他人的对话式描写，一种隐蔽式的对话，或是在叙述时镶嵌上其他文本，如日记、报纸、插图等来造成对话的局面，以及用景色的描写来达到小说时间的停顿、迟缓或快速、回流、"空间化"之目的。这里有程度的区别，这种程度是因作者的艺术构思要求的，也因小说的不同体裁要求的。例如，在侦探小说中，体裁原则要求不能长篇描写景物的话语，也就是说，不能太空间化，原因就是这种类型的小说的因果关系（有别于时间性）太强了。所以，本质上说，一切话语手段都可以进入小说世界，来达到对时间流动的某种阻塞，即"空间化"。

第二，情节手段。利用不同的情节线索，两条或几条的，从而形成了一种情节上的隐蔽对话，这就是巴赫金所说的"大型对话"，大型对话也是一种时间"空间化"手段。如托尔斯泰的《安娜·卡列尼娜》就由两条情节线索展开的：一条是安娜和沃伦斯基，另一条是列文和吉缇。通过这两条线索的描写，我们也可说是一种"对话"。还有一种小说形式，如，在有的长篇小说中，包括几个短篇小说，但内部的故事一个个是独立的，但又有内在的联系，从而形成另一种形式的对话形式。如《十日谈》等。这也是小说时间"空间化"的一种形式。

第三，狂欢化是小说的"空间化"的强有力手段。归纳一下，狂欢化通常有下列几种方法：一是，如拉伯雷那样，采用一种怪诞手法，把人物、事件作怪诞、夸大式描写，达到一种外在世界的狂欢；二是一种意识上的狂欢，也就是内心世界的狂欢，把不同时间和地点的事件通过意识联想，把他（它）们并列起来，达到狂欢的性质；再一种是具体行动上的狂欢，如陀思妥耶夫斯基所说，采取"非欧几里得"手段，把世界变形、扭曲来达到狂欢气氛；四是，就是把本事时间直接进行分割成。把小说时间"诗化"，用电影的"蒙太奇"手法应用于小说之中。把故事时间分割成一个个时间片段，加以重新安排，组合成情节时间。有的利用场景（即空间）的转换，时间的变化（不是时间的横向运动，过去——现在——将来的顺序接续）来实现，而是通过时间的"先与后"即时间跳跃，或时间的穿越来实现（就是时间逻辑学的 B-序列），来达到小说的空间范围的扩大，即"空间化"。这种变化，从理论上说是形形色色的、无穷无限的。这一条也是巴赫金在论述小说的时空形式中提到的，但由于巴赫金注重的是古希腊的作品，对现代文学中盛行的时间切割关注较少。所以论述不多。

所以，狂欢化把一切对立、并列、对位的东西，如，生与死，加冕和脱冕，辱骂与赞美等等来创造一种夸张、怪诞、双重的形象，来达到意识、行为、人物本身狂欢化之目的。反过来说，上述的几种方法，从本质上说，都是在赫罗诺托普上做文章，也就是赫罗诺托普化。这是巴赫金在研究陀思妥耶夫斯基和拉伯雷的小说世界中提出的根本大法。

第四，改变小说的整体布局，把时间的横向描写变成空间的纵向垂直的描写。如《神曲》的结构。作者通过主人公游历地狱、炼狱以及天堂来实现他的艺术构思及思想。这种小说的布局不同寻常，是另一种有别于一般的小说形式，但它也可以称之为小说时间"空间化"的一种手段，而且是有效的手段。

第五，在一篇小说中可以采取人称的变化，来扩大时间范围。通常一篇作品用某一人称来叙述，但有时，可以改变人称。如前面提到过的福克纳的《喧哗与骚动》，开始用第一人称，最后用第三人称来叙述。这种改变，扩大了叙述空间，增加了信息量，改变了叙述方式，达到内在的对话作用。又如，前面提到过的木令耆的《边缘人》，以及国外一些现当代的新式侦探小说（区别于福尔摩斯式的破案小说），如《鼻子的长度》和《请不要对他说花》，在叙述人称上都作了变化，从开头是第一人称叙述改成稍后的第三人称，后又从第三人称变成第一人称的来回变化。这种变化，除了实际的需要，因为侦探小说的叙事是限制叙事，强调的是叙述者亲眼目睹、亲耳倾听的，但当发生叙述者目力达不到、耳朵听不见时，这时需要改变人称。在我国的小说中叙述中，有"花开两朵，各表一枝"的描写来扩大空间，没有采取改变人称的做法，而在上面提及的小说中，都改变了人称，把第一人称改为第三人称来描写，即用"我"的视角变为"上帝"的视角。这种方法也是扩大叙述空间的有效方法。这实际上也是时间"空间化"的一种手段。

第六，涵义问题，也是小说中的一个本质问题，它的产生首先是赫罗诺托普化的结果。当今的世界科学中，没有一个学科不涉及涵义问题。而涵义问题，实质上是人的问题。它因人而生，由人而体验，与人紧密结合在一起。人的心理活动、人的行为、人所理解的一切之一切都不能与涵义相脱离，就是说，人的躯体的存在离不开涵义，否则便成为一具僵尸（在这里，涵义几乎可以是精神、心灵的同义语）。而人的存在，都是被赫罗诺托普化了的。也就是说，不同的时空决定了人的意识等等的涵义。我们在上面"长远时间"中曾经谈到过这点。读者在长远时间中，对作者的意义的关系是什么样的，即涵义是什么样的。因此，在这个问题上，可以说，决定读者与作者的本质是时间和空间。因为读者和作者都被作了赫罗诺托普化了。正因为他们被作了赫罗诺托普化，才出现诸如涵义与意义的不同，以及它们之间的复杂关系。所以说，时空的不同决定了涵义与意义的不同（在德国著名的分析数理哲学家弗雷格就是在对象本身与研究的对象之间的不同时空来决定意义与涵义的区别）以及各涵义之间的不同。而各涵义之间的不同，可以在意识中体现出来，在叙述过程中形成了微型对话。涵义的不同，也可以在上述的各种表现"空间化"的手段中体现出来。因此，可以说，涵义的不同是时间与空间的相互作用而产生的，是赫罗诺托普化的结果。这么一来，赫罗诺托普不仅在巴赫金的小说理论中，而且在其哲学中，具有头等重要的意义。

　　总之，在论及巴赫金的赫罗诺托普的意义方面，我们还应该看到，他的理论在文学批评方面的影响。我们自引进巴赫金思想之后，在文学批评层面上所显出的相对平等与活跃，也就是繁荣局面，不得不说与他有直接关系。他的对话理论，狂欢化理论，是以赫罗诺托普理论为基础的，如果我们切切实实地应用到文学艺术的批评中，就会大大拓展批评的视野。在我国的文艺学研究中，在赫罗诺托普方面的研究，还是个薄弱的环节。如果把他的这一理论用评价我国作家的作品，就会出现许多新现象，拓展新领域。而当前，可以看到，世界文学小说的创新集中在时间的切割配置上，而这种切割和配置实现着作家的艺术构思和创作理念，如果我们的理论研究也能跟上它的步伐，作出严肃的合乎实际评价，其意义是难以估量的。

　　现在，我们作一扼要的总结。
　　时间问题是一个复杂的问题。然而，人们都在自觉或不自觉地对它进行研究。因此，无论是精密科学还是人文科学，均不例外。其目的在于更好地把握它，理解它，更好地为现实社会服务。在科学上，我们把时间作为研究的对象，研究了各种时间理论，如物理学的，热力学的，晶体学的，生物学的等等，使得我们更加明确地把握时间的起源、变化、特性以及时间的本质。世界上的一切事物都存在于时间之中，而时间反过来也存在于一切事物之中。时间不仅呈现出矢向本质，也显现出异向本质，这就是时间的客观存在。真实的时间是一条"过去——现在——将来"的滚滚向前流动的"河"，它具有矢向性；与此同时，它又具有各不相同的多样性本质。这就是爱因斯坦所揭示的相对论时间观。哲学上对时间概念的研究，使得我们加深了对时间本质的认识。时间的生理学、心理学研究对进一步把握时间的本质起到重大的作用。时间的方向性和多样性，客观性和主观性，时间的早与晚，前与后，特别是对时间的逻辑学研究，区别了时间的 A-序列和 B-序列的逻辑关系，等等，都是时间的本质特征。上述的对时间的孜孜不倦的科学研究，对时间客观本质的有效揭示，都是为了揭示时间的生物学本性——时间的防卫机制所使然。时间的研究与现实世界的实际情况不可分割。

对时间的客观本质的认识、研究和理解，给我们的艺术时间的研究产生了巨大的直接的影响。真实时间的本质特征在对艺术时间的研究，在对艺术作品中时间的研究中，发挥得更加淋漓尽致，也就是说，让我们更加清楚地了解了客观的、真实的时间的本质。这就是，艺术时间也存在着"一与多"的辩证统一；反过来，这又加深了对艺术时间的本质和特性的把握，更加了解了文学艺术中的时间是受真实的物理时间的制约，受历史文化时间的制约，受创造艺术作品中的人的哲学立场、观点、方法以及创造的审美目的的制约（从文学作品中结构画面的分野，古代与现代的不同，可一目了然）；与此同时，艺术时间本身又具有自己的独立性，自身的本质特性，因而也更加清楚地认识和把握文学艺术的本质以及文学中的人（作者和主人公）。文学中的艺术时间是人化了的时间。这种时间的特殊性在于人对自然的客观存在的现实时间的认识和把握。我们在文艺学上提出艺术时间这一术语，其目的除了揭示与客观的真实的物理时间外，也在于更好地发展文艺科学以及文学创作沿着一条更加正确的道路，即贴近社会生活的道路前进。因为文学创作，艺术作品中的时间呈现出形形色色、千姿百态，其根本原因在于现实的客观的时间之众多性，也是由于艺术家对真实时间的体验个性化和心理化的众多性，更是由于艺术家的时间哲学观和所面临的创作目的不可分割、与现实时间、社会时间不可分割，也与对时间的切割，重新配置等等手段、技巧紧密相关。这么一来，纵观艺术体裁的发展，我们认为，如果我们按莱辛的区分，把艺术分成时间艺术与空间艺术的话，那么艺术文学中的赫罗诺托普，是沿着一条这样的道路前进的：作为时间艺术的文学（还有音乐），其中的时间变化脉络是竭力去时间化,即"空间化",而作为空间艺术的绘画(包括建筑艺术),其中的艺术空间的变化,是使空间画面竭力趋于"时间化"(如,流线型)。因此,当我们看到一幅山水画或一件雕塑等空间艺术作品时,如果此物件所描写的,可用"灵动""流畅""行云流水""栩栩如生"等时间品质的术语去评价时,那便是杰作,把它与布局合理,疏密相间等空间关系相提并论。特别是那些流行于西方的艺术新流派的作品,如,抽象派作品,就是这样;而对文学作品的评述中,那种平铺直叙的强时序作品便被视为难登大雅之堂的俗作(如早期的侦探小说),而把文学作品的结构中作了"空间化""诗化""教堂化"(普鲁斯特语),等技术手段处理的,便是文学作品的创新性之作。用评价空间艺术的语言来评价时间艺术,认为它是艺术上的创新之作。这种小说便是文艺理论上被巴赫金所揭示的"复调小说"理论。

巴赫金在20世纪20—30年代便预见到文学艺术作品的这一变化(虽然,在创作实践中,其根源可上溯到古希腊时期的苏格拉底对话),首先提出文学作品的"对话""复调小说"理论。由此可见巴赫金思想的前瞻性,可以说巴赫金是文学艺术理论发展的弄潮儿。我们在《陀思妥耶夫斯基诗学问题》(此书再版于1963年,是他1929年版本的增补版)中,我们读到"总之,在陀思妥耶夫斯基的复调小说里,作者对主人公所取的新的艺术立场,是认真实现了的和彻底贯彻了的一种对话;……这种对话(整部小说构成的'大型对话'),并非发生在过去,而是当前,也即创作过程的现在时间里。"在这里,我们可以看出,复调小说的基础是时间的"现在",也就是把主人公生活的不同的时间进行并列,对照。这种艺术手法就是我们本专著所说的时间的"空间化",时间的"狂欢化"。巴赫金的这一理论性总结,在我们看来,是创新性总结,是符合艺术发展脉络的。在文艺理论界,时间艺术作品的评价标准不以时间的"整一性"而是以时间的"空间化"为最高标准。文学作品遵循一条"时间——空间——时间"路线发展,而绘画作品则是依据"空间——时间——空间"道路前进。不过,应该看到,无论是空间艺术,还是时间艺术,在其自身的发展过程中,不管其如何创新与发展,依然保留着自身的本质特征,不会走向融合。这是由自身不同的赫罗诺托普决定的。不过,新的艺术门类的出现,如电影艺术,则是一种包括两者在内的一种综合艺术,但不能说,两种艺术门类的界限彻底消失了。因而,时间的"空间化",而空间的"时间化",几乎成为当前看待艺术文学作品创新的首要标准,成为艺术创新的基本途径,是符合文学艺术发展的历史规律,也是与世界科学对时间(包括空间）理论的研究水平相适应的。

再则，我们在研究巴赫金的赫罗诺托普时，应该注意到他的理论之本质特征，那就是我们多次在上面阐释时提到的赫罗诺托普的"并列""相切"，以及他主张的"外位性"。这是以时间和空间的分野为基础的"我和他人"的关系理论。从这一点出发，"我"的所在的位置是唯一的，是别人不能取代的，因此，"我"要为我在这个位置上的所作所为、"我"的行为负责，要为我的行为担当，不能马虎，不得推诿。其二，从这一理论中引申出复调、对话、狂欢化（并列，特别是加冕与脱冕）等等他的文化哲学思想。从这一思想出发，方能理解巴赫金的学术思想的真谛。方能理解作者与主人公，作者与读者，读者与读者（在当代或长远时间里），阐释学中的涵义与意义（因读者与作者的时间不同所致），哲学人类学中自为之我与他人、他者，等等的关系。这些关系都是一种并列的平等的对话关系。这种关系不是一个替代、囊括另一个的关系，不是一个吃掉另一个的关系，不是一个是老子，另一个是孙子的隶属关系。这是一个谁也离不开谁的、平等相处互为联系的整体，然而，又不会融合成一个唯一的整体，他们依然保持着自身的本质特征，自身的独立性。诚然，我们应该明白，巴赫金的这一理论首先是从哲学美学这一角度上来阐释的，首先是一种文化上的关系，当然，也可以应用到其他领域，如，政治的、经济的、法律的、日常生活等等一切文化领域。因此，可以说，巴赫金的赫罗诺托普理论，与他的哲学人类学理论一样，实质上是他的理想主义与民主主义思想的表现。

与此同时，应该明白，巴赫金的赫罗诺托普理论具有自身的特殊性和前瞻性。巴赫金处在20世纪的新时代。这是爱因斯坦的相对论时空观的时代，而不是牛顿的绝对的时空观的时代。巴赫金及时地把爱因斯坦的崭新的时空观运用到自己的文艺理论中来；与此同时，他的赫罗诺托普理论又有着博大精深的厚实的历史基础。他的理论也像陀思妥耶夫斯基的创作一样，把研究对象上溯到古希腊罗马的小说和苏格拉底对话，亚里士多德的时间观，直至拉伯雷、陀思妥耶夫斯基、歌德、莎士比亚等欧洲一些伟大作家作品的时间发展变化，从中汲取营养，汲取新思想，形成自己的独特的理论。这一理论的明显特征就是歌德的"历史主义""历史时间"的矢向时间与陀思妥耶夫斯基的"狂欢化"的异向时间的高度融合。从中可以看出，他的理论是一种固本创新的理论。因此，可以说，具有如此深邃敦厚之根的巴赫金的赫罗诺托普理论显示出强大的生命力。当今世界文学艺术中各种文艺流派的出现，即是明证。有着如此深邃敦厚之根的理论之树，必将是常青的。

　　改革开放后，巴赫金的学术思想开始传到了我国，出现了文学艺术领域中的新气象。艺术家们对艺术时间和空间的创新性应用，一扫过去那种老气横秋的千人一面的憎闷氛围，出现了各种艺术流派并存的百轲争流、欣欣向荣的繁花簇锦的景象。文学艺术领域里的这种万紫千红、百花齐放的春天，在我国是前所未有的。今天，在我国，这种独特的社会主义的文学艺术世界呼唤着适应自己的新面貌的新的文艺理论的诞生。巴赫金的赫罗诺托普理论在我国文化领域里的传播恰逢其时。他山之石可以攻玉。无可置疑，巴赫金的赫罗诺托普理论对我国文学艺术的理论和创作来说，沿着一条正确的道路的发展和繁荣，将起到积极的推动作用。

后 记

在付梓之际，我想谈一下有关研究的情况。

自1982年调入河北省社会科学院语言文学研究所之后，时任所长的孙昌老师要我跟踪苏联文艺理论发展状况。他当时雄心勃勃，想把文学所搞成一个既研究我国又研究外国文学、文艺理论的平台。于是，自我之后，又陆陆续续进来几位搞英美文学的应届毕业生。然而，地方社科院自有地方的特色，这是不争的事实。随着地方社科院研究方向的重新定位，地方社科院研究重点的转移，搞英美文学的同行，先后高就它处，只留下了我这个哪儿都不想去的书呆子，仍死守在这块平台继续从事俄罗斯文论的研究。

地方社科院定位的这一新变化、新定位，对我来说，并不是一件好事情。难题接踵而来。经费短缺，再加上俄文资料方面"老大哥"对小兄弟的优惠政策取消进而确立以市场价位提供资料，曾经风靡一时的一些影印资料也因版权问题而不再提供，结果是，我只能订阅一本俄文杂志以慰我炙热痴迷之心。如此一来，跟踪现状研究如天方夜谭，改行已迫在眉睫，思来想去，非不能不会，属不忍不愿也；屈从环境，任凭环境摆布，非我意愿。人应有志向，逆境而为，方合我之本性。因为，从事俄国文学工作是我一生的梦想和追求。记得在读中学时，苏联文学，特别是高尔基的作品令我雀跃、着迷，以至于1961年考上南开大学外文系英语专业后，身在浙东闭塞的家乡山沟里的我给学校写了一封要求改为俄语专业的信函。学校同意我的请求，于是我就读于俄罗斯语言文学专业。1968年我走出校门被分配到石家庄灯泡厂当工人（钳工），四年里，白天干活虽累，晚上仍不忘以俄文小说自乐；即使被抄家，被搬走我的可怜的藏书，后在驻厂军宣队的关照下退还了俄文文学书籍，却要我付之一炬，说里面宣扬的是修正主义战争观，但我违其意而行之：因为19世纪的俄罗斯文学不可能宣扬这种观念，亦因为这是我在难以想象的经济拮据情况下觅寻到的，还因为一种信念在支撑着我，那就是我的追求与梦想，我岂能把它付之一炬而了之？1972年复课闹革命，我到一所中学教书，教的是俄语，我如鱼得水。在此期间，为增加我的知识积淀，我又看了许多这方面的书，并自修别的外语。在批判资产阶级反动教育路线时，我不愿与之俯仰，1975年9月又被送到校办工厂劳动。在劳动的三年里，我重新学习、制作并指导学生做小型变压器，又学会了一门谋生的手艺（上次是钳工，此次是电工）。但空闲时，我仍然从陀思妥耶夫斯基、托尔斯泰、契诃夫、高尔基的原作中或列宁、斯大林的原作中寻找乐趣，消磨余暇。后来，国内政治形势大变，一些老革命家相继逝世，高考恢复……1979年秋，我从校办工厂回校从事英语教学，虽然后来执教到毕业班英语，取得一定成绩，可以在英语教学中一露身手，但是，俄语之魂不散，五年的大学生涯、国家的财力付出、老师的谆谆教导、本人的心血，若弃之如敝屣，于心不忍，总觉惋惜和遗憾，对不起我在大学里的努力，用俄语为国效劳之心时在蠢动。于是，我曾与中国社会科学院语言研究所的伍铁平教授联系，拟报考他的研究生，曾经写信给黑龙江大学的王超尘教授，与他商榷过他的《现代俄语通论》一书中的一些问题，曾经报考过研究生……在来社科院前的十几年里，我做过多种工作，但依然心系俄语，不愿放弃，不愿把我大学里学的东西白白扔掉，不愿如此草率地浪费了我的青春和精力。所以，听说省社科院有用俄语的地方，就认为，这是我最理想的工作，我岂能无视。正是这种拘泥与执着，我于1982年调到了社科院工作。当时我对国内外苏联文学研究现状作了通盘梳理后觉得应该把研究方向定格在"艺术时间"这个点上。这样，首先是解决了面临改行的困扰，第二，如果从"点"入手，也可以减轻资料方面的压力。当然，情况不是如我所想的那么简单。既然这是一门理论，就得具有各方面的知识。值得庆幸的是，在所领导的同意下，我有幸去南开大学回炉，在叶乃方老师的指导下，研读苏联文艺理论家的著作、有关列宁的反映论等论著，来努力夯实我的理论基础。旋即我参加了在庐山召开的全国列宁学术思想研讨会，结识了我国研究苏联文学的前辈和学长，交流切磋，得益匪浅。我庆幸，国家派我去俄罗斯弗拉基米尔师范大学学习，去列宁图书馆查阅资料，后又去基辅，让我得到了一些国内难以得到的资料。此外，我还可以随时去查阅国家图书馆，去外文所资料室等单位阅读、复印、抄录，弥补了订阅资料的不足。早先自己曾有过一个设想，那就是，先从苏联文艺学的艺术时间研究入手，后扩大到西方文艺学中的艺术时间，再回到我国的艺术时间研究，最后，对作家作品的时间进行分析研究。我基本上就是按照这个设想来进行操作的。这个庞大的计划本已有一点眉目了。然而，在我执行这一计划过程中，半途中杀出了巴赫金。我发现巴赫金在艺术时间的研究方面独树一帜，值得一探究竟。于是，在20世纪80年代末，我转向了巴赫金学的研究。期间，我在各种刊物上发表了十几篇有关巴赫金的论文；后经历了常人难以想象的劳作和折磨（因我是一个不善于与人打交道的人），终于在1998年，与他人合作，使得《巴赫金全集》在河北教育出版社出版，接着，我就专心于《巴赫金哲学思想研究》一书的写作。

后来，又逢人生转折之考验。2002年，我光荣退休，本可以过颐养天年的另一种生活。但，再说一遍，俄语之幽灵不散。我想起读大学期间清华大学的一位体育教授马约翰先生说过的一句话，他说要为祖国健康工作50年，就是说，要到75岁才离开岗位。我把这句话牢牢地印刻在脑海里。我当时就有一个梦想，决心要像他那样工作到75岁。于是，退休之后，我仍然孜孜不倦地继续我退休前尚未完成的巴赫金的哲学思想的研究工作，期间还翻译一些小说以自娱。2005年，湖南湘潭大学召开巴赫金学术思想国际研讨会，虽然组委会前后发来两次邀请函（第二次是用挂号信寄来的），但由于种种原因，我未能出席，不无遗憾，但我发去贺信，以表祝贺之心；2006年底，经过几年的努力，我的专著《巴赫金哲学思想研究》一书最终获得河北省社会科学规划基金资助和河北省社会科学院学者文库的支持，由河北人民出版社出版；2007年，我携书参加了在北京师范大学举行的巴赫金学术思想国际研讨会，并提交了论文。在2012年初，我向院里提出《巴赫金的赫罗诺托普理论》的研究，并被院里作为重大基础理论课题而立项。2014年，我参加了在南京大学召开的巴赫金学术思想国际研讨会并提交了论文；会议期间，我的《巴赫金哲学思想研究》一书，受到年轻学子的好评。近期，有的学校老师还来函说，他的几个研究生要把我的书稿作为他们撰写论文的重要参考书，这给予我继续研究的极大动力。同年，也就是在2014年上半年，我的2012年的课题即巴赫金的赫罗诺托普问题研究基本完稿，报送国家哲学社会科学基金后期资助审批，但未获通过；但我没有打退堂鼓，自认此书在国内的首创性和重要性，深信对我国的文学及文艺学的发展有所助益；于是，我重新全面审视我的书稿，作了大幅压缩、重写、修改，又整整花了一年时间，终于在2015年下半年由北京大学出版社再次向国家社科基金提出申请，并获立项。

现在，我大学时的梦想已经实现：我已经工作了50年。是否又到了转折、选择关头？丝毫不错。然而，我想起2015年在北京吴元迈老师家与他的夜谈的情况。那时，他已81高龄，国内的一切工作都已卸任，然而，还担任着国际伦理学学会会长，他还在关注布伯的《我与你》《对话》等问题，并打算写一篇有关这方面的文章，我说我的《巴赫金哲学思想研究》一书中有一节专门介绍布伯的思想，可以参考。我们谈起中国社科院的陈燊老先生，90高龄仍在坚持写作，还有我院的林杰老师，他也接近90岁，还钻在书堆里……这次谈话是否给我以什么启示？是的，我院院长郭金平研究员认为我还可以工作10年，当然，我把他的话当作是对我的鼓励。但为了实现上述的启示及鼓励，也就是为了进一步继续我的研究工作，2016年7月，我有幸去俄罗斯的莫斯科、圣彼得堡、萨兰斯克等地访问，沿着巴赫金走过的足迹，去追寻巴赫金的思想脉络。期间我去莫斯科国家图书馆，造访巴赫金工作过30多年的摩尔多瓦大学巴赫金研究中心，瞻仰拜谒巴赫金铜像，收集、复印有关研究巴赫金的资料，等等，实实在在地为以后在身体条件许可的情况下进一步延续我的研究工作作准备。

与此同时，20世纪80年代设想对文学作品的时间研究，也在见缝插针般地进行着。时间在各种文学体裁中，表现得比较突出的是侦探小说。这里的时间关系，当然，不是那种"将来—现在—过去"的时间逻辑的A—序列，而是一种B—序列，而且是一种强形式的B—序列，前—后关系明显，一旦形成，便不可更改：先是发现了尸体，后经过侦查，找出凶手，破了案子，也就是说，先有结果，后再寻找动机，因果关系十分明显。因果关系，在某种意义上，不是时间关系，但表现出强烈的时间感来，这里表现为一种倒时序的时间逻辑。不过，因果关系明显的小说，在文学史上的地位不是很高，被称为"俗文学"，但它作为小说的一种体裁，由于肇始时间不长、时间感强烈等特点，实是研究时间的好素材。为了研究这种小说的时间、我翻译了国外侦探小说近四百万字，并写下了几万字的《侦探小说面面观》，当然，重点对它的时间特点作了较为详细的分析（从19世纪30年代末侦探小说肇始时的"软派"到20—30年代之后的"硬派"小说）。如此看来，我又要坐冷板凳了，我的执拗、冥顽不化的秉性又要在这里表现出来了。

呜呼，我再次成为我的梦想之俘虏。

尽管我本人不断努力，但我深知，单凭我一己之力是万万行不通的。巴赫金的哲学人类学思想中"他人"的思想始终牢记在心，同行俄苏文学研究的前辈专家们以及同事们的支持和鼓励，给我以力量和意志；此外，还有家人的支持，同样不可小视。

这里，首先要感谢我所的孙昌老师，同意我回炉南开，感谢我的老师，南开大学外文系的叶乃芳教授，我在南开进修期间（1983—1984）对我的指导，我为参加在庐山召开的列宁文艺思想学术讨论会（1984）所提交的《艺术与反映》长篇学术论文,有他的辛劳。会上,我的论文得到外国文学研究所前所长叶水夫研究员、所长张羽研究员,时为外文所理论室主任吴元迈研究员等会议学术组前辈们的赏识,让我这个初出茅庐的无名小卒在全国性学术大会上作了发言。之后,我们接触频繁,外文所资料室几乎成了我的一个公共图书馆。我出国进修,也是吴元迈、张羽两位博士生导师推荐(这里值得一提,为出国之事我曾写信给当时的教育部部长何东昌同志,后外交部欧洲司的赵国成先生回信,在如何办理出国事项上给我以详细指导,在这里致以谢忱),并在推荐信中作了催人奋进的又实事求是的好评。在我的研究道路上,没有他们的支持、帮助和提携,是难以想象的,我铭刻肺腑。还有北师大的刘宁教授,我的《巴赫金的赫罗诺托普理论》一文是在他主编的《苏联文学联刊》(1991年第一期)上发表的。同年5月,在郑州召开的80年代苏联文学讨论会期间,他赏识我提交的《巴赫金赫罗诺托普理论产生根源初探》一文,并要我考他的博士研究生。但由于我要出国进修,以及当时超出考博的年龄限制(须在45岁以内),我主动婉谢。更值得一提的是中国社科院文学所的钱中文研究员和北京外国语大学的白春仁教授,在我们一起翻译编辑出版《巴赫金全集》时他们给予我很多帮助和关怀。钱老师还把他主编的一套《现代外国文艺理论译丛》任我挑选。我就毫不客气地选了其中四本,他都一一作了签名。这些书,对我了解国外文艺理论概况极为重要,其中一本美国的著名文艺理论家赫施的《解释的有效性》,对我研究巴赫金的涵义理论极有助益。这里,还要提及中国艺术研究院的语冰先生,他翻译并寄来的《米哈伊尔·巴赫金》(作者是美国著名巴赫金研究专家霍奎斯特)一书,对我了解西方人眼中的巴赫金很有帮助。此外,在80年代初始,江西省文联等单位编撰的一套国内外文艺批评方法论方面的论著,开阔了我的视野;还有那些我未提及的研究俄国文学的前辈们和同行们,是他们的热心支持伴随着我走到今天。我再说一遍,没有他们的支持和鼓励我的研究是难以完成的。在这里,我表示衷心的谢忱。

在本著作的出版中,我还要感谢我院的领导以及院学术委员会的同志们,把我的研究课题作为2012年院重大基础理论研究课题立项,没有他们的资助,这项工作是难以开展的。这里要感谢北京师范大学文学院的程正民教授,作为国内著名文艺理论家、研究巴赫金的同行专家,年近耄耋,仍欣然同意作为我专著的推荐人(第一次申请时)。在这里,更要感谢北京大学出版社的有关领导及张冰、初艳红等老师对我的研究工作的大力支持,这里要提一下李哲老师,他作为本专著的责任编辑,对书稿付出了辛劳。特别要提出的是远在大洋彼岸的学友高东山教授,其所创办的英语网站(OUR ENGLISH),对我撰写的巴赫金其人、他的学术思想,以及巴赫金在我国的研究情况做了全面的介绍并给予高度的评价,把我国的巴赫金学研究推向了西方世界。这正值我撰写本著作期间,这是对我的工作的莫大支持和鼓励。最后,还要感谢我的家人、卢珊、卢炜,在遇到电脑上的问题时,都是请教她们帮助解决的,特别是夫人吴孟真,在我研究期间,承担了繁重的家务,使我得以专心致志而心无旁骛。

2013-4-29 初稿,2016-8-15 修改于石家庄